KIRA BORCHERS

CROWN OF BLOOD AND FEATHERS

VERRAT

IMPRESS

© Holger Borggrefe

Kira Borchers ist ein Nordlicht aus Schleswig-Holstein. Nach ihrer abgeschlossenen Verlagsausbildung zur Medienkauffrau Digital und Print studiert sie nun Buchwissenschaft an der LMU in München. Neben dem Schreiben eigener Geschichten arbeitet sie in einem Buchverlag. In ihrer Freizeit entwirft sie Illustrationen oder lässt sich von Ausflügen in die Berge inspirieren. Ihre Leidenschaft zu Büchern teilt sie auf ihrer Instagramseite @kiras.zeilen.

KAPITEL 1

Sacrande – Midre

»Wer ist das?«

Ich folgte dem ausgestreckten Finger meiner kleinen Schwester Aylin. Was ich daraufhin sah, ließ mich wie angewurzelt stehen bleiben und nach ihrem Arm greifen, um auch sie zurückzuhalten.

Das konnte nicht sein. Was wollten sie hier? Seit die Lafrander die Macht in der Hauptstadt übernommen hatten und ihr König Thorn auf dem Thron saß, waren sie nur selten so tief ins Gebiet von Sacrande vorgedrungen.

Ich starrte die Gruppe von Männern an, auf die meine Schwester gedeutet hatte, und konnte meinen Blick nicht mehr von ihnen abwenden. Kapuzen versteckten ihre Gesichter in dunklen Schatten und obwohl ihre Körper von schwarzen, bis zum Boden reichenden Mänteln verdeckt waren, wusste ich, dass diese Männer Waffen bei sich trugen. Neben Isandona und Sacrande hatte das Königreich Lafrand die am besten ausgebildeten Krieger in ganz Ilandmera.

»Freya?«, fragte Aylin mit ihrer hohen Kinderstimme und drückte sich enger an mich.

»Das sind Lafrander«, erklärte ich ihr. »Lauf sofort zu Mutter und Vater zurück, in Ordnung? Sprich mit niemandem, nimm keine Umwege. Ihr müsst von hier verschwinden. Sofort. Vater weiß, was zu tun ist. Unsere Eltern werden in der Hütte auf uns warten.«

Meine Stimme zitterte mit jedem meiner ausgesprochenen Worte mehr. Eindringlich sah ich Aylin ins Gesicht. Weit aufgerissene helle Augen schauten mich an, spiegelten meine eigene Panik wider.

»Hier, nimm den Korb von Vater mit zurück. Dann habt ihr etwas Proviant, um euch die nächsten Tage in den Wäldern verstecken zu können.« Ich reichte ihr unseren aus Schilf geflochtenen Korb und warf erneut einen Blick zu den Lafrandern, die mit großen Schritten über den Marktplatz marschierten. Die Augen der Soldaten wanderten über die Menschenmenge.

»Los, Aylin! Mach schon!«, flüsterte ich, als hätte ich Angst, die Männer könnten mich aus so weiter Entfernung hören.

Lafrander kamen niemals in friedlicher Absicht. Das letzte Dorf, das sie in den vergangenen Monaten besucht hatten, existierte nun nicht mehr. Es wurde nicht darüber gesprochen, was dort vorgefallen war, und die genauen Hintergründe waren nicht bekannt. Denn kaum einer der Bewohner hatte überlebt. Es wurde nur gemunkelt, dass die Krieger nach jemandem gesucht hatten, aber nicht fündig geworden waren.

Bei dem Gedanken daran wurde mir schlecht. Was, wenn sie mit demselben Ziel zu uns gekommen waren?

Plötzlich schaute einer der Männer zum Rand des Marktplatzes und damit in meine Richtung. Seine Kapuze rutschte ein Stück zurück, sodass ich einen Blick in sein Gesicht erhaschen konnte. Mir war, als würde mir das Blut in den Adern gefrieren.

»Du stehst ja immer noch neben mir!«, rief ich aufgebracht an Aylin gewandt. »Jetzt geh! Verdammt nochmal, renn! Verschwinde von hier!«

»Aber ich will nicht von dir weg!«, quengelte sie und klammerte sich noch fester an meinen Arm, um ihre Worte zu unterstreichen. »Mama hat gesagt, dass wir uns nicht trennen dürfen!«

»Das ist eine Ausnahmesituation. Tu einfach, was ich dir sage. Nur dieses eine Mal. Vertraue mir, ich komme gleich hinterher!« Aus dem Augenwinkel beobachtete ich, wie der Lafrander in meine Richtung ging und sich von den übrigen Männern der Gruppe entfernte. Mein Herz fühlte sich an, als würde es mir jeden Moment aus der Brust springen, so schnell, wie es schlug.

Bestimmt bildete ich mir nur ein, dass er auf mich zukam. Bestimmt lief er ganz woanders hin, ging zu jemandem, der bloß in derselben Richtung stand wie ich.

Aylin löste sich von mir und lenkte meine Aufmerksamkeit damit wieder auf sich. »Und du kommst wirklich hinterher?«, hakte sie nach. Dieser Blick, den sie mir von unten zuwarf, brach mir beinahe das Herz.

»Ganz sicher, versprochen«, erwiderte ich und zwang mir ein Lächeln auf die Lippen.

Wie gern ich meine kleine Schwester zu unseren Eltern begleitet hätte und einfach von diesem Ort verschwunden wäre. Und obwohl sich mir vor Angst die Kehle zuschnürte, hielt mich etwas wie eine unsichtbare Kraft davon ab, mich von der Stelle zu rühren. Zugleich brannte sich mir immer noch die Frage in den Kopf, was diese Lafrander so tief im Gebiet von Sacrande machten.

Aylin nickte. Ich konnte förmlich das Misstrauen in ihren Augen glitzern sehen. »Dann sehen wir uns bei Mama und Papa?«

»Versprochen.« Mehr musste ich nicht mehr zu ihr sagen, damit sie endlich loslief.

Ich hob mein Kinn in die Höhe, drückte den Rücken durch und holte tief Luft. Dann ging ich dem Lafrander entgegen, um meiner Schwester einen Vorsprung zu verschaffen. Schließlich kam ich mit sicherem Abstand vor ihm zum Stehen. Wie von selbst griff ich an einen meiner Lederarmschoner, in denen ich je einen Dolch versteckt hatte.

»Was treibt euch her?«, wollte ich von ihm wissen, da nun klar war, dass er doch zu mir gewollt hatte. Aber warum?

»Ganz schön wortgewandt. Das kennt man gar nicht von euch Sacrandern. Wie alt bist du?« Der Fremde hob einen Mundwinkel, sodass ein Grübchen in seiner rechten Wange entstand. Mit der nächsten Handbewegung zog er seine Kapuze vom Kopf und nickte mir zu. »Aber zu deiner Frage: Wir suchen jemanden, der seit einigen Jahren als verschollen gilt, und haben den Hinweis erhalten, dass sich die gesuchte Person womöglich in eurem Dorf aufhält.«

Ich stieß ein höhnisches Lachen aus. »So wie ihr in dem anderen Dorf vor einigen Wochen nach diesem Jemand gesucht und dann einfach die ganze

Siedlung samt Bevölkerung dem Erdboden gleichgemacht habt, nur weil ihr nicht fündig geworden seid? Und falls es dich wirklich interessiert, ich bin zwanzig Jahre alt.«

Als ich mein Alter nannte, meinte ich, eine kaum merkliche Veränderung in seiner Mimik zu erkennen. Doch er ging nicht näher darauf ein. »Das stimmt nicht ganz.« Der Lafrander verschränkte die Arme vor der Brust und trat noch einen Schritt auf mich zu.

»Ach ja?« Ich tat es ihm gleich und verschränkte ebenfalls meine Arme. Wenn er einschüchternd wirken wollte – das konnte ich auch. Gleichzeitig zog ich eine Augenbraue hoch. Es war mir selbst ein Rätsel, wie ich so ruhig bleiben konnte, während mein Herz einen halben Marathon in meiner Brust absolvierte. Das Wummern spürte ich wie Trommelschläge an meinen Rippen.

Der Fremde stieß ein Schnauben aus und sah kurz zu den anderen Männern seiner Gruppe hinüber. Ich nutzte den Moment, um ihn von oben bis unten zu mustern. Doch keine Sekunde später bohrten sich seine blauen Augen wieder in meine eigenen und mir schoss die Hitze ins Gesicht.

»Urteile nicht über Dinge, über die du nur Gerüchte gehört hast. Wie gesagt, wir suchen jemanden. Du siehst so aus, als hättest du einen guten Draht zu den Menschen hier.« Er deutete mit einer flüchtigen Handbewegung über den gefüllten Markt. »Kennst du jemanden, der noch nicht immer in diesem Dorf gelebt hat? Jemanden, der womöglich aus einer anderen Ecke des Landes stammt?«

Die Fragen ließen ein seltsames Gefühl der Unruhe in mir aufsteigen. Ich wollte hier weg, wollte das Gespräch möglichst schnell beenden und dass diese Männer von hier verschwanden. Die Frage bereitete mir Bauchschmerzen, obwohl ich sie ehrlich beantworten konnte. »Nein, hier gibt es niemanden aus einer *anderen Ecke*. Da muss ich euch enttäuschen.«

Plötzlich hörte ich eine Frau kreischen und ein lautes Poltern vom Marktplatz her. Ich zuckte zusammen, schaute in die Richtung des Lärms. Sofort stellten sich mir alle Nackenhaare auf. Einer der Männer hatte eine ältere Frau in einen aufgestapelten Turm Weinfässer gestoßen, die nun in alle Richtungen gerollt waren.

Davon abgesehen, dass Wein eines unserer kostbarsten Güter war, da wir es in der Nähe nicht selbst produzieren konnten, erschreckte mich die Geste. Wie konnte er es wagen, eine ältere, wehrlose Person so zu behandeln? Mir schnürte sich die Kehle zu.

»Bist du sicher?« Der Lafrander tat erneut einen Schritt auf mich zu und dieses Mal konnte ich mich nicht zurückhalten. In einer fließenden Bewegung zog ich einen Dolch aus meinem Lederband am Arm und streckte dem Mann die Waffe entgegen.

»Keinen Schritt näher, wenn du keine Klinge im Magen stecken haben möchtest«, drohte ich.

Zugleich bekam ich es mit der Angst zu tun. Der Kerl war über einen Kopf größer als ich und sein gesamter Körper spiegelte die harte Kampfausbildung der Lafrander wider. Ich würde es im Ernstfall wohl kaum eine Minute mit ihm aufnehmen können ...

Dennoch blitzte Überraschung in seinen eisigen Augen auf, was mir für einen Wimpernschlag die Hoffnung schenkte, dass meine Handlung nicht vollkommen ohne Effekt geblieben war.

»Für eine Sacranderin steckst du wirklich voller Wunder. Dein Haar ist nahezu schwarz, deine Augen sind viel zu dunkel für diese Gegend und du wirkst auf mich eher wie eine Kriegerin. Wer bist du?« Mit zusammengekniffenen Augen musterte er mich.

Seine Worte raubten mir den Atem. Das war mir in der Tat schon aufgefallen, aber bisher hatte ich mir nichts dabei gedacht. Wieso auch? »Was soll das?«, stieß ich atemlos hervor.

»Das fragst du mich?« Er zuckte mit den Schultern. »Ich habe eine klare Anweisung bekommen. Mein König sucht ein Mädchen. Eines, das anders ist.« Er machte Anstalten, nach mir zu greifen.

»Wag es nicht!«, rief ich. »Fass mich ja nicht an.« Ich stolperte mehrere Schritte nach hinten und geriet so an die Kante des Stegs, auf dem wir standen. Voller Entsetzen stellte ich fest, dass hinter mir bereits der Sumpf begann, aus dem das Schilf am Rande des Meeres hervorwucherte.

»Wieso läufst du vor mir weg, wo du doch nichts zu befürchten hast?«

Und noch ein Schritt näher zu mir. Als wäre ich ein erlegtes Tier, das er einsammeln wollte, streckte der Lafrander eine Hand nach mir aus.

Ein Rumpeln riss mich aus den Gedanken und lenkte auch die Aufmerksamkeit des Mannes von mir ab. Ich nutzte den Moment, um ihn zur Seite zu stoßen – mit Erfolg. Er verlor das Gleichgewicht, ruderte noch einen Augenblick mit den Armen in der Luft und stürzte dann in das knietiefe Wasser.

Ich zögerte keine Sekunde länger und ergriff die Flucht. Jetzt, wo ich wusste, was diese Männer suchten, und dass ausgerechnet ich in ihr Beuteschema passte, wollte ich nichts lieber, als von hier zu verschwinden.

Es war das erste Mal, dass ich unser kleines Dorf und die Tatsache, dass es auf Holzpfeilern am Meer errichtet worden war, verfluchte. Denn nur wenige Pfade führten ins Zentrum hinein und wieder hinaus, sodass ich verzweifelt nach einem Weg durch das Chaos auf dem Markt suchte. Dabei entdeckte ich den Ursprung des Polterns: Einer der Lafrander hatte den Stand eines Händlers zum Einsturz gebracht und die dort zum Verkauf ausgelegten Stoffe entzündet.

Heiße und kalte Schauer liefen über meinen Körper. Unser Dorf durfte nicht das gleiche Schicksal ereilen wie unseren Nachbarort. Die Menschen durften nicht ihre Heimat verlieren. Meine Familie … Panisch sah ich in die Richtung, in die meine Schwester verschwunden war. Hoffentlich schaffte sie es bis zu unseren Eltern.

»Dachtest du wirklich, so leicht wirst du mich los?«, fragte jemand unmittelbar hinter mir und ich wirbelte herum. Keinen Meter von mir entfernt stand der Fremde. Das blonde Haar klebte ihm in kurzen Strähnen an der Stirn. Seine Hände hatte er zu Fäusten geballt.

»Was willst du von mir? Ich bin nicht diejenige, die ihr sucht!«, rief ich verzweifelt und wollte schon wieder die Flucht über den Marktplatz ergreifen, als sich mir zwei weitere Krieger in den Weg stellten. Die Erkenntnis traf mich wie ein Schlag. Ich war umzingelt.

»Wen haben wir denn da?«, wollte einer der anderen Männer wissen und schaute an mir vorbei zum ersten Lafrander, der mit mir gesprochen hatte. Ihr Akzent war so hart, dass er keinen Zweifel an ihrer Herkunft bestehen ließ.

Verdammt, ich musste hier weg. Ich musste sofort aus diesem Dorf verschwinden. Ganz egal, weswegen sie mich angeblich suchten, es konnte nichts Gutes bedeuten.

»Ihr verwechselt mich! Ich bin definitiv nicht die Person, die ihr sucht.« Immer wieder drehte ich mich im Kreis, starrte abwechselnd die fremden Männer an, suchte nach Verbündeten aus meinem Volk, die mir helfen konnten. Doch inzwischen war solch eine Panik auf dem Platz ausgebrochen, weil sich das Feuer rasend schnell auf die umliegenden Häuser ausbreitete, dass mich kaum einer zu bemerken schien. Dass kaum jemand bereit war, sein Leben für meines zu riskieren.

»Schau mal, die hier haben wir noch gefunden. Wollte wohl weglaufen«, bemerkte einer der Männer und Tränen stiegen in meine Augen, als ich sah, wen er meinte. Aylin.

»Das Mädchen gehört zu ihr.« Der erste Lafrander nickte in meine Richtung, nachdem er seinen Blick über mich hatte gleiten lassen. Er legte einen Arm um meine Schwester und hielt sie eng an sich gedrückt.

»Freya!«, schrie Aylin und hatte ihr Gesicht verzogen.

»Still jetzt«, zischte der blonde Mann und presste sie fester an sich. An seine Männer gewandt fügte er hinzu: »Ich bin mir sicher. Sie ist es.« Mehr sagte der erste Lafrander nicht und es schien zu genügen, damit sich die anderen beiden auf mich zubewegten. Viel zu spät bemerkte ich die Waffen, die sie auf mich gerichtet hatten.

Ich musste Aylin befreien. Was hatte ich nur getan? Sie war doch erst sieben! Wir hätten zusammen weglaufen sollen, solange es noch möglich gewesen war. Wieso hatte ich noch mit ihr diskutiert? Mein Brustkorb zog sich schmerzlich zusammen bei dem Anblick, der sich mir bot. Die Lage war ausweglos und das war einzig meine Schuld.

Aylin schrie weiter meinen Namen und weinte. Doch der starke Arm des ersten Lafranders hielt sie zurück, während dieser mich aus funkelnden Augen musterte und einen Dolch mit einem aus dunklem Holz geschnitzten Griff zückte.

Plötzlich explodierte ein gewaltiger Schmerz in mir, sodass ich auf die

Knie sank. Ein greller Blitz zuckte vor meinen Augen auf und der Trubel um mich herum war auf einmal nur noch ein Rauschen in meinen Ohren. Ich fühlte mich, als stünde mein gesamter Körper in Flammen.

Ich wusste nicht, wer den Schrei ausstieß. Aber es war das Letzte, was ich vernahm, bevor mich vollkommene Schwärze umfing. Ich war verloren.

KAPITEL 2

Sacrande – Midre

»Keiner tut dem Mädchen etwas!«

Mit dem nächsten Herzschlag riss ich meine Augen wieder auf und die Schwärze wandelte sich in grelles Licht. Kleine Punkte tanzten noch vor meinen Pupillen, sodass ich lediglich verschwommen wahrnahm, was geschah.

Um mich herum flimmerte die Luft und gegen die helle Umgebung konnte ich nur einen Schatten ausmachen, von dem der Ruf gekommen sein musste. Was war passiert?

»Wer noch auf zwei Beinen stehen kann, sollte von hier verschwinden. Und glaubt mir, wenn ihr es auch nur wagt, einem anderen Menschen von dem Vorfall hier zu erzählen, werdet ihr schneller euer Leben verlieren, als euch lieb ist.« Kaum dass die Gestalt die letzten Worte über die Lippen gebracht hatte, erfasste mich eine Energiewelle und Wärme durchströmte mich.

Hatte ich mich zuvor aufgesetzt, fiel ich unter dem Druck erneut auf den Boden. Ich fühlte mich, als wäre eine ganze Horde Pferde über mich hinweggaloppiert. Mein Körper zitterte unkontrolliert und kribbelte, als ob mir sämtliche Gliedmaße eingeschlafen wären.

In meinem Mund schmeckte ich Erde und Blut, was mir die Galle in den Rachen trieb. Dennoch riss ich mich zusammen und richtete mich auf. Wenn auch unsicher und sehr wackelig, gelang es mir, auf die Beine zu kommen.

Allerdings nur kurz, denn kaum, dass ich einen Schritt allein machen wollte, sackte ich wieder in mich zusammen.

Allmählich gewöhnten sich meine Augen an das Licht und ich erkannte, dass all die Holzhütten, die sonst einen Ring um unser Marktzentrum gebildet hatten, in Flammen standen. All die wunderschönen Schnitzereien und Gebilde wurden vom Feuer zerfressen und verschwanden in der Glut.

Von den Ständen der Händler auf dem Markt war nichts mehr zu sehen. An einigen Stellen waren selbst die Stege, die den Boden unseres Dorfes bildeten, bereits verschwunden. Midre war teils auf dem Wasser errichtet worden und stand auf Holzbalken. So gab es einige große Löcher im Untergrund, durch die ich das Wasser erkennen konnte.

Als sich der Dachträger eines Hauses löste, in die Mitte des Platzes fiel und mit einem gewaltigen Knacken einen ellenlangen Krater im Boden zurückließ, schnürte sich mir die Kehle zu. Das konnte nicht sein. Das durfte nicht passieren.

»Du bist wach.«

Ich zuckte zusammen, als sich die Gestalt, die ich eben erblickt hatte, zu mir gesellte und direkt vor mir stehen blieb. Als ich in die blauen Augen schaute, die mich bereits einmal durchbohrt hatten, lief mir ein kalter Schauer den Rücken hinunter. Doch es brauchte nicht lange, um vorerst jegliche Sorgen und Ängste aus meinem Kopf zu verbannen, als er seinen Mantel zurückstrich, unter dem eine mir nur allzu vertraute Person zum Vorschein kam.

»Freya!«, quietschte eine hohe Stimme. Die Aufregung übertrug sich auf mich und keine Sekunde später konnte ich die Arme um meine kleine Schwester schlingen. Dabei spürte ich einen stechenden Schmerz auf meinem Rücken und zuckte instinktiv zusammen. Glücklicherweise schien Aylin das jedoch nicht zu stören.

»Aylin«, seufzte ich erleichtert. Ich hustete und merkte erst mit dem einen ausgesprochenen Wort, wie kratzig und rau meine Stimme klang.

Genauso plötzlich, wie meine gesamte Anspannung von mir abgefallen war, kehrte die Panik zurück. Ich kniete vor einem Lafrander, von dem ich gedacht hatte, dass er Aylin töten würde …

»Du …« Ich versuchte erneut mich aufzurichten und zog die Augenbrauen zusammen. Doch ich schaffte es nicht, auf die Beine zu kommen. Ich bemühte mich das einfach zu überspielen, blieb hocken und fuhr fort: »Warum hast du sie …« Ich deutete auf meine Schwester, woraufhin sich wieder ein Grübchen in der Wange des jungen Mannes bildete.

»Wir müssen hier weg. Für Erklärungen ist später noch Zeit. Am besten nimmst du deine Schwester und dann hauen wir ab. Ich bin mir sicher, dass bald Verstärkung kommen wird.«

Sprachlos starrte ich ihn an. Keine Antworten auf all meine Fragen? Keine Erklärungen und ich sollte einem meiner Feinde plötzlich vertrauen? So weit kam es noch!

»Vergiss es. Keine falschen Spielchen«, stellte ich klar. »Was geht hier vor sich?«

Er seufzte und damit wurde auch sein Gesichtsausdruck wieder ernst, sodass seine Kieferknochen hervortraten. »Ich weiß, dass es schwer ist, mir zu vertrauen. Aber falls das etwas ändern sollte: Ich … bin kein Lafrander. Ich musste nur bei ihnen untertauchen. Mehr kann ich dir nicht verraten.« Sein Blick sprach Bände, als er mich betrachtete. »Und ich fürchte, es dauert noch eine Weile, bis du wieder auf eigenen Beinen stehst.«

Machte der Kerl Scherze? »Was meinst du denn jetzt damit?«

Es brauchte keine weiteren Worte, damit ich erneut nach Luft rang. Er deutete um uns.

Überall lagen Männer mit schwarzen Umhängen am Boden verteilt, auch die übrigen Lafrander standen nicht mehr aufrecht. Die Holzbalken unter den Überresten waren dunkel verfärbt und ein unangenehmer Gestank ging von den Gestalten aus. Erst jetzt bemerkte ich bewusst neben dem Geruch von Ruß auch den nach verbranntem Menschenfleisch und musste würgen.

»Was … was ist passiert?«, stotterte ich und traute mich kaum noch dem Lafrander in die Augen zu schauen.

Doch er starrte mich erbarmungslos in Grund und Boden. »Ich müsste eher Angst vor dir haben. Schließlich hab nicht ich, sondern du all diese Menschen umgebracht.«

»Das kann nicht sein. Wie soll das passiert sein?« Ich schüttelte vehement den Kopf. Mein Schädel begann zu dröhnen. »Daran könnte ich mich ja wohl erinnern.«

Der Lafrander zuckte mit den Schultern. »Nicht, wenn du währenddessen das Bewusstsein verloren hast.«

Ich schluckte. Daran hatte ich gar nicht mehr gedacht. Mein eigenes Dorf – die übrigen Gestalten, die um uns herum ihre Sachen retteten, die noch zu retten waren, und noch nicht geflohen waren – warf nicht dem Lafrander, sondern mir immer wieder Blicke mit weit aufgerissenen Augen zu. Wieso tat dann aber meine Schwester so, als wäre alles in Ordnung, und betrachtete mich nicht wie ein Monster?

»Das ist nicht möglich. Das kann nicht sein.« Ich verschränkte die Arme vor der Brust. »Ich würde niemals einem anderen Menschen grundlos ein Haar krümmen und wie ...«

Es wollte mir nicht in den Kopf gehen. Wieso lebten einige Bewohner meines Dorfes noch, aber diese Eindringlinge, die doch allem Anschein nach das Ziel verfolgt hatten, meinem Volk etwas anzutun, nicht mehr? Wie sollte ich überhaupt für den Tod so vieler Menschen verantwortlich sein?

»Manchmal passieren Dinge, die wir nicht wollen, aber die wir nicht verhindern können.« Wenn ich es nicht besser wüsste, hätte ich es beinahe als Mitleid bezeichnet, was da in der Stimme des Mannes mitschwang. Die Frage war nur, wenn er kein Lafrander war, wer war er dann? Und wieso half er mir?

»Wir sollten jetzt wirklich verschwinden«, fuhr der Fremde fort. »Das war ernst gemeint.«

Alles in mir sträubte sich dagegen, einem Unbekannten zu vertrauen und ihm zu folgen. Doch auch mein erneuter Versuch, mich auf eigenen Beinen zu halten, scheiterte. Meine Füße knickten unter dem Gewicht meines Körpers weg, sodass ich erneut stürzte.

»Du brauchst meine Hilfe. Vertrau mir«, erwiderte der Mann. »Ich bringe deine Schwester und dich bis in die nächste Stadt.«

Widerwillig beobachtete ich, wie er sich zu mir kniete. Seine blauen Augen bohrten sich in mich. Ich wollte seine Hilfe nicht annehmen. Allein bei dem

Gedanken, einem Fremden vertrauen zu müssen, stellten sich all meine Nackenhaare auf. Gleichzeitig wusste doch ein kleiner Teil von mir, dass ich keine andere Wahl hatte. »Unter zwei Bedingungen.«

Er stieß einen Laut aus, der wie eine Mischung aus Schnauben und Lachen klang. »In Ordnung?«

»Erstens: Du verrätst mir endlich deinen Namen.«

»Wenn es weiter nichts ist«, erwiderte er. »Ich bin Luan. Und du bist?«

»Freya.« Ich legte meinen geflochtenen Zopf über meine Schulter und holte tief Luft.

»Und zweitens?«, kam mir Luan abermals zuvor.

»Werde ich nirgendwohin gehen, ohne meine Eltern aus der Stadt zu retten.« Ich ballte meine Hände zu Fäusten zusammen, damit mich das Zittern nicht ablenken konnte.

Noch immer brannte meine Haut und auch mein Inneres schmerzte mit jeder noch so kleinen Bewegung. Doch so sehr ich mich auch anstrengte, das Letzte, an das ich mich erinnerte, war der Lichtblitz, der mich von den Füßen gerissen hatte.

Ich musste zu Mutter und Vater. Bestimmt waren sie zu unserer Hütte zurückgekehrt und hofften nun, dass Aylin und ich uns auch dort einfinden würden. Unsere Eltern würden wissen, was nun zu tun war. Vor allem konnte mein Vater sich notfalls um den Lafrander kümmern.

Ein Grummeln drang aus Luans Kehle. »Ich will dich nicht beunruhigen, aber ...«

»Kein Aber. Wir gehen zur Hütte meiner Eltern«, entschied ich. Aylin hüpfte aufgeregt auf und ab und klammerte sich an meinen Arm.

Ich hatte es so eilig, dass ich einfach ihre Hand ergriff und loslaufen wollte, jedoch keine zwei Schritte weit kam, ohne ins Schwanken zu geraten.

»Vorsicht!« Luan griff nach meinem freien Arm und stützte mich. »Du hast wahnsinnig viel Kraft verloren. Dein Körper muss sich erst erholen.«

Wenn ich gedacht hatte, dass mir bisher heiß gewesen war, dann hatte ich mich deutlich unterschätzt. Durch Luans Berührung auf meiner Haut fühlte es sich an, als würde mein gesamter Körper in Flammen stehen.

Es fiel mir schwer, zu zeigen, dass mir die Kraft fehlte, um selbst zu laufen oder Aylin aus dieser Situation herauszubringen. Ich war für meine kleine Schwester immer die Kämpferin gewesen. Ich hatte sie beschützt und ihr Dinge gezeigt. Jetzt vor ihren Augen zusammenzubrechen oder mich von einem fremden Mann stützen zu lassen zerriss mich innerlich.

»Aylin, du hast schon eine echte kleine Kämpferin als Schwester, weißt du das?«

Stillschweigend verfluchte ich diesen Fremden. Meine Wangen glühten und ich warf einen flüchtigen Blick zu meiner Schwester, die mich jedoch nur besorgt aus ihren großen Kinderaugen musterte. »Alles in Ordnung«, sagte ich mehr zu mir selbst und zu ihr als zu Luan. Um mich herum schwankte jedoch immer noch alles und ich merkte, wie meine Beine erneut zu zittern begannen.

Für einige Herzschläge schloss ich die Augen und hörte einfach in mich hinein. Lauschte dem Knacken des Holzes, dem Flüstern der Flammen und den lauten Schlägen meines Herzens.

»Sicher?«, hakte Luan nach und sein Griff um meine Taille verstärkte sich.

»Sicher«, brachte ich kraftlos hervor.

»Und? Wohin müssen wir nun, Kriegerin?«, fragte er nach und ich bemerkte, wie er mich von der Seite musterte.

»Einfach dem Weg in Richtung der Ebenen von Karden folgen.«

Wenn ich ehrlich war, blieb uns auch kaum eine andere Möglichkeit, vom Meer wegzukommen. Denn Midre war ganz im Süden von Ilandmera direkt am Rand des Midrenischen Meeres auf Holzbalken errichtet worden und der anschließende Sumpf mit Tümpeln und jeder Menge Schilf machte es unmöglich, ohne diese Stege zum Festland zu kommen. Nur zwei Pfade führten zu den Ebenen und nur einer der Wege führte zu der Hütte meiner Eltern.

»Ah, dann können wir von dort aus direkt weiter nach Karden laufen«, stellte nun auch Luan fest. »Ist es weit vom Zentrum zu der Hütte deiner Familie?«

»Nein, es ist nicht weit.« Ich schüttelte den Kopf. »Von den Fenstern der kleinen Hütte können wir sogar bis zu den vordersten Häusern am Meer schauen.« Und je bewusster mir wurde, wie nahe sich auch meine Eltern zum Zeitpunkt des Unglücks am Marktplatz aufgehalten hatten, desto mehr zog sich mein Brustkorb zusammen.

»Ja! Und im Sommer kommen die Sterne zu uns herunter und tanzen uns etwas vor«, berichtete Aylin mit glitzernden Augen, wie ich mit einem Seitenblick zu ihr feststellen konnte.

»Die Sterne kommen zu euch?«, hakte Luan nach.

Ich schmunzelte. »Ja, kleine Glühwürmchen.«

Auf meine Erklärung hin musste auch er lächeln und strich sich mit seiner freien Hand durch sein immer noch feuchtes Haar.

Ein Blick zurück über meine Schulter ließ mein Lächeln jedoch einfrieren. Fast der komplette Holzboden hatte Feuer gefangen und die Zungen der Flammen breiteten sich gierig in alle Richtungen des Dorfes aus. Die Lafrander hatten kleine Fackelkugeln in die Gassen geworfen, aber dass sich der Brand nun so rasch ausbreitete, hatte ich nicht erwartet. Und so wie die Häuser in der Glut aufleuchteten und anschließend in sich zusammenstürzten oder im Rauch verschwanden, so fühlte ich mich selbst auch.

Denn das Leuchten und die Hitze waren das Einzige, woran ich mich erinnern konnte. Alles danach war vom Rauch verschlungen worden, wie nun die Überreste meines Dorfes. Das Bild brannte sich in mich hinein und trieb mir Tränen in die Augen. Wobei ich mir nicht sicher war, ob es allein der Anblick war, denn auch der beißende Geruch, der in der Luft lag, kroch unaufhörlich in meine Nase, sodass ich abermals husten musste.

»Ist wirklich alles in Ordnung?« Luan warf erneut einen Blick zu Aylin und mir, bevor er den Arm von mir löste, den er stützend um mich gelegt hatte. »Vertrau mir.« Und dann verschwand er zum Rand des Stegs, kniete sich ans Wasser und zerriss sein Oberteil, das er unter dem Mantel getragen hatte.

Das Ratschen ließ mich zusammenzucken und auch Aylin kauerte sich wieder enger an mich. »Glaubst du, es geht Mutter und Vater gut?«, meinte sie und beugte sich ganz nah zu meinem Ohr.

»Ganz bestimmt.« Ich zwang mir ein Lächeln auf die Lippen, bis mir eine Frage in den Kopf kam, die mir schon die ganze Zeit keine Ruhe gelassen hatte. »Aylin, warum bist du nicht zu ihnen gelaufen, wie ich es dir gesagt habe? Du bist doch losgelaufen, aber wieso bist du zurückgekommen?«

Sie wandte den Blick ab. »Ich ...«

»Was tuschelt ihr denn?« Luan tauchte neben uns auf und reichte jeder von uns einen Teil des durchtränkten Stoffes. »Haltet euch das vor Mund und Nase, ja?«

Beinahe wäre mir die Kinnlade hinuntergefallen. Auf die Idee hätte ich auch kommen können.

»Danke«, brachte ich hervor, bevor ich mir das Tuch vor das Gesicht hielt und Aylin es mir gleichtat.

Ich war keine drei Schritte weitergehumpelt, als ich wie versteinert stehen blieb und nach Luft rang. Mir fehlte die Luft zum Atmen und ich riss das Tuch vom Mund weg. Das konnte nicht sein. Die Flammen waren hinter uns gewesen. Wieso ...

Vor uns, an der Stelle, an der einst unsere Hütte gestanden hatte, konnte ich nur noch einen Haufen aus Brettern und Balken erkennen, die kreuz und quer durcheinander lagen und kaum einen Meter über den Boden hinausragten. Funken stoben in den vom Rauch verdunkelten Himmel und mit ihnen verbrannte meine letzte Hoffnung.

Ich konnte nicht länger stark bleiben, konnte mich nicht länger auf den Beinen halten und sank abermals zu Boden. Ein stummes Schluchzen drang aus meiner Kehle, doch durch den Rauch hustete ich erneut.

Nie wieder würde ich mit meiner Mutter oder Aylin zum täglichen Markt gehen. Nie wieder die gefangenen Fische meines Vaters dort verkaufen oder sie mit meiner Mutter braten.

Zu gut erinnerte ich mich daran, wie Vater und ich erst vor wenigen Tagen gemeinsam mit Aylin eine Mehlschlacht in der Küche veranstaltet hatten. Mutter war gar nicht erfreut gewesen, dass wir mit Lebensmitteln um uns geworfen hatten, aber beim Anblick unseres Vaters hatte auch sie lachen müssen. Nass vom Meer und dem Wind, sodass das weiße Pulver an ihm besonders gut haften geblieben war, hatte er in der Tür gestanden. Sein dunkler Vollbart war schneeweiß geworden, während uns seine Augen belustigt angefunkelt hatten.

Nie wieder würden wir abends am Kaminfeuer zusammensitzen und den Geschichten unserer Eltern lauschen.

»Frey ...« Aylin drückte sich wieder an mich. »Wo sind Mutter und Vater? Können wir sie bitte holen gehen?«

»Das geht nicht.« Ich suchte nach den richtigen Worten, um meine kleine Schwester zu beruhigen und auch mir einzureden, dass alles gut war. Aber das war es nicht. »Mutter und Vater sind ... sind weg. Aber vielleicht ...«

»Weg?« Aylin riss ihre Augen auf. »Was heißt *weg*, Freya?«

Panik stieg in mir auf und mein Herz überschlug sich beinahe, während immer mehr Tränen meine Wangen hinunterliefen. Mein Magen zog sich schmerzhaft zusammen und ich befürchtete das Schlimmste beim Anblick der zerstörten Hütte. Dennoch sprach ich es nicht aus, sondern versuchte Aylin Mut zu machen. Unter all den Trümmern wollte ich nicht nach Leichen suchen, wollte meiner kleinen Schwester ersparen, womöglich unsere Eltern darunter zu finden. Denn das konnten sie nicht überlebt haben. »Mutter und Vater sind weggegangen. Wir sehen sie bestimmt bald wieder. Ich ... ich denke ... wir finden sie in der nächsten größeren Stadt, ja? So lange müssen wir allein durchhalten und stark bleiben.« Doch mit jedem Wort, das meine Lippen verließ, wurde mir mehr bewusst, dass unsere Eltern unmöglich das Dorf verlassen haben konnten. Nicht bei all den Männern, die hier aufgekreuzt waren und Midre verwüstet hatten. Wenn Mutter und Vater nicht in der Hütte gewesen waren, konnten sie nicht mehr am Leben sein. Sie hatten uns stets eingeredet, uns bei einem Notfall in der Hütte einzufinden.

»Bringen die Sterne sie zu uns?« Die Art, wie Aylin so hoffnungsvoll nachfragte, gab mir den Rest und ließ mich zu Boden sinken. Die Geschichte mit den Sternen ...

»Vielleicht.« Ein weiterer Schluchzer schüttelte meinen Körper und ich schloss kurz die Augen, um sie dann wieder auf das Bild unseres zusammengestürzten Hauses zu richten. Um all die Erinnerungen, die an dieser kleinen

Hütte hingen, in Sekundenschnelle vor meinem inneren Auge zu sehen. Um Mutter und Vater glücklich lachend vor mir zu haben … und jetzt zu wissen, dass sie weg waren … für immer.

»Meine … unsere Eltern …« Tränen schossen mir abermals in die Augen, brannten auf meinen Wangen und tropften von meinem Kinn in Richtung Boden, als ich mich leise an Luan wandte.

»Es sind nicht nur deine Eltern, die es nicht geschafft haben, Freya. Die Sacrander haben ein nahezu komplettes weiteres Dorf verloren. Midre existiert nicht länger«, wisperte er mir ins Ohr.

Am liebsten hätte ich laut aufgeschrien. Wie konnte er zuvor so hilfsbereit gewesen sein und nun derart gefühlskalt so etwas heraushauen? »Lafrander bringen nichts als Unglück und Krieg«, flüsterte ich mehr zu mir selbst, ballte meine Hände zu Fäusten und erschrak, als Luan den Kopf schüttelte.

»Mag sein. Aber deine Eltern … Dieses Dorf hast ganz allein du zerstört.«

KAPITEL 3

Sacrande – Ebene von Karden

Ich wollte schreien. Wollte rennen, mich fallen lassen. Wollte weinen und nicht mehr weiter. Mit dem Anblick des zerstörten Hauses vor mir war auch etwas tief in meinem Inneren zerbrochen. Meine Kindheit, all die letzten Jahre, hatte ich in dem Haus und in diesem Dorf verbracht. Nun alles in einem einzigen Trümmerfeld hinter mir lassen zu müssen, zerriss mich in all meine Einzelteile.

Aber ich durfte nicht weinen. Ich musste stark bleiben. Für Aylin. Also holte ich tief Luft und stellte die erste Frage, die mir in den Sinn kam. »Wieso zu den Kardenern?«

»Ich kenne da wen, der uns vorerst einen Unterschlupf geben kann, ohne dass jemand von dem hier erfährt und dass wir es überlebt haben.« Er richtete sich auf und streckte mir eine Hand entgegen. »Dort wirst du auch mehr Antworten erhalten.«

Ich riss den Kopf in seine Richtung. Diese Aussicht schenkte mir einen Funken Hoffnung.

Und er hatte recht … Die gigantische Rauchwolke, die durch unsere schlichten Hütten aus Holz und Schilf in den Himmel zog, hing wie eine bedrohliche Warnung, nahezu wie ein zu später Hilferuf des verlorenen Dorfes, über uns. Es war nur eine Frage der Zeit, wann die nächsten vorbeiziehenden Händler die Botschaft in den umliegenden Dörfern und Städten verbreiten würden.

»Wieso erzählst du mir nicht jetzt schon ein bisschen mehr? Wer bist du, dass du deine Kameraden einfach verrätst und mir hilfst? Warum tust du das?«, warf ich Luan vor. Es widerstrebte mir noch immer, einem Fremden einfach so zu vertrauen. Denn auf welcher Seite stand er, wenn er zuvor noch die Dörfer mit den anderen Soldaten überfallen hatte, um ihnen nun so in den Rücken zu fallen? Das ergab doch alles keinen Sinn. Auch wenn er nur bei den Lafrandern untergetaucht war, so musste er sie doch einige Zeit begleitet und vielleicht auch Freunde gefunden haben, die er nun im Stich ließ.

»Ich habe einen Pakt mit jemandem geschlossen, dich zu retten, solltest du auftauchen. Ich war nie einer von denen und werde es auch nie sein«, entgegnete er. »Aber wir haben jetzt keine Zeit, um Fragen zu beantworten.«

Ich wollte widersprechen. In absehbarer Zeit Antworten zu erhalten gab mir einen Teil meines Mutes und meiner Zuversicht zurück. Als würde der winzige Funke, den mir Luan mit seinen Worten gegeben hatte, eine kleine Flamme in meinem Inneren zum Leuchten bringen. Doch zugleich war da dieses Kribbeln tief in mir. Ich musste ihm vertrauen, auch wenn es mir widerstrebte. Was blieb mir anderes übrig?

»Versprochen?«, hakte ich nach. »Versprich mir, dass du in Karden all meine Fragen beantwortest.«

»Nicht alle, aber viele. Versprochen.« Er nickte mir zu und zog dann eine Augenbraue in die Höhe.

Abermals schoss mir die Hitze in die Wangen. Seine ausgestreckte Hand hing noch immer wie eine Einladung zwischen uns. Ein Angebot, in das ich nur einzuwilligen brauchte, damit ich wieder die Kraft zum Aufstehen fand.

»Danke«, sagte ich, als ich meine Hand in seine legte und mir auf die Füße helfen ließ. Dieses Mal stand ich bereits sicherer und zitterte weniger. Meine Kraft kehrte zurück. »Wie lange werden wir brauchen?«

»Nicht allzu lange, wenn wir gleich aufbrechen. Dann schaffen wir es ohne Proviant. Ich habe einen Trinkbeutel bei mir. Wenn wir uns das alle ein wenig einteilen, genügt es für die kurze Strecke.« Wie zur Bestätigung holte er unter seinem Mantel einen kleinen Beutel hervor. »Wir sollten hier noch ein wenig Wasser trinken und den Beutel gefüllt mitnehmen.«

Ich nickte unter dem fragenden Blick von Aylin. »Es ist ziemlich heiß auf den Ebenen, weil sie auf einem Plateau oberhalb von Midre liegen«, erklärte ich ihr. »Die Sonne dürfte in wenigen Stunden ihren höchsten Punkt erreicht haben und dadurch, dass es auf den Wiesen manchmal sehr trocken sein kann – obwohl sie so nah am Wasser liegen – kann es unangenehm werden.«

Luan nickte, als würde er meine Antwort bestätigen wollen. Schon oft hatte ich am Rand der Sandfläche gestanden. Einmal hatte unsere Mutter uns erklärt, dass die Ebene ihren Namen den Pflanzen verdankte, die sich darauf ausgebreitet hatten: den Karden-Gewächsen.

Luan verzog das Gesicht. »Trinkt jetzt etwas und dann lasst uns aufbrechen.« Er reichte mir den Beutel.

»Nach dir«, erwiderte ich, sehr zur Belustigung von Luan, wie mir das Grübchen in seiner Wange verriet.

Nachdem er selbst einen großen Schluck genommen hatte und mir abermals den Beutel reichte, nahm ich ihn schließlich. Prüfend hielt ich meine Nase darüber und stellte fest, dass es tatsächlich Wasser sein musste. Aber sicher war sicher.

Nachdem Aylin und ich getrunken hatten und Luan den Beutel aufgefüllt hatte, brachen wir auf. Ich warf einen letzten Blick auf unser Haus, das kaum noch zu erkennen war. Das Schilf, das sonst im Wind wiegte, hatte mittlerweile auch Feuer gefangen und schwelte in einem leuchtenden Rotorange. Das hinter uns liegende Dorf war im Rauch bereits kaum noch wiederzuerkennen.

Es würde nie wieder so sein, wie ich es in Erinnerung hatte. Ich würde es wohl nie wiedersehen, nie wieder über die Stege um das Zentrum herumlaufen. Nie wieder direkt von einem der Häuser in ein Fischerboot einsteigen und auf das Meer hinausfahren.

Luan zog mich sanft vorwärts und lenkte so auch meine Augen weg von dem Feuer auf den Boden vor uns. Er hatte ja recht. Wir hatten schon viel zu lange gewartet, hatten Glück, dass die Flammen noch nicht den Weg bis zu den Ebenen zerfressen hatten und uns noch gehen ließen.

»Verschwinden wir«, brachte ich mühsam hervor. Frische Tränen brannten in meinen Augen, aber ich blinzelte sie weg. Ich musste stark bleiben. Für Aylin. Allein das zählte jetzt. Das redete ich mir immer und immer wieder ein.

Aylin klammerte sich an mich, als wir an den Rand des letzten Steges traten und sich vor uns die weite Ebene von Karden öffnete. Hier am Rand standen noch vereinzelte Bäume, aber vor uns lag eine Wiese aus krautartigen Gewächsen, so weit ich blicken konnte.

Am liebsten wäre ich auf der Stelle wie angewurzelt stehen geblieben, Aylin kam mir damit jedoch zuvor.

»Mutter hat gesagt, dass wir die Stege nicht verlassen dürfen!«, klagte sie und drückte sich noch enger an mich.

Auch mir wurde mulmig zumute, wenn ich daran dachte, dass ich noch nie außerhalb der gewohnten Gegend gewesen war. Unsere Mutter hatte es uns nicht ohne Grund verboten ... »Du hast recht, Aylin. Aber das hier ist eine besondere Situation. Es gibt Momente, da müssen wir die Regeln brechen. Mutter und Vater hätten nicht gewollt, dass wir hierbleiben und auf sie warten. Sie hätten genau jetzt von uns erwartet, dass wir sie suchen gehen. Und dafür müssen wir diesen Schritt wagen.« Ich schenkte ihr ein möglichst aufmunterndes Lächeln.

Doch zu meinem Entsetzen schüttelte sie den Kopf. Das tat sie doch sonst nicht. Bisher hatte sie mir immer vertraut, hatte getan, was ich gesagt hatte ...

Ich atmete tief durch, um mir die nächsten Worte der Überzeugung einfallen zu lassen. Aber Luan kam mir zuvor. Er ging vor meiner kleinen Schwester in die Knie.

»Hör mal, kleine Lady. Deine Schwester hat recht. Und ich bin bei euch. Eure Eltern wollten nur nicht, dass ihr allein und ungeschützt die Weiten von Ilandmera betretet. Aber jetzt habt ihr einen starken Krieger an eurer Seite, der euch beschützt.« Er zwinkerte Aylin zu und sie blickte verlegen zu Boden. »Siehst du ...« Er nahm seinen Mantel zurück und gab damit die Sicht auf sein Schwert frei, das er am Gürtel befestigt hatte. »Das ist die Waffe eines echten Kriegers und damit werde ich dich und Freya mit meinem Leben verteidigen.«

Kurz weiteten sich Aylins Augen beim Anblick des Schwertes. Dann hob sie entschlossen das Kinn in die Höhe und verschränkte ihre Arme vor der Brust. »Ich bin nicht klein«, widersprach sie zu meinem Erstaunen.

Luan lachte. »Auf große Ladys muss man noch viel besser aufpassen, das stimmt.« Zu meiner Überraschung schaute er auf und zwinkerte dieses Mal mir zu. War das sein Ernst?

»Versprochen?«, hakte Aylin nach.

»Versprochen«, entgegnete Luan.

Danach erhob er sich und trat wieder an meine Seite. Legte schützend seinen Arm um mich und tat einen Schritt in Richtung der unendlichen Grasebenen, die vor uns lagen.

Ich schluckte. Weiter war ich noch nie von zu Hause weg gewesen. Weiter war ich überhaupt noch nie gegangen und es jetzt zu tun, fühlte sich befreiend und falsch zugleich an. Denn es gab mir die Gewissheit, dass ich nie wieder an diesen Ort zurückkehren würde und dass ab jetzt nichts mehr so werden würde, wie ich es gewohnt war.

»Ich will zu Luan!«, meinte Aylin und verschwand plötzlich von meiner Seite, um kurz darauf neben Luan zu stehen und die freie Hand des Kriegers zu ergreifen.

Erschrocken öffnete ich den Mund, um etwas zu sagen. Schloss ihn jedoch wieder, weil ich nicht wusste, was ich dazu sagen sollte. Ich war immer für Aylin dagewesen. Ich war diejenige gewesen, der sie stets vertraut und auf die sie gehört hatte. Warum um alles in der Welt fühlte sie sich nun bei einem Fremden sicherer als bei mir?

Die Eifersucht raubte mir den Atem und ein weiteres Stück meiner Kräfte. Aber ich blieb stumm.

Mit jedem Schritt, den wir in die Ebene taten, den wir durch die Karden-Gewächse liefen, stieg die Sonne höher in den Himmel hinauf. Immer ungestümer brannten ihre Strahlen auf meiner Haut und immer mehr Dornen rissen mir die Haut an den Beinen auf, bohrten sich in meine Schienbeine und Waden. Währenddessen zitterte mein Körper noch immer unkontrolliert. Wieso kam ich mir nur so schwach und hilflos vor?

Ich biss die Zähne fest aufeinander. Ich hasste dieses Gefühl jetzt schon.

Dieses Gefühl, dem Fremden schutzlos ausgeliefert zu sein, mich auf ihn verlassen zu müssen und nicht allein auf Aylin aufpassen und für sie sorgen zu können.

»Meine Füße tun weh«, jammerte Aylin. Wie gern ich ihr zugestimmt hätte, denn auch ich spürte erste Blasen an meinen Hacken und wollte mich am liebsten an Ort und Stelle auf den Boden fallen lassen. Doch auch von dort ging eine enorme Hitze aus.

»Am Abend werden wir in Karden sein«, bemerkte Luan. Auch wenn er es aufmunternd meinte, trieb mich die Aussicht auf noch mehrere Stunden Fußmarsch beinahe an den Rand der Verzweiflung.

Doch das war nur eine der Tatsachen, die sich stetig in meine Gedanken drängten. Zusätzlich sah ich all die Bilder meines brennenden Dorfes ununterbrochen vor meinem inneren Auge aufflackern. Und mit jedem dieser Bilder fühlte ich mich, als würde eine Dolchspitze immerzu in meine Brust gerammt werden.

Nur nicht aufgeben. Nicht weinen ...

Als ich das nächste Mal in den wolkenlosen Himmel blickte, erkannte ich, dass die Sonne tatsächlich beinahe den höchsten Stand erreicht hatte. Noch nie hatte ich mir so sehnlichst eine einzige Wolke und ein wenig Schatten gewünscht.

»Vielleicht haben wir Glück«, Luan war meinem Blick gefolgt, »und es zieht am Nachmittag ein bisschen zu und kühlt sich ab.«

Ich war zu schwach, fühlte mich zu kraftlos, um etwas darauf zu erwidern. Die Luft vor mir flimmerte und immer wieder bildete ich mir Dinge ein. Dass vor uns Seen auf der Ebene lägen, dass sich die Gewächse in einer Windböe bewegten. Aber nichts davon entsprach der Realität. Leider.

»Runter«, zischte Luan plötzlich und zog Aylin und mich gleichzeitig zwischen die Gewächse in den Sand.

»Au!«, beschwerten Aylin und ich uns beinahe zur gleichen Sekunde, woraufhin wir nur ein »Pssscht!« von Luan abbekamen.

Als ich es wagte, kurz aufzuschauen, entdeckte ich in der Ferne einige Reiter im Flimmern der Hitze. Ihre Köpfe wanderten über die Ebene und in

Richtung des Rauches. Trotz der verschwommenen Luft meinte ich erkennen zu können, dass sie sich umschauten und dass es um die sechs Männer sein mussten.

»Sind das …?«, flüsterte ich.

»Ja.« Luan nickte. »Das sind Lafrander.«

Ein eiskalter Schauer lief mir über den gesamten Körper und brachte mich zum Frösteln. War das die Verstärkung, von der Luan gesprochen hatte?

»Nach was sucht ihr Lafrander denn bitte so verzweifelt?«, fragte ich nach. So leise, dass ich meine Worte kaum selbst noch verstand. Die Reiter schienen weit weg, aber riskieren wollte ich nichts.

»Das habe ich dir doch bereits erklärt. Nach einem Mädchen, das anders ist. Einem Mädchen, vor dem wir uns alle fürchten müssen.«

»Aber warum?! Wieso sollte das ausgerechnet ich sein? Ich verstehe das nicht«, rief ich verzweifelt aus. »Das ergibt keinen Sinn. Bisher hat sich auch keiner um mein verdammtes Leben geschert.«

»Psst!« Er zuckte mit den Schultern. »Es gibt immer wieder Momente im Leben, in denen sich alles verändern kann. Ob wir wollen oder nicht. Dann bleibt uns nur eines: unser Schicksal anzunehmen und das Beste daraus zu machen. Das solltest du jetzt tun.«

Lustig. Der Kerl hatte gut reden. Wer hatte denn gerade das Bewusstsein verloren, die Augen wieder aufgeschlagen und plötzlich das ganze Dorf zerstört gesehen? Wer hatte gerade seine Eltern verloren?

Inzwischen zitterte ich nicht mehr nur wegen mangelnder Kräfte, sondern wegen panischer Angst um meine Schwester und mich. Wurden wir gerade tatsächlich von ganz Lafrand gesucht?

»Ich verstehe das alles trotzdem nicht. Du kannst mir doch nicht weismachen, dass mich von jetzt auf gleich halb Ilandmera jagt und ich keinen blassen Schimmer habe warum!«

»Doch. So ist es aber.« Und mit seiner Antwort brachte Luan an diesem Tag erneut meine gesamte Welt durcheinander. Warf alles über Bord, an das ich mich bisher geklammert hatte. »Ich bin mir inzwischen mehr als nur sicher, dass du keine Sacranderin bist.«

KAPITEL 4

Sacrande – Karden

Am späten Nachmittag erreichten wir schließlich die südliche Handelsstadt Karden, die Hauptstadt Sacrandes. Damit ließen wir die Hitze der Ebene hinter uns.

»Was führt Euch her?« Aus zusammengekniffenen Augen musterte uns einer der Wächter vor den Toren der Stadt. »Ein Lafrander – der Kleidung nach zu urteilen –, eine Sacranderin und ein kleines Mädchen. Seltsame Gefährten für Zeiten wie diese.«

»Es hat Euch einen Scheiß zu interessieren, was uns herführt. Steckt Eure Nase nicht in Angelegenheiten anderer Leute, die Euch nichts angehen!«, fauchte Luan. »Und jetzt sagt mir nichts von wegen Wächteraufgabe! Ich bin im geheimen Auftrag des Königs der Hauptstadt hier.«

Ich musste mich zusammenreißen, um nicht überrascht den Kopf zu Luan zu drehen. Es stimmte also. Luan würde Aylin und mich König Thorn vorführen. Obwohl er kein Lafrander war?

Die Wächter schien die Antwort zu überzeugen – zumindest den Mann vor uns. Denn er zögerte nicht länger und hob die Hand zu einer einfachen Geste, woraufhin ein Horn geblasen wurde und sich die riesigen Tore der Stadt langsam öffneten.

»So macht man das, Prinzesschen. Ich hoffe, du hast dir das gut angeschaut und gemerkt.« Luan grinste breit.

Ich hielt den Atem an, aber der Wächter hatte sich längst einige Schritte von uns entfernt und war zur Öffnung des Tores gegangen.

»Prinzesschen?«, entgegnete ich scharf.

»Reg dich ab!«, meinte er daraufhin nur, was ich mit zusammengebissenen Zähnen zu ignorieren versuchte.

»Du ... bist gar nicht im Auftrag des Königs unterwegs?«, hakte ich nach und beinahe wäre mir erneut die Kinnlade nach unten geklappt.

»Was denkst du denn? Besser, du hinterfragst die Dinge, die dir erzählt werden, in Zukunft mehr. Wenn ich wirklich im Sinne von Thorn handeln würde, müsste ich dich hinrichten, weil du Magie in dir trägst.« Luan zwinkerte mir zu. Dann wandte er sich von mir ab und folgte dem Wächter der Kardener.

Magie. Ich fröstelte. Das ergab doch alles keinen Sinn. Ja, er hatte mir erzählt, dass er ein Mädchen im Auftrag seines Königs suchen würde. Aber warum hatte er mich damit angelogen? Und wieso um alles in der Welt schleppte er mich zu den Kardenern? Nur weil hier eventuell jemand war, der uns helfen konnte?

Aylin schaute zu mir auf. »Ich habe Angst.«

O ja. Das hatte ich auch. Und wie. Aber das sagte ich nicht laut. Nicht vor meiner kleinen Schwester. »Wird schon gut gehen. Wir haben doch Luan dabei«, versuchte ich sie aufzumuntern und hoffte auch meine Zweifel damit wegwischen zu können.

Ich betete inständig, dass wir Luan wirklich trauen konnten. Bisher wusste ich einfach nicht, was ich ihm glauben durfte und was nicht. Ich folgte einem Fremden. In eine fremde Stadt. In ein Abenteuer.

»Was ist mit euch?«, rief Luan und warf uns einen Blick über seine Schulter zu. »Habt ihr da Wurzeln geschlagen?«

Ich ließ mich nicht zweimal auffordern. Stattdessen griff ich nach der Hand meiner Schwester und holte tief Luft. Mit möglichst selbstbewussten Schritten folgte ich ihm in dieses unbekannte Gebiet. Ich war noch nie hier gewesen, obgleich die Stadt in der Nähe von Midre lag.

Beim Anblick der gigantischen Tore vor mir begann mein Magen zu kribbeln und meine Knie wurden wieder wackelig. Vor lauter Aufregung hatte ich beinahe vergessen, wie geschwächt ich noch immer war, und auch der weite Fußweg hatte seine Spuren hinterlassen.

Mit brennenden Hacken, wundgescheuerten Fußsohlen und zittrigen Beinen trat ich der Öffnung in der Festungsmauer entgegen. Im Schatten der Mauer bekam ich eine Gänsehaut, obwohl die Sonne bereits den Himmel verlassen hatte und am Horizont untergetaucht war. Allein die meterhoch aufgetürmten Steine brachten mich zum Frösteln.

»Karden ist eine alte Stadt«, meinte ich zu Aylin. »In unserem Dorf wird schon seit Anbeginn der Zeit von diesem Ort berichtet. Von den Händlern, die von hier kommen, und von all den Geschichten, die sie aus der Welt in den Toren dieser Stadt zusammentragen.«

Luan war stehen geblieben und wartete auf uns. »Wie soll das nur werden, wenn wir erst die Hauptstadt betreten?«

»Wir gehen nach Carsadesh?«, brachte ich mit kratziger Stimme hervor. »Wieso denn dahin? Du wolltest doch hier Unterschlupf suchen?«

»Ja, ich wollte mit euch hierher, weil ich euch jemanden vorstellen möchte. Aber wir werden nicht hierbleiben können. Und wenn sich meine Idee bestätigt, dann werdet ihr nur Sicherheit finden, wenn ihr in die Hauptstadt zieht. Denn nur dort werdet ihr – wirst vor allem du, Freya – Verbündete antreffen, die euch beschützen können.«

Schon wieder entflammten unendlich viele Fragen in meinem Inneren. Meine Neugier war definitiv entzündet worden. Wenn das Luans Ziel gewesen war, hatte er es erfolgreich geschafft. Allein der Gedanke an Carsadesh brachte mich an den Rand meines Vorstellungsvermögens und als ich zu Aylin blickte, spiegelte sich dieselbe Flamme der Neugier und Angst in ihren Augen wider.

»Auf geht's. Gleich erfahrt ihr mehr, wenn mein alter Freund noch dort lebt, wo ich ihn zuletzt getroffen habe.«

»Das weißt du gar nicht mit Sicherheit?«, fragte ich entsetzt.

Luan schüttelte den Kopf. »Nein. Wir haben uns seit Jahren nicht gesehen. Ich weiß nicht, auf welcher Seite der Mächte er inzwischen steht und in wessen Dienste es ihn verschlagen hat. Allerdings ist er weit und breit der Einzige, von dem wir jetzt Hilfe und Ratschläge erwarten können. Wenn, dann weiß er, was jetzt zu tun ist.«

Und abermals fühlte ich mich, als hätte er seine Hände um mein Herz gelegt und einfach zugedrückt. Ich kam mir wie in einer schlechten Geschichte vor. Das konnte unmöglich wahr sein. Und obwohl Luan mich so fühlen ließ, so ein unbeschreibliches Chaos in mir verbreitete, trat ich mit ihm gemeinsam in die Stadt.

Unter ihrem eigenen Gewicht ächzend und knarrend fielen die Flügel der Tore hinter uns zu, weswegen ich erschrocken zusammenzuckte. Jetzt gab es wirklich kein Zurück mehr. Aylin und ich waren mit einem Fremden innerhalb dieser Mauern gefangen. Mit vielen Fremden und einem jungen Mann, der uns seine Hilfe versprochen hatte.

Der Duft nach Gewürzen führte uns durch die gesamten Gassen der Stadt.

»Sieh mal!«, entfuhr es Aylin, und ich beobachtete, wie meine kleine Schwester auf den Boden deutete. »Die ganze Stadt steht auf Sandboden! Hier sind ja gar keine Holzbretter!« Der fröhliche Ausbruch meiner Schwester entlockte mir ein Lächeln, bis ich Luans warnenden Blick bemerkte.

»Es darf keiner wissen, woher ihr kommt! Noch sind wir in Sacrande und die Menschen kennen euer Dorf. Trotzdem könnte es Fragen aufwerfen, was euch in die Stadt treibt, denn ihr Bewohner von Midre kommt für gewöhnlich nicht hierher, habe ich Recht?« Er zog seine Augenbrauen hoch.

Kleinlaut musste ich zustimmen.

»Also«, gab er zurück. »Bitte seid etwas vorsichtiger.« Er wandte sich zu Aylin und ging erneut vor ihr in die Hocke. »Kleine Lady, bitte rede fortan mit niemandem, wenn Freya oder ich dir nicht unsere ausdrückliche Erlaubnis dafür geben, ja? Diese Menschen hier können sehr gefährlich sein und du möchtest doch, dass ich dich gut beschützen kann?«

Eifrig nickte meine kleine Schwester und deutete an, wie sie mit einem unsichtbaren Schlüssel ihren Mund verschloss. Dabei presste sie ihre Lippen fest aufeinander und tat dann so, als würde sie den Schlüssel wegwerfen.

Zufrieden lachte Luan. »Sehr gut. Du bist ja doch schon eine große Lady!«

Ich konnte Aylin förmlich ansehen, wie stolz sie über seine Aussage war. Sie streckte die Brust heraus und drückte den Rücken durch, wodurch sie größer wirkte, als sie eigentlich war. Sie so glücklich zu sehen, wenn Luan ihr Komplimente machte oder sie seinen Anweisungen folgte, versetzte mir dennoch wieder einen Stich. Als würde ich sie außerhalb von Midre ganz langsam, aber merklich verlieren. Als würde Luan den Faden durchtrennen, den wir seit unserer Kindheit um uns herum gesponnen hatten.

»So viele Händler ... Warum bieten sie nur Gewürze an?«, wollte ich wissen, um mich abzulenken.

»Auf der anderen Seite der Stadt treffen die Händler aus dem Norden ein. Dort werden auch Dinge aus Carsadesh und den umliegenden Städten verkauft. Aber Karden ist für seine Gewürze und Kräuter bekannt und die werden nur im Süden der Stadt gehandelt.«

Auf seltsame Art und Weise störte es mich, dass Luan zu gefühlt all meinen Fragen eine passende Antwort hatte und auch Aylin gegenüber immer genau die richtigen Worte wählen konnte.

»Ah, warte. Schau, dort drüben werden auch Fisch und Meeresspeisen angeboten. Das habe ich ganz vergessen zu erwähnen. Was aus dem Süden vom Midrenischen Meer kommt, wird auch im Süden von Karden verkauft.« Mit einer ausgestreckten Hand deutete er über die Köpfe der Leute hinweg und tatsächlich konnte ich in der Ferne einen weiteren Marktplatz erkennen. Auch dort drängten sich die Menschen genauso dicht wie bei uns, sodass ich mir keine Sorgen machen musste, groß aufzufallen.

Gleichzeitig breitete sich die Furcht in mir aus, Aylin aus den Augen zu verlieren und in diesen Massen nicht wiederzufinden.

Mein Magen zog sich zusammen. Unser Vater war jeden Tag mit einigen Männern zum Fischen aufs Midrenische Meer hinausgefahren. Durch den Verkauf der Fänge an durchreisende Händler hatten diese Männer und auch unser Vater die Familie ernähren können.

»Ich sehe nichts!«, beschwerte sich meine Schwester just in dem Moment. Luan war jedoch schon auf dem Weg zu ihr und schlang seine kräftigen Arme um sie.

Beinahe in derselben Bewegung warf er mir einen Blick zu. »Darf ich?«

Was sollte ich sagen? Was blieb mir anderes übrig, als ein Ja zu erwidern? Mit zusammengebissenen Zähnen nickte ich. Luan zögerte keine Sekunde und hob Aylin auf seine Schultern.

»Ui, so viele Menschen!«, rief diese und schaute sich mit strahlendem Gesicht um. »Und dort! Die Häuser sind ja ganz bunt. Das dahinten ist sogar türkis wie der Himmel und das ganz grün wie die Blätter der Bäume, Freya. Schau doch! Und da, eines, das ganz in Gold schimmert ... wie die Sterne.«

»Denk an dein Versprechen«, mahnte Luan, auch wenn er lächelte. »Nicht zu laut und ...«

»Ich sag schon nichts mehr«, beeilte sich Aylin zu erwidern.

Wie die Sterne. Ich lächelte ebenfalls, obwohl mir gar nicht danach zumute war, während Luan sie wieder zu Boden setzte und Aylins Hand mir überreichte. Allerdings war dieses Kinderlachen einfach ansteckend und die freudige Aufregung übertrug sich wie von selbst auf mich.

Je weiter wir uns durch die Gassen und die Menschen schlängelten, desto trostloser wurden die Häuser. Die bunten Fassaden wandelten sich in dunkle Sandmauern, die sich bedrohlich zu beiden Seiten aufrichteten. Als würden sie uns einengen und daran erinnern wollen, dass wir nicht hierhergehörten. Dass wir Fremde in den Mauern dieser Stadt waren. Eindringlinge. Heimatlose.

Beim letzten Gedanken schluckte ich und blinzelte einige Male, um meine aufsteigenden Tränen zu verdrängen.

Aylins plötzliches Kichern ließ mich den Kopf heben. »Sind wir da?«, fragte sie aufgeregt.

»Ja, hier ist es.«

Sie und Luan waren vor einem schmalen Gebäude stehen geblieben. Das Haus wirkte, als hätte es sich zwischen die prächtigen Bauten zu beiden Seiten geschummelt und gehörte gar nicht an diesen Ort. Selbst die Farbe wirkte blasser im Verhältnis zu den umstehenden Häusern. An einigen Stellen waren bereits Steinchen aus der Mauer herausgebrochen und hinterließen fingergroße Kerben.

»Sieht ganz schön gruselig aus«, meinte Aylin und kicherte.

»Wir sind jetzt ja auch Abenteurer«, entgegnete Luan und knuffte sie in die Seite, woraufhin meine kleine Schwester erneut zu kichern begann.

Luan trat jedoch von ihr weg vor die Tür des Gebäudes und hob die Hand, um anzuklopfen. Kurz verharrte er in dieser Position, als müsste er noch nachdenken, ob es sich tatsächlich um die richtige Entscheidung handelte. Schließlich trafen seine Fingerknöchel auf das dunkle Holz und ein dumpfes Pochen erklang. Wie aus längst vergangener Zeit.

Die Stille, die daraufhin folgte, sorgte dafür, dass sich mir die Nackenhaare aufrichteten. Eine seichte Windböe tat ihr Übriges und bereitete mir Gänsehaut. Seit wir in diese Nebengassen abgebogen waren, fühlte ich mich wie in einer Geisterstadt. Kaum einer Menschenseele waren wir seither mehr begegnet und dennoch ... Es kam mir vor, als würden wir unaufhörlich beobachtet werden.

»Du? Hier?« Die tiefe Stimme, die der von Luan so ähnlich klang, ließ mich aus den Gedanken in die Realität zurückkehren.

»Ja, ich hier. Was für eine freundliche Art, Hallo zu sagen, nach all den Jahren. Es kommt mir wie eine Ewigkeit vor.« Luan machte einen Schritt auf den jungen Mann zu.

Doch der Rothaarige machte einen großen Schritt zurück und schloss dabei fast vollkommen die Tür. »Du hast recht. Nach all den Jahren wagst du es, hier einfach so aufzutauchen? Wieso jetzt?«

»Die Antwort steht hinter mir.« Mehr brachte Luan nicht hervor. Stattdessen stieß er ein Seufzen aus. Derart verzweifelt hatte ich ihn nicht ein einziges Mal gesehen, seit er mir begegnet war. Wer war der Fremde, dass er es schaffte, Luan die Worte zu rauben?

»Hübsches Mädchen hast du da. Und?«, hakte der Rotschopf nach und verschränkte die Hände vor der Brust, während er sich in den Türrahmen lehnte und seine Augen über mich gleiten ließ.

»Freya ist nicht nur hübsch«, begann Luan und Hitze schoss mir in die Wangen. »Midre ... Du kennst doch das Dorf am Meer, oder? Das kleine Fischerdorf auf den Wogen des –«

»Jeder kennt Midre«, unterbrach der Fremde nahezu gelangweilt den Redefluss von Luan. »Komm auf den Punkt.«

Ich konnte förmlich sehen, wie Luan mit sich selbst rang. »Sie hat das gesamte Dorf ausgelöscht.«

Eine Art Schnauben drang aus dem Fremden und er zog einen Mundwinkel in die Höhe, während Luan mir mit seinen Worten einen Dolch in die Brust stach. »Ist klar und ich kann die Zeit anhalten.«

»Ich meine es ernst. Weißt du, wie lange der König sich vor so jemandem gefürchtet hat? Dass er ausgerechnet in diesem Jahr Truppen auf die Suche nach einem besonderen Mädchen geschickt hat? Das kann kein Zufall sein.« Luan blieb hartnäckig.

»Es könnte jede sein.«

»Nein!«, rief Luan. »Wenn du gesehen hättest, was ich gesehen habe ... Niemand hätte uns in diese Stadt gelassen.«

»Mach keine Witze.« Der junge Mann schüttelte den Kopf. »Nach all den Jahren ... Ihr habt kaum fünf Monate gesucht und du glaubst wirklich, dass ihr *sie* gefunden habt. Dass es dieses eine berüchtigte Mädchen gibt?«

»Ja, ich bin mir sogar sehr sicher, nach dem, was sich in Midre ereignet hat. Das Dorf existiert nicht mehr. Innerhalb eines einzigen ... Es hat eine einzige Sekunde gedauert, bis alle Menschen in sich zusammengesunken waren, als wären sie vom Wind wie Blätter weggeblasen worden. Ein einziges Wort und einen Herzschlag. Es war der Anfang.«

»Wusste sie davor noch nichts ...«, erwiderte Luans Gegenüber dieses Mal mit wesentlich interessierterem Gesichtsausdruck.

»Nein. Sie wusste nicht einmal, dass der König nach einem Mädchen sucht. Schau sie dir doch an.«

Mir wurde mit jeder Minute mulmiger zumute, je länger die beiden Männer über mich redeten. Wie sie über mich sprachen, als wäre ich gar nicht da.

»Ich bin kein Objekt und kann euch hören, das ist euch schon klar, oder?«, rief ich schließlich frustriert und ballte meine Hände zu Fäusten. »Ich bin hergekommen, weil Luan meinte, dass ich hier Antworten bekommen würde und dass du derjenige seist, der sie mir geben kann. Dass du uns helfen würdest. Ich habe einem Fremden vertraut, um mir nun von dir anhören zu dürfen, dass das alles Lügen seien.« Ich rang nach Luft. »Ich ... Mir tut jeder Knochen weh. Ich habe keine Ahnung, was in Midre passiert ist. Aber was ich weiß, ist, dass mein Dorf jetzt nicht mehr existiert und kaum eine Handvoll Leute überlebt haben. Und ich wüsste gern warum. Warum, verdammt nochmal, das alles passiert ist!«

Beide Männer starrten mich mit offenen Mündern an. Der Fremde hatte seine Gesichtszüge als Erster wieder unter Kontrolle und schloss den Mund. »In Ordnung.«

»In Ordnung?«, hakte Luan nach. »Was soll das heißen?«

»Wenn das stimmt, was sie sagt, heißt es, dass ihr sofort von der Straße verschwinden solltet. Dass keine Stadt und kein Ort auf dieser Welt mehr sicher für euch sind, bis es wieder Frieden gibt.« Er machte die Tür weiter auf und trat zur Seite. »Ich mache das nicht für dich, nur dass das klar ist!«, zischte er in Luans Richtung, bevor er uns eintreten ließ.

Ich wusste nicht so recht, was ich in dieser Stadt erwartet hatte. Oder besser gesagt *wen*. Aber keinen jungen, gutaussehenden Mann in Luans Alter, der uns die Tür öffnete und uns in sein Haus einlud. Der derjenige sein sollte, der auf all meine Fragen Antworten wusste.

»Ich bin Derek«, stellte der Fremde sich vor und warf einen Blick zu Luan. »Luan und ich ... kennen uns schon länger.«

Unwillkürlich wollte ich wissen woher, traute mich aber nicht das auszusprechen. Dafür brannten mir ganz andere Sachen viel dringlicher auf der Zunge.

»Wenn das wahr ist, was Luan sagt, gibt es nur eine einzige Möglichkeit, um herauszufinden, ob seine Theorie stimmt.« Derek trat näher zu mir. »Du musst dich jedoch bereit dafür fühlen. Ich kann verstehen, dass dich der Weg hierher und auch ... die Ereignisse sehr mitgenommen haben müssen.«

Wenn ich geglaubt hatte, dass Luan bei unserer ersten Begegnung am Morgen furchteinflößend gewesen war, dann hatte ich mich gewaltig getäuscht. Neben Derek wirkte er nahezu klein und zerbrechlich, denn Luan wurde um einen knappen Kopf von ihm überragt. Dabei war auch Luan nicht gerade zart gebaut. Allerdings ließen ihn seine fast weißen Haare neben dem Rot von Dereks Haaren und dessen gebräunter Haut sehr bleich aussehen.

Mit funkelnden Augen trat Derek vor mich. »Bitte hab keine Angst vor uns. Wir wollen dir nur helfen.« Er strich sich sein kurzes Haar zurück. »Tut mir leid, dass ich euch derart unfreundlich begrüßt habe. Ich hatte ja keine Ahnung!«

Luan schnaubte. Aber Derek ignorierte das Augenrollen und auch, dass Luan den Kopf von ihm abwandte. Dafür blieb Derek vor mir stehen und seine braunen Augen bohrten sich eindringlich in meine. »Du musst das nicht tun. Aber du möchtest wahrscheinlich genauso sehr wie wir Antworten. Habe ich recht?«

Wie von selbst nickte ich, während mein Herz gegen meine Rippen hämmerte. Konnten die beiden mir wirklich helfen?

»Ich bringe Aylin kurz weg, in Ordnung? Es ist wahrscheinlich besser, wenn sie das fürs Erste nicht mitbekommt«, mischte Luan sich ein und griff nach der Hand meiner kleinen Schwester.

Panik schnürte mir die Kehle zu und plötzlich ging mir alles viel zu schnell. Aylin? Weg von mir? Was hatten sie denn vor?

»Keine Angst«, meinte Derek und streckte eine Hand nach mir aus, um sie kurz danach auf meine Schulter zu legen. Eine ungewohnte Wärme breitete sich in mir aus und ich zog die Augenbrauen zusammen.

»Aylin bleibt hier«, entschied ich und sah gerade noch, wie Luan sie aus dem Zimmer führen wollte, in dem wir vier standen. »Meine Schwester geht nirgendwohin.«

Wie aufs Wort fing sie an zu weinen. »Ich will bei Freya bleiben! Bitte nicht wegbringen!«

Luan seufzte. »Freya. Wir schauen nur etwas nach. Das dauert wirklich nicht lange und du musst auch keine Angst haben. Vertraue mir.«

»Aylin bleibt hier«, wiederholte ich energischer.

»In Ordnung«, gab Luan nach, woraufhin Aylin aufhörte zu weinen und sich von seiner Hand löste.

Als meine kleine Schwester in meine Arme lief, atmete ich erleichtert aus. Wenn es drauf ankam, hörte sie also noch auf mich. Die Erkenntnis erleichterte mich ungemein und gab mir ein Stück meiner Selbstsicherheit zurück. »Alles gut«, murmelte ich in Aylins blonde Haare, als ich sie an mich drückte. »Wir müssen nur etwas bei mir gucken.« Dann richtete ich mich wieder auf.

»Gut, was muss ich tun?«, fragte ich entschlossen.

Beide Männer wechselten einen vielsagenden Blick und Derek hustete. »Also ... wir müssen deinen Rücken begutachten. Am besten legst du dich dafür einmal dort drüben auf die Liege, wenn du dein Oberteil ausgezogen hast.«

Das meinten die beiden nicht wirklich ernst. Ich sollte mich vor zwei unbekannten Männern ausziehen? Erst war ich einem mir Fremden in eine fremde Stadt gefolgt und hatte mich mit meiner Schwester zusammen in dieses entlegene Haus locken lassen und nun ...

Ich schluckte. Darüber durfte ich jetzt vermutlich einfach nicht nachdenken. »Aylin? Magst du dich bitte kurz dahinten setzen und mich erst wieder ansehen, wenn ich es dir sage?« Ich deutete hinüber zu einem kleinen Schreibtisch, der in einer Zimmerecke stand. Vermutlich diente er nicht nur als Schreibtisch, sondern auch zum Essen, wenn ich mir die Größe des Raums ansah. Die Liege schien Dereks Bett zu sein. Bis auf einige Schränke an den Wänden passte wirklich nicht viel in dieses schmale Zimmer und doch mehr, als ich von draußen gedacht hätte.

Als Aylin meiner Anweisung gefolgt war, drehte ich mich zu den Männern zurück und hatte damit auch ihre Idee wieder vor Augen.

»Keiner von euch wagt es, auch nur einen Finger an mich zu legen, verstanden?«, stellte ich klar. In Gedanken war ich bereits bei meinen Armschonern und Stiefeln und den darin versteckten Dolchen angekommen. Sollten sie nur daran denken ...

»Keine Sorge, es geht uns wirklich nur um unsere Theorie«, versicherte Luan mir und wieder entstand beim Lächeln ein Grübchen in seiner Wange. »Derek, pass auf deine Finger auf. Die Kleine ist bewaffnet.«

»Gut, dann wäre ja alles geklärt. Worauf warten wir noch?« Ich wollte es möglichst rasch hinter mich bringen. Je zügiger ich dort auf der Liege gelegen hatte, umso schneller wusste ich mehr. Wusste womöglich, warum sie beide so aufgeregt waren und solche Angst um mich verbreiteten.

In einer flüssigen Bewegung zog ich das Oberteil über meinen Kopf. Anschließend ging ich zur Liege, prüfte jedoch zuvor, ob mein Brustband gut saß und nicht verrutschen konnte. Erst dann ließ ich mich nieder. Das weiche Fell unter mir kitzelte auf meiner Haut. Sogleich fiel jegliche Anspannung von mir ab. Es tat so gut, zu liegen, die Beine und Füße zu entlasten und alle Gliedmaßen zu entspannen.

»Bist du so weit?«, wollte Luan wissen.

Ein Blick zu ihm verriet mir, wie er von einem Bein auf das andere trat und seine Hände in die Hüften gestützt hatte. Derek machte es nicht anders.

»Ich denke schon«, erwiderte ich.

Das ließen sich die zwei natürlich nicht zweimal sagen und standen zu meinem Erstaunen schneller bei mir, als ich bis drei zählen konnte.

Fast zum selben Zeitpunkt sogen sie scharf Luft zwischen die Zähne und es wurde still im Raum. Zu still für meinen Geschmack. Und mit der Stille verlor das gemütliche Zimmer seine Atmosphäre und meine Anspannung kehrte schlagartig zurück. Das Blut rauschte laut durch meine Adern und ich hörte kaum noch etwas anderes. Vernahm die Stimmen danach bloß gedämpft. Zuckte unter der Berührung Dereks kalter Finger auf meiner Haut zurück. Es brannte so sehr. Als wären es nicht seine Finger, sondern Feuer, das er mir auf meine nackte Haut hielt.

»Für mich ist das ein ganz eindeutiges Zeichen.« Derek strich noch immer über meinen Rücken und sog abermals scharf die Luft ein. »Das ist mehr als nur offensichtlich.«

Ich biss die Zähne fest aufeinander, um nicht vor Schmerzen laut aufzuschreien. »Was denn?«, verlangte ich zu wissen.

Ohne etwas zu sagen, reichte Luan mir seine Hand und half mir von der Liege aufzustehen. Dann führte er mich vor einen Spiegel und drehte mich vorsichtig an meinen Schultern herum, sodass ich ihm ihn die Augen schauen konnte.

»Sieh selbst.« Er deutete hinter mich, wo nun der Spiegel stand. Seine Stimme zitterte so sehr beim Sprechen, dass ich es kaum wagte, mich zu bewegen.

Und dann tat ich es doch. Drehte meinen Kopf von seinen tiefblauen Augen weg und schaute über meine Schulter hinweg in die klare Oberfläche des Glases. Was ich sah, zog mir den Boden unter den Füßen weg, brachte mich zum Taumeln. Ich wäre wohl gefallen, wenn nicht Luan da gewesen wäre und seine Hände auf meinen Hüften abgelegt hätte, um mich zu halten.

»Vorsichtig«, ermahnte er mich mit tiefer und so ruhiger Stimme, dass es mir ein Stück weit meine Sicherheit zurückgab. Aber was ich da sah ...

Auf meiner blassen Haut zeichneten sich neben dem Ruß und Schmutz schwarze Schlieren ab, die zu meinen Schultern hin zu Kreisen verliefen. Wie Löcher, die zeigten, dass dort etwas fehlte. Dass ich nicht vollständig war. Wie Öl im Gefieder von Vögeln, das sich auf meinen Körper geheftet hatte und nie wieder zu entfernen war.

»Ich ... Was ist das?«, stammelte ich mit kaum hörbarer Stimme. Es wollte einfach nichts aus mir herauskommen. Ich wollte nichts und alles gleichzeitig sagen. Ich fühlte nichts und alles gleichzeitig. Kam mir verloren vor. Verloren mit dem, was ich sah, wie ich mich fühlte und wer ich war. Ich wusste gar nichts mehr. Dabei wollte ich nur Antworten haben. Und doch fürchtete ich mich in diesem Moment vor nichts so sehr wie vor mir selbst.

Als die Erlösung dann kam, dachte ich, mein Herz würde aufhören zu schlagen.

»Du bist eine Skafi, eine Fee.«

KAPITEL 5

Sacrande – Karden

Noch immer konnte ich meine Augen kaum von dem Anblick im Spiegel lösen. Zugleich tauchten ganz neue Sorgen in meinen Gedankenstrudeln auf. Denn wenn ich eine Skafi – *eine Fee* – sein sollte, warum hatten meine Eltern mir nie davon erzählt? Dann mussten auch sie Skafi gewesen sein und Aylin …? Wieso hatten sie dann stets darauf geachtet, uns beiden einzureden, dass Magie in Carsadesh verboten war und es niemanden mehr gab, der sie ausüben oder verbreiten konnte? Ich konnte unmöglich etwas in mir tragen, das nicht existierte.

»Kennst du die Geschichten und Legenden nicht?«, hakte Luan irritiert nach. Als ich mich schließlich doch zu Derek und ihm umwandte, schaute ich in zwei sichtlich überraschte Gesichter.

»Doch, schon«, gab ich kleinlaut zu. »Aber … es sind Geschichten – nichts weiter. Über die Machtübernahme der Lafrander, die die Skafi über Nacht vom Thron gestürzt haben sollen, und dass seither Magie verboten sei, dass es Magie nicht mehr gäbe. Es existieren keine Skafi mehr.«

»Skafi? Das klingt süß«, meldete sich Aylin zu Wort.

»Aylin.« Ich stockte und drehte mich zu meiner Schwester herum, die noch immer mit dem Rücken zu uns auf dem Stuhl kauerte. Hastig warf ich das Fell zurück auf die Liege und zog mir mein Oberteil über den Kopf. »Du kannst dich übrigens wieder zu uns umdrehen.«

»Bist du dir sicher, dass sie erfahren soll, was du bist?«, wollten Luan und Derek wie aus einem Mund von mir wissen.

Darüber hatte ich noch gar nicht nachgedacht. Aber hatte sie nicht ohnehin mitbekommen, was im Dorf passiert war? Was war eigentlich passiert? So viele Fragen schon wieder ... Mir dröhnte allmählich der Kopf und ich spürte ein Pochen wie von Hammerschlägen an meinen Schläfen, sodass ich meine Hände dorthin legte.

Aylin hatte mich den ganzen Weg über nicht als Monster betrachtet. Aber sie hatte Luan gefühlt mehr Vertrauen entgegengebracht als mir. Sie hatte ihm gehorcht, wenn er etwas gesagt hatte, und nicht mir.

»Ich ... Ich denke, sie sollte es lieber gleich wissen.« Ich atmete tief durch. »Schließlich hat sie alles im Dorf mitbekommen. Luan? Was ist dort passiert? Ich muss es wissen.«

Aylin kam zu uns, blieb mit einigem Abstand neben uns stehen und als sie den Kopf hob, um jedem von uns in die Augen zu schauen, spiegelte sich in ihren eigenen Pupillen ganz deutlich Misstrauen.

»Also schön. Dann also vor deiner Schwester.« Luan holte tief Luft und schloss für einen Herzschlag die Augen. »Als wir im Dorf waren ... da hast du das Bewusstsein verloren, weil ... Chaos ausgebrochen ist und durch den Stress wurde die Verwandlung ausgelöst.«

»Verwandlung?« Ich rang nach Luft.

»Ja«, bestätigte Luan. »Ich habe dich unter Druck gesetzt, die Lafrander haben nach dir gesucht und ich habe die Situation perfekt gemacht, als ich deine Schwester in die Hände bekommen und an mich gerissen habe. Skafi müssen sich in die Enge getrieben fühlen. Erst dann bricht die Magie aus ihnen heraus.«

Sprachlos starrte ich die beiden Männer an. »Was ... ist dann passiert?«

Luan wischte sich mit einer Hand über sein Gesicht. »Wie schon gesagt, du hast dich verwandelt. Und wenn du dich wunderst wegen Aylin ... Ich habe deiner Schwester die Augen zugehalten und sie unter meinem Mantel versteckt. Sie hat dich nicht gesehen. Nichts von dem, was dann passiert ist.«

»Wa-as?«, stammelte ich. »Danke.« Das hatte ich ihm gar nicht zugetraut, aber jetzt ergab die Situation einen Sinn, in der ich ihn gesehen hatte, als ich wieder zu mir gekommen war.

»Nichts zu danken.« Er trat nervös von einem Fuß auf den anderen, wie er es einige Minuten zuvor schon gemacht hatte. »Die schwarzen Schlieren und Muster auf deinem Rücken … Sie sind der Beweis dafür, dass dein Körper nicht länger der eines Menschen ist, sondern dass du eine echte Skafi bist.«

»Warum?« Ich schüttelte den Kopf. »Was bedeutet das?«

»Dass du Flügel bekommen wirst, sobald du mit der Gabe im Einklang bist. Flügel und Magie, die du fortan beherrschen kannst, indem du mehr über die Geschichten und Sagen und vor allem über dich selbst lernst. Nur dann kannst du dich und auch die Magie kontrollieren«, erklärte Luan weiter.

»Werde ich mich jetzt immer verwandeln, wenn ich in Panik gerate?« Allein die Vorstellung ließ mir den Schweiß über den gesamten Körper rinnen.

»Keine Sorge. Dafür braucht es etwas mehr als nur Panik. Wie gesagt, die erste Verwandlung braucht viel Energie und Raum, um sich zu entfalten. Das hat sich bei dir …«

»… in Form der Ermordung hunderter unschuldiger Menschen gezeigt«, beendete ich seinen Satz. »Es stimmt also. Du hast mich nicht angelogen.«

Er legte den Kopf schief und kniff die Augen zusammen. »Wie meinst du das?«

»Ich habe tatsächlich fast all die Bewohner von Midre getötet. Das war ich ganz allein. Ich … ich …« Mein Blickfeld verschwamm und mir wurde schwindelig. Ich suchte vergeblich Halt an irgendetwas, bis sich kräftige Arme um mich legten und mich an sich drückten. Ich war Luan zum ersten Mal dankbar, dass er einfach da war und mich festhielt.

»Ist schon in Ordnung.«

»Nichts ist in Ordnung!«, schluchzte ich. »Ich … Ich bin ein verdammtes Monster. Ich weiß nicht, wer oder was ich bin, habe alles vernichtet, was ich bisher kannte. Ich habe kein Zuhause mehr!«

Jetzt war es raus. Und es war mir diesmal wirklich egal, dass Aylin danebenstand und mich weinen sah. Mich derart hilflos und aufgelöst erleben musste.

»Aber du hast eine besondere Gabe erhalten, die langsam ausstirbt. Eine Gabe, um die dich viele Menschen beneiden würden.« Dereks tiefe Stimme drang zu mir vor, während ich mein Gesicht an Luans Brust presste.

»Ich will diese bescheuerte Gabe aber nicht!«, schrie ich. »Ich will einfach nur normal sein. Ich will in unser Dorf zurück und meinen Eltern bei der Arbeit helfen.«

»Manchmal geht es aber nicht nach dem, was wir wollen, sondern nach dem, was geschehen muss. Und was heute noch Fluch ist, kann morgen schon ein Segen sein. Warte erst einmal ab, in Ordnung?«, meinte Luan und legte seinen Kopf auf meinen.

»Luan hat recht.« Diese Worte reichten aus, damit ich hörte, wie sich der Herzschlag des Kriegers beschleunigte, an dessen Brust ich gerade meinen Kopf abgelegt hatte. »Deine Gabe ist etwas Besonderes, das du zu schätzen lernen solltest. Du bist eine Skafi, eine Fee. Du bist eine Hüterin der Magie.«

Als ich den Kopf hob und Derek ansah, bemerkte ich sein Lächeln, was mich noch mehr verunsicherte.

»Aber ... es gibt keine Magie«, sprach ich aus, was mir bisher eingetrichtert worden war.

»Fast nicht mehr«, sprang Luan ein. »Seit der König der Lafrander den Thron der Hauptstadt an sich genommen hat, ist es verboten, Magie auszuüben oder zu verbreiten. Jeder, der magische Fähigkeiten besitzt, wird auf der Stelle getötet.«

»Deswegen möchte er mich um jeden Preis.«

»Nicht nur deswegen.« Luan und Derek wechselten einen vielsagenden Blick miteinander.

»Sondern?« Das Blut pulsierte in meinen Adern, ich konnte kaum noch einen klaren Gedanken fassen.

»Bevor wir dir das sagen, hast du noch eine Menge zu lernen. Alles zu seiner Zeit.«

KAPITEL 6

Sacrande – Karden

»Du siehst erschöpft aus«, meinte Luan, ohne mich loszulassen. »Am besten legst du dich erst einmal hin. Derek und ich setzen uns in die Nähe und halten Wache.«

Ich grummelte zustimmend. Immerhin blieb Aylin bei mir und ich konnte sie im Blick behalten. Bei der vorherigen Bemerkung hätte ich am liebsten die Augen verdreht. Es war mir selbst ein Rätsel, wie ich bis jetzt auf zwei Beinen hatte stehen können.

»Eine Frage noch«, hielt ich Luan auf und er schaute mich eindringlich an. »Wieso sind meine ... sind die Flügel nach der Verwandlung wieder verschwunden, aber diese Schlieren nicht?«

»Sieh diese schwarzen Zeichen als eine Art Narbe. Sie erinnern dich daran, was du wirklich bist und wo du hingehörst. Sie zeigen dir deine Stärke und mit jeder Verwandlung wird auch das Netz aus Schlieren auf deinem Rücken wachsen.« Er lächelte. »Die Flügel werden erst sichtbar, wenn du das erste Mal mit dir und der Kraft im Reinen bist, und erst dann hören auch die schwarzen Male auf zu wachsen. Erst dann kannst du steuern, wann deine Flügel erscheinen und wann nicht. Das erfordert alles eine Menge Übung.«

»Und wenn du dir deswegen Sorgen machst ... Da finden wir noch eine Lösung, Luan und ich haben schon eine Idee«, meinte Derek. »Die Flügel sind –«

»Verrate ihr nicht mehr, als unbedingt notwendig ist. Morgen haben wir auch noch Zeit«, unterbrach Luan den Kardener.

Doch inzwischen zweifelte ich stark daran, ob Derek wirklich ein Kardener war oder ob sie mir auch da etwas verheimlichten, wenn sie mich schon wieder mit halben Sachen abfertigten. Luan war schließlich auch kein Laf-rander, wie ich anfangs gedacht hatte.

Aber mir fehlte mittlerweile einfach die Kraft nachzuhaken. Ich war viel zu fertig und mir fielen die Augen fast im Stehen zu. Umso dankbarer war ich für das Angebot, dass wir uns in diesem Zimmer ausruhen konnten. Und trotzdem wollte ich nicht schlafen, denn die Unsicherheit blieb. Zwei fremde Männer und ich war kaum in der Lage, mich selbst vor ihnen zu schützen. Wie sollte ich auf Aylin aufpassen? Was war ich nur für eine Schwester ...

»Gut, dann macht es euch bequem. Viel anderes als die Liege kann ich euch leider nicht bieten, aber für diese Nacht sollte es wohl reichen«, sagte Derek. »Also dann. Ich bin im Nebenzimmer, falls etwas ist.« Mit einem Winken verließ er den Raum und ich blieb mit Luan und Aylin allein zurück.

»Schlaft jetzt«, murmelte Luan. »Wir müssen morgen früh aufstehen und alles vorbereiten. Ich ... Wir erklären euch im Morgengrauen alles Weitere.«

Ich nickte, auch wenn es mir ein Rätsel war, wie ich jetzt ein Auge zumachen sollte. Noch immer war ich viel zu aufgeregt.

»Gute Nacht!« Damit folgte Luan Derek durch eine Tür in einen angrenzenden Raum. Das Holz knarrte, als er sie hinter sich verschloss. Es sollte mir nur recht sein, für einige Stunden mit Aylin allein zu sein oder zumindest das Gefühl zu haben, dass es so war.

Doch je länger wir in der Stille zurückblieben, desto lauter wurden auch meine Gedanken wieder. Und mir wurde bewusst, dass ich nicht nur einsam unter Fremden war, sondern auch mit meinen Gedanken, den Sorgen und Bildern, die sich erbarmungslos in mich hineinfraßen. Es tat so weh.

»Du hast ihn gehört«, wandte ich mich an Aylin und trat ans Bett. Ohne Luans Hände an meiner Taille fühlte ich mich schlagartig wieder unsicher auf den Beinen. Doch das versuchte ich zu verdrängen. »Leg dich hin. Ich bleibe noch wach, bis du schläfst.« Ich hockte mich auf die Kante der Liege und deutete auf das Fell.

Aylin trat zu mir und ich setzte sie lächelnd neben mir ab. Dabei bemerkte ich ein Ziehen wie Muskelkater in den Armen und musste mir einen Schmerzenslaut verkneifen. Was war nur los mit mir?

»Freya?« Die großen Kulleraugen meiner Schwester sahen zu mir auf, während Aylin sich auf dem Fell in den Schneidersitz setzte. »Was machen wir morgen? Wann gehen wir zu Mutter und Vater?«

Unsere Eltern anzusprechen sorgte dafür, dass mein Brustkorb sich schmerzhaft zusammenzog und ich einige Male schlucken musste. Ich konnte Aylin nicht ansehen und schaute deshalb an ihr vorbei, als ich ihr antwortete. »Morgen werden wir erst einmal vernünftig essen und trinken. Und dann ...«

»O Himmel!«, fluchte Derek, der just in dem Moment die Tür aufgerissen hatte. »Was bin ich nur für ein Gastgeber?« Er stürmte an mir vorbei zu einem kleinen Schrank und kam kurz darauf mit einer Flasche und einem Laib Brot zum Bett. »Hier. Es ist nicht viel. Ich habe nicht häufig Besuch.« Er strich sich mit einer Hand durch die Haare. »Aber morgen gibt es dann etwas Vernünftiges.«

Nach diesen Worten verschwand er wieder im Nebenzimmer und verschloss die Tür. Keine Sekunde später begann Aylin unbeschwert zu kichern.

»Ob die Gedanken lesen können?«, fragte sie.

»Wer weiß? Aber ich glaube nicht«, gab ich mit einem schmalen Lächeln zurück. »Die haben einfach an der Tür gelauscht, wenn du mich fragst.«

Ich brach das Brot in zwei ungleiche Hälften und reichte meiner kleinen Schwester das größere Stück. »Lass es dir schmecken.« Dann nahm ich einige Schlucke des Wassers und merkte erst jetzt, wie sehr mein Hals brannte und förmlich nach Wasser geschrien hatte. Als ich Aylin die Flasche übergab, grummelte mein Bauch, was ihr wieder ein Lachen entlockte.

»Du solltest auch dringend was essen«, bemerkte sie.

***

Es tat so weh, meine kleine Schwester mit derart unbeschwerten Gesichtszügen vor mir liegen zu sehen. Satt und hoffnungsvoll. Was sie nur sagen würde, wenn ihr klar wäre, dass wir unsere Heimat nie wiedersehen würden? Wenn ihr klar wäre, dass Mutter und Vater es nicht geschafft hatten? Und was sie sagen würde, wenn sie wüsste, dass allein ich daran schuld war?

Eine Träne tropfte von meiner Nasenspitze und kam mit einem leisen *Plopp* auf dem Holz auf, das die Liege umgab. Ich hatte so viele Fragen. Hatte so viel gesehen und so wenig verstanden. Konnte und wollte es nicht wahrhaben und wünschte mir nichts sehnlicher, als aus diesem schrecklichen Traum zu erwachen.

Ein stummer Schluchzer schüttelte meinen Körper durch. Ich konnte nicht mehr. Ich konnte das alles nicht. Konnte den Schmerz und das Leid, den Verlust nicht ertragen.

Was hatte ich getan? Wer war ich und wo kam ich her? Waren unsere Eltern auch Skafi gewesen und trug Aylin dieselbe schreckliche Gabe in sich? Wenn ich nur Antworten bekommen hätte. Am liebsten wäre ich einfach losgestürmt und hätte Derek und Luan zur Rede gestellt. Aber ich konnte nicht mehr. Und anders als Aylin sah ich gerade in keiner der vergangenen Minuten und Stunden Hoffnung.

Wo kam ich her? Und wer war ich? Immer wieder kehrte mein Gedankenkarussell zu diesen zwei Fragen zurück. Erneut schüttelten mich einige Schluchzer und ich rang nach Luft, aber meine Lungen wollten sich nicht füllen. Im Stillen schrie ich nach Hilfe, doch ich war allein. Keiner verstand mich. Nicht einmal meine Schwester.

Kraftlos erhob ich mich vom Bett. Die Umgebung schwankte gefährlich vor meinen Augen, aber ich brauchte frische Luft. Ich musste hier raus. Nur unter dem Sternenhimmel würde ich den Kopf wieder einigermaßen freibekommen, wenn das denn überhaupt noch möglich war.

Obwohl ich Aylin nicht im Haus allein zurücklassen wollte, siegte der Drang nach Freiheit. Möglichst leise schlich ich mich in Richtung des Eingangs. Allein den kühlen Griff in meinen schwitzigen Fingern zu halten ließ mir das Herz bis zum Hals schlagen. Es sollte keiner mitbekommen, dass ich das Haus verließ.

Ich zweifelte noch, ob meine Entscheidung sinnvoll war, als mir bereits ein

Luftschwall durch den geöffneten Spalt entgegenströmte. Damit vergaß ich für einen Wimpernschlag all meine Sorgen und Gedanken und genoss einfach nur den kühlen Atem der Nacht. Wie die Luft über meine Haut strich und ich merken konnte, wie sich jedes meiner Härchen einzeln gen Himmel aufrichtete.

Für diesen Moment waren der Kummer und all die Geschehnisse vergessen, bis mich eine Welle des Schmerzes einholte und unter sich vergrub. Ich fiel zu Boden und kauerte mich auf die oberste der Steintreppenstufen. Schlang meine Arme um meine Knie und ließ mich einfach gehen. Ließ meinen Gefühlen freien Lauf. Wie ein Sommergewitter, das sich über dem schwülen, stickigen Tag zusammengebraut hatte. Wie Nadelspitzen, die sich in meinen gesamten Körper bohrten. Wie ein Messer, das mir immer und immer wieder in meine Brust gestochen wurde. Ich bekam keine Luft. Konnte nicht aufhören zu weinen. Konnte nur stumm schreien. Konnte nichts tun. Fühlte mich so allein, so falsch an diesem Ort. Konnte nicht fassen, was ich getan haben sollte. Dass ich es gewesen war. Dass ich das Dorf zerstört hatte und ... unsere Eltern jetzt ... weg waren.

Gierig sog ich die kalte Luft ein, als mein Körper es wieder zuließ. Rang hörbar nach Atem. Hörte mein Herz wie harte Trommelschläge in der friedlichen Ruhe der Nacht.

Ein Blick in den Himmel hatte mich sonst immer aufheitern können. Aber wie es das Schicksal wollte, bedeckten nun die Wolken, die ich mir den ganzen Mittag und Nachmittag zum Schutz vor der Sonne gewünscht hatte, den Sternenhimmel.

Was hatte ich nur getan, um mit solch einer schicksalhaften Wendung gestraft zu werden? Wie konnten Derek und Luan es nur eine Gabe nennen? Es war, verdammt nochmal, ein Fluch, der mich nun mein restliches Leben begleiten sollte. Ich war etwas, das ich bis eben nur aus Sagen gekannt hatte. Eine Skafi, eine Fee. Magie existierte nicht, war verboten und ausgelöscht.

Ich schluchzte abermals und schlug mir die Hand vor den Mund. Gab es denn keinen Ausweg aus dieser Lage? Ich konnte das nicht einfach akzeptieren. Ich konnte fortan nicht mit diesen Schlieren auf dem Rücken leben, die mich verunstalteten. Wie riesige Narben meinen Körper zierten. Aussahen, als hätte ein kleines Kind einen Farbeimer gegen eine Wand geworfen.

Immer mehr Tränen brannten sich in meine Wangen. »Wieso?«, schluchzte ich. »Wieso? Wieso? Wieso?« Ich schüttelte den Kopf, um ihn dann kraftlos in meine Hände fallen zu lassen und den Blick auf den grauen, steinernen Fußboden zu lenken.

Vielleicht gab es ja doch eine Möglichkeit, sich gegen das Schicksal und die Gabe zu wehren. Gab es keine Möglichkeit, diese Verwandlung umzukehren? Mich wieder zu einem normalen Menschen zu machen? In den alten Geschichten hatte nur der Tod von der Magie erlösen können. So hatte unsere Mutter uns die Geschichten erzählt. Aber womöglich war das in der Realität nicht so.

Ich konnte nicht mehr. Ich wollte jetzt nicht kämpfen, wollte nicht mehr stark sein und den Weg vorangehen. Ich wusste ja nicht einmal wohin. Das Dorf war mein Leben gewesen. Die Menschen, unsere Hütte, unsere Eltern. Wie sollte ich weitermachen, wenn ich alles verloren hatte? Wie sollte ich weiterleben, wenn mir mein Herz aus der Brust gerissen worden war? Ich wusste es nicht und mit meiner Hoffnung versteckte sich auch der Mond hinter den Wolken und nahm das bisschen Licht, das die dunkle Gasse noch beleuchtet hatte.

Als die letzte Träne vergossen, mein Körper zu schwach für weitere war, da kehrte auf einmal das Gefühl zurück, beobachtet zu werden.

Als ich den Kopf hob und in die Fenster der umliegenden Gebäude schaute, konnte ich jedoch nichts erkennen. Kein Licht, keine Gestalten. Auch die Gasse war zu beiden Seiten wie leergefegt.

»Was machst du denn hier draußen?«, wollte jemand mit hoher, verschlafener Stimme von mir wissen und ich wirbelte herum.

Hinter mir stand Aylin auf den Stufen und rieb sich die Augen. Hastig wischte ich mir die Tränen vom Gesicht und hoffte, dass meine geschwollenen Lider in der Dunkelheit nicht zu erkennen wären. Doch meine kleine Schwester legte den Kopf schief und musterte mich.

»Was ist los, Freya?« Aylin setzte sich neben mich auf die kühle Steinstufe und kuschelte sich an mich. Ihren Kopf an meiner Schulter zu spüren tröstete mich und schenkte mir ein wenig Zuversicht. Es zeigte mir wieder, wofür ich jetzt noch kämpfen musste. Nicht etwa nur für mich, sondern auch für meine kleine Schwester.

»Mir geht es gerade nicht so gut. Es ist heute einfach sehr viel passiert«, versuchte ich möglichst wahrheitsgetreu zu antworten.

Zu meiner Überraschung hob Aylin den Kopf und schaute mich direkt an. Dann lächelte sie. »Weißt du was?«

»Was denn?«, hakte ich nach.

»Ich hab dich immer lieb. Auch wenn dich diese Männer als so etwas Seltsames bezeichnet haben. Für mich bist und bleibst du meine Schwester.« Und danach drückte sie mich ganz fest mit ihren Ärmchen.

Wohlige Wärme breitete sich in mir und um mein Herz herum aus. Wie konnte ein so kleines Mädchen mich nur so sehr berühren? Auch wenn mir wieder Tränen in den Augen standen, sah ich dieses Mal nicht all das Negative, sondern durch einen winzigen Lichtspalt meine kleine Schwester mit ihrer unzerstörbaren Hoffnung und Lebensfreude. Und auch wenn sie es nicht immer bewusst tat, gab sie mir sehr viel mit ihrer unbeschwerten Art.

»Lass uns wieder reingehen«, meinte ich. »Es wird frisch hier draußen und wir sollten noch ein paar Stunden schlafen, bevor die Sonne aufgeht.«

Begeistert nickte Aylin und sprang auf. Ich nahm sie an die Hand und gemeinsam gingen wir die letzte Stufe hinauf wieder nach drinnen. Doch kaum zurück in dem Zimmer drangen aus dem Raum neben uns die dumpfen Stimmen von Derek und Luan zu uns. Ich betete, dass Aylin ihnen keine Beachtung schenkte.

Meine Sorge war jedoch ganz unberechtigt. Meine kleine Schwester hüpfte auf das Schafsfell zurück und kuschelte sich darauf ein, als wäre nichts gewesen, während ich in der Mitte des Raumes verharrte und sich ein mulmiges Gefühl in mir ausbreitete. Als hätte ich Schüttelfrost und man hätte mich in kaltes Wasser geworfen, während ich in Flammen stand.

»Da draußen ist etwas oder jemand, das uns beobachtet. Das hungrig in der Dunkelheit wartet und den richtigen Moment abpasst, um zuzuschlagen. Wir sollten aufpassen.«

Ich hörte Derek, der etwas Zustimmendes brummte und schließlich die Stimme erhob. »Und wenn du mich fragst, solltet ihr so schnell wie möglich untertauchen und aus der Stadt verschwinden. Ihr dürft unter keinen Umständen gefasst werden. Nicht jetzt, wo so viel auf dem Spiel steht.«

KAPITEL 7

Sacrande – Karden

»Wacht auf! Aufwachen!« Ich blinzelte, aber im grellen Licht wollte es mir noch nicht wirklich gelingen, etwas zu erkennen. »Verdammt nochmal! Freya! Aylin!«

Zwei Hände schlangen sich um meinen Oberkörper und zogen mich auf meine Füße. »He!«, murrte ich noch im Halbschlaf.

»Wir müssen sofort von hier verschwinden. Nimm Aylin und dann folgt mir!«, wies Luan mich zurecht. »Nicht trödeln!«

Mein Kopf wollte noch nicht so recht verstehen, was hier vor sich ging. Aber die zwei Worte, die in mein Bewusstsein vordrangen, reichten vollkommen aus, um mich in Alarmbereitschaft zu versetzen. *Verschwinden. Sofort.*

Ich fühlte mich, als hätte ich die ganze Nacht nicht geschlafen, und zu allem Überfluss waren meine Lider noch von den Tränen der vergangenen Stunden geschwollen. So fielen mir die Augen beinahe automatisch immer wieder zu.

»Alles in Ordnung?«, erkundigte sich Luan bei mir.

Am liebsten hätte ich zurückgegeben, was in so einer Lage schon in Ordnung sein sollte, aber ich riss mich zusammen. »Passt schon.«

Er nickte. »Halt durch. Derek hat schon einen Notfallplan vorbereitet. Wir haben hiermit gerechnet. Nur nicht so schnell.«

»Was ist denn passiert?«, wollte ich wissen und sah mich nach Aylin um.

Meine kleine Schwester saß auf dem Fell, auf dem sie sich vergangene Nacht niedergelassen hatte, und schaute mit schräggelegtem Kopf in unsere Richtung.

»Die ganze Straße, jedes Haus, wird von Stadtwachen kontrolliert. Das ist zwar erst einmal nicht wirklich ungewöhnlich, aber wir vermuten, dass es sich dabei nicht um echte Stadtwachen handelt, sondern um Lafrander«, erklärte Luan rasch. »So, aber jetzt nimm deine Schwester und komm mit!«

Das ließ ich mir nicht zweimal sagen. »Aylin, du hast Luan gehört!« Mir sträubten sich zwar immer noch die Nackenhaare bei dem Gedanken, Luan vertrauen zu müssen. Doch die Angst, von den Lafrandern gefasst zu werden, war noch größer.

Zu meiner Erleichterung zögerte Aylin dieses Mal nicht, sondern sprang vom Bett und griff nach meiner Hand. »Freya, ich hab Angst«, flüsterte sie.

»Alles wird gut, hörst du?«, versuchte ich sie zu beruhigen und strich ihr über die zerzausten Haare.

Daraufhin verzog sie nur das Gesicht und ich schloss kurz meine Arme um sie. »Komm jetzt. Wenn das stimmt, was Luan sagt –«

»Das müssen wir echt noch üben. Wenn ich sage ›Renn!‹, dann lauft auch, verdammt nochmal, verstanden? Ich weiß nicht, wie schnell die durch die Häuser gehen, und ...«

Ein Klopfen, das von der vorderen Haustür kam, erklang. Luan legte seinen Finger an die Lippen und deutete mit dem Kopf in eine Richtung. Ich folgte ihm mit Aylin an der Hand, darauf bedacht, dass keine Diele des Bodens unter meinen Füßen knarzte.

»Hallo?«, schrie jemand von außerhalb. »Hallo? Ist jemand zu Hause? Hier spricht die Stadtwache. Es handelt sich um eine Routinedurchsuchung. Habt keine Angst.«

Luan hatte recht. Ich schnappte nach Luft. Der Dialekt war eindeutig. Aber mir blieb keine Zeit, um mir darüber den Kopf zu zerbrechen, warum mir Luan half, vor den Lafrandern zu flüchten. Ein Pakt zwischen Luan und Derek, ja. Aber was genau es damit auf sich hatte, musste ich wohl erst noch in Erfahrung bringen. Vorausgesetzt, sie beantworteten endlich einmal ein paar mehr Fragen.

»Beeilt euch!«, zischte Luan und führte uns in das Arbeitszimmer, in dem Derek und er gestern noch gesessen hatten. »Hier entlang.«

Dann ging Luan vor einem Bücherregal, das am Ende des kleinen Zimmers stand, in die Knie. »Macht die Tür zu«, meinte er zu mir, wandte sich jedoch nicht zu mir um.

»Wo ist Derek?«, wollte ich wissen, während ich seiner Anweisung folgte.

»Der ...« Er stöhnte, als er sich gegen das Regal warf. »Derek ist im Flur und wird ihnen öffnen ...« Wieder holte Luan aus und drückte mit beiden Händen die Kanten des Regals in die Wand. »Er wird ihnen öffnen, wenn er bis hundert gezählt hat.«

Mein Herzschlag erhöhte sich erneut. »Derek bleibt hier?« Ich wusste gar nicht, warum mich das so sehr beschäftigte. Aber irgendwie hatte ich erwartet, dass die Zeit mit ihm nicht so kurz sein würde.

»Das ist unsere letzte Warnung! Öffnet die Tür oder ...!«, vernahm ich die Stimme vor dem Arbeitszimmer.

»Luan ...«, flüsterte ich panisch.

»Ich weiß auch nicht, warum das jetzt nicht klappt!«, zischte er und warf sich nochmals gegen das Regal. Der Knall musste auch vor der Tür unüberhörbar gewesen sein. »Verdammt!« Luan rieb sich die Schulter.

Vor der Tür zu diesem kleinen Arbeitszimmer hörte ich dumpfe Schritte und den Holzboden knarren. Derek musste die Männer hereingelassen haben. Und diese ungute Vorahnung bestätigte sich auch mit dem nächsten Satz, den ich hörte.

»Was war das?« Die tiefe Stimme klang verärgert und konnte kaum zwei Schritte vom Arbeitszimmer entfernt sein.

»Ich ... Da drinnen habe ich nur meine Bücher. Wisst Ihr, ich bin Buchbinder und manchmal kommt es vor, dass ich die Bücher schief aufeinanderstaple und sie dann umfallen, wenn sie Zug von der Tür bekommen.« Derek sprach zwar in ruhiger Tonlage und dennoch viel hektischer als am Abend zuvor.

Aber sie hatten uns gehört. Ein Blick zu Luan reichte. Er hatte sich aufgerichtet und schaute mit großen Augen zu mir und der Tür. »Mist, Mist, Mist!«

Vorsichtig legten sich seine Finger an den Regalrand. Sein Oberteil klebte an seinem schweißnassen Rücken.

»Ich würde da gern einen Blick hineinwerfen.«

Ich hielt die Luft an. Nein. Bitte nicht. Aylins kleine Finger krallten sich in meinen Arm und spiegelten meine eigene Panik wider. Hätte ich doch nur etwas tun können … Warum konnte ich meine Gabe denn ausgerechnet jetzt nicht nutzen, wo wir sie so dringend gebrauchen konnten?

»Oh, ähm …« Dereks Stimme kam näher. »Wartet. Ich öffne Euch schnell die Tür. Die klemmt manchmal und es braucht einen ganz bestimmten Kniff, um …«

»Natürlich …«, murmelte Luan, ging in die Knie und zog die unteren Bücher aus dem Regalboden.

Ich ging mit Aylin näher zu ihm, um zu erkennen, was er entdeckt hatte, und verstand. Hinter den unteren Büchern versteckte sich eine zweite Reihe an Exemplaren, die man wie einen Hebel nach vorne ziehen konnte, und so …

Das Regal drehte sich geräuschlos in die Wand weg und dahinter wurde ein schmaler Gang sichtbar. »Ich hatte ganz vergessen, dass es da diesen Riegel gibt, und …« Luan stoppte, als sich die Türklinke senkte. »Rein da!«

Ich zögerte keine Sekunde, lief in die Dunkelheit hinter dem Regal und zog Aylin mit mir.

»Nein«, unterbrach Luan mich. »Aylin bleibt hier.«

»Was?« Ich glaubte ihn nicht richtig zu verstehen. Machte er Scherze? Ich würde Aylin doch nicht hierlassen. »Nur über meine Leiche!«

»Vertraust du mir?«, wollte er von mir wissen.

»Nein.« Meine Antwort stand schon fest. Darüber musste ich nicht nachdenken.

»Na schön.« Er schüttelte den Kopf. »Dann lässt du mir leider keine Wahl.«

Und dann geschah irgendwie alles auf einmal. Die Tür zum Arbeitszimmer wurde einen Spalt breit geöffnet, während Luan mir meine kleine Schwester entriss und sie vor das Regal setzte.

»Aylin, du musst das Regal zudrücken, hörst du?«, flehte Luan. »Wenn du möchtest, dass Freya nichts passiert, tu, was ich sage!« Und dann nahm er meine Hand und riss mich mit sich in die Finsternis.

Viel zu spät. Ich hörte und sah nicht, wie die Tür zum Arbeitszimmer sich vollständig öffnete, da Luan mich bereits mit sich in den Gang gezogen hatte, aber ich konnte es mir nur allzu gut vorstellen. Und ich war zu kraftlos, um zu weinen. Hatte in der letzten Nacht zu viele Tränen vergossen, um nun eine weitere zu verlieren. Ich war zu schwach, um mich zu wehren. War zu schwach, um zu schreien und gegen Luan Widerstand zu leisten.

Was hatte er nur mit meiner kleinen Schwester gemacht? Wie konnte er? Wenn ich ihm bisher nicht vertraut hatte, dann würde ich es jetzt nie wieder tun.

»Du weißt schon, dass ich das gemacht habe, um dich zu retten, oder?«, schnaufte Luan, während er mich im Laufen mit sich zog.

»Aber meine Schwester ...«, setzte ich an.

»Freya!« Er blieb so abrupt stehen, dass ich beinahe an ihm vorbeigelaufen wäre, wenn er mich nicht zurückgehalten hätte. »Es geht hier nicht um Aylin. Es geht um dich. Wann verstehst du das?«

»Wann verstehst *du*, dass sie die letzte Person in meinem Leben ist, die mir noch etwas bedeutet? Die letzte, die mir geblieben ist? Was wird jetzt mit ihr passieren?«, konterte ich. Weiter kam ich jedoch nicht mehr.

Als ich zurück in die Richtung schaute, aus der wir gekommen waren, sah ich einen Lichtstrahl, der stetig größer wurde. Und in diesem Lichtschein wurde ein kleiner Schatten sichtbar, der mit schlaffen Schultern im Gang stehen blieb.

»Renn!«, rief Luan und fasste mich so fest am Arm, dass mir gar nichts anderes übrig blieb. Doch die Erinnerung an die Gestalt brannte sich in meinem Kopf fest und brach mir beinahe das Herz.

»Da sind sie!«, schrie einer der Männer und mir gefror das Blut in den Adern. Ich konnte keinen Fuß mehr vor den anderen setzen, stolperte vor mich hin und hoffte nirgendwo gegen zu laufen.

Aylin war bei ihnen. Luan hatte meine kleine Schwester in ihre Hände gestoßen! Ich stolperte, fiel zu Boden und blieb liegen. Meine Knie und Hände brannten schlagartig und Tränen schossen mir in die Augen.

Ich hörte, wie die Lafrander sich näherten, aber ich konnte und wollte nicht aufstehen. Ich wollte zu Aylin.

»Du kannst deiner Schwester nicht helfen, wenn du dich ihnen jetzt auslieferst! Freya, bitte. Du musst kämpfen!«, rief Luan. Ich schüttelte jedoch nur den Kopf. Das konnte ich nicht. »Freya!« Er zog an meinem Arm, um mich aufzurichten. Mein Körper blieb aber, wo er war, fühlte sich wie ein nasser Mehlsack an.

Und so plötzlich, wie er versucht hatte mir aufzuhelfen, ließ er von mir ab. »Was tun wir jetzt?«, wisperte ich.

»Frag mich etwas Leichteres. So weit war unser Notfallplan dann doch noch nicht.« Er seufzte. »Was fällt diesen Idioten auch ein gleich in der ersten Nacht zuzuschlagen?!«

Im schwachen Schein, der vom Arbeitszimmer bis zu uns reichte, sah ich Luan, der vor mir in die Knie ging. »Du hast doch noch deine Dolche bei dir? Dann zeig nicht mir, sondern diesen Männern, dass du sie auch zu benutzen weißt. Nur so kannst du Aylin vielleicht noch helfen.«

Und damit kehrte die Hoffnung in mich zurück. Ich wollte es nicht zugeben und Luan auch nicht den Gefallen tun zu machen, was er wollte. Aber ich wollte für Aylin kämpfen.

Und so setzte ich mich auf und schaute in die Richtung, aus der die Lafrander kamen. Die Gestalten waren schon so nah ...

Luan zog sein Schwert und kreuzte die Klingen bereits mit dem ersten der Wachmänner. Damit verschaffte er mir wertvolle Zeit, mich selbst zu sammeln und auf die Füße zu kommen. Ich zog meinen Dolch und rannte auf einen weiteren der Lafrander zu, der sich auf Luan stürzen wollte.

Sein Schwert war viel länger und im Vergleich wirkte mein kleiner Dolch mickrig. Ich duckte mich unter seinen ersten Schlägen weg, um ihn von der Seite zu erwischen. Aber mein Arm war zu kurz, sodass ich nur in die Luft stach.

Fluchend verlor ich das Gleichgewicht und kippte direkt in Richtung des

Angreifers. Im selben Moment erklang ein helles Klirren und Luans Schwert traf sich über meinem Kopf mit dem des Lafranders. Ich rollte mich möglichst schnell weg, um den beiden nicht in die Quere zu kommen, wobei mein Blick auf den Zugang zum Arbeitszimmer fiel und mein Herz für einige Schläge aussetzte.

»Neeein! Aylin!«, schrie ich verzweifelt auf, als einer der Lafrander seine Arme um meine kleine Schwester schlang und mit ihr zurück ins Arbeitszimmer verschwinden wollte.

In mir kochte eine unbändige Wut und Angst hoch, ließ meinen ganzen Körper kribbeln und plötzlich knickten meine Beine unter mir weg. In meinem Rücken explodierte eine Kraft, die mich erzittern ließ, und das Leuchten kehrte in mein Blickfeld zurück. Der gesamte Gang, der eben noch in Finsternis gelegen hatte, erstrahlte nun taghell.

Ich schrie auf vor Schmerzen, ballte meine Hände zu Fäusten und schloss meine Augen. In meinem Kopf blieb nur ein einziger Gedanke zurück: Aylin durfte nichts geschehen.

KAPITEL 8

Sacrande – Karden

»Glaubst du mir jetzt?«, rief Luan.

Ich rieb mir meinen dröhnenden Kopf. Als würde ein kleines Männchen mit einem Hammer von innen gegen meine Schläfen schlagen ... Dennoch sah ich zu Luan auf. Wieder war meine Gabe hervorgekommen. Doch dieses Mal hatte ich es mitbekommen, hatte das Beben im Körper sowie mein rasendes Herz über all die Zeit wahrgenommen. Hatte die Hitze durch mich hindurchziehen gespürt und die Männer zu Boden fallen sehen, als hätte jemand Unsichtbares sie ergriffen und niedergestoßen. Aber wie hatte ich das gemacht? Was war passiert? Und warum standen Luan und Derek noch aufrecht?

Panik erfasste mich. »Wo ist Aylin?«, rief ich und sprang auf die Füße. Dass mir sofort schlecht wurde, als ich mich aufrecht hinstellte, versuchte ich zu ignorieren.

»Ganz ruhig, Feenmädchen!«, meinte Derek. »Deiner Schwester geht es gut. Du wirst sie nicht verletzen können durch deine Verwandlung.«

»Was? Warum?« Ich merkte, wie ich schwankte.

»Weil du deine Schwester viel zu sehr liebst. Liebe ist stärker als jegliche Magie.«

Und während mir die Frage blieb, was dann mit meinen Eltern geschehen war, wurde mir schwindelig.

Derek trat einen Schritt zur Seite und gab den Blick auf Aylin frei, die mich mit großen Augen musterte. Zu ihren Füßen lag der Lafrander, der sie hatte mitnehmen wollen.

»Freya? Was war das?«, wollte sie mit hoher Stimme wissen.

Schon wieder stiegen mir Tränen in die Augen, ohne dass ich etwas dagegen tun konnte. So war ich doch sonst nie gewesen! Aber der Anblick meiner kleinen Schwester, die zwischen all diesen Leichen aufrecht stand und mich ansah, brachte mein Herz zum Schmelzen.

»Komm her, Liebling!«

Es war wieder dunkel im Gang, sodass ich nur mit Mühe erkennen konnte, wie sie guckte, aber meine Augen hatten sich anscheinend an die Dunkelheit gewöhnt. Denn ich konnte meine Umgebung besser erkennen als noch einige Minuten zuvor.

Meine Schwester kam auf mich zu. Wenn auch langsam und zögerlich. »Aylin, ich ...« Ich wusste nicht, was ich ihr sagen sollte. Dass ich ein Monster war. Dass genau das in unserem Dorf passiert war.

Mein Rücken brannte wie Feuer und ich traute mich kaum einen Blick über meine Schulter zu werfen, während Aylin auf mich zugestolpert kam.

Doch auf meinem Rücken war nichts zu erkennen. Keine Flügel. Nichts. Ich atmete geräuschvoll aus.

Als Aylin vor mir stand, ging ich in die Knie und schenkte ihr ein unsicheres Lächeln, auch wenn mir danach gar nicht zumute war. »Alles gut, Schwesterchen?«

Spuren von Tränen glitzerten auf ihren Wangen. Ich hätte mir die Seele aus dem Leib geschrien und geweint, wenn ich an ihrer Stelle gewesen wäre. Sie nickte jedoch nur und schlang ihre Arme um mich. »Ich hab dir doch gesagt, dass du immer meine Schwester sein wirst und ich dich immer liebe, egal was passiert.«

Ich kam nicht dazu, mein Herz von ihren Worten wärmen zu lassen, da Luan sich einmischte. Dennoch ließ ich Aylin nicht los, obwohl ihre Hände auf meinem Rücken brannten.

»Du machst Fortschritte«, meldete er sich zu Wort und trat zu mir. »Dieses Mal hast du schon nicht mehr das Bewusstsein verloren, das ist gut.«

Am liebsten hätte ich die Augen verdreht. Das nannte er Fortschritt? Dass ich nicht mehr das Bewusstsein verlor? Und ... »Warum ist euch nichts passiert bei meiner Verwandlung? Ich kann mich nicht daran erinnern, dass ich so starke Gefühle für euch zwei entwickelt hätte.«

Luans tiefes Lachen erfüllte den Raum. »Keine Sorge! Das hat andere Gründe.«

»Die da wären?«, hakte ich nach.

»Ich denke, du wirst noch früh genug selbst herausfinden, warum Derek und ich noch auf den Beinen stehen und es nur die Lafrander umgehauen hat. Aber jetzt sollten wir zu unserem Plan zurückkehren.« Er nickte Derek zu. »Wenn hier plötzlich eine ganze Gruppe an Wachmännern verschwindet, wirft das sicherlich Fragen auf. Wenn die heute Abend nicht zu ihrem Vorgesetzten zurückkehren, wird er sich denken können, was passiert ist, und hat damit die Gewissheit, dass du tatsächlich in dieser Stadt bist.«

»Luan hat recht. Wir sollten uns Taschen packen und dann von hier verschwinden. Bis zum Einbruch der Dunkelheit sollten wir die Stadt Richtung Norden verlassen haben und auf dem Weg zu den Wächtern der Heiligen Stätten sein«, stimmte Derek zu.

»Wohin?«, fragte ich irritiert. »Und wie sollen wir dort hinkommen?«

Wieder lachte Luan, was mir die Hitze in die Wangen trieb. Nicht etwa vor Scham, sondern vor Wut. Was glaubte er, wer er war?

»Mit drei Pferden, Freya. Ich werde heute welche von einem Händler in der Nähe besorgen und mit ihnen dürften wir in ein bis zwei Wochen bei den Wächtern sein. Es ist vorerst der einzige Ort in Ilandmera, an dem wir sicher sind.«

In ein bis zwei Wochen. Ich schluckte. Ich hatte noch nie auf dem Rücken eines Pferdes gesessen. Wie sollte ich das denn gleich so lange überleben? Und warum sollte ausgerechnet dort der einzig sichere Ort sein?

»Und Luan. So leicht kommst du mir im Übrigen nicht mit deiner Antwort davon«, gab ich zurück. »Vielleicht werde ich es bald selbst herausfinden, warum du und Derek nicht bei meiner Verwandlung draufgegangen seid.

Aber ich werde dich auch noch dazu bekommen, mir zu antworten und nicht ständig auszuweichen, wenn ich Fragen stelle!«

»Abwarten«, entgegnete er nur und zwinkerte mir zu, bevor er sich von mir abwandte und zum Arbeitszimmer lief.

»Warte!«, rief ich ihm nach und er hielt kurz inne. »Du hast von drei Pferden gesprochen. Was ist mit meiner Schwester?« Ich nahm Aylin an die Hand und ging auf ihn zu.

»Ist doch ganz klar. Sie reitet bei einem von uns mit. Wir haben Lastenpferde, die können auch über längere Strecken eine weitere Person tragen. Davon abgesehen ist deine Schwester nicht sonderlich groß und schwer.« Er grinste. »Hattest du etwa Angst, dass wir sie zurücklassen?«

»Ich traue dir inzwischen fast alles zu«, zischte ich.

»Ist das so?« Er hob die Augenbrauen in die Höhe, ohne dass sein Lächeln verschwand.

»Wer hätte Aylin denn in die Hände der Lafrander gegeben? Du hast sie hinausgestoßen, als wir in der Klemme saßen!«

Endlich verschwand sein Lächeln. »Denk doch mal nach! Wen suchen diese Leute denn? Aylin oder dich? Sie hätten Aylin nichts getan. Und wie hätten wir das Regal schließen sollen, wenn wir jemanden gebraucht haben, der es von außen zumacht? Das war mit Derek abgesprochen. Er hätte sie als seine kleine Schwester ausgegeben und dann wäre nichts passiert.«

»Es wäre nichts passiert, wenn du sie einfach bei mir gelassen hättest und wir durch den Tunnel geflohen wären. Dann wären diese Männer noch am Leben.« Ich bemühte mich meine Wut herunterzuschlucken. Stattdessen ballte ich jedoch wieder die Hände zu Fäusten und das Rauschen des Blutes wurde lauter in meinen Ohren.

Seine Worte kamen nur noch gedämpft bei mir an. »Es wäre passiert. Gib nicht mir die Schuld daran, dass sie dich jagen und dass du dich verwandelt hast. Ich versuche nur dir zu helfen!«, konterte Luan und brachte mich damit fast zur Weißglut.

Derek ging jedoch dazwischen, bevor wir uns gegenseitig an die Gurgel gehen konnten. »Schluss jetzt. Reißt euch beide zusammen. Es bringt nichts, einen Schuldigen zu suchen. Das hilft uns auch nicht weiter und bringt uns nicht ans Ziel. Lasst uns lieber mal überlegen, was wir ganz dringend benötigen, und dann schnell von hier verschwinden.«

Luan wandte sich zu Derek und wollte schon durch das Bücherregal ins Arbeitszimmer treten, aber ich hielt ihn an der Schulter zurück. »Aylin und ich zuerst.«

»Glaubst du etwa …«, setzte Luan an.

»Dass du uns hier einsperrst? Ja«, beendete ich seinen Satz und hob trotzig das Kinn in die Höhe.

»Ihr seid ja schlimmer als kleine Kinder!«, beschwerte sich Derek und verschränkte die Arme vor der Brust. »Los jetzt.«

»Und ich glaube, hier ist jemand verdammt nachtragend!«, meinte Luan, was mich hörbar nach Luft schnappen ließ.

»Das stimmt doch gar nicht!«, verteidigte ich mich. »Ich bin einfach nur vorsichtig.«

Er sagte nichts mehr, winkte Aylin und mich jedoch an sich vorbei und ließ uns den Vortritt ins Haus zurück. Hinter uns drehte er das Regal zurück in seine ursprüngliche Position, sodass keiner einen Gang mit einem Schlachtfeld dahinter vermutet hätte.

Schon wieder so viele tote Menschen und ich war schuld daran. Ich hatte sie getötet … wenn auch nicht mit den eigenen Händen, aber allein das Wissen reichte aus, um mir abermals die Galle in den Mund zu treiben.

»Schon gut«, meinte Luan. »Tut mir leid. Ich kann mich nur schwer in dich hineinversetzen und nachvollziehen, wie es für dich sein muss, das alles gerade durchzumachen. Tut mir leid.«

»Entschuldigung angenommen«, presste ich zwischen zusammengebissenen Zähnen hervor. »Aber noch mal verzeihe ich dir so eine Aktion nicht, verstanden? Wenn du meiner Schwester auch nur ein Haar krümmst …« Ich stockte. Den gerade geschlossenen Waffenstillstand wollte ich nun doch nicht gleich wieder zerstören.

Er nickte. »Ist gut. Ich habe dir vor den Ebenen von Karden ein Versprechen gegeben und das werde ich auch halten. Ich werde deine kleine

Schwester und dich mit meinem Leben verteidigen. Bleibt kurz hier sitzen. Ich hole euch schnell etwas zu trinken, bevor wir zum Händler gehen und uns Pferde besorgen.« Luan lächelte, wobei sein Grübchen wieder sichtbar wurde. »Nicht weglaufen, ja?«

Wasser war tatsächlich eine gute Idee. Erst jetzt bemerkte ich, dass mein Rachen ganz rau war und förmlich nach etwas Flüssigkeit schrie. »Danke.«

Ich führte Aylin zu einem der beiden Stühle vor dem kleinen Schreibtisch. Doch kaum dass Luan den Raum verlassen hatte, fiel mir ein, dass etwas für den Magen auch nicht schlecht wäre.

»Aylin, bleib hier, ja? Ich bin gleich zurück.« Ich eilte zur Tür zum Wohnraum und stockte abrupt, als ich Derek und Luan sah. Ihre Stimmen waren nur ein Flüstern, aber ich konnte dennoch zu gut verstehen, was sie sagten, und ...

Ich schluckte. Das musste ich mir einbilden. Ihre Finger waren ineinander verschränkt, während sie sich in die Augen schauten, als könnten sie so die Seele des jeweils anderen erkennen.

»Ich habe dir damals einen Eid geschworen und den werde ich nie brechen. Und ich habe dir versprochen zu dir zurückzukehren, egal was passiert.« Luan lächelte Derek an.

»Ich weiß. Aber es kommt mir einfach immer noch so unwirklich vor, dass du jetzt wieder vor mir stehst. Warum bist du nicht früher gekommen?«

»Das haben wir doch gestern Abend schon besprochen.«

Ich trat geräuschvoll in den Raum ein und stieß dabei gegen den Türrahmen. Sofort schreckten die zwei auseinander und lösten auch ihre Hände.

Was war das denn gewesen? Ich schüttelte im Stillen den Kopf. »Ähm ... ich wollte fragen, ob ihr auch noch eine Kleinigkeit zu essen habt?«

»Ja, natürlich!«, beeilte Derek sich zu sagen und sprang geradezu zu einem Schrank an seiner Seite, um daraus zwei Äpfel hervorzuholen. »Tut mir leid, mehr hab ich nicht. Luan und du, ihr müsst nachher unbedingt noch Proviant vom Markt mitbringen.«

»Danke, das reicht schon. Nur damit wir irgendetwas gegen das Magengrummeln tun«, meinte ich und grinste. »Ich bin es gewohnt, nicht so viel zu bekommen.«

Luans Gesichtszüge waren ernst, als ich zu ihm schaute. Fast hätte ich mir eine Sorgenfalte auf seiner Stirn eingebildet.

»Warum bist du das gewohnt?«, fragte er nach.

»Na ja, Handelswaren sind teuer und meine Eltern haben sich nur durchs Fischen und von Handarbeit ein wenig Einkommen erarbeiten können.« Ich zuckte mit den Schultern. »Wenn mein Vater mit leeren Netzen heimgekommen ist, konnte es knapp werden und von Unterstützung durch den König hätte unser Dorf nur träumen können. Aber euch ging es doch sicher ähnlich?«

Derek und Luan schüttelten die Köpfe. »Nein, dadurch, dass wir uns bei den Lafrandern zu Soldaten ausbilden lassen haben, hatten wir stets finanzielle Absicherung und immer etwas zu essen und zu trinken.«

Da hatten sich die beiden also kennengelernt und ihren Pakt abgeschlossen. Blieb nur die Frage, warum sie sich nach der Ausbildung von den Lafrandern und deren Sicherheit getrennt hatten, um ihre eigenen Wege zu gehen.

Ich zögerte nicht und sprach meine Frage einfach aus. »Aber warum seid ihr jetzt nicht mehr dort, sondern hier?«

Derek lächelte. »Weil ich mich aus den Diensten des lafrandischen Königs gelöst habe. Meiner Mutter ging es schlecht und sie hat jemanden gebraucht, der in ihren letzten Stunden an ihrer Seite stand. Von ihr habe ich die Wohnung.«

»Das tut mir leid. Aber das ging so einfach? Sich aus dem Dienst zu lösen?«, fragte ich irritiert. »Der König war sicherlich nicht begeistert, die in seinem Land ausgebildeten Soldaten an ein anderes Königreich zu verlieren.«

»Ich bin einfach untergetaucht. Wenn der König nicht davon erfährt, dass sich seine Soldaten um einen reduziert haben, dann passiert auch nichts. Und seien wir mal ganz ehrlich, was könnte ein so kleiner Widerständler wie ich schon anstellen?«

»So ist es«, mischte Luan sich ein. »Er ist kurz vorm Ende der Ausbildung untergetaucht. Ich bin dortgeblieben, um sie abzuschließen und um einen Überblick über ihre Vorhaben zu behalten.«

»Freya?« Aylin tauchte in der Tür zum Wohnraum auf.

»Oh, ich bin schon auf dem Weg zu dir gewesen. Tut mir leid«, erwiderte ich und schlug mir eine Hand vor den Mund. Da hatte ich beinahe vergessen, dass ich nur schnell etwas zu essen holen wollte.

»Derek hat einen Apfel für jeden von uns.« Ich deutete zu ihm und nahm ihm dankend eine der Früchte ab, als er sie mir entgegenstreckte. Danach ging er zu Aylin und reichte ihr die zweite.

»Danke!«

»Nichts zu danken. Ihr geht jetzt einfach auf den Markt und besorgt den Proviant. Ich packe hier zusammen, was wichtig ist, und Luan kauft uns Pferde.« Derek lächelte. »So einfach. Und wenn wir das haben, verschwinden wir.«

»Hoffen wir, dass es so läuft, wie du sagst«, bemerkte Luan.

***

Keine zehn Minuten später stand ich mit Aylin an der Hand in der Gasse, in der vor wenigen Stunden noch die Wachen ihre Kontrollgänge gemacht hatten.

Mein Herz schlug mir bis zum Hals, wenn ich auch nur daran dachte, dass überall in dieser Stadt Menschen lauerten, die mich erkennen und verraten konnten. Ich verstand nur einfach nicht, was mich so besonders machte. Es musste doch noch mehr Skafi geben und warum wurde dann nur ich so dringend von allen gesucht?

»Freya? Gehen wir jetzt auf den Markt?«, wollte Aylin wissen.

»So ungefähr. Derek und Luan haben uns eine Liste gegeben. Wir schauen gleich einfach mal, was wir davon bekommen.« Ich schenkte ihr ein Lächeln, klemmte unter meinen freien Arm einen Stoffbeutel und lief dann möglichst selbstbewusst los.

Die Stadt kam mir viel zu groß und von Menschen überfüllt vor. Und je weiter ich mit Aylin ins Zentrum lief, desto verlorener fühlte ich mich. Ich war eine unter Fremden. Eine unter diesen tausenden Menschen. Und trotzdem fühlte ich mich schon wieder beobachtet. Ständig kribbelte mein Rücken und ich fragte mich unwillkürlich, ob durch mein Oberteil etwas zu erkennen war. Ob die schwarzen Schlieren durch den hellen Stoff schimmerten oder ob ich mir die Blicke, die mir folgten, nur einbildete. Diese Leute konnten es gar nicht wissen.

Trotzdem schlug mir mein Herz bis zum Hals, als ich an die ersten Stände herantrat. Dieses Mal konnte mich auch der Geruch nach den vielen Gewürzen nicht beruhigen. Es war alles neu, so viele Farben, so viele Menschen, so viele Stimmen … Bei uns in Midre waren Markttage immer viel gemütlicher abgelaufen. Bei uns kannte man sich, redete viel miteinander und freute sich, wenn altbekannte Händler immer mal wieder auftauchten und von fantastischen Geschichten aus fremden Städten berichteten.

Jetzt selbst in Karden zu stehen und zwischen all die Händler und Einwohner zu treten hätte wohl etwas Besonderes für mich sein sollen, nachdem ich so viel über die Stadt gehört hatte. Stattdessen plagten mich der ständige Verfolgungswahn und die Angst um meine kleine Schwester. Ich konnte die bunten Farben, die neuen Güter, die wundersam gekleideten Menschen kaum beachten.

Die farbenfrohen Kleider der Frauen reichten oft bis zum Boden und waren mit wunderschönen Mustern verziert. Ganz anders als die triste braune Kleidung, die bei uns im Dorf getragen wurde. Es kamen mir sogar einige Frauen mit Haarreifen und anderem Schmuck entgegen, den sich bei uns im Dorf niemand hätte leisten können. Als die Händler von dem Reichtum der Südstadt Karden geschwärmt hatten, schienen sie nicht übertrieben zu haben. Im Gegenteil: Die ganze Stadt strahlte und wirkte unglaublich lebendig. Was mich jedoch keinesfalls beruhigte.

Immer wieder schaute ich mich panisch in alle Richtungen um. Doch wer auch immer sich in dieser Stadt aufhielt und mich beobachtete, versteckte sich gut.

»Da vorne ist einer der Händler, die mir Derek empfohlen hat«, stellte ich fest und zeigte für Aylin mit einem Finger in die entsprechende Richtung.

Meine kleine Schwester stellte sich auf die Zehenspitzen und reckte den Kopf in die Höhe, um in dem Trubel etwas erkennen zu können, bis sie schließlich nickte und ein Strahlen auf ihren Lippen erschien.

Auch ich war gespannt an diesen Stand mit den unterschiedlichsten Früchten und dem duftenden Brot heranzutreten. Aber meine Aufmerksamkeit wurde von dort weggelockt.

Über den Lärm der Einwohner und das Geschrei der Händler hinweg hörte ich eine wunderschöne Melodie und Gesang. Ich drehte mich herum und entdeckte einen jungen Mann, der an einem Instrument saß. In den Händen hielt er zwei Holzstäbe.

»Was ist das?«, fragte Aylin.

»Ich glaube, er spielt Marimba«, überlegte ich. Einer der Händler hatte uns von den kuriosesten Instrumenten erzählt, die überall im Land gespielt wurden.

»He, pass doch auf, wo du hinläufst!«, schimpfte jemand und ich spürte einen festen Schlag in meiner Seite.

Ich schrie auf, als ich in einen Stand voll mit Teppichen hineinfiel und dabei mehrere der Stoffe mit mir zu Boden riss. Mit schmerzverzerrtem Gesicht blieb ich liegen und suchte nach dem Übeltäter. Doch ich konnte nur noch einen Jungen in der Menge untertauchen sehen.

Kurz darauf erschien das böse Gesicht des Händlers in meinem Blickfeld. »Was fällt dir eigentlich ein, du Göre!« Mit erhobenem Finger redete er auf mich ein und ich ging schon vom Schlimmsten aus. »Wie kannst du es wagen? Weißt du, was diese Stoffe wert sind? Und sieh dir dieses Chaos an! Das kann ich doch nicht mehr verkaufen.«

»Es tut mir leid!«, stammelte ich. »Ich wurde hineingestoßen und ...«

»Immer die gleichen Ausreden. Ich will das nicht hören.« Er schüttelte den Kopf und packte mich fest am Arm. »Jetzt hör mir mal zu ...«

Aylin kreischte auf. »Freya!«

Ich war zu überrascht, um reagieren oder etwas sagen zu können. Es hatte mir wortwörtlich die Sprache verschlagen. Zugleich ging meine Fantasie darüber, was der Kerl jetzt wohl mit mir anstellen würde, mit mir durch und mir wurde bewusst, dass diese Szene viel zu viel Aufmerksamkeit auf mich lenkte.

Ich musste weg von hier. Musste mich irgendwie aus dieser Lage befreien und Aylin da mit rausziehen. Allerdings kam mir nicht wirklich eine gute Idee in den Kopf vor lauter Knoten, die mein Gehirn mir machte, wenn ich diesem Händler in sein vor Zorn rot gefärbtes Gesicht blickte.

Heiße und kalte Schauer liefen mir abwechselnd den Rücken hinab, als der Händler vor mich trat. »Kannst du nicht besser aufpassen?« Seine Augen wanderten voller Abscheu über mich. »Kommst nicht von hier, was? Sieh bloß zu, dass du dorthin verschwindest, wo du hergekrochen bist. Ich will dich hier nicht noch einmal sehen.«

Ich konnte mich gar nicht schnell genug aufrappeln. Doch während ich aufsprang, verfing ich mich an einer der umgestürzten Stangen, die zuvor den Stoff am Stand befestigt hatten, und ein unschönes Ratschen erklang. Noch bevor ich mich umdrehte, wusste ich, dass mein Oberteil zerrissen war. Und mit der nächsten warmen Windböe, die zwischen den Ständen herumwirbelte und über meine Haut strich, wurde mir bewusst, dass mein Rücken zu sehen war.

»Du ... bist eine von denen«, stammelte der Händler. Jegliche Farbe wich aus seinem Gesicht und er taumelte rückwärts.

Ich brauchte Stoff. Irgendetwas, das meinen Rücken bedeckte, bevor noch mehr Menschen mitbekamen, was ich war. Ohne lange zu überlegen, riss ich eines der Tücher vom Stand des Händlers, schlang es mir um den Rücken und wollte losrennen, als ich mitten in der Bewegung innehielt.

»Aylin?«

»Was fällt dir eigentlich ein?« Der Händler kam mir wieder in den Sinn, doch in seiner tobenden Stimme schwang nun zugleich Angst mit. Ich nutzte das aus und nahm die Beine in die Hand. Doch kaum dass ich zwischen den Marktbesuchern untergetaucht war, beeinflusste nur noch die Sorge um meine Schwester mein Handeln.

Ich hörte den Lärm der Menschenmenge nicht mehr. Hörte nichts als das Rauschen des Blutes in meinen Adern neben dem dumpfen Schlagen meines Herzens. Mich erfasste die Panik.

»Aylin?«, rief ich erneut. Dieses Mal lauter, ängstlicher.

In den Blicken der umliegenden Menschen konnte ich deutlich erkennen, dass einige von ihnen gesehen hatten, was auch der Händler bemerkt hatte. Sie tuschelten oder starrten mich ebenso entgeistert an.

Inzwischen schrie ich den Namen meiner Schwester. Aufmerksamkeit hatte ich ohnehin schon zur Genüge geweckt.

»Suchst du wen?«, erklang da eine Stimme über das Treiben hinweg und als sich die Menge vor mir teilte, tauchte ein Mann auf, der meine kleine Schwester an der Hand hielt.

Ich öffnete den Mund, aber konnte nichts sagen. Der Anblick verschlug mir die Sprache. Ein Isandoner. Nur die Männer aus Isandona, aus dem Gebirge ganz im Norden des Landes, trugen solch dunkle Mäntel, die mit Ranken verziert waren.

An der Hand, mit der er Aylins kleine Finger umklammert hielt, bemerkte ich mehrere Ringe. Seine kurzen Haare waren beinahe schwarz und schimmerten in der Mittagssonne, seine dunklen Augen funkelten mich an. Mein Blick wanderte an ihm hinunter zu seinen Lederstiefeln, die an den Seiten aufwendig geschnürt worden waren und die Enden einer lockeren Hose versteckten. An dem Gürtel hatte er ein Schwert befestigt, dass unter dem Mantel herausguckte. Eine Hand lag an seinem Schwertgriff und als ich ihm wieder ins Gesicht sah, hatte er ein schwaches Lächeln auf den Lippen.

Er ließ Aylin los, die sofort zu mir rannte, ihre schmalen Arme um meine Taille schlang und sich hinter mir versteckte. Das gab mir den Rest. Ich konnte nun endgültig nicht mehr schnell genug von diesem Ort verschwinden. Dann mussten Derek und Luan ihre Vorräte eben woanders herbekommen.

Ich brachte nichts hervor, während der Mann einfach dastand und mich musterte. In seinen dunklen Augen fand ich etwas, das mich erschaudern ließ.

Ohne ein weiteres Wort wirbelte ich herum und zog Aylin hastig mit mir in die Menge.

KAPITEL 9

Sacrande – Karden

»Ich hab doch gleich gesagt, dass es in einer Katastrophe enden wird, wenn wir sie allein auf den Marktplatz schicken!«, rief Luan und warf seine Hände in die Luft.

»Aber mit zwei bewaffneten Männern an der Seite wäre sie ganz gewiss unbemerkt geblieben, oder was?«, warf Derek ein. »Nur mit Aylin war es viel unauffälliger.«

Nachdem ich den beiden vor meinem ersten Marktgang gefühlte drei Stunden hatte schwören müssen, dass ich auch ja nicht weglaufen würde, hatten sie mich schließlich mit meiner Schwester allein losgeschickt. Dass sie nun von dem Vorfall wussten, machte es nicht gerade leichter, mich noch einmal allein irgendwo hinzuschleichen. Womöglich spielten sie nun persönliche Leibwachen und wichen gar nicht mehr von meiner Seite.

»Ihr tut es einfach schon wieder«, unterbrach ich das Gespräch der beiden. »Ihr steht neben mir und redet miteinander über mich, als wäre ich gar nicht da.«

Mit vor der Brust verschränkten Armen sah ich von einem zum anderen.

Luan holte tief Luft. »Ich gehe gleich los und besorge uns, was noch fehlt. Ich hätte es gleich selbst tun und kein Risiko eingehen sollen. Tut mir leid.«

Derek nickte. »Du hast recht, wir sollten nicht ständig über dich reden, sondern mehr mit dir. Und was Luan angeht, brich gleich auf. Ich bereite hier mit Freya zusammen alles vor und auch Aylin kann da gern ein bisschen mit anpacken, wenn sie mag.« Der hochgewachsene Mann schaute zu meiner Schwester. »Hast du Lust, die Stoffe dort hinten«, er deutete zu einem Stapel Kleidung, »zusammenzurollen, so klein du nur kannst?«

Aylins Augen leuchteten auf. »Ja!«, rief sie begeistert und lief sogleich zu den Sachen, um sich davor hinzuknien.

»Und wir beide packen die Taschen zu Ende und satteln die Pferde, soweit das ohne Proviant möglich ist«, fuhr Derek fort. »Luan? Ich bringe dich noch bis zur Tür.«

Ich nahm das als Wink mit dem Zaunpfahl, um mich von den beiden abzuwenden und in Aylins Richtung zu verschwinden, obwohl ich meinte beinahe vor Neugierde platzen zu müssen. Was wollten die denn jetzt schon wieder ohne mich besprechen?

Luan warf einen Blick zu mir, der mir spätestens jetzt verdeutlicht hätte mich von ihnen fernzuhalten. Ich schluckte und wandte mich zu Aylin.

»Ich will zu Mama und Papa«, murmelte sie und drückte sich an mich. Ich nahm ihren Kopf in meine Hände und rang mir ein Lächeln ab.

»Wir finden die zwei schon, in Ordnung?«, versprach ich.

Doch Aylin schüttelte den Kopf. »Wie denn? Du hast gesagt, dass sie in dieser Stadt sein werden, und jetzt waren wir nur auf dem Markt und diese bösen Männer sind überall.«

»So ist es, Aylin. Diese bösen Männer sind wirklich überall und wenn wir Mutter und Vater finden wollen, müssen wir von hier verschwinden«, erklärte ich.

»Das ergibt überhaupt keinen Sinn«, maulte sie und verzog das Gesicht.

»Ich weiß.« Für mich auch nicht. Für mich ergab gar nichts einen Sinn. Wieso war ich eine Skafi? Wenn meine Eltern das gewusst hatten, wenn sie ... Was, wenn sie selbst Feen und nun untergetaucht waren?

»So, Luan ist auf dem Weg zum Markt.« Als ich aufsah, stand Derek hinter uns wieder im Zimmer. »Ich hoffe, er kann alles besorgen, ohne dabei aufzufallen, und dass wir hier alles zusammenbekommen, bis er wieder da ist.« Er warf einen Blick auf seine Armbanduhr. »Denn in weniger als zwei Stunden sollten wir aufbrechen, besonders nach dem Zwischenfall vorhin.«

***

»Wo bleibt Luan nur?« Derek lief bereits seit über zwanzig Minuten in der Gasse auf und ab. »Er hätte schon längst wieder hier sein müssen.«

»Er wird schon kommen, wir können nicht ohne ihn verschwinden«, warf ich ein.

Aylin hatte sich zu mir auf den Schoß gesetzt und ich mich auf die Treppe vor dem Hauseingang gekauert, um meine Beine noch etwas zu schonen. Nicht nur Dereks Aufregung stieg ins Unermessliche, auch ich zitterte und betete, dass ich mit den Pferden zurechtkommen würde.

Die Vierbeiner standen gesattelt vor uns und mir wurde schon von ihrem Anblick schummrig. Wie sollte ich denn auf eines dieser riesigen Tiere hinaufkommen und es allein aus der Stadt lenken? Ausnahmsweise wünschte ich mir wie meine Schwester einen Platz bei Derek oder Luan auf dem Pferd zu bekommen.

»Doch«, durchbrach Derek meine Gedanken. »Wir können und werden ohne ihn aufbrechen. Wir haben eine klare Zeit ausgemacht, aber Luan hat es natürlich wieder mal nicht nötig, sich daran zu halten.«

»Vielleicht steckt er in Schwierigkeiten?«, überlegte ich laut. »Was, wenn ihn Lafrander entdeckt und enttarnt haben? Wir können ihn doch nicht einfach so zurücklassen und abhauen!«

»Quatsch! Nimm dir ein Pferd. Wir müssen los.« Und obwohl er sehr energisch klang, konnte ich doch auch in seinem Gesicht die Sorgenfalten deutlich erkennen. »Wenn wir noch länger mit so vollgepackten Taschen und Pferden vor dem Haus stehen, tauchen eher hier Lafrander oder Wachen auf, die unangenehme Fragen stellen werden. Denk lieber an dich und nicht an Luan. Der kommt schon klar.«

Und ich fragte mich, ob er das sagte, um sich selbst zu beruhigen, oder ob er es tatsächlich so meinte. Derek marschierte zum größten der drei Pferde und zog ein letztes Mal an den Sattelgurten und Taschen, um sicherzugehen, dass alles fest war. Dann tat er es auch beim kleineren braunen Pferd und nickte schließlich. »Jetzt schau nicht so, komm her. Ich helfe dir in den Sattel. Das war kein Witz.«

»Und der Proviant?«, startete ich einen letzten Versuch, ihn doch noch umzustimmen. Denn etwas in mir sträubte sich ganz gewaltig dagegen, mit Derek allein die Stadt zu verlassen. Obwohl ich Luan nicht besser kannte und mindestens genauso schlecht einschätzen konnte.

»Proviant bekommen wir auch noch außerhalb der Stadt in kleineren Dörfern. Darüber mache ich mir weniger Sorgen«, meinte er.

»Du hast ihn gehört.« Meine kleine Schwester sprang von meinem Schoß, sodass auch ich mich – weit weniger begeistert und eher widerwillig – erheben konnte. »Na schön, aber um es gleich zu sagen: Erwarte nicht zu viel von mir! Ich saß noch nie auf dem Rücken eines Pferdes«, stellte ich klar.

Derek begann zu lachen. »Du wirst dich schneller daran gewöhnen, als dir lieb ist, und ehe du wieder auf eigenen Füßen stehst, wirst du dir immer so einen tierischen Begleiter wünschen.«

Das konnte ich mir noch nicht so ganz vorstellen. Trotzdem hielt ich meinen Mund und trat an das Wesen heran, das von Nahem irgendwie noch beängstigender auf mich wirkte.

»So, Hände an den Sattel, linken Fuß in den Steigbügel ...«, begann Derek, weswegen ich schon zu lachen anfing.

»Willst du, dass ich einen Spagat mache? Wie soll ich denn mein Bein so hoch bekommen?«, stieß ich aus.

Meine Schwester kicherte, Derek stieß so etwas wie ein Seufzen aus und zu allem Überfluss schnaubte das Pferd neben uns. Schön, wie sich alle über mich amüsieren konnten.

»Stell dich nicht dümmer an, als du bist!«, fluchte Derek, nahm meinen anderen Fuß in die Hand und drückte mich auf den Rücken des Tieres.

Beinahe wäre ich auf der anderen Seite gleich wieder heruntergerutscht, konnte mich aber gerade so am Sattel festklammern.

»Alles in Ordnung bei dir?«, erkundigte er sich.

Ich nahm die Zügel in beide Hände, ließ den Sattel aber nicht los. »Ich denke schon.«

»Die Steigbügel passen auch?« Derek wollte schon danach greifen, ich nickte jedoch, sodass er in der Bewegung innehielt. »Jetzt schau nicht so! Aylin kommt zu mir aufs Pferd und dann geht's los. In die große weite Welt von Ilandmera und in ein neues Abenteuer!«

»Au ja!«, rief Aylin aus und rannte Derek förmlich hinterher. Es überraschte mich immer wieder, wie schnell ihre Stimmungen sich abwechselten. »Ein richtiges Abenteuer!«

Als auch Derek und meine Schwester auf dem Rücken des zweiten Vierbeiners saßen, blieb mir vorerst nur noch eine Frage übrig. »Was passiert jetzt mit dem?« Ich deutete zum dritten Tier, das noch immer neben uns stand und das Geschehen mit großen Augen und wachsam aufgestellten Ohren beobachtete.

»Was soll damit sein? Das nehmen wir mit, falls Luan sich uns doch noch wieder anschließen möchte.«

Was sollte das denn nun schon wieder heißen? Der Unterton, der in Dereks Worten mitschwang, gefiel mir gar nicht. Aber ich traute mich nicht das Thema anzusprechen und kam auch nicht mehr dazu, als er sein Pferd antrieb und es loslief. Denn meines nahm das als Zeichen, auch einfach loszugehen. Damit stoppte mein Gedankenkarussell zumindest kurz vor Schreck.

Doch es dauerte keine fünf Minuten, bis wir an einer Wegkreuzung vorbeikamen und mir abermals diese seltsame Begegnung von vorhin in den Kopf schoss. Immer wieder musste ich an die Augen des jungen Mannes auf dem Markt denken. Wie er ein seltsames Kribbeln in meinem Magen ausgelöst hatte. Aber diese Beobachtung blieb vorerst mein Geheimnis.

»Ich glaube, ich werde verrückt«, murmelte ich mehr für mich als zu jemand anderem. »Ich sehe an jeder Ecke Menschen, die mich beobachten!«

Derek lachte. »Willkommen in meinem Leben.«

Verwirrt sah ich auf und ihm in die Augen. Er hatte sich für einige Wimpernschläge zu mir umgedreht, bevor er seinen Blick wieder nach vorne richtete.

»Warum? Weil du dich aus den Diensten der Lafrander gelöst hast?«, wollte ich wissen.

»Ja, auch.« Und plötzlich klang seine Stimme so abwesend, fast wie in Trance, dass ich eine Gänsehaut bekam.

Nicht nur Luan hatte also seine Geheimnisse. Nun fing auch Derek damit an, aus seinem Leben ein großes mysteriöses Ding zu machen. Ich seufzte. Wieso war nur immer alles so kompliziert? Bisher war mein Leben doch auch ganz in Ordnung gewesen ... Blieb nur die Frage, was diese düsteren Gedanken bei Derek auslöste.

»Warum?«, fragte ich nochmals, kam mir aber gleich darauf sehr unhöflich vor. »Tut mir leid.«

»Es muss dir nicht leidtun. Luan war einfach schon immer so. Deswegen haben sich unsere Wege auch getrennt. Er wollte mit mir mitkommen. Wir wollten gemeinsam ...« Er stockte, als hätte er selbst bemerkt, dass er da Sachen aussprach, die selbst ich niemand Fremdem leichtfertig anvertraut hätte.

Dennoch zeigte er mir damit, dass Derek und Luan wirklich enge Freunde gewesen sein mussten, bevor sich ihre Wege nach der Ausbildung getrennt hatten. Und es erklärte auch, warum er sich mir jetzt annahm, obwohl er gar nichts mit dieser Gabe und mir zu tun hatte und auch Luan so lange nicht gesehen hatte. Wenn ich ihm glauben konnte, was er sagte ...

»Ist auch egal«, meinte Derek. »Besser, wir halten den Mund, bis wir die Stadt verlassen und die Mauern weit hinter uns gelassen haben.«

Erst jetzt fiel mir bewusst auf, wie still die Gassen waren, durch die wir hindurchritten. Jeder Schritt durchbrach die gespannte Ruhe, jedes Wort durchschnitt die Luft wie ein Messer Fleisch.

Ich schauderte. Immerhin hatte ich Aylin im Blick, was mich ein wenig erleichterte, aber dass Luan fehlte, bereitete mir weiterhin Bauchschmerzen.

Weil ich mir nicht den Kopf zerbrechen wollte, begann ich im Stillen für mich langsam bis hundert zu zählen und dabei möglichst nicht aus dem Sattel zu rutschen. Es war noch wackliger auf dem Rücken des Pferdes, als ich gedacht hatte. Und mich nebenbei darauf zu konzentrieren, die Zügel festzuhalten, die Finger unter den Rand des Sattels zu klemmen und die Umgebung im Blick zu behalten, reichte tatsächlich aus, um mich von den trüben Gedanken wegzubringen.

Genau so lange, bis wieder mehr Menschen um uns herum auftauchten und Derek und mir Blicke zuwarfen. Sofort begann mein Rücken zu brennen und die Zweifel, ob sie vielleicht etwas sehen konnten, kehrten zurück. Selbst mit einem sauberen Oberteil von Derek, das mir viel zu groß war. Aber dadurch schützte es mit Sicherheit die ganze Haut meines Rückens vor neugierigen Augen. Außerdem war es schon dämmrig und im letzten Licht der Sonne, das vom Horizont und den umliegenden Gebäuden bereits verschluckt wurde, musste es nahezu unmöglich sein, Schatten auf meiner Haut auszumachen.

Dennoch wanderte mein Blick unaufhaltsam von rechts nach links, sodass ich bald das Zählen vergaß und die Ängste sich wieder in meinem Kopf ausbreiteten wie ein mit Wasser vollgesogenes Stück Stoff.

Zum Glück musste ich mich nicht noch auf das Lenken des Pferdes konzentrieren. Das trottete nämlich einfach gemütlich hinter Derek und Aylin her und als Derek nun die Zügel anzog und sein Vierbeiner stehen blieb, hielt auch mein Pferd an. Vor uns türmte sich erneut die gigantische Stadtmauer gen Himmel auf.

An den grauen Steinen waren in regelmäßigen Abständen Fackeln angebracht worden, die nun dunkle Schatten auf der Wand tanzen ließen. Vor den Toren hielten zwei der Stadtwächter ihre Posten und ich spürte förmlich, wie sich ihre Augen wie Messer durch uns hindurchbohrten. Dabei konnte ich keinen einzigen ihrer Gesichtszüge in der Finsternis erkennen.

»Derek«, zischte ich. »Wir können doch nicht wirklich ohne Luan verschwinden.«

Allerdings reagierte er nicht. Er schien es tatsächlich ernst zu meinen, seinen Gefährten und Freund hier zurückzulassen. Und das, obwohl es Luans Plan gewesen war, mit mir zu den Wächtern zu reiten. Ich verstand die Welt immer weniger.

»Meine zwei Begleiterinnen und ich würden gern das Tor passieren«, rief

Derek den beiden Männern zu. Keiner der Soldaten zeigte zunächst eine Reaktion, als müssten sie noch überlegen, ob sie uns wirklich aus der Stadt lassen sollten.

»Wer seid Ihr? Könnt Ihr Euch ausweisen?«, fragte einer der Männer dann doch und trat einen Schritt in unsere Richtung, blieb jedoch in sicherem Abstand zu uns stehen.

»Ich bin ein Händler aus der Hauptstadt. Das hier sind meine beiden Schwestern«, log Derek, ohne mit der Wimper zu zucken. Genau wie Luan. Sogar mit derselben Ausrede. Wie viel die beiden doch gemeinsam hatten.

Einer der Männer stieß ein Schnauben aus. »Diese Stadt mag groß sein, aber nicht so groß, dass man nicht schnell mitbekommt, wenn ungewöhnliche Dinge geschehen. Gestern Abend sind drei Reisende im Süden dieser Stadt eingetroffen und seither erzählt man sich sehr seltsame Dinge.«

»Nicht nur seltsame Dinge«, fügte nun auch der zweite Mann hinzu und trat aus der Finsternis. »Es wurden mehrere Soldaten der Lafrander als vermisst gemeldet, wie uns zu Ohren gekommen ist, seit ein sehr ungleiches Trio diese Tore passiert hat.«

Mir wurde schwindlig und ich krallte meine Finger so fest in die Sattelkante, dass die Knochen weiß hervortraten. Was wussten diese Männer? Und wie war es möglich, dass sich Informationen derart schnell in einer so großen Stadt verbreiteten?

»Was für eine Anschuldigung!«, beschwerte Derek sich, obwohl seine Stimme noch immer erstaunlich ruhig blieb. »Ihr müsst uns verwechseln.«

»Ach ja?« Einer der Männer verschränkte die Arme vor der Brust. »Ist uns egal. Solange wir das Rätsel der verschollenen Soldaten nicht geklärt haben und die Gerüchte über eine Skafi die Runde machen, wird keiner diese Tore passieren. Es sei denn, Ihr könnt uns etwas vorweisen, das uns zeigt, dass Ihr keine Skafi unter Euch habt.«

Beide Wächter traten noch näher an uns heran und erschienen so im Licht der Fackeln, dass ich ihre Gesichter nun erkennen konnte. Die Flammen zeigten das misstrauische Funkeln in ihren Augen. Als ob sie uns bereits auf die Schliche gekommen wären. Als ob sie merken würden, dass ich anders war.

Ihren Blick so auf uns ruhen zu spüren ließ das Blut in meinen Adern gefrieren und brachte mich zum Frösteln. Was sollten wir tun?

Aus Dereks Schweigen entnahm ich, dass auch er ratlos geworden war, wie jetzt am schlauesten zu handeln war. Dabei war er derjenige gewesen, der eine Kriegerausbildung begonnen und womöglich am ehesten einen Ausweg aus solchen Lagen zu finden gelernt hatte.

»Also?«, hakte einer der Männer nach. »Was ist nun?«

Ich schaute zu Aylin. Meine Schwester warf mir einen sichtlich aufgeregten Blick über ihre schmalen Schultern zu, ließ ihre Arme jedoch um Dereks breiten Oberkörper geschlungen. Die zwei hätten ein wirklich süßes Bild abgegeben, wenn wir uns nicht in einer so verzwickten Lage befunden hätten.

Umzudrehen und es morgen wieder zu versuchen schien mir ausweglos. Sollten die Menschen selbst hier nun schon von einer Skafi gehört haben, würde es sich wohl nur noch um Tage handeln, wenn nicht sogar um Stunden, bis sie herausfanden, dass ein Mädchen gesucht wurde, das ich sein konnte.

Unmöglich. Wenn wir Karden verlassen wollten, dann jetzt oder gar nicht mehr, wie es aussah. Ich hoffte, dass auch Derek das klar war. Andererseits konnten wir so auf Luan warten. Zeit gewinnen ... Obwohl ich mir nicht sicher war, was genau Luans Motiv war, mir zu helfen. Dabeihaben wollte ich ihn solange trotzdem. Loswerden konnte ich ihn später immer noch, wenn ich das nicht schon geschafft hatte. Wo zur Hölle steckte der Kerl? Er hatte *eine* verdammte Aufgabe gehabt ...

»Es bleibt dabei«, sagte Derek schließlich entschlossen und trieb sein Pferd einige Schritte auf die Soldaten zu, die sofort ihre Speere vor ihm überkreuzten und so den Weg versperrten. »Ho!« Er hielt seinen tänzelnden Hengst. »Wir werden heute noch die Stadt verlassen. Ob Ihr wollt oder nicht. Ihr könnt die Menschen innerhalb dieser Mauern nicht einsperren!«

»Und ob!«, entgegnete der rechte Mann bestimmt. »Das können und werden wir!«

»Die Kardener haben so hart für ihre Unabhängig und Freiheit im Süden gekämpft. Für den freien Handel und Warenaustausch. Das könnt Ihr ihnen nicht nehmen. Das könnt Ihr *uns* nicht nehmen. Es wird zu Aufständen kommen!«, widersprach Derek.

Stumm fügte ich in Gedanken hinzu: *Und wenn es zu Aufständen käme, wäre diese Skafi schuld an all diesen Umständen. An den Verboten. Es würde sich einmal mehr bestätigen, warum Magie verboten und als etwas Schlechtes betrachtet wird.*

Jetzt verstand ich die Worte des Händlers vom Markt doch ein wenig besser. Was die Menschen nicht kannten, davor fürchteten sie sich, und wenn sie erst Angst hatten, lag der Griff zu Waffen nicht fern.

»Egal was Ihr uns noch auftischt. Ihr und Eure *Schwestern* kommt hier heute und auch die nächsten Tage nicht durch.«

Plötzlich ertönte hinter uns ein lauter Knall. Ich schreckte herum, verlor jedoch beinahe das Gleichgewicht, da auch das Pferd unter mir durch den unerwarteten Lärm zu tänzeln begann.

»Was war das?«, stieß Derek aus. »Bleib dicht bei mir, Freya«, wies er mich gleich danach an. Ich wollte schon widersprechen, als ich nur noch eine sich rasend schnell ausbreitende Nebelwand hinter mir erkannte und nicht mal bis drei zählen konnte, bis ich meine Hände kaum noch vor Augen sah.

Im zunehmenden Dunst verschwanden auch die Lichter in den Fenstern der Häuser. Und dann sah ich einen dunklen Schatten um uns herumstreichen. Oder? Doch. Ganz sicher. Je öfter ich blinzelte, desto überzeugter war ich, dass da jemand neben den Wächtern war und um uns herumlief.

Etwas oder jemand. Ein Schrei erklang, erstarb jedoch genauso schnell wieder und eine geisterhafte Stille folgte daraufhin.

»Freya?«, hörte ich Derek fragen, erkannte aber gerade noch seine Umrisse. »Halt dir was vor Mund und Nase. Das ist ein Rauch-Gas-Gemisch!«

Erst jetzt bemerkte ich, dass der Qualm eine merkwürdige Konsistenz hatte und genauso streng roch. Derek war kaum noch vor mir zu sehen. Ich überlegte nicht lang und tat, was er mir gesagt hatte. Ich suchte den Saum meines Oberteils und hielt ihn mir vor die Nase. Dass dabei mein Rücken kalt wurde, ignorierte ich. Die Haut musste an die Luft gekommen sein, aber in dem Dunst würde die schwarzen Schlieren ohnehin niemand mehr sehen können.

Derek trieb die Pferde ganz langsam in den Nebel hinein und in Richtung der Wächter. Genau als ein weiterer Schrei ertönte und erstarb. Das konnte nur eines bedeuten. Und der Gedanke allein genügte, um mir die Kehle zuzuschnüren.

Hatte jemand unsere Diskussion belauscht und konnte sich nun denken, dass *ich* ... diese Skafi war? Wollte derjenige mich nun umbringen wie die Wächter? Denn die mussten tot sein ...

Ich bekam keine Minute später die Bestätigung meiner letzten Theorie, als ich links von mir etwas Dunkles auf dem Boden erkannte, das sich deutlich vom Sandboden abhob. Ein Körper, der in einem ebenso dunklen Fleck lag. Blut.

Ich schrie auf. Eine Hand hatte sich an meine Hüfte gelegt und ich spürte, wie sich jemand hinter mich auf das Pferd schwang.

»Ganz ruhig, Freya. Ich bin's nur!«, sagte eine mir nur allzu bekannte Stimme. Mein trommelndes Herz beruhigte er damit allerdings nicht. »So, Derek. Wir sind vollständig. Dann lasst uns starten.«

Ich wollte schon widersprechen und sagen, dass das Tor noch verschlossen war, als ein weiterer ohrenbetäubender Knall ertönte und uns gefühlt die halbe Stadt um die Ohren flog.

»Was war das?« Ich verstand Dereks Worte kaum, bis er sich zu uns umdrehte. »Und was machst du hier?«

»Danke für das herzliche Willkommen. Das, lieber Derek, war unser Weg in die Freiheit. Besser, du lässt die Pferde jetzt die Hufe in den Boden stampfen und wir verschwinden hier, bevor sich der Nebel wieder lichtet!«, erwiderte Luan und schlang seine Arme um meine Taille. Seine Finger legten sich warm auf meinen Bauch und lösten ein Kribbeln in mir aus, als er damit meine nackte Haut berührte.

»Geht's?«, fragte er mich kaum hörbar, wobei sein warmer Atem mein Ohr strich. »Ich meine, mit dem Rücken?«

Ich nickte. »Ja, wenn du so bleibst und nicht zu sehr dagegen drückst.«

Kaum dass ich das letzte Wort gesagt hatte, sprang das Pferd unter mir vorwärts. Entsetzt ließ ich meine gelöste Hand zum Sattel schnellen und krallte ich mich noch fester, falls das überhaupt möglich war, ohne dass mir jeden Moment die Finger abfielen. Aber es ging. Ich durfte nur nicht die Zügel verlieren und den Sattel loslassen. Das wiederholte ich immer und immer wieder im Stillen, um mich von der Geschwindigkeit und den festen Sprüngen des Tieres abzulenken.

Um uns herum tanzten Funken in der Luft und zeichneten sich hell und leuchtend von der staubigen Umgebung ab. Je weiter wir uns aus dem Dunst entfernten, desto klarer wurde auch mein Kopf und meine Lunge füllte sich gierig mit der frischen Luft.

Jetzt nahm ich deutlicher die Details im Dunkeln wahr, auch wenn ich die Umgebung kaum mit den Augen sehen konnte. Dafür fiel mir umso bewusster auf, dass die Hufe der Pferde noch dumpfer auf dem Boden aufschlugen und die Ruhe wesentlich angenehmer und nicht mehr ganz so gespenstisch war.

Noch immer hörte ich mein Herz schlagen, spürte es gegen die Rippen hämmern und das Blut in meinen Adern rauschen. Und dass Luans Arme um mich herum lagen, dass er wieder da war, machte den Knoten in meinen Gedanken perfekt.

Aus dem Nichts aufgetaucht und der Retter in letzter Sekunde.

»Wo zur Hölle warst du?«, schimpfte Derek schließlich außer Atem, was Luan ein Lachen entlockte.

»Ich hab noch diesen kleinen Nebelball aus einem der Waffenläden in der Nähe der Stadtmauer geholt. Du weißt doch, es gab da mal ein Geschäft, in dem wir so kuriose Objekte gefunden haben, als wir einmal zusammen in Karden waren ... so Zauberkram, der eigentlich verboten war.«

»Daran erinnerst du dich noch?« Eine Furche entstand auf Dereks Stirn. »Das ist ganz zu Beginn unserer Ausbildung gewesen.«

»Ja, stell dir vor, und der Waffenladen existiert auch noch. Hat uns doch glatt aus der Patsche geholfen«, meinte Luan und knotete die Tasche mit Proviant, die eben noch um seine Schultern geschlungen gewesen war, bei den übrigen Taschen am Sattel meines Pferdes fest.

»Waffenläden gehören an den Stadträndern verboten«, sagte Derek und lachte. »Sonst machen uns diese würdevolle Flucht noch alle möglichen Diebe und das Kleinvolk nach. Einfach mal das ganze Stadttor gesprengt. Ich würde sagen, der Plan mit der eingesperrten Bevölkerung ist damit soeben auch in die Luft gegangen.«

Die beiden Jungs brachen nun endgültig in Gelächter aus und steckten mich mit ihrer guten Laune an. Und dieses Lachen tat unglaublich gut. Es war so unbeschwert und ließ die Anspannung vollkommen von mir abfallen. Fast hätte ich vergessen, dass ich mit zwei fremden Kerlen in der Patsche saß. Und zugleich hatte ich ganz ungewollt zwei Gefährten in ihnen gefunden.

Ich hatte das Gefühl, unser Abenteuer hatte nicht erst begonnen, als ich Midre mit Luan verlassen hatte. Sondern als dieser vermeintliche Lafrander diese Gabe in mir geweckt hatte – was auch immer das nun für mich und vor allem auch für Ilandmera bedeutete.

Kapitel 10

Sacrande – Der Wald von Danlior

Luan war kaum noch von seiner guten Laune abzubringen. Seit wir Kardens Tore gesprengt und die Stadt hinter uns gelassen hatten, redete er nahezu ununterbrochen.

»So, ich denke, dann lass ich dich nun doch mal allein und setze mich auf mein eigenes Pferd.«

»Sei froh, dass du rechtzeitig wieder aufgetaucht bist, sonst hätte ich es in der nächsten Stadt zu Geld gemacht!«, schimpfte Derek, verzog seinen Mund jedoch zu einem Lächeln, als er sich zu seinem Gefährten umdrehte.

»Das hättest du nicht gemacht. Dafür kennst du mich viel zu gut.« So gut, dass Derek mir verraten hatte, dass Luan nicht immer so zuverlässig gewesen war. Aber ich sagte nichts und auch Derek ließ Luans Aussage einfach unkommentiert.

Wir hielten die Pferde an, sodass Luan von meinem Sattel hinunterrutschen konnte. Dabei berührten seine Finger nochmals meinen Rücken und ich zog geräuschvoll die Luft ein.

»Tut mir leid«, sagte er sofort. »Tut dein Rücken noch sehr weh? Normalerweise gibt sich das einige Tage nach der Verwandlung. Dein Körper muss sich erst an die Gabe gewöhnen und daran, dass du nun Flügel bekommst. Bei den Heiligen Stätten gibt es jemanden, der dir mit den Schlieren und auch dem Umgang mit der Gabe helfen kann. Sie werden dir mehr verraten, sobald wir da sind.«

Schon wieder eine offene Frage, die mich neugierig machte und das Blut voller Adrenalin durch meinen Körper rauschen ließ. Je mehr Luan von den Wächtern sprach und mir erzählte, dass ich dort Antworten finden würde, desto aufgeregter wurde ich.

»Wie lange wird es dauern? Bis ich diese Antworten bekomme und wir die Wächter besuchen? Du meintest, wir brauchen noch mehrere Wochen, bis wir die Heiligen Stätten erreicht haben werden?«, hakte ich nach. »Wie lange wollt ihr mich denn noch in Unwissenheit lassen? Wie oft sollen wir noch in gefährliche Situationen geraten, in denen ich wie eine tickende Zeitbombe neben euch stehe?« Ich schluckte. »Und was ist, wenn Aylin doch mal etwas passiert – meinetwegen? Oder euch? Ich möchte mich endlich im Griff haben.«

»Sag du es ihr.« Derek strich sich mit einer Hand durch die Haare, bevor er sein Gesicht von uns abwandte. Aylin klammerte sich noch immer an ihn, schaute aber auch Luan und mich interessiert an.

»Was jetzt?« Ich zog eine Augenbraue hoch und wandte mich Luan zu. »Tut doch bitte nicht immer so furchtbar mysteriös. Ich hasse das! Sprecht einfach mal ganze Sätze mit mir, in Ordnung?«

»Jetzt beruhige dich wieder«, entgegnete Luan. »Wir sind gerade erst aus Karden geflohen und ich würde es vorziehen, wenn wir erst einmal in den nächstmöglichen Wald untertauchen, anstatt hier mitten in der Pampa zu stehen und über dich zu reden.«

»Dann ignoriere mich eben!«, rief ich aus. »Aber wie würdest du dich denn bitte fühlen, wenn ganz plötzlich alles verschwände, was dir irgendetwas bedeutet hat? Wenn deine Familie plötzlich weg wäre und dein Dorf nicht mehr existieren würde? Wenn fremde Männer auftauchen und alles über dich zu wissen scheinen würden, während du dein Leben wie Sandkörner durch deine Finger rinnen siehst und nichts mehr verstehst?« Ich holte tief Luft. »Würdest du dann so seelenruhig bleiben und keine Antworten verlangen?«

»Ich verstehe dich. Sehr gut sogar.« Luan stockte kurz, als müsste er nach den richtigen Worten suchen. »Aber vergiss bitte nicht, dass wir verfolgt werden und zunächst das einzig Wichtige ist, dass du in Sicherheit kommst. Und das geht nur, wenn wir so wenig wie möglich an Zeit vergeuden und schnellstmöglich zu den Wächtern gelangen.«

»Das nennst du Zeit vergeuden?« Ich spürte förmlich, wie in mir alles in die Luft ging.

»Bitte vertrau uns. So schwer es dir gerade auch fallen mag.« Inzwischen warf er unruhige Blicke zum Horizont und lief schließlich zu seinem Pferd. »Wir sollten weiterreiten. Es wird sicher nicht lange dauern, bis hier einige Lafrander auftauchen und nach dir suchen. Nur im Schutz der Bäume sind wir einigermaßen sicher.«

»Luan hat recht. Wir können nebenbei immer noch reden und, wenn es unbedingt sein muss, bestimmt auch die ein oder andere Frage beantworten.«

Irgendwie wunderte es mich, in dieser Situation ausgerechnet von Derek Zustimmung zu bekommen. Aber er hatte sich schließlich auch schon vor der Flucht aus Karden sonderbar verhalten. Oder es lag einfach an Luan. Was war bloß zwischen den beiden vorgefallen?

Als ich meine Augen von Dereks roten Haaren und seinem Hinterkopf abwandte und wieder zu Luan blickte, saß dieser bereits auf seinem Pferd. »Erst mal keine Fragen, dabei bleibt es.«

»Auf wessen Seite stehst du eigentlich?«, giftete ich ihn an. Dass er als Lafrander selbst so einen Hass auf sein Volk hatte, dass er mir half, anstatt mich auszuliefern, und mir gleichzeitig einige Antworten vorenthielt – das wurde mir in dem Moment erst so richtig bewusst. Was hatte Luan dazu bewegt, seine Leute zu verraten und mir zu helfen?

»Was soll das denn nun schon wieder heißen?« Ohne näher darauf einzugehen, ließ er sein Pferd lostraben und wandte sich von mir ab. Dabei schüttelte er beinahe abweisend den Kopf und versetzte mir damit einen tiefen Stich.

Wie konnte er nur immer wieder so sein? So abweisend und hartherzig, auf der anderen Seite dann wieder ganz schlagartig furchtbar lieb und fürsorglich. Gerade Aylin gegenüber.

Die Wut schnürte mir die Kehle immer weiter zu und zog mir den Brustkorb zusammen, sodass die Luft vor meinen Augen zu flimmern begann.

Innerlich fragte ich mich, wie die Stimmung so schnell hatte umschlagen können. Wie die Freude innerhalb weniger Sätze in eine solch kühle Atmosphäre hatte kippen können.

»Vergiss es. Du warst derjenige, der einfach abgehauen ist und mich bei Derek zurückgelassen hat. Du warst derjenige, der sich nicht an unsere Pläne gehalten hat, und wir sollen dir vertrauen? Und gleichzeitig tust du so, als ob nur ich das Problem wäre.« Ich ballte meine Hände zu Fäusten und wollte schon zum nächsten Schlag ansetzen, aber Derek ging dazwischen.

»Hört endlich auf! Wir verschwinden erst einmal im Wald von Danlior und dann können wir alle Unstimmigkeiten klären.« Derek deutete zum Horizont. »Wir können noch immer die Türme der Stadt erkennen und sind somit viel zu dicht an unseren Verfolgern. So sind wir leicht gefundenes Fressen.«

Ich wollte schon widersprechen, als Derek mich mit einer gehobenen Hand zurückhielt. »Freya.« Die Art, wie er meinen Namen sagte, löste die Schnur um meine Kehle und ließ mich wieder nach Luft schnappen. Die warme Sommerluft strömte in meine Lunge und beruhigte mich.

»Freya«, wiederholte er meinen Namen. »Ich kann nicht annähernd nachvollziehen, wie schlimm es dir gerade gehen muss. Was für Schmerzen du durchstehen musstest – äußerlich und innerlich. Aber wenn du jetzt aufgibst, dich von uns abwendest und als Einzelkämpferin durchstarten möchtest, wirst du scheitern. Deine Schwester und du, ihr werdet in die Hände der Laf-rander geraten und deine Reise wird zu Ende sein, bevor sie begonnen hat. Erwarte nicht, dass diese Leute dir etwas zu deiner Gabe sagen können und werden. Im Gegenteil: Sie werden dich zu Thorn bringen oder dich umbringen, sobald sie von deiner Stärke erfahren und die Angst vor dir sie übermannt.« Er verzog mitfühlend das Gesicht. »Begleite uns zumindest bis zu den Heiligen Stätten zum Orden der Wächter. Für Aylin. Und für dich. Glaub mir, dort wirst du dich selbst verstehen lernen. Du kannst erst in die Hauptstadt, wenn du bereit dafür bist.«

Bereit wofür? Ich rang mit mir selbst. Rang mit dem Chaos an Gefühlen, die mich wie tausende Leinen in unterschiedliche Richtungen zerrten und meinen Körper erbarmungslos auseinanderreißen wollten. Ich rang mit der Wut und der Angst. Und zugleich war ich erneut überwältigt von Derek. Von seinen ruhigen Worten zur genau richtigen Zeit und wie er es schaffte, mich damit immer wieder auf den Boden zu bringen und mir den Weg zu weisen, ohne dass er mich dazu zwang. Ich wollte ihm einfach folgen. Obwohl er ein Fremder war, schien er mir so vertraut und in dieser Sekunde viel näher und einfühlsamer als Luan. Und ich war überrascht, dass sich die Rollen so schnell tauschen konnten. Dass Luan plötzlich so griesgrämig war, wo er doch zu Beginn unserer Begegnung ganz anders gewesen war. Etwas tief in mir sagte mir, dass es an der Anwesenheit von Derek lag. Dass die Männer ein Geheimnis hatten, das sie vereinte und zugleich auseinanderriss.

»In Ordnung.« Ich drückte meinem Pferd die Schenkel in die Seiten und ließ es neben Derek trotten.

Der fast zwei Meter große rothaarige Kerl nickte mir zu und ich meinte unter seinem Bartansatz ein Lächeln zu erkennen. Ein Lächeln, das die Wut in mir verpuffen ließ. Ein weiterer Blick zu Aylin hinter ihm reichte, um mir vor Augen zu führen, dass ich stark war und kämpfen musste. Dass das hier der richtige Weg und die richtige Entscheidung sein musste.

Ohne ein weiteres Wort zu wechseln, galoppierten wir an und ließen nicht nur Karden und die Ebene hinter uns, sondern für mich auch eine bekannte Welt und ein weiteres Stück Heimat und Sicherheit. Nun würde ich also tatsächlich ganz Ilandmera kennenlernen. Der Gedanke machte mir zwar Angst, aber zugleich weckte er auch Neugier in mir und noch ein Gefühl, das mir nahezu fremd erschien. Ein Gefühl von einer neuen, ganz anderen Heimat und Geborgenheit. Da draußen. In der Unendlichkeit. In der Freiheit.

***

Der Wind fegte über die Ebene, die Kälte umhüllte mich und ließ mich zittern. Wir redeten kein Wort miteinander, bis vor uns die ersten Baumwipfel auftauchten.

»Da ist ein Wald!«, rief Aylin aufgeregt und zeigte mit einem Finger an Derek vorbei geradeaus. »Wo sind wir?«

»Das ist der Wald von Danlior«, meinte er daraufhin und lächelte. »Früher war es der heimliche Rückzugsort der Sacrander. In diese Gegend hat nie ein Lafrander den Fuß gesetzt, bis der Handel in Karden zugenommen hat.«

»Ihr Lafrander seid vorher nie hier gewesen? Warum?«, mischte ich mich ein und schaute interessiert zu Derek hinüber. »Ich meine, die Lafrander haben sich doch in ganz Ilandmera ausgebreitet, nachdem euer König an die Macht gekommen war. Nach dem Aufstand in der Hauptstadt und nachdem er den Thron an sich gerissen hatte ... Für euch gab es dann ja quasi keine Grenzen mehr.« Es klang abfälliger, als es sollte, und ich biss mir auf die Unterlippe, weil ich schon einen Kommentar von Luan erwartete. Aber er sagte nichts.

»So ist es. Tatsächlich haben die Lafrander erst nach dem Vorfall vor zwanzig Jahren die Grenzen überschritten und angefangen den Handel im Auftrag des Königs zu überprüfen.« Derek holte Luft und stockte. »Das war zu der Zeit, als ... als die Lafrander angefangen haben Magier mit dem Tod zu bestrafen und Skafi zu jagen.«

»Nach der Krönung von Thorn.« Ich hatte diese Geschichte bereits von meiner Mutter gehört. Nun nochmals von Derek zu erfahren, dass es wirklich wahr sein musste, machte mich sprachlos.

»Der König war ein Mensch, der jegliche Form von Magie fürchtete, weshalb er diese im Keim ersticken wollte: indem er die Skafi und jede Person auslöschte, die auch nur einen Hauch Magie im Blut trug.«

»Hör auf!«, wies Luan ihn an. »Sie weiß schon viel zu viel.«

Ich merkte, wie mir erneut die Hitze in den Kopf schoss. Jetzt, wo es interessant wurde, mischte er sich natürlich gleich ein.

»Er ... Warum vor allem die Skafi?«

»Skafi sind etwas ganz Besonderes und sehr selten. Nur sehr wenige Menschen haben das Glück, kein normales Blut, sondern reine Magie in ihren Adern zu haben. Magier sind nur Menschen, keine Feen. Sie haben keine Flügel. Aber Skafi können die Magie in ihrem Blut zum Vorschein bringen und sie damit überhaupt zu Magiern machen. Das ist die Bestimmung einer Skafi: Magie zu verbreiten.«

»Es reicht!« Luan schrie fast, als er nun erneut die Stimme erhob. »Wir haben abgemacht, dass sie erst auf der Insel der Wächter mehr erfährt!«

»Schon gut!« Wenn Derek nicht die Zügel gehalten hätte, hätte er vermutlich die Hände zur Verteidigung in die Luft geworfen. »Ich sag schon nichts mehr.«

Enttäuschung breitete sich in mir aus und auch Aylin zog eine Flunsch, als hätte sie gern noch mehr von der Märchenstunde gehabt. Aber ich beschloss insgeheim, dass ich Dereks Auskunftsbereitschaft noch nutzen konnte. Wenn er jetzt schon so viel preisgab, würde er sich bestimmt noch ein weiteres Mal in ein solches Gespräch verwickeln lassen ...

»Aber warum haben die Männer diesen Wald gemieden?«, hakte Aylin zu meiner Verwunderung nach.

»Der Wald ist nach einem Geschöpf benannt, das lange Zeit hier sein Unwesen getrieben hat«, setzte Luan an und zwinkerte Aylin zu, die sogleich große Augen bekam. »Einem Riesen.«

»Ein Riese?«, wiederholte meine kleine Schwester und drückte sich enger an Derek.

»Ja, aber keiner, der Menschen verschlingt«, erwiderte Luan und rückte mit seinem Vierbeiner zu uns auf. »Danlior war ein sanftmütiger Riese. Allerdings wussten das die Menschen lange Zeit nicht, die in diesen Wald ritten. Danlior war furchtbar langweilig so abseits des Geschehens, denn tief in die Wälder verirrte sich nur selten ein Händler. Und so machte es sich der Riese zur Aufgabe, Menschen aufzuspüren, um Gesellschaft in seiner Hütte zu bekommen.«

»Aber wieso fürchteten die Leute sich?«

Luans Lächeln wurde breiter. »Weil Danlior eines Tages tatsächlich auf einen Menschen stieß. Doch zur Überraschung des Riesen wollte der Händler die Flucht ergreifen und nicht mit Danlior in seine Hütte kommen. Deshalb nahm Danlior den Mann gefangen. Doch der Händler redete kein Wort mit ihm, weshalb Danlior noch mehr Menschen von ihren

Handelsrouten fing, damit sich der erste Mann nicht so einsam neben ihm fühlte. Aber eines Nachts konnten die Männer dem Riesen entfliehen und der Welt erzählen, dass er ihnen nichts getan hatte und nur Gesellschaft wollte.«

»Hat der König dann nicht Soldaten nach einem weiteren Riesen ausschicken lassen, um Gesellschaft für Danlior zu suchen und somit die Bevölkerung zu schützen?«, warf Derek ein.

»Hat er. Aber da Riesen für gewöhnlich Einzelgänger sind und Menschen als Beute betrachten, hat sich die Suche als äußerst schwierig herausgestellt. Doch die Soldaten mussten gar nicht fündig werden. Denn in der Zwischenzeit hatte sich ein kleines Rudel Gnome bei Danlior eingefunden, die fortan diesen Wald mit ihm teilten.«

Und dann tauchten die ersten Bäume zu unseren Seiten auf. Mir wurde ganz flau, als wir ohne einen erkennbaren Weg in das Dickicht ritten und es mit jedem Meter, den die Pferde zurücklegten, dunkler wurde. Inzwischen hatten wir die Vierbeiner heruntergebremst, sodass diese nur noch im Schritttempo trotteten.

»Wir sollten bald unser Nachtlager aufschlagen.« Luan warf einen Blick zu Derek, bei dem es mir heiß und kalt den Rücken hinunterlief.

»Mhm«, erwiderte er. »Du hast recht. Allerdings sollten wir noch ein gutes Stück weiter in den Schutz der Bäume, bevor wir ein Feuer machen.«

»Ich möchte keine Bekanntschaft mit irgendwelchen herumstreunenden Wesen machen.« Luan sah zu beiden Seiten, als würde er erwarten, dass jeden Moment ein wildes Tier vor uns aus dem Unterholz sprang.

»Kommt uns Danlior dann besuchen?«, meldete sich Aylin zu Wort, woraufhin die beiden Männer sich angrinsten und fast zeitgleich den Kopf schüttelten.

»Nein, Danlior wäre nicht unser Problem. Der lebt noch viel tiefer in die Wälder zurückgezogen.«

Aber ganz andere Wesen könnten unser Problem werden? Die Dämmerung schwand in immer kargeres Licht. Ich hatte das Gefühl, wir wären bereits eine halbe Ewigkeit durch die Finsternis geirrt und unsere Pferde würden mehr stolpern, als noch einen Huf vor den anderen zu setzen, als Luan und Derek die Vierbeiner anhielten und sich aus den Satteln schwangen.

Das war also der Ort, an dem wir die Pferde absattelten, festbanden und mit zusammengesuchtem Holz ein Feuer entfachten. Ich meinte in der Ferne einen Bach plätschern zu hören. Vielleicht war das jedoch auch mehr ein Wunsch als die Realität. Denn meine Finger brannten und mussten von den Zügeln aufgeschürft sein. Zum Teil schmerzten meine Hände noch immer vom krampfhaften Festklammern am Leder.

Ich zuckte zusammen, als ich auf dem Boden aufkam. An meinen Füßen spürte ich immer noch die Blasen und Wunden vom Weg nach Karden. Nach einigen anfänglichen Schritten, die ich mehr torkelnd als aufrecht tat, beobachtete ich, wie Derek Aylin vom Pferd hob. Ich lehnte mich an meinen Vierbeiner, bis ich mich wieder stark genug auf meinen eigenen Füßen fühlte.

»So, bereit für eine Pause?« Derek grinste.

Die Dunkelheit hatte uns längst in ihre Schwingen eingehüllt und nur noch das Feuer leuchtete in unseren Gesichtern, als wir unsere Decken zu einem kleinen Nachtlager ausbreiteten. Im Schutz der Bäume war zwar kein Wind zu spüren, doch schon bald kroch die Feuchtigkeit aus dem Unterholz und ließ mich frösteln. Ich zog die Decke enger um mich und rückte noch ein Stück näher an die Flammen.

»Versucht jetzt zu schlafen. Wir müssen bereits vor Anbruch des nächsten Tages weiter«, meinte Luan.

Ich seufzte, sagte jedoch nichts und kam seinem Ratschlag nach. Meine Augen fielen mir tatsächlich schon fast im Sitzen zu und ich hoffte, dass es mit dem Einschlafen schnell funktionieren würde.

Gerade als ich mich hingelegt hatte, stand Aylin auf. »Darf ich zu dir? Ich hab Angst«, murmelte sie und setzte sich ganz eng an mich.

Ich nickte. »Na klar, komm her.« Ich rückte ein Stück zur Seite, um neben mir noch Platz auf der Decke zu machen.

Nachdem sie sich neben mich gekuschelt hatte, schlang ich die Arme um sie und drückte sie fest an mich. »Geht's so?«, hakte ich nach. »Ich passe doch auf dich auf. Es kann gar nichts passieren. Luan und Derek sind auch noch hier.«

»Ich weiß, aber es ist hier so dunkel und …« Sie stockte. »Hörst du das auch?«

Ich konnte sie mehr als nur gut verstehen. Auch mir war es nicht geheuer, unter freiem Himmel zu schlafen. Trotzdem kam ich mir schon wesentlich sicherer vor, wenn ich daran dachte, dass die Verfolger vermutlich alle noch in Karden saßen und wir inmitten des Waldes untergetaucht waren. Bis hierhin hatten die Lafrander wirklich ein gutes Stück aufzuholen.

»Da ist nichts«, sagte ich bestimmt. »Der Wind lässt manchmal die Blätter rascheln und erzählt uns so ganz besondere Geschichten, wenn wir nur genau hinhören.« Ich lächelte in die Finsternis hinein. Mit dem Rücken am Feuer zu liegen war wirklich seltsam, aber gleichzeitig angenehm, denn die letzten Feuerzungen blendeten nicht beim Einschlafen im Gesicht.

Aylin kicherte. »Meinst du?«

»Ja«, erwiderte ich und mein Lächeln wurde augenblicklich breiter, als ich in der Finsternis zwischen den Bäumen noch etwas erkannte. »Schau mal, Aylin. Siehst du das Leuchten dort im Gestrüpp?«

Ich spürte an meiner Brust, wie sich ihr Herzschlag beschleunigte. »Ja!«, rief sie aufgeregt. »Da sind ja die Sterne.«

»Was habe ich dir gesagt? Sie werden uns stets den Weg zeigen.« Der Gedanke daran gab selbst mir die Hoffnung, dass es der Wahrheit entsprach. Vielleicht waren wir wirklich auf dem richtigen Weg oder zumindest einem Weg, der uns an ein noch ungewisses Ziel führte.

Aber die Bedenken meiner Schwester hatten auch mich nachdenklich gestimmt. Hatte sie noch etwas zwischen dem Rauschen der Blätter gehört? Was, wenn da draußen noch etwas oder jemand war, der uns nun aufgespürt hatte?

Das Einzige, was mir ein Stück weit Sicherheit gab, war Luan, der mir versprochen hatte Wache zu halten, bis Derek ihn ablöste. Und obwohl ich es nicht wollte, ertappte ich mich dabei, dass ich den beiden irgendwie doch vertraute. Wieso hätten sie ihr Leben für mich aufs Spiel setzen und sogar ein Stadttor in die Luft jagen sollen, wenn sie mich dann hier draußen abschmieren ließen?

Und während ich in die Stille horchte, dem Rauschen des Windes und den ruhiger werdenden Atemzügen von Aylin lauschte, wurden auch meine Lider schwerer. Schließlich gab ich der Müdigkeit nach und schloss die Augen.

Eine Windböe strich über mein Gesicht, brachte das Schilf zu meinen Seiten ins Wanken und zeichnete Wellen auf das endlose Wasser vor mir. Wie jeden Morgen wartete ich am südlichen Steg, hatte mit Aylin zusammen unserem Vater den ersten Fang abgenommen und ihn dann zur nächsten Fahrt verabschiedet, zu der er nun mit den Männern aus Midre wieder auf dem Meer verschwand. Es war jedes Mal schön, die schwarzen Silhouetten der Fischerboote am Horizont vor der aufgehenden Sonne zu beobachten, wie sie von den ersten Lichtstrahlen des anbrechenden Tages verschluckt wurden und ihre zweite Tour begannen.

Aylin griff nach meiner Hand. »Wann kommt Vater zurück?«

Ihre Worte zauberten mir ein Lächeln auf die Lippen. »So wie jeden Tag, wenn die Sonne über unserem Dorf steht und unsere Kirchturmuhr zwölfmal schlägt. Hoffen wir, dass ihre Ausbeute heute Abend ertragreicher wird als die letzten Male und dass wir von diesem Fang ganz viel verkaufen. Vielleicht können wir Mutter dann den Schal kaufen, den sie sich schon so lange wünscht.«

Ich klemmte mir Mutters Korb fester unter den Arm und warf einen Blick hinein, was Aylin mir gleichtat, bevor sie aufquietschte. Die Fische im Korb zappelten so sehr, dass meine Schwester einige Spritzer abbekommen hatte und sich nun mit dem Ärmel ihres Kleides über das Gesicht wischte.

»Pass auf«, wies ich sie an. »Dort hinten steht ein Eimer mit dem Rest des Fanges. Lauf rasch zu Mutter in die Hütte und gib ihr die Fische. Sie soll die zweite Hälfte zubereiten, damit wir diese am Abend an Spießen verteilen können.«

Eifrig nickte Aylin und war schon halb losgelaufen, bevor ich den Satz ganz beendet hatte.

»Sei vorsichtig!«, rief ich ihr nach. Dann wandte ich mich selbst zum Gehen, um mein Glück mit der jetzigen Ausbeute auf dem Marktplatz zu versuchen.

Doch kaum dass ich zwischen den Menschen stand, wandten sich all ihre Gesichter zu mir. Erschrocken, teils zornig, fassungslos. Und um sie herum flackerte die Luft. Flammen stiegen in den Himmel empor und tauchten die Dächer der Hütten in Rauch.

Nein. Das konnte nicht sein. Was war geschehen? Ich musste zu Aylin. Doch sobald ich herumgewirbelt war, stockte ich. Dunkle Gestalten traten mir in den Weg. Auch hinter ihnen loderten das Schilf und die Hütten der Bewohner von Midre.

»Du bist schuld!«, rief einer der Männer und zückte einen Dolch. »Es ist ganz allein deine Schuld. Sieh nur, was du getan hast, was du bist.«

Ein anderer von ihnen trat zur Seite und sorgte dafür, dass meine Beine unter mir wegknickten. Er hatte Aylin am Arm gepackt. Das Gesicht meiner kleinen Schwester war schmerzverzerrt und ihr Mund weit aufgerissen. Als würde sie nach mir rufen ...

»Du bringst nichts als den Tod und Verderben. Magie gehört nicht nur verboten, sondern endgültig ausgerottet. Du bringst uns sonst alle um!«

Meine Umgebung begann sich zu drehen, verschwamm in bunten Schlieren, als ein Lichtblitz vor meinen Lidern aufzuckte. Ich glaubte, mein Körper müsste zerreißen, doch dann umhüllte mich Finsternis.

Im Dunkeln sah ich den Lichtblitz, sah meine verzweifelten Eltern nach uns rufen und im Meer der Flammen auf uns warten, bis das Haus über ihnen einstürzte ...

Ich schreckte hoch. Heiße Tränen rannen mir die Wangen hinunter. Mit jeder Stunde außerhalb von Midre, jedem Schritt, den ich von meinem Heimatdorf wegmachte, wurde mir klarer, dass ich meine Eltern nie wiedersehen würde. Auch wenn ich nur das zusammengestürzte Haus vorgefunden hatte, kaum jemand in diesem Dorf hatte überlebt. Und ich war schuld daran. Ich hatte meine eigenen Eltern umgebracht.

Ich stieß einen stummen Schluchzer aus. Wie sollte ich Aylin das nur jemals gestehen? Dafür würde es nie den richtigen Zeitpunkt geben. Egal, wie lange ich darauf wartete. Irgendwann musste ich es ihr beichten. Ich würde sie nicht ewig in der Hoffnung lassen können, unseren Eltern wieder gegenüberzutreten. Ich glaubte ja selbst nicht mehr, dass sie überlebt hatten, wo so viele Menschen ihr Leben meinetwegen verloren hatten.

Ein Knacken ertönte im Unterholz. Als wäre ein Ast zerbrochen worden. Zumindest reichte es, um mich zusammenzucken zu lassen. Gut, dass Aylin einen tiefen Schlaf hatte ...

Meine Augen suchten in der Finsternis nach dem Ursprung des Geräuschs, doch es war nichts zu erkennen. Allerdings kehrten mit diesem Laut die Angst und das Gefühl, verfolgt zu werden, zurück. Ich kam mir vollkommen schutzlos und ausgeliefert vor, so mit meiner Decke im Wald unter dem Blätterdach der Bäume zu liegen. Ich hatte noch nie darüber nachgedacht, weil ich an Übernatürliches nie geglaubt hatte. Aber wenn es Feen gab, dann gab es bestimmt auch andere magische Geschöpfe.

Ein Schauer jagte über meinen gesamten Körper und plötzlich schützte mich auch die Decke nicht länger vor der eisigen Kälte. Was war es, das da durch das Unterholz schlich? Denn eine Maus brachte wohl kaum etwas so Großes zum Zerbrechen. Es musste ein schwerer Ast gewesen sein, so laut, wie es geknackt hatte.

Ich drehte mich in Luans Richtung, um zu sehen, ob er den Laut auch wahrgenommen hatte und wie seine Reaktion darauf aussah. Um Aylin nicht zu wecken, rückte ich ein Stück von ihr weg und warf dann einen Blick über meine Schulter.

Was ich sah, bereitete mir jedoch ein ganz anderes Gefühl als das Knacken. Derek hatte sich neben Luan an einen Baumstamm gelehnt und seinen Kopf auf der Schulter des Kriegers abgelegt.

Seine Augen waren verschlossen, aber eine Hand hatte er in Luans Schoß gelegt und mit dessen Fingern verschränkt. Ich runzelte die Stirn. Dann hatte ich mir das in der Küche also doch nicht nur eingebildet ...

Plötzlich erklang ein lautes Brüllen unmittelbar neben unserem kleinen Lager und die Pferde begannen unruhig zu tänzeln. Eines stieß sogar ein klägliches Wiehern aus.

Sofort stand Luan auf den Beinen und auch Derek hatte die Augen aufgeschlagen. »Was zur Hölle war das?«, zischte Derek an Luan gewandt. »Das habe ich erst einmal gehört.«

»Ich auch«, entgegnete Luan und legte eine Hand an sein Schwert. »Aber ich hätte ehrlich gesagt nicht noch so weit am Rand des Waldes damit gerechnet ...«

»Mit was gerechnet?«, wollte ich wissen und streifte die Decke von meinen Schultern ab. Mein Herz raste, während ich die Worte über meine Lippen brachte.

Die beiden Männer drehten ihre Köpfe zu mir und Luan seufzte. »Mit einem Bären.«

»Mit was?« Entgeistert starrte ich die zwei an. Ein Bär? Hier? Wie wollten sie den denn aus unserem Lager verscheuchen?

Nicht weit von uns ertönte abermals ein tiefes Knurren. Derek grinste. »Klingt fast wie Luan, wenn er böse wird«, scherzte er.

»Sehr lustig«, gab Luan nur knapp zurück. »Ich werde gleich wütend, wenn dieses Vieh nicht auf der Stelle von hier verschwindet.

»Aylin«, zischte ich und hockte mich zu ihr. »Steh auf!«

»Was ist mit den Pferden?«, fragte Derek. »Wenn die Tiere verletzt oder getötet werden, sind wir geliefert.«

»Du machst dir jetzt nicht wirklich Sorgen um die Pferde, oder?«, meinte Luan und warf seinem Freund einen flüchtigen Blick zu, bevor seine Augen wieder über die umliegenden Bäume wanderten.

Die Flammen unseres Feuers wurden bereits kleiner und erleuchteten nur noch schwach die Umgebung. Aber die Finsternis lichtete sich mittlerweile und die ersten Sonnenstrahlen kämpften sich durch das Dickicht. Noch nie hatte ich mir so sehnlichst den nächsten Tagesanbruch gewünscht. Wenn wir nur mehr sehen könnten …

»Er müsste Angst vor dem Feuer haben. Näher wird er sich nicht zu uns trauen«, überlegte Luan laut. »Schnappt euch trotzdem jeder einen Ast!«

Ich rüttelte nochmals an Aylin, die ein Murren von sich gab. Wie konnte man nur so tief schlafen? Manchmal war ich wirklich neidisch darauf. Nur nicht jetzt. Wenn der Bär unser Lager doch überfiel und sie nicht wach war, konnte das nicht gutgehen.

»Steh jetzt auf!« Ich zerrte sie hoch, um mich dann nach dem erstbesten Ast im Unterholz umzusehen und ihn ins Feuer zu halten.

Aylin drängte sich dichter an mich. »Was ist denn los?«, fragte sie mit kleinen Augen und verschlafener Stimme. Ich hatte es immer total süß gefunden, wie quengelig sie klingen konnte. Gerade war mir jedoch gar nicht zum Lachen zumute.

Ich wollte schon antworten, als abermals ein Brüllen zu hören war. Dieses Mal noch dichter bei uns, was einen der Vierbeiner zum Steigen brachte.

Panik brach in mir aus. »Das ist los«, antwortete ich Aylin, die mich mit schlagartig weit aufgerissenen Augen anschaute. »Ein Bär.«

»Dann habe ich ja doch was im Unterholz gehört!«, rief sie aus.

»Pssst!«, machte Luan und legte einen Finger an die Lippen. Sein Blick war noch immer wachsam in die Dämmerung gerichtet. Allmählich waren mehr Schatten in der Umgebung auszumachen, was meinen Herzschlag zu neuen Rekordgeschwindigkeiten trieb. Denn ganz plötzlich sah ich eine Silhouette unweit von uns im Dickicht auftauchen.

»Dort!«, rief ich zu Luan und deutete in ebenjene Richtung.

Luan sprang mit dem Schwert in den Händen vor Aylin und mich. »Bleibt bitte hinter mir!«, wies er mich an. »Keiner rührt sich von der Stelle.«

Gespannt starrte ich auf das sich nähernde Fell, das aus den Blättern herausragte. Mir schnürte sich der Brustkorb zu, wenn ich betrachtete, wie schnell der Bär auf uns zukam.

Das Knurren verwandelte sich jedoch zunehmend in ein Grummeln und als ich die Fackel in Richtung des näherkommenden Fellbüschels hielt, sah ich schließlich das Tier aus dem Gebüsch springen.

Wobei es nicht annähernd sprang, sondern vielmehr humpelte und zu unseren Füßen zusammenbrach. Mit einem lauten Brüllen blieb das Bärenkind vor uns auf dem Boden liegen.

»Er blutet!«, stellte ich mit Blick auf die Vorderpranken fest. »Und er ist ja noch ganz klein!« Das Bärenkind war zwar schon etwas größer und wesentlich breiter als ein Wolf, aber alt konnte es trotzdem noch nicht sein.

»Sieht so aus, als hätte es seine Mutter verloren. Wenn ihr mich fragt, wurde es von etwas angegriffen, das hier im Wald lebt«, vermutete Luan und trat näher an den Bären heran. »Vielleicht ist seine Mutter dabei umgekommen?« Zu meiner Verwunderung wich das Kleine nicht zurück, sondern blieb nahezu still vor ihm liegen.

»Haben wir etwas, um die Wunde zu versorgen?«, wollte ich von Luan und Derek wissen. Der Anblick brachte mein Herz nicht mehr vor Angst zum Rasen, sondern weil ich fürchtete ihm nicht helfen zu können.

»Echt jetzt?« Derek zog die Augenbrauen in die Höhe. »Wir sollten es lieber schnell von seinen Schmerzen erlösen.«

Luan trat einen Schritt vor und machte bereits Anstalten, das Schwert zu heben, während er Derek zustimmte. »Ich denke auch.«

Tränen stiegen mir in die Augen, als ich sah, wie hilflos und verängstigt das Tier da vor uns kauerte und wie es vor Panik anfing zu knurren, als Luan die Waffe auf es richtete. Es erinnerte mich beinahe ein wenig an mich, wie ich mich in meinem Dorf gefühlt hatte, als Luan meine Schwester festgehalten hatte und …

»Nein!« Ich sprang vor, bevor er das Schwert noch weiter anheben konnte. »Ihr tut dem Tier nichts.« Entschlossen ballte ich die Hände zu Fäusten. »Es wird doch einen Weg geben, den Bären am Leben zu lassen. Lasst es mich zumindest probieren, in Ordnung?«

Zu meiner Verwunderung lächelte Luan und ließ, ohne zu zögern, das Schwert sinken. »Du könntest mal in Dereks Satteltasche dort hinten bei den Pferden nachschauen. Da lässt sich bestimmt was finden, um dem Bären zu helfen.«

Ich kniff die Augen zusammen. »Das war jetzt aber nicht wieder so ein Trick von euch, weil du irgendetwas testen wolltest?«

Daraufhin lachte Luan laut auf. »Nicht ganz. Ich wollte nur sehen, ob du typisch für eine Skafi handelst. Glaub mir, ich hätte dem Bärenkind nicht wirklich den Kopf abgeschlagen, nur weil seine Pranke verletzt ist.« Er zwinkerte mir zu.

Mir klappte nur der Mund auf. »Ist das dein Ernst?« Dennoch siegte meine Neugier, anstatt mich über ihn aufzuregen. »Und? Hat's denn wenigstens funktioniert?«

»Was denkst du denn? Natürlich. Feen haben einen besonderen Draht zu Tieren, sobald ihre Gabe ausgelöst wurde. Skafi würden kein Lebewesen einfach so sterben lassen.«

Ich schüttelte den Kopf und wollte schon in der Satteltasche nach Verbandszeug schauen, als Luan mich zurückhielt.

»Skafi haben auch heilende Fähigkeiten. Wenn du magst, probiere doch mal, ob du die Pranke versorgen kannst.«

Mir klappte der Mund auf. »Was? Wie soll das denn funktionieren?«

Sichtlich amüsiert trat Luan näher zu mir. »Du kannst deine eigenen Kräfte auf den Bären übertragen. Magie funktioniert oft durch Energieaustausch.«

»Aber ich weiß doch überhaupt nicht, wie das geht«, stammelte ich und spürte, wie mir die Hitze ins Gesicht kroch. Wie sollte ich die Gabe kontrolliert zum Einsatz bringen, wenn mir niemand genau zeigte, wie das funktionierte? Die Kräfte in meinem Inneren kamen mir eher wie etwas Unbändiges vor.

»Probiere es mal. Ansonsten verbinden wir die Wunde einfach so. Aber sei vorsichtig. Bei einem Bären habe ich das auch noch nie gemacht.« Luans Blick ruhte auf mir, während ich einen unsicheren Blick mit Derek austauschte. Doch auch der nickte mir bloß ermutigend zu.

»Aber wie?«, startete ich einen neuen Versuch, etwas aus Luan herauszubekommen. Ein Grummeln lenkte meine Aufmerksamkeit jedoch zurück auf das Bärenkind.

»Probiere dich aus. Es wird sich richtig anfühlen, ganz sicher. Aber wie genau das funktioniert, können dir erst die Wächter erklären«, bemerkte Luan. »Na los.«

Wenn auch unsicher ließ ich Aylin und die beiden Jungs hinter mir und ging in der Nähe des Bären in die Knie. Die schwarzen Knopfaugen des Tieres lagen dabei die ganze Zeit auf mir und Misstrauen bildete sich darin ab.

»Ich tue dir nichts«, flüsterte ich und rückte langsam näher an den Kleinen heran. Behutsam streckte ich schließlich meine Fingerspitzen in seine Richtung und ich glaubte, mein Herz müsste mir aus der Brust springen. Zu meiner Verwunderung blieb der Bär ungerührt sitzen, auch als meine Fingerspitzen sein Fell berührten. Er wusste, dass ich ihm helfen wollte …

Ermutigt legte ich auch meine zweite Hand auf seine Pranke und überlegte fieberhaft, wie ich die Kräfte in mir zum Vorschein bringen konnte. Wie ich die Magie bündeln und auf das Tier übertragen konnte, um es zu heilen.

Aber egal, wie verkrampft ich die Augen schloss und nach dem Kribbeln in mir suchte, es passierte nichts. »Ich kann es nicht.« Verzweifelt richtete ich mich auf und warf Luan einen hilfesuchenden Blick zu.

»Alles gut, einen Versuch war es wert.« Dann wandte er sich an Derek. »Dann lass ihn uns verbinden.«

Keine Minute später setzte sich Luan neben mich und wickelte dem Tier einen Verband um. Damit fertig richtete er sich auf und ich folgte ihm zurück zu den Pferden, um die Verbandssachen zu verstauen.

»Ich glaube, du hast jetzt einen kleinen Schatten«, scherzte Derek und als ich mich daraufhin umdrehte, erkannte ich das Bärenkind.

Beim Anblick des Fellknäuels, wie es sich aufgerichtet hatte und nun hinter mir herhumpelte, wurde mir ganz warm ums Herz. »So süß! Aber wir können doch keinen Bären mitnehmen.«

»Ich denke, du hast keine Wahl«, meinte Luan. »Zum einen können wir kein Bärenkind ohne Mutter im Wald zurücklassen, wenn es verletzt ist. Zum anderen bin ich mir sehr sicher, dass es dir nicht einfach so hinterherläuft.«

Ich zog die Augenbrauen zusammen und blieb stehen. »Wie meinst du das?« Luan musste mir jedoch gar nicht antworten, denn ich spürte plötzlich ein weiches Fellknäuel an meinen Beinen. Ich schaute in zwei große tiefschwarze Augen, die mich so hoffnungsvoll anfunkelten, dass ich gar nicht anders konnte, als mich zu dem Geschöpf hinunterzuhocken.

»Wer bist du denn, dass du so zutraulich bist?«, fragte ich den Bären und streckte meine Hand aus, um ihn zu berühren. Innerlich betete ich, dass er sich jetzt nicht plötzlich umentschied und mir in die Hand biss.

Ich schloss die Augen und verharrte mit ausgestreckten Fingern. Im Stillen sah ich schon die amüsierten Gesichter von Derek und Luan vor meinen Augen. Als nichts geschah und ich die Hand zurückziehen wollte, weil ich mein Verhalten selbst nicht verstand, spürte ich plötzlich Fell an meinen Fingern.

Überrascht öffnete ich die Augen und sah den Bären, wie er seinen Kopf gegen mich drückte. Ich hätte mich in seinen Augen verlieren können, konnte den Blick nicht mehr abwenden und in dem Moment erfasste mich ein Gefühl, das ich noch nie derart intensiv verspürt hatte.

Ein Kribbeln erfasste meinen gesamten Körper und ich begann zu zittern. Ich konnte nichts an mir länger kontrollieren und keinen Wimpernschlag später verwandelte sich das Kribbeln in ein Leuchten, das sich wie ein dünner Film über meine Haut zog. Bis hin zu meinen Fingerspitzen, wo es auf das Tier überging und das Geschöpf zum Leuchten brachte wie ein Glühwürmchen.

Zu meinem Erstaunen reagierte der Bär wesentlich gefasster als ich und rührte sich nicht von der Stelle. Meine Gedanken brachen ab und mein Kopf füllte sich abermals mit Leere.

Und dann ging von meinem Herzen eine Welle aus, die sich in Form von Wärme durch mich hindurchzog. Gänsehaut bildete sich auf meinem Körper und ich erschauderte unter dem Gefühlschaos.

Als würde ein unsichtbares Band um dieses kleine Tier und mich gesponnen, so fühlte ich mich. Denn obwohl alles in mir verrücktspielte, wollte ich nicht, dass dieser Moment endete. Viel zu schnell verschwand das Leuchten wieder und ließ mich mit einer gespenstischen Stille und Leere in mir zurück.

Und in diese Stille hinein erklang ein einziges Wort, das das Chaos für mich perfekt machte. Ein Wort, welches das gedankliche Glashaus, in dem ich mich bis eben befunden hatte, in tausende Splitter zusammenstürzen ließ.

»Danke.«

Ich zog meine Hand vom Kopf des Bären zurück und strauchelte rückwärts, sodass ich über meine eigenen Beine stolperte und schließlich auf dem Waldboden saß.

»Er …« Ich bekam nichts aus meinem Mund heraus. »Ich …«

»Ich werde dein Leben beschützen. Unsere Seelen sind fortan miteinander vereint. Du brauchst mich nur zu rufen, wenn du meine Hilfe benötigst.« Der Bär blinzelte und bestätigte mir damit, dass ich mir das nicht nur eingebildet hatte. Das

Tier sprach tatsächlich in meinen Gedanken mit mir, wenn ich jetzt nicht endgültig verrückt geworden war.

»Was … Wie … Warum hab ich jetzt diese Stimme im Kopf?« Ich bereitete mich schon auf Luans Lachanfall vor und darauf, wie auch Derek oder Aylin sich auf dem Boden kringelten, weil ich so etwas von mir gab. Doch sie schwiegen und Luan tat das genaue Gegenteil von dem, was ich erwartet hatte.

»Freya, ich glaube, du hast soeben deinen Begleiter gefunden.« Luan und Derek wechselten einen vielsagenden Blick.

»Was?« Ich verstand die Welt nicht mehr. Das Tier konnte nicht wirklich etwas zu mir gesagt haben, das war unmöglich.

»Ich dachte auch erst, dass es vielleicht ein Bärenkind ist, das vielleicht durch den Geruch unseres Proviants oder durch das Feuer angelockt wurde. Aber andererseits spüren Tiere die Anwesenheit einer Skafi über sehr weite Ebenen. Nur so kann ich mir auch seine schlagartige Zuneigung erklären.« Luan zuckte mit den Schultern. »Na ja, für gewöhnlich finden Skafi im Laufe ihres Lebens Tiere, zu denen sie eine ganz besondere Bindung knüpfen. Wie es scheint, hat dein Tier soeben zu dir gefunden. Dein Seelentier ist ein Bär.«

KAPITEL 11

Sacrande – Der Wald von Danlior

»Mein was?« Irritiert sah ich zu Derek und Luan. »Seelentier?«

»Ja, jedem Skafi schließt sich im Laufe seines Lebens ein Tier an«, wiederholte Luan.

»Das habt ihr schon gesagt«, entgegnete ich und schaute wieder zu dem Bären, der neben mir saß. »Aber er ist noch so klein! Bestimmt vermisst seine Mutter ihn schon und mit der möchte ich ehrlich gesagt keine Bekanntschaft machen.«

»Wirst du vermutlich auch nicht. Wenn die bis jetzt nicht hier aufgetaucht ist, müssen wir uns vermutlich eher keine Sorgen machen. Frag doch mal dein Tier, wenn es schon mit dir spricht«, erwiderte Luan und lächelte tatsächlich. »Es wird dir schon verraten, weswegen es sich dir anschließt oder auch nicht.«

»Es … Ja, er hat schon gemeint, dass … dass er mir folgt.« Ich schüttelte den Kopf. Ein sprechender Bär, der zu meinen Füßen saß und die Augen nicht von mir abwandte.

»Dann solltest du dir einen Namen für ihn überlegen«, überlegte Derek. »Dein Fellknäuel wird das nicht ohne Grund gesagt haben.«

Aylin starrte mich mit offenem Mund an. »Er redet mit dir?«

Ich nickte. Jetzt musste mich meine Schwester für vollkommen übergeschnappt halten. Da erzählten wir ihr daheim jahrelang, es gäbe keine Magie, und nun das. Ich verstand es ja selbst nicht.

»Wie möchtest du denn genannt werden, Kleiner?« Ich ging vor dem Bären in die Knie und legte zögerlich meine Hand hinter seine Ohren in sein braunes Fell, um ihn zu kraulen. Ein leises Grummeln erklang von ihm und ich zog meine Hand zurück.

»*Mach weiter, das ist angenehm*«, ertönte es jedoch in meinem Kopf und ich musste lächeln. Da hatte ich Angst gehabt, dass er mir doch noch die Finger kürzte, und nun diese Äußerung ...

»Würde dir der Name Balou gefallen?«, fragte ich. »Darf ich dich so nennen?« Daraufhin grummelte er erneut, was ich als Zustimmung auffasste, und auch Derek und Luan tauschten ein Lächeln aus. »Dann also Balou.«

»Balou!«, rief Aylin aufgeregt. »So ein schöner Name.«

»*Das finde ich auch!*«, grummelte Balou und drehte sich zu Aylin. »*Wer ist sie?*«

»Meine Schwester«, erklärte ich. »Aber, Balou, was ist mit deiner Mutter geschehen?«

Der kleine Bär wich vor meiner Hand zurück und seine offene Art verschwand. Ich konnte förmlich spüren, wie er sich aus meinem Geist zurückzog und einen Moment für sich blieb. Doch genauso konnte ich es spüren, als er sich wieder an mich herantastete.

»*Hier laufen gefährliche Wesen herum. Wesen, die vor nichts und niemandem zurückschrecken und töten, was ihnen in die Quere kommt.*« Balou versagte die Stimme und er wandte seinen Blick von mir ab. »*Sie haben sie mitgenommen. Sie haben sie einfach von mir gerissen ... Sie wird nie wiederkommen.*«

Die Bärenmutter war also wirklich tot. Und irgendetwas trieb hier in den Wäldern sein Unwesen. Etwas, das viel größer und gefährlicher war als diese Bären, wegen denen ich mich wenige Minuten zuvor noch so gefürchtet hatte. Beim Anblick von Balou und seinen großen Augen wurde mir schwer ums Herz und ich fragte mich, wie ich mich vor einem solchen Geschöpf hatte fürchten können.

»*Dann sind wir schon zu zweit*«, offenbarte ich ihm im Stillen. »*Nicht nur du hast deine Familie verloren.*«

»*Wir sind nun eine Familie.*«

Eine Träne löste sich aus meinem einen Augenwinkel und tropfte vor Balous Tatzen. »*Das sind wir*«, versprach ich ihm.

»Es ist seltsam, wenn ihr das macht«, meinte Derek.

Doch viel seltsamer fand ich es, dass ich wie von selbst angefangen hatte in meinem Kopf mit dem Bären zu reden. Dass es mir nicht schwerfiel, sondern funktionierte, als hätte ich mein Leben lang nichts anderes getan. Aber es lag mir wohl im Blut ...

Einige Zeit später schlief ich mit einem Lächeln auf den Lippen wieder ein, denn auf der einen Seite hielt ich Aylin im Arm und auf der anderen spürte ich ein kleines Fellknäuel, das sich an mich drückte.

KAPITEL 12

Sacrande – Vingard

Balou trottete am nächsten Tag neben meinem Pferd her wie mein kleiner Schatten. Zunächst hatten die Pferde unseren zusätzlichen Begleiter sehr skeptisch betrachtet. Doch je weiter wir in den Wald vordrangen, desto sicherer war ich mir, dass ihr Tänzeln und die gespitzten Ohren nicht nur an dem Bärenkind lagen.

Eine nicht greifbare Bedrohung zog mit dem Wind um die Baumstämme, wirbelte das Laub zu tanzenden Rosen auf und ließ meinen Blick aufmerksam durch die Umgebung wandern.

Erschrocken zuckte ich zusammen, als der Vierbeiner unter mir ins Stolpern geriet. Die Wurzeln der Bäume schlangen sich wie Fallen über den Waldboden.

»Derek?«, durchbrach Luan die gespannte Atmosphäre. »Wir sollten in Vingard Halt machen.«

»Auf gar keinen Fall«, blockte dieser sofort ab. »Wir dürfen jetzt nichts riskieren. Was sollen wir den Menschen sagen, wenn wir mit einer letzten Überlebenden aus Midre auftauchen?«

»Die Pferde brauchen eine kurze Pause zum Tränken. Vielleicht kommen wir so an Informationen, wie viel von den Bränden in den Dörfern von Sacrande hier angekommen ist, was die Menschen zu den Gerüchten sagen.« Er seufzte und wirkte, als würde auch ihm der Schatten des Waldes wie zusätzlich schweres Gepäck auf den Schultern lasten.

»Vingard ist nicht sicher«, zischte Luan.

»Es ist nirgendwo sicher«, gab Derek genauso zerknirscht zurück. Und ich hörte im Stillen die unausgesprochenen Worte zwischen uns. *Solange sie bei uns ist. Solange Freya da ist, ist es nirgendwo sicher.*

»Ich brauche frisches Wasser und würde gern kurz absteigen«, hörte ich mich wie durch unzählige Wände hindurch hauchen. Ich erschrak selbst darüber, wie kraftlos meine Stimme klang und wie sie sich im Nebel zwischen den Bäumen verlor.

Luans Kieferknochen traten hervor. »Also schön. Aber nur eine Stunde. Und wir reden mit nicht mehr Leuten als zwingend notwendig. Ich möchte kein Aufsehen erregen.«

Eine gefühlte Ewigkeit später hielten wir die Pferde im Schatten der Bäume. Meine Hände glühten. Einige der Blasen waren aufgegangen und brannten wie Feuer.

Luan ließ sich von seinem Pferd rutschen, kam zu mir und legte mir seine Hände an die Taille, um mich sanft abzufangen, als auch ich aus dem Sattel glitt. Doch meine Beine knickten unter mir weg, kaum dass meine Füße den Boden berührten.

»Freya!«, riefen Derek und Luan wie aus einem Mund. Luans Griff unter meinen Armen verstärkte sich und er hielt mich aufrecht, sodass ich nicht auf den Waldboden fiel.

Ich spürte etwas Nasses in meiner rechten Hand und schaute in zwei glitzernde tiefschwarze Augen.

»Ich bin da«, flüsterte Balou mir zu. *»Und für deine Schwester. Das habe ich dir versprochen. Bleib stark!«*

Bleib stark. Das hatte ich mir immer wieder selbst gesagt. Das musste ich bleiben. »Geht schon«, presste ich hervor. »Ich komme mit euch mit.«

»Kommt gar nicht infrage. Derek und ich gehen dort zu den Bewohnern, besorgen, was wir noch brauchen, und beschaffen uns die wichtigsten Informationen.«

»Nein. Entweder wir alle oder keiner. Ich komme mit«, entschied ich, ballte die Hände zu Fäusten und merkte selbst, dass die Kraft in mich zurückkehrte.

Wie auf Knopfdruck floss die Energie in meinen Körper. Wärme breitete sich von meinem Herzen in den Rest meines Körpers aus und meine Beine fanden endlich Halt. Ich konnte wieder aus eigener Kraft stehen, wenn auch noch etwas zittrig. »Ich komme mit«, wiederholte ich, um meine Aussage zu unterstreichen.

»Wir können Aylin hier nicht allein lassen.« Es überraschte mich, dass diese Aussage ausgerechnet von Derek kam.

»Nein«, stimmte ich ihm zu. »Das können und werden wir nicht. Du bleibst bei meiner Schwester und den Pferden. Luan und ich werden gehen. Außerdem habt ihr noch Balou.«

Die Jungs schienen beide zu merken, dass Widerworte uns nur im Kreis führten, und so entlockte ich ihnen rasch ein Nicken.

»Na schön«, gab sich Derek geschlagen. »Aber beeilt euch und kein Aufsehen erregen, ja?«

»Erklär denen in diesem Dorf mal, warum ich in weiblicher Begleitung bin als *lafrandischer* Soldat«, stieß Luan mit einem schnaufenden Geräusch aus.

»Dir fällt schon was ein«, erwiderte Derek grinsend.

Bevor ich Luan in Richtung des Dorfes folgte, warf ich über meine Schulter einen letzten Blick zu Aylin. »Bis gleich«, versprach ich ihr. »Nicht weglaufen und schön lieb sein, ja?«

»Wieso kann ich nicht mitkommen?«, kam es von ihr, was mich in der Bewegung innehalten ließ. »Ich habe Angst, Freya.«

»Die brauchst du nicht zu haben.« *Obwohl ich auch panische Angst habe, kleine Schwester.* »Ich bin gleich wieder zurück. Es dauert auch nicht lange und Balou passt auf euch auf.« Ich zwinkerte und bemühte mich ein weiteres Mal um ein aufrichtiges Lächeln. *Wann hören diese Lügen auf?*

Die Sonne war bereits wieder hinter den Baumwipfeln verschwunden und mit ihr das wenige Licht, das uns tagsüber im Wald begleitet hatte. Ich richtete den Blick starr in die Dunkelheit vor mir auf den Boden. Als könnte ich so verhindern über Wurzeln im Unterholz zu stolpern.

Vingard war im Wald von Danlior errichtet worden. Die Häuser standen zwischen den Bäumen, als wären sie Teil des Waldes. Doch je tiefer wir ins

Zentrum des Dorfes vorrückten, desto gewöhnlicher wirkte der Ort, beinahe wie auch Midre es gewesen war. Das Holz der Hütten und die Malereien an den Wänden erinnerten mich sehr an meine Heimat.

Im Augenwinkel sah ich einzelne Lichter in den Fenstern.

Plötzlich packte mich eine Hand am Arm und hielt mich zurück. »Kein Wort. Zu niemandem.« Luan hatte seinen Kopf zu mir gedreht. »Hörst du? Ich muss mich darauf verlassen können. Die Männer hier scherzen nicht. Wir sind hier im Nirgendwo.«

Ich fröstelte und konnte nicht sagen, ob es an seinen Worten oder der Windböe lag, die in dem Moment eisig kalt von der Siedlung her in unsere Richtung blies.

»Warum?«, hörte ich mich fragen.

»Was glaubst du denn?« Luan trat dichter zu mir und hob beinahe herausfordernd eine Augenbraue.

Ratlos zuckte ich mit den Schultern. Mir fehlten die Worte.

Luans eisiger Blick sprach Bände. »Diese Menschen hassen Magie und alles, was damit zusammenhängt. Tu mir den Gefallen und lass dich nicht erwischen. Die Einwohner Vingards haben nicht den Ruf, Gnade walten zu lassen.«

Wieso hatte ich noch gleich den Drang verspürt, unbedingt mit Luan in die Siedlung zu gehen? Warum hatte ich nicht Derek gehen lassen und mit meiner Schwester auf die Jungs gewartet? Jetzt war es wohl zu spät, darüber nachzudenken.

Um meine aufkeimende Sorge zu ersticken, ballte ich meine Hände wieder zu Fäusten und trat in Richtung des Dorfes. »Du hast recht. Dann sollten diese Menschen wohl wirklich besser nicht mitbekommen, wer oder was ich bin.« Entschlossen reckte ich mein Kinn in die Höhe, auch wenn ich mich innerlich ganz und gar nicht so fühlte.

Die Zeit schien stillzustehen, als wir in die Gassen zwischen den Häusern traten. Aus jedem Fenster spürte ich die unsichtbaren Blicke auf mir und da war es wieder. Das Gefühl, verfolgt zu werden. Nicht allein zu sein. Als lauerte in der Finsternis hinter den Scheiben eine Bedrohung auf mich. Als wartete jemand nur noch auf den richtigen Moment, um uns zu überraschen.

Mit einem Kopfschütteln versuchte ich auch diesen Gedanken zu verdrängen, als etwas über die Dächer hinweghuschte. Wie ein Tuch, das mit dem seichten Wind aus meinem Blickfeld getragen wurde. Aber da war nichts.

»Was ist los?«, hakte Luan nach.

»Ich …« Ich wollte schon zu einer Erklärung ansetzen, aber seine Miene hielt mich davon ab. Die zusammengezogenen Brauen, das Funkeln in seinen Augen. »Nichts.«

»Sicher?«

»Ja.« *Nein.* Doch Luan ging nicht weiter darauf ein, obwohl ich mir einbildete, dass sich ein Schatten über sein Gesicht legte, als er mich nochmals eindringlich musterte. Als wüsste er, dass ich ihm und auch mir eine Lüge aufgetischt hatte.

Das Rauschen der Blätter der umliegenden Bäume brachte mich erneut zum Frösteln. Kurz darauf erreichte auch mich die kühle Brise, fegte mir die Haare aus dem Gesicht und ließ mich innehalten.

»Sieh«, riss mich Luans Stimme aus den Gedanken. Ich zuckte zusammen und folgte seinem ausgestreckten Finger. »In das Gasthaus dort vorne können wir gehen, das habe ich gesucht. Der Mann ist bei Durchreisenden bekannt für seine guten Waren und … seine Geschäfte. Dort werden wir sicherlich unbemerkt an Proviant kommen. Zumindest wenn man dem Gerede der Händler Glauben schenken kann.«

Ich nickte, weil ich unsicher war, was ich darauf erwidern konnte. Zudem schnürte mir der Anblick des Ladenschildes den Hals zu. Ein Holzbrett, dem die Witterung anzusehen war. Die Schrift darauf war bereits verblasst, einige Ecken angeschlagen. Aber wenn mich nicht alles täuschte, starrten mich von dem Schild zwei tanzende, ineinander verschlungene Menschenskelette an.

»Mach dir nichts draus. Der *Knochen Jack* ist für seinen schwarzen Humor und seine *außergewöhnlichen* Dienste bekannt.« Luan bedachte mich mit einem Blick, von dem mir schlecht wurde.

»Heyha!«, schrie da plötzlich jemand, während die Ladentür zum Wirtshaus aufflog. Zwei Männer stolperten uns entgegen und blieben wie angewurzelt stehen, als sie uns entdeckten. »Wer's des?«, lallte einer der beiden. »Främde?«

»Nein, altbekannte Gesichter aus Karden.« Luan trat dem hochgewachsenen Mann gegenüber und schien sich nicht von diesem einschüchtern zu lassen. Im Gegenteil: Luan baute sich regelrecht vor dem zwei Köpfe größeren und wesentlich stämmigeren Mann auf.

»Bekannte. So, so«, schaltete sich nun auch der zweite der beiden Einwohner ein und krempelte zugleich die Ärmel seines karierten Hemdes hoch, sodass ein Tattoo auf seinem Unterarm sichtbar wurde. Ein Adler, der seine Schwingen bis zu seinem Ellbogen hinauf entfaltete.

»Ja«, beharrte Luan. »Wir kennen Divan. Bringt uns zu ihm.«

Die Augenbraue unseres Gegenübers schnellte in die Höhe. Sein Blick wanderte von oben bis unten über Luan. Dann schaute er zu mir. »Ein Mädchen«, stellte er interessiert fest. »Die sieht mir aber ganz und gar nicht nach einer Kardenerin aus. Eher wie ...«

»Deswegen sind wir nicht hier«, unterbrach Luan ihn.

»Bist du sicher?« Eine Falte bildete sich an dem Mundwinkel des Tätowierten, der seine Augen weiterhin auf mich richtete.

Ich ballte meine Hände zu Fäusten, damit er nicht sehen konnte, wie sehr ich zitterte. Obwohl Luan zwischen dem Fremden und mir stand, fühlte ich mich ganz und gar nicht sicher.

Luan brach die angespannte Stille, in der mir meine Gedanken viel zu laut erschienen waren. »Mehr als nur sicher.«

Der lallende Einwohner von Vingard öffnete den Mund, als wolle er etwas sagen, der andere brachte ihn jedoch jäh zum Schweigen, indem er seine Hand in die Höhe riss und ein entsprechendes Zeichen gab. Dabei wandte er den Blick von mir ab und musterte abermals Luan.

Dann nickte er langsam. »Gut. Dann möchte ich dir nicht im Weg stehen.« Er ließ den Arm sinken und deutete hinter sich zum Eingang der Kneipe. »Ich folge euch.«

Wenn Luan genauso unsicher oder misstrauisch war wie ich, versteckte er seine Gefühle verdammt gut. Ich bezweifelte, dass ich mich nach außen hin auch derart ruhig und selbstsicher geben konnte. Allerdings klammerte ich mich an die Hoffnung, nicht allzu lange hierbleiben zu müssen, sondern zügig wieder zu Derek und Aylin zurückzukommen und unsere Reise fortzusetzen. Aylin ...

»Kommst du?« Luan drehte sich zu mir um und wenn ich es nicht besser gewusst hätte, hätte ich meinen können ein Lächeln in seinem Gesicht zu sehen. Als wolle er mir bedeuten: *Ich habe dir ja gesagt, komm nicht mit.*

Sofort reckte ich mein Kinn wieder in die Höhe und ließ eine Hand zu einer meiner Hosentaschen wandern. Auch ich hatte meine Geheimnisse vor Luan und Derek und dort erneut mein Messer versteckt.

Erst als ich zum Eingang schaute, entdeckte ich einige neugierige Gesichter, die sich in unsere Richtung gewandt hatten und die mir gar nicht aufgefallen waren. Ich spürte all die Blicke wie Ameisen auf meinem Körper.

Auch Luan schien die Aufmerksamkeit nicht gerade willkommen zu ein. So viel zu unserem Plan, möglichst ohne viel Aufsehen hier aufzutauchen und wieder zu verschwinden. Mit grimmiger Miene wandte er sich von mir ab und trat ins Innere. Die Leute wichen uns aus, als würde eine Berührung mit uns sie verfluchen. Und trotz der unzähligen Menschen, dem warmen Licht, das von Kerzenständern und Kronleuchtern gespendet wurde, fröstelte ich.

Erst nachdem wir an einem der hinteren Tische auf einer Eckbank Platz genommen hatten, vertieften sich die anderen Gäste – vermutlich Bewohner dieses Dorfes – wieder in ihre Gespräche. Doch mir fielen trotzdem noch nervöse Blicke, Getuschel und das Nicken von Köpfen in unsere Richtung auf. Dass die Leute aus Vingard in überwiegend dunkle Kleidung gehüllt waren, Falten und Schmutz ihre Haut zierten und auch an ihren schwarzen Umhängen getrocknete Erde klebte, ließ mich unwillkürlich wieder an unser Dorf Midre denken. Die Bewohner hier mussten ähnlich leben und wirtschaften, wie wir es getan hatten. Und weil jeder jeden kannte, kam ich mir noch mehr wie ein Eindringling in ihrer heilen Welt vor.

Die Gesichter und dunklen Kleider verschwammen vor meinen Augen und ich fand mich in Midre auf dem Marktplatz wieder. Schaute in glückliche und unbeschwerte Gesichter, die von einem Blitz zerrissen wurden.

»Wo ist nun dieser Divan?«, zischte Luan und beugte sich über den Tisch näher zu dem Fremden, der sich direkt mit zu uns gesetzt hatte.

Ein tiefes Lachen drang aus der Kehle unseres Gegenübers. »Direkt vor euch.« Und da wurde mir bewusst, dass er nicht nur mit seinem schwarz-weiß karierten Oberteil aus der Menge hervorstach, sondern dass sein Auftreten wesentlich selbstbewusster war. Dass die Menschen im Wirtshaus gar nicht uns, sondern ihm ausgewichen waren.

»Ich bin Divan«, fügte er hinzu und verschränkte seine Arme auf der dunklen Tischplatte. »Also, was führt euch her? Was wollt ihr?«

»Eine lange Reise«, begann Luan und mir schien es, als müsse er seine Worte erst noch sortieren, als taste er sich vor zu dem, was er sagen konnte, ohne uns zu enttarnen. »Wir kommen ganz aus dem Süden. Aufstände in einem der kleineren Dörfer dort haben uns fliehen lassen. Doch auch in Karden gehen seltsame Dinge vor sich. Habt ihr davon gehört?« Mit jedem Wort, das Luan aussprach, senkte er seine Stimme mehr ab. Als ob er Divan ein Geheimnis anvertrauen würde, das niemand sonst erfahren sollte.

Obwohl ich bezweifelte, dass die umliegenden Gäste bei dem lauten Stimmengewirr auch nur eines seiner Worte verstanden. Dennoch konnte ich Luans Sorgen gut nachvollziehen, denn mit jedem Satz, der seine Lippen verließ, fühlte ich mich Divan mehr ausgeliefert. Hatte das Gefühl, er müsste wissen, wer ich war und was uns wirklich herführte.

»Aufstände? Unruhen? Ich habe noch nichts gehört«, gab Divan zu und lehnte sich zurück. »Ist doch nicht ungewöhnlich, dass im Süden ein paar Menschen durchdrehen. Dass wieder ein paar Soldaten der Lafrander nach Sacrande flüchten und dabei über die Dörfer herfallen.« Er zuckte mit den Schultern, doch in seinen Augen konnte ich erkennen, dass es ihm nicht so gleichgültig war, wie er uns weismachen wollte.

»An eurer Stelle würde ich mich da flugs informieren. Wenn die Lafrander so weitermachen, stehen ihre Soldaten vor Anbruch des nächsten Morgens auch in eurem Dorf und dann ist es sehr wohl genauso eure Angelegenheit.« Luans Mundwinkel zuckte, als wäre er sich sehr sicher, damit einen Trumpf ausgespielt zu haben. Allerdings flammte in Divans Augen etwas auf, das mir die Kehle zuschnürte.

Der Vingarde blickte tief in meine Augen, ignorierte Luan plötzlich vollkommen und wie von Geisterhand begann mein Rücken höllisch zu pochen. Als würde mein Herz nicht länger in meiner Brust, sondern in meinen unsichtbaren Flügeln schlagen.

»Dann stellt sich mir umso mehr die Frage, woher gerade ihr das alles erfahren habt, was euch aus der südlichen Handelsmetropole weggetrieben hat und vor allem: wer ihr seid. Dein Akzent ist unverkennbar der eines Lafranders, bist du ein Späher? Der Vorbote, den sie schicken, bevor sie ein Dorf niederbrennen? Und warum hast du ein Mädchen dabei – so eines?« Divan gab einem Burschen links von unserem Tisch ein Zeichen. »Schick Ley«, wies er den Jungen an, der kaum älter als fünfzehn sein konnte. Seine Finger umklammerten derart panisch das Tablett in seinen Händen, dass die Knochen weiß unter der Haut hervorstachen.

»Ein Skafijäger«, flüsterte Luan zwischen zusammengebissenen Zähnen und aus dem Augenwinkel bemerkte ich seine zu Fäusten verkrampften Hände.

Divans Lachen schallte laut durch den Raum und ließ all die anderen Gespräche wie ein Flüstern klingen. »Meine liebe Ley wird euch genau unter die Lupe nehmen, prüfen, ob wir hier sicher sind, wenn wir euch mit uns feiern lassen.«

»Wir wollen nicht mit euch feiern. Gebt uns einfach etwas Proviant und wir ziehen weiter und belästigen euer Dorf nicht weiter. Wir wollen euch keine Probleme bereiten«, erwiderte Luan, doch Divan ging nicht darauf ein.

Ich wollte Luan schon fragen, was Divans Worte zu bedeuten hatten, als eine hochgewachsene Frau aus einer Tür hinter dem Tresen erschien und mit großen Schritten auf uns zukam. Ihre langen Beine blitzten abwechselnd zwischen einem Schlitz in ihrem dunklen Kleid hervor und der Gürtel, der ihre Taille zierte, war mit diversen Gefäßen und Waffen bestückt.

»Was soll das?«, schaltete Luan sich ein und nickte in Richtung der hochgewachsenen Frau, die nun neben unserem Tisch stand. »Vertraut ihr euren Gästen so wenig?«

»Wenn ihr nichts zu befürchten habt, was stellt ihr euch dann so an?« Divan entblößte seine teils silbernen Zähne.

Mein Puls schoss augenblicklich in die Höhe, als Leys Hand sich an eines der Gefäße an ihrem Gürtel legte und ich ihr erstmals in die funkelnden Augen sah. Die Legenden stimmten also ... Gut, dass Aylin nicht bei mir war.

»Ley, bitte.« Divan deutete mit einer Hand auf mich. »Sei doch so lieb und gib unseren Gästen einen Schluck deines Zaubers.«

»Nein.« Luan schrie nahezu, als er aufsprang und verzweifelt versuchte sich zwischen die Skafijägerin und mich zu schieben. »Meine Begleiterin wird nichts von euren seltsamen Brauereien trinken. Wir werden aufbrechen und euch in Frieden weiter allein feiern lassen. Ihr werdet sehen, was ihr von eurer Gastfeindschaft habt.«

Mich durchzuckte ein stechender Schmerz vom Handgelenk meinen gesamten Arm hinauf, so fest, wie Luan mich packte. Doch zu meinem Entsetzen war es nicht der Arm, den er festhielt, von dem die Schmerzen ausgingen.

Ich folgte Luans Blick zu meinem anderen Handgelenk. Ein rotes Bläschen bildete sich dort und als ich zur Skafijägerin aufsah, leckte diese gerade mit ihrer Zunge mein Blut von einer spitzen Nadel an ihrem Ring.

Übelkeit breitete sich in meinem Magen aus und der Raum um mich herum begann sich gefährlich zu drehen, sodass ich mich hektisch mit den Händen an dem Tisch vor mir abstützte.

Wie in Trance bemerkte ich noch, wie Luan seinen Dolch mit dem Griff aus Holz hervorzog und auf den Tisch sprang. Die Tischplatte wackelte und der dumpfe Knall, den die Absätze seiner Lederstiefel auf dem dunklen Holz erzeugten, brachte nicht nur mich zum Zusammenzucken, sondern auch die Menge im Raum endgültig zum Schweigen. Ich wagte kaum meinen Blick von Divan oder Luan abzuwenden, aber als ich einen raschen Blick über die Schulter warf, stockte mein Herz. Wie um alles in der Welt sollten wir aus diesem Lokal entkommen?

Ley reagierte zwar verzögert, jedoch nicht weniger heftig. Mit voller Wucht traf sie mich und ich verlor das Gleichgewicht. Viel zu schnell begannen die

Farben im Raum sich zu vermischen, bis ich nur noch die Holzdecke und einen Kerzenleuchter über mir baumeln sah. Ein Ziehen ging durch meinen Rücken.

»Du entkommst mir nicht«, presste sie hervor, wobei ihre scharfen Eckzähne sichtbar wurden.

»Abwarten«, krächzte ich, wobei Ley mir so heftig in den Bauch trat, dass ich mich zusammenkrümmte und das Gefühl hatte, den halben Mageninhalt ausspucken zu müssen.

Innerlich betete ich, dass mich meine Fähigkeiten schützen würden. So wie die letzten Male. So wie bei den lafrandischen Soldaten. Doch in dem Moment realisierte ich auch, dass mich die vermeintliche Gabe genauso oft verraten hatte. Dass ich ohne sie gar nicht in einer solch misslichen Lage stecken würde. Dass ...

Sterne blitzen vor meinem inneren Auge auf. »Argh!«

Und dann war der Druck auf meinem Magen schlagartig weg. Luans Kopf tauchte über mir auf und er nickte mir zu, bevor er herumwirbelte und es mit einem Angreifer außerhalb meines Blickfelds aufnahm.

Nicht denken, einfach machen. Für Aylin.

Ich rappelte mich auf und versuchte das Pochen in meinen Armen und im Magen zu ignorieren, so gut es möglich war. Dabei lief mir etwas Warmes den Unterarm hinunter und ich erkannte voller Schrecken, dass meine Haut an einigen Stellen aufgerissen war. Und vor allem, dass die verletzte Haut seltsam schimmerte.

Doch ich konnte nicht weiter darüber nachdenken, weil Luan sich an mich wandte. »Verdammt, Freya! Mach was. Zur Hölle mit dir und deinen Fähigkeiten!«

Ich wusste nicht, warum nicht noch mehr Menschen auf uns losgingen. Ob die Vingarder Angst vor uns hatten oder schlichtweg nicht kapierten, was hier vor sich ging.

Der nächste Schlag, der mich traf, machte mich wach und riss mich aus meiner Gedankenblase. In Leys Augen funkelte reiner Hass, als sie auf mich zutrat. »Wenn du erst auf die Probe reagierst, dann ...«

Sie hatte mir etwas injiziert. Diese Erkenntnis traf mich mit solcher

Wucht, dass ich das Blut in meinen Adern rauschen hörte und abermals zu taumeln anfing.

Ich musste sie fertigmachen, solange ich noch konnte. Und ich musste zu Aylin, solange meine eigenen Beine mich noch trugen.

Ohne länger in meinen Gedankenstrudeln zu versinken, tastete ich nach dem Dolch, den ich in meinem Armschoner versteckt hielt, und richtete die Spitze auf die überraschte, aber grinsende Ley.

»So, so. Bewaffnet bist du also auch noch«, kam es von ihr. Und obwohl ich die Belustigung in ihren Augen kaum übersehen konnte, so bildete ich mir ein für einen Moment auch einen Anflug von Angst darin aufflackern zu sehen. »Spar dir deine Kräfte lieber. Lange stehst du sowieso nicht mehr aufrecht«, bestätigte sie meinen Verdacht mit ihrer Injektion.

»Abwarten«, entgegnete ich erneut. »Du solltest dir bessere Sprüche einfallen lassen.«

In mir keimte Hoffnung auf, sie doch besiegen zu können, wenn Ley tatsächlich einen Anflug von Furcht mir gegenüber empfand. Doch die Zuversicht schwand, als ein schriller Ton die Luft zerriss.

Mein Blick suchte automatisch den von Luan. Doch auch er hatte in der Bewegung innegehalten und zuckte mit den Schultern.

Also suchte ich wie von selbst zwischen all den ausweichenden und ebenso verwirrt dreinschauenden Männern und einigen Frauen die Ursache für den ohrenbetäubenden Laut, der direkt wieder verstummt war. Wie von einer Pfeife ...

Ley. Ruckartig drehte ich mich zu ihr herum, aber auch die Skafijägerin stand regungslos da und hatte den Kopf zum Eingang gerichtet, wo gerade die Tür aufschwang, als eine umhüllte Gestalt zusammen mit einem Luftzug in den Raum trat.

Ich fröstelte unwillkürlich. Die mit Schlamm bedeckten schwarzen Stiefelspitzen sprangen mir ins Auge und jeder weitere Schritt, den der Fremde in den Raum hereintat, war lautlos. Ich hörte nicht ein Geräusch – kein Knarzen seiner Stiefel auf den Holzdielen, kein Räuspern, nichts. Nur der Atem der Menschen schien diese gespenstische Stille zu untermalen.

Erst bei dem Gedanken stellte ich fest, dass auch ich die Luft angehalten hatte.

Die Vingarder wichen dem Mann aus, starrten ihn beinahe ehrfürchtig an, obwohl er gar nicht besonders groß oder stämmig gewachsen war. Doch dann sah auch ich die feinen Muster auf seinem dunklen Mantel, die sich wie Rosenranken über den schwarzen Stoff schlängelten. An seinen Fingern blitzten zwischen den weiten Ärmeln silberne Ringe auf.

Ein Mann aus Isandona. So weit südlich.

Als ich ihn weiter musterte, wurde mir klar, wer der vermeintlich Fremde war: der Mann vom Markt in Karden. Gleichzeitig wurde mir bewusst, was ihn hierhergeführt hatte. Wie von selbst verkrampfte ich, konnte mich nicht mehr von der Stelle rühren.

Der Isandoner blieb in einiger Entfernung zu mir stehen. Kaum ein Mensch trennte uns mehr voneinander, denn die Besucher der Kneipe waren ausgewichen, sodass ein Gang von ihm zu mir führte. Selbst Ley stand umringt von Menschen und fiel im Schatten des Kronleuchters kaum noch auf.

Ich durfte nicht ewig weglaufen und einer der Gründe dafür verharrte nun vor mir. Er hatte das seltsame Gefühl in mir ausgelöst, verfolgt zu werden – ganz sicher. Ich durfte nicht länger Angst haben. Luan war da. Und meine Gabe.

Mit zu Fäusten geballten Händen trat ich einen Schritt vor und war in dem Moment sehr dankbar, dass dieser Tisch auf einer leichten Erhöhung stand. So kam ich mir ein bisschen größer vor und weniger eingeschüchtert.

»Wer seid Ihr?« Meine Stimme klang viel zu laut. Oder es war einfach viel zu still. Innerlich stieß ich Gebete zum Himmel, dass niemand heraushörte, wie sehr meine Stimme bebte. Wie sehr ich die gesamte Situation fürchtete. Dass ich nur den Schatten der Kapuze in seinem Gesicht erkennen konnte, brachte mich um den Verstand. Dabei hatte ich ihn noch so genau vor Augen …

»Es ist nicht von Bedeutung, wer ich bin.« Mit einer Handbewegung, die unfassbar leichtfertig wirkte, wischte er sich die Kapuze vom Kopf. Darunter kamen die schwarzen Haare zum Vorschein, die ich noch von unserer letzten Begegnung im Kopf hatte. Dennoch brachte sein Anblick mein Herz zum Rasen.

»Doch«, widersprach ich und spürte, wie sich mir die Kehle zuschnürte. »Es ist von Bedeutung.«

Wenn ich mich nicht täuschte, wanderte einer seiner Mundwinkel kaum merklich in die Höhe. Keinen Wimpernschlag lang wandte er seine schwarzen Augen von mir ab. Wie ein Raubvogel, der seine Beute fest im Visier hatte.

Bis der Mann aus Isandona sich an den Rücken griff und einen Dolch hervorzog. Und da erkannte ich, woher der schrille Laut gekommen war: Sein Dolch war nicht nur ein einfach gefertigtes Messer, sondern besaß einen ausgehöhlten Griff. Tatsächlich wie bei einer Pfeife. Doch wofür?

Als hätte Luan erneut meine Gedanken lesen können, hörte ich ihn hinter mir hauchen: »Er beschwört seine Ahnen, um sich von seinem Vorhaben reinzuwaschen.«

»Welchem Vorhaben?«, hörte ich mich wie von selbst fragen und bereute es schon, die Worte ausgesprochen zu haben.

Für einige Herzschläge glaubte ich, ich müsste die Anspannung in der Luft greifen können. Bis der schwarzhaarige Isandoner sie mit seinen Worten wie mit einer Nadel zerstach. Ich konnte förmlich sehen, wie auch meine Welt mit seiner tiefen, einnehmenden Stimme in abertausende Stücke zersprang.

Seine Fingerknöchel traten weiß hervor, als er seine Hand fester um den Dolch schlang, die Waffe anhob und mich nochmals mit einem so eindringlichen Blick von oben bis unten musterte, dass mir schummrig wurde. Doch in seinen Augen fand ich die Antwort, bevor ich sie hörte und vor allem bevor ich ihre Bedeutung auch nur ansatzweise realisierte.

»Ich wurde geschickt, um dich zu töten.«

KAPITEL 13

Sacrande – Vingard

Das Blut rauschte so laut durch meine Adern, dass ich Luans Ausruf nicht hörte, sondern mehr von seinen Lippen ablas.

»Renn!«

Und damit schoss das Adrenalin wie durch eine Explosion in all meine Venen. Ich taumelte und starrte in die aufgerissenen Augen des Fremden. Und was ich darin sah, brachte mich selbst um den Verstand: blanke Panik – meinetwegen. Hatte ich eben noch Zweifel daran gehabt, in seinem Blick lesen zu können, dass seine Angst ihn leitete mich zu töten, so war es nun unübersehbar. Die Entschlossenheit stand ihm schlagartig so sehr ins Gesicht geschrieben, dass selbst Ley neben mir schluckte und sich dann mit der Zunge über ihre scharfen Eckzähne fuhr.

Doch obwohl ich diese Energie durch meinen Körper fließen spürte und da wieder dieses Kribbeln auf meinem Rücken war, wusste ich, dass uns meine Gabe dieses Mal nicht retten würde. Was auch immer Ley mir verabreicht hatte, es ergriff mich plötzlich mit voller Wucht. Ich fühlte mich wie in einen Käfig eingeschlossen, der mich einengte, der meine Gliedmaßen aneinanderquetschte und mein Herz ins Stocken brachte.

Hilfesuchend guckte ich mich nach Luan um. Dann raste der Boden auf mich zu und etwas Hartes traf mich in der Seite. Allerdings fasste ich mich dieses Mal schneller, trotz der Tatsache, dass ich meine Umgebung nur noch dumpf wahrnahm und die Farben und Lichter mehr und mehr ineinander übergingen.

Schrill lachend packte mich Ley – es musste einfach diese Jägerin sein. Doch ihr Lachen verstummte jäh. Erst wollte ich Luan danken, als ich in zwei so dunkle Augen schaute, dass mir schlecht wurde.

Seine warmen Lippen strichen über mein Ohr, als er sich zu mir beugte und mir die kühle Klinge an die Halsschlagader hielt. »Du gehörst mir«, raunte er und ein Schauer jagte über meinen Körper.

Ohne länger zu zögern, holte ich aus und boxte ihm in den Magen, während ich mich instinktiv von der Klinge wegdrehte. Dennoch brannte die Stelle, an der sie eben noch meine Haut berührt hatte, als hätte sie Feuer gefangen.

»Freya!« Das war unverkennbar Dereks Stimme. Derek. *Derek?* Sofort gingen alle Alarmglocken in mir los und ich stand schneller auf den Beinen, als ich gucken konnte. Die Enge und das schummrige Gefühl waren schlagartig vergessen. Denn wenn Derek hier war, wo war dann Aylin? Hoffentlich passte Balou auf sie auf …

Ich kam jedoch nicht dazu, etwas zu sagen. Aus dem Augenwinkel konnte ich gerade noch sehen, wie Ley sich auf mich stürzte. Aus Reflex stolperte ich zur Seite und ging in Deckung. Zu meiner Verwunderung kam Ley gar nicht bis zu mir.

Der Kämpfer aus Isandona wandte sich blitzartig von mir ab und stach der ebenso verwunderten Skafijägerin seinen Dolch zwischen die Rippen. Mit offenem Mund verfolgte ich das Geschehen und traute meinen Augen kaum, als sich der dunkle Stoff an der Stelle, an der der Kämpfer seine Waffe aus ihr herauszog, noch dunkler färbte.

»Komm, Frey.« Erschrocken fuhr ich zusammen, als mich jemand am Arm packte, schaute jedoch in Luans vertraute Augen. »Wir müssen hier weg. Sofort.«

Ich nutzte die Chance, während der Isandoner mit Ley im Gefecht war, um Luan auf eine meiner größten Sorgen anzusprechen: »Wo ist Aylin?«

»Es geht ihr bestimmt gut. Derek handelt nicht leichtsinnig, glaub mir«, meinte Luan und zog mich im selben Moment mit sich in Richtung Ausgang.

Allerdings trat Divan uns in den Weg. »Meine Gäste wollen uns doch nicht etwa schon so voreilig verlassen?« Und obwohl mir die Angst den Hals zuschnürte, bemerkte ich auch seinen unsicheren Blick zu Ley, die sich mit weit aufgerissenen Augen an die Wunde griff. Im selben Atemzug wandelte sich ihr Schmerz in blanke Wut und sie fletschte erneut wie eine Raubkatze die Zähne, fixierte mich – ihre Beute.

Der Isandoner kannte jedoch keine Gnade und ging erneut auf sie los. Dieses Mal erbarmungsloser, aber auch Ley schien unerschrockener und in beiden Gesichtern konnte ich deutlicher als zuvor ihr Ziel erkennen: mich zu töten.

Wie krank. Sie kämpften darum, wer mich töten würde. Dieses Mal war ich diejenige, die von Angst angetrieben wurde. Ich holte aus und schlug mit der Faust ins Divans Gesicht, der das nicht hatte kommen sehen und nun fluchend rückwärtstaumelte.

Derek boxte sich durch die aufgeregten Menschen im Raum und riss dabei eine Petroleumlampe von der Decke, die auf dem Boden zersprang, woraufhin die Flamme aus dem Inneren auf den Boden überging.

»Nehmt den Hinterausgang!«, schrie Derek uns zu. »Luan weiß, was zu tun ist, halt dich an ihn, Freya!«

Ich rannte los, doch Divan war schneller, riss mich zurück und brachte mich ins Stolpern. Als er sich über mich beugte, tropfte Blut aus seiner Nase. Wenigstens hatte ich ihn richtig erwischt. Luans Faust traf ihn zusätzlich am Kopf und der Vingarde ging neben mir zu Boden.

Aber auch Luan wurde von einem der anderen Männer angegriffen. Hatten die Einwohner bisher gezögert uns in die Quere zu kommen, so schien das der Startschuss dafür gewesen zu sein, dass nun auch diese Menschen auf uns losgingen.

Sofort tastete ich nach dem zweiten Messer in meinem Armschoner und als Divan sich von Luan befreit hatte, peilte er wie vermutet wieder mich an. Ich rappelte mich auf und stürzte mich auf den viel größeren Mann.

Dieser packte mich mit dunklem Lachen und schleuderte mich von sich.

Ich hatte das Gefühl, mir würde jegliche Luft aus der Lunge gequetscht werden, als ich gegen die Wand hinter mir prallte und abermals zu Boden ging. Nicht weit von mir entfernt flackerte etwas auf. Das Feuer …

Schweiß trat mir auf die Stirn, während Divan vor mir in die Hocke ging, die Ärmel seines karierten Hemdes hochschob und ein zufriedenes Grinsen seine Lippen zierte.

Panisch schaute ich mich nach Hilfe um, aber über Divans breite Schultern konnte ich erkennen, dass Derek sich in ein Gefecht mit zwei Einwohnern gestürzt hatte, um Luan zu unterstützen. Die beiden hatten mich nicht mal im Blick …

»Dieses Dorf lässt seine Feinde nicht gehen. Magie hat unsere Vorfahren das Leben gekostet und wir werden sie rächen. Jeden Einzelnen. Indem wir die Skafi ein für alle Mal vernichten.« Divan schnaubte. »Was würde unser König nur sagen, wenn er erführe, dass eine Skafi in diesem Land ihr Unwesen treibt? Viele Menschen fürchten dich und deine Gabe. Diese Angst wirst du hier vergeblich suchen.«

»Ach wirklich?«, presste ich hervor und ballte meine Hände wieder zu Fäusten, schloss meine Finger fester um den Dolch. »Ich habe die Angst noch nie deutlicher in irgendwelche Gesichter geschrieben gesehen. Ich rieche sie förmlich.«

Sein dumpfes Lachen erreichte mich trotz des Lärms. »Hüte deine Zunge, du hast keine Ahnung, wovon du sprichst.«

»Ich habe mehr Ahnung, als ihr denkt.« Nun zwang ich mir trotz meines rasenden Herzens ein Lächeln auf die Lippen.

Luan schloss sich mir an. »Magie ist nichts, was ihr zu fürchten gebraucht hättet. Ihr musstet sie nur fürchten lernen, weil ihr Unrecht getan habt, und das wisst ihr.«

Mit all dem Zorn, der wie die Flamme neben mir immer höher aufloderte, beugte ich mich zu Divan und rammte die Waffe in sein Bein.

»Arg! Du Miststück!«, schrie er aus und ein heftiger Schmerz durchfuhr mich, als seine Faust im Gegenzug in meinem Magen landete. Ich stöhnte auf und sackte zusammen.

Mit zittrigen Fingern zog ich die Klinge aus seinem Bein. Doch sein Schrei ging in ein Lachen über. »Deine Gabe ist dein Fluch.«

»Freya!«, schrie Luan.

Die Hitze des Feuers kroch an mir hinauf und breitete sich mit sämtlichen Emotionen in jedem Winkel meines Körpers aus. Mein Rücken kribbelte und ich spürte sie, spürte die Gabe, die aus mir herauswollte, aber nicht konnte. Dieses Zeug, das Ley mir verabreicht hatte … das musste es sein.

Zudem hallten Divans Worte nun unerbittlich in meinem Kopf wider und ließen das restliche Geschehen nur dumpf zu mir durchdringen. *Deine Gabe ist dein Fluch.*

Während ich das immer und immer wieder hörte, während sein hässliches Lachen mir den Rest gab, fühlte sich mein Körper jetzt noch deutlicher wie ein Käfig an, dem ich nicht entkommen konnte.

Und obwohl ich schon am Boden lag, hatte ich das Gefühl, noch tiefer zu stürzen.

***

»Frey?« Mein Körper bebte. Mir war so warm. Woher kam nur diese Hitze? Warum konnte es nicht aufhören? Diese Schmerzen …

»Hey, Freya! Hörst du mich?« Eine weitere Stimme drang zu mir durch. Schweißperlen liefen mir über die Stirn und den Rücken hinunter über meine heiße Haut. Ich fröstelte. Wo war ich?

Es war so schwer, die Augen zu öffnen. Als würden meine Wimpern aneinanderkleben. Jedes Blinzeln jagte ein Dröhnen durch meinen Schädel. Verdammt. Dabei fiel mir auf, dass es bereits wieder dämmerte. Der Morgen brach an …

»Das muss das Mittel dieser Skafijägerin sein.«

»Möglich. Wir müssen hier raus. Hast du den Isandoner gesehen?«

Derek. Erleichtert stieß ich die Luft aus. Aber meine Zunge lag mir wie Blei im Mund und es fiel mir schwer, einen klaren Gedanken zu fassen. Trotzdem sah ich das Gesicht meiner Schwester vor meinem inneren Auge aufleuchten.

»Aylin«, krächzte ich.

»O Himmel«, brach es aus Luan heraus. »Du lebst und kannst reden. Bleib ganz ruhig, ja?«

Noch immer wurde mein Körper durchgeschüttelt, bis zu mir durchdrang, dass ich gar nicht mehr auf dem harten Holzboden lag. Stattdessen umfing mich Dunkelheit.

»Wo ... wo bin ich?« Jedes Wort kostete mich so viel Kraft, brachte mich zum Zittern, jagte eisige Schauer durch meinen glühenden Körper. »Das Feuer ... es verbrennt mich!«

»Freya, hier ist kein Feuer mehr. Du bist in Sicherheit. Wir sind auf dem Weg zu den Heiligen Stätten, der Wald liegt so gut wie hinter uns.«

»Divan ...«, flüsterte ich panisch und sofort packte ein weiterer Krampfanfall meinen Körper. Meine Wangen wurden feucht und als ich versuchte eine Hand zu heben, merkte ich, dass ich weinte. *Was war geschehen?*

»Aylin. Aylin!«, schrie ich panisch und fuhr hoch.

»Verflucht nochmal! Ich kann dich so nicht halten!« Und während Luan das sagte, spürte ich, wie der Untergrund an meinem Rücken vorbeiglitt. Wie mir schwindelig wurde und ich ins Nichts stürzte, bevor Sterne vor meinen Augen auftauchten. Ein Ruck ging durch meinen Körper.

»Scheiße!«, fluchte Derek.

Ich rieb mir mit einer Hand über die Stirn und verzog das Gesicht. Himmel, war mir warm.

»Geht's dir gut?«, erkundigte sich Luan zu allem Überfluss bei mir und als ich blinzelte, sah ich einen verschwommenen Schatten neben mir am Boden knien. Ich war vom Pferd gefallen.

»Es geht mir grauenvoll«, gab ich mühsam von mir. Dann wurde mir übel und ich musste würgen.

Luan hob meinen Oberkörper gerade noch rechtzeitig an. Ein Beben ging durch mich hindurch und mein Magen zog sich zusammen. Ganz gleich, ob ich mir viel zu schwach dazu vorkam, so schien mein Körper dennoch mit letzter Kraft zu versuchen alles aus mir hinauszubefördern.

Dabei strich Luan mir beruhigend über den Rücken und schloss mich schließlich in seine Arme. Bibbernd lehnte ich mich an ihn und begann zu schluchzen. »Was ist passiert?«, brachte ich kaum merklich hervor.

Die beiden Jungs kamen zu keiner Antwort. Eine kleine Hand legte sich sachte auf meine. Die kühlen Finger sorgten für eine Gänsehaut.

Ich hob den Kopf von Luans Brust und schlug die Augen auf, woraufhin das Pochen in meinem Schädel gleich wieder lauter wurde. Jedoch verschwanden die Schmerzen aus meiner Wahrnehmung, als ich in Aylins helle Augen schaute.

»Aylin«, stieß ich erleichtert aus und schlang meine Arme sogleich um den winzigen Körper meiner Schwester. Meine Unterlippe bebte und Tränen verklebten meine Wimpern. Ein Brummen folgte und brachte mein rasendes Herz noch weiter ins Stolpern. Ich erkannte Balou sofort.

»Wir haben uns große Sorgen gemacht, kleine Skafi«, brummte er in meinem Kopf und mir wurde warm ums Herz.

»Danke, dass ihr da seid«, gab ich ihm zur Antwort und ein Lächeln schlich sich auf meinen Mund, während Erleichterung mich flutete und mir neue Kraft gab. Kraft, um mich – wenn auch wackelig – aufzusetzen.

»Diese Skafijägerin hat dir irgendetwas gegeben, das gegen deine Gabe ankämpft«, begann Derek zu erklären.

Sofort packte mich wieder die Sorge und schlang sich wie mit Klauen um mein Herz. »Was bedeutet das? Es zerstört mich von innen heraus? Was kann ich dagegen tun?«

»Beruhige dich«, ging Luan dazwischen und legte mir einen Arm und die Schulter, um mich zu stützen. Aylin trat einen Schritt von mir zurück, sodass ich in ihr kindliches Gesicht schauen konnte.

»Ich soll mich beruhigen?«, fuhr ich ihn aufgeregt an. »Wie? Ich habe verdammt nochmal das Gefühl, mein Körper möchte sich selbst zerstören. Als stünde ich noch immer in den Flammen in dieser Kneipe.« Ein Schauer ging bei meinen eigenen Worten durch mich hindurch und ich erbebte erneut.

»Es wird dich nicht zerstören.« Luan strich beruhigend über meinen Rücken. »So ein Gift oder ein *Magieentwirker,* wie die Vingarder es oft auch nennen, braucht lange, um sich im Körper auszubreiten. Wir werden in den Heiligen Stätten ankommen, bevor es dich umbringt. Hab keine Angst.«

Ich stieß ein Schnauben aus. »Wie lange?«

»Bis wir dort sind?«

Ich nickte.

»Wenn wir nicht den offiziellen Weg nehmen, sind es etwa zwei Stunden von hier.« Er zuckte mit den Schultern. »Vielleicht auch weniger, wenn wir uns beeilen.«

»Nicht den offiziellen Weg?«, hakte ich kraftlos nach.

»Wir werden das Magische Portal durchqueren«, erklärte Luan. »Eigentlich wollten wir das meiden, aber jetzt ...« Er räusperte sich. »... haben sich die Umstände ja doch etwas geändert und wir mussten den Plan anpassen.«

Irritiert kniff ich die Augenbrauen zusammen. »Warum wolltet ihr nicht gleich den Weg dort hindurch nehmen, wenn er eine so gewaltige Abkürzung ist?«

Luan und Derek wechselten einen vielsagenden Blick, bevor Derek mit einer Antwort herausrückte. »Es ist nicht ganz ungefährlich, so ein Portal zu durchqueren, aber in Anbetracht deines Zustands bleibt uns keine andere Wahl.«

Mit dem nächsten Atemzug glaubte ich, mein Kopf müsste wirklich explodieren. Ich schloss die Augen und fuhr mir an den schweißgetränkten Schläfen entlang. »Wie lange ... bis es mich endgültig umhaut?«

Mein kurzes Blinzeln zeigte mir einen Blickwechsel zwischen Derek und Luan, der mich sogleich wieder zum Schwanken brachte. »Wie lange?«, fügte ich deshalb mit Nachdruck hinzu, obwohl ich die Antwort gar nicht wissen wollte.

»Sechs Stunden.«

»Was? Du hast gesagt, es dauert, bis mich das Gift umbringt.« Meine Stimme war nur noch ein Krächzen.

»Frey, das ist für ein Gift schon ein unglaublich langer Zeitraum.« Derek schlug die Hände über dem Kopf zusammen, doch anhand seiner besorgten Miene wollte ich ihm nicht so recht glauben. Mein Bauch kribbelte, als hätte mir Ley Würmer zu essen gegeben, und mit jedem Herzschlag kam es mir vor, als würde ein Stein auf meinen Schädel niedergehen.

Dennoch sammelte ich meine letzte Kraft zusammen. »Wie sicher seid ihr euch mit dem Zeitraum? Wie könnt ihr so sicher sein, was Ley mir gegeben hat?«

Hilfesuchend wandte Derek sich von mir ab und zu Luan. »Wir haben ihr ein paar Sachen aus ihrem Gürtel nehmen können. Unter anderem die Phiole, deren Inhalt sie dir verabreicht hat. Es kann nicht viel gewesen sein, was von der Flüssigkeit in dein Blut gelangt ist, auch wenn sie dir durch die Spitze wie mit einer Nadel in den Arm gestochen hat. Durch den Ausschlag, den du an der Wunde bekommen hast, sind wir uns recht sicher.« Mit einer Hand strich er sich durchs Gesicht. »Wir mussten bei unserer Ausbildung auch vieles über Gifte und Gegengifte sowie deren Wirkung erlernen.«

Das nahm mir zwar nicht alle Sorgen, aber was blieb mir anderes übrig, als mich an diese Hoffnung zu klammern?

»Aber wie seid ihr an das Fläschchen gekommen?« Irritiert zog ich die Augenbrauen zusammen. »Was ist mit dem Fremden? Wieso hat er meine Schwäche nicht ausgenutzt?«

»Eins nach dem anderen«, meinte Derek. »Das Feuer hat das Haus komplett erfasst. Luan und ich haben aufgrund des Rauchs … wir haben diesen Isandoner und Divan aus den Augen verloren.« Er räusperte sich. »Ley hat es nicht geschafft. Der Fremde war zu stark und zielstrebig. Er hat sie mit einem sauberen Schnitt durch die Kehle aus dem Weg geräumt, bevor wir ihn aus den Augen verloren haben.«

»Wo ist der Fremde jetzt?«

Ich hatte die Frage gerade beendet, als ein Knacken im Unterholz mich verstummen ließ. Auch Luan und Derek sahen augenblicklich in dieselbe Richtung und ich griff nach der Hand meiner kleinen Schwester.

»Wir sollten uns ranhalten«, sprach Luan das Offensichtliche aus. »Dieser Wald hat wirklich überall Ohren und wir verschwenden wertvolle Zeit.«

Ich ließ Aylins Hand los und versuchte mich aufzusetzen, aber meine Arme knickten unter dem Gewicht meines Körpers weg. Stöhnend ging ich abermals zu Boden und starrte die Laubdecke über mir an. Wann hatte ich es geschafft, den Hass eines halben Landes auf mich zu lenken?

Nachdem ich tief Luft geholt hatte, wollte ich einen neuen Versuch starten, aber Luan kam mir zuvor.

»Nicht. Du solltest dich schonen. Je mehr du gegen das Gift in dir ankämpfst, desto schlimmer wird es werden.« Noch während er das sagte, legte er seinen Arm um mich und schob den zweiten unter meinen Beinen hindurch, um mich anzuheben.

Aylins runde Kulleraugen verfolgten uns besorgt und verpassten meinem rasenden Herz einen Stich. Wie gern ich ihr noch immer erzählt hätte, dass alles gut werden würde und wir wieder nach Hause zurückkehren könnten. Dass wir unsere Eltern bald wiedersähen. Aber je mehr passierte, je öfter andere Menschen nach meinem Leben trachteten, desto mehr erlosch auch dieser Funke der Hoffnung.

Derek saß als Erster wieder auf seinem Pferd und nahm mich Luan ab. So gut es ging, setzte er mich vor sich in den Sattel, aber ich fand einfach keine Kraft, um mich selbst zu halten. Sofort krochen die Scham und der Ärger über mich selbst in mich und entfesselten eine noch größere Hitze in mir. Ich musste nach außen hin nicht nur glühen, sondern auch so rot aussehen wie eine Tomate. Ich hasste es in diesem Moment wie in keinem zuvor, so sehr auf die beiden Männer angewiesen zu sein und zu wissen, dass ich ihnen schutzlos ausgeliefert war. Dass mein Leben von ihnen abhing. Und vor allem auch das von Aylin.

Dereks breite Arme schlangen sich um meinen Oberkörper und hielten mich an Ort und Stelle, damit ich nicht erneut ungebremst mit dem Waldboden und den dort wuchernden Wurzeln Bekanntschaft machte.

»Na dann, du große Beschützerin«, wandte sich Luan an meine kleine Schwester. »Wollen wir deine Freya mal in Sicherheit bringen.«

Hatte Aylin Luan für einige Wimpernschläge mit einem skeptischen Blick aus ihren Kinderaugen bedacht und dabei ihre Hände auf dem Rücken verschränkt, so schienen sie die Worte nun zu überzeugen. Wieder und wieder fragte ich mich, was der Lafrander an sich hatte, dass Aylin ihm so vertraute, und warum Luan derart geschickt mit Kindern umgehen konnte.

Ein Stich fuhr durch meinen Schädel und ich glaubte, jemand hätte eine Nadel durch mich hindurchgesteckt. Doch da war nichts, wie ich feststellte, als ich mir an den Kopf griff.

»Alles gut?«, hakte Derek so leise nach, dass weder Luan noch Aylin sich uns zuwandten.

Stattdessen setzte der Krieger meine Schwester in den Sattel und schwang sich dann ebenfalls auf das Pferd. Als ich sicher war, dass die beiden nichts mitbekommen hatten, flüsterte ich meine Antwort. Selbst wenn ich lauter hätte sprechen wollen, wäre nicht mehr aus mir herausgekommen.

»Bringt mich einfach so schnell wie möglich zu den Heiligen Stätten.«

Erneut erklang ein Knacken im Unterholz und dieses Mal spitzte sogar Balou die flauschigen Ohren, stellte sich auf die Hinterfüße und hielt die Nase in die Luft.

»Freya, da ist etwas«, murmelte er und wandte seine schwarzen Augen kurz zu mir. *»Ich werde euch hier verlassen. Ohne mich seid ihr schneller.«*

Fassungslos starrte ich den Bären an. *»Nein, bitte verlass uns jetzt nicht.«*

»Es ist besser so, glaub mir. Und Freya, du kannst jederzeit nach mir rufen. Ich werde für dich da sein, wenn du mich brauchst.« Das Bärenkind nickte mir zu und trottete zu Aylin.

»Was ist los?«, erkundigte Aylin sich und auch Derek und Luan warfen mir sichtlich irritierte Blicke zu.

»Balou verlässt uns hier. Wir ziehen allein weiter«, sprach ich schweren Herzens die Entscheidung meines Seelentiers aus. Meine Stimme brach bei den Worten.

Auch Aylin verzog das Gesicht und augenblicklich liefen ihr Tränen über die Wangen. Als sie eine Hand vom Pferd hinunterstreckte, stupste Balou sanft mit seiner Schnauze dagegen.

»Balou?«, rief ich ihm nach. »Warum musst du uns denn verlassen? Jetzt schon?«

»Weil magische Portale nichts für Tiere sind. Ich werde es nicht mit euch zusammen durchqueren können«, erwiderte er.

Dann warf das Bärenkind einen letzten Blick zu mir. *»Du musst nur nach mir rufen. Ich werde da sein.«*

Mein Brustkorb zog sich schmerzhaft zusammen, als der Bär zwischen den Baumstämmen davontrottete.

Doch Balou war keine Sekunde zu früh verschwunden. Mir blieb nicht einmal die Zeit, meine Schwester zu trösten oder der Trauer in mir Raum zu geben.

»Seht ihr, was ich sehe?«, fragte Luan oberflächlich ruhig, aber mit unüberhörbarer Anspannung in der Stimme.

Derek und ich drehten beinahe gleichzeitig unsere Köpfe in die Richtung, in die auch Luan schaute.

Es war der Schatten eines Mannes auf einem Pferd, das sich rasend schnell durch die Bäume hindurch auf uns zubewegte. Sein Vierbeiner sprang leichtfüßig um die Stämme herum und der Wind trug seine dumpfen Hufschläge näher, sodass ich meinte, er müsste fliegen.

»Verdammt. Der Isandoner«, sprach Derek aus, was wir alle sahen. »Worauf warten wir noch? Freya muss weg hier.«

»Nicht nur das, wir müssen einen sicheren Vorsprung gewinnen. Sonst können wir das Tor nicht passieren. Niemand darf von den unsichtbaren Wegen zwischen den Reichen erfahren.« Luan presste die Lippen fest aufeinander.

Obwohl mein Körper bereits unter Krämpfen zitterte, brach mein Herz beim Anblick des Kämpfers nochmals neue Geschwindigkeitsrekorde und ich glaubte, es müsste jeden Moment meine Rippen aus meiner Brust sprengen.

Wieso fürchteten Luan und Derek einen einzelnen Kämpfer, wo sie doch selbst beide zu herausragenden Kriegern ausgebildet worden waren? Wer, wenn nicht sie beide, hätte sich einem der Isandoner entgegenstellen können?

Ein Ruck ging durch mich hindurch. Erst dann realisierte ich, dass Derek unser Pferd vorwärtstrieb und dass nun auch um uns die Bäume zu Schlieren wurden und der Wind mir erbarmungslos ins Gesicht peitschte. Mit jedem Aufprall auf dem Rücken des Tieres fiel es mir schwerer, die Augen geöffnet zu lassen.

Es tat so weh. Wieso tat es so verdammt weh? Wieder kroch der Würgereiz in meinen Rachen und schüttelte mich. Und je schneller der Vierbeiner uns voranbrachte, je mehr Wurzeln und Kurven um die Baumstämme wir mitnahmen, desto zügiger lösten sich meine kalten Finger vom Sattel. Ich konnte nicht mehr. Mir war so kalt. So heiß. Dieses Kribbeln ...

»Gut festhalten«, wies Derek mich an, während ich das Gefühl hatte, sein um mich geschlungener Arm würde mir die restliche Luft zum Atmen aus den Lungen pressen.

»Derek! Lass sie unter keinen Umständen fallen!« Die Stimme klang so dumpf.

Mein Blickfeld verschwamm, immer mehr Schlieren ... immer mehr. Ich wollte schlucken, aber es ging nicht. Und dann traf mich ein Stich mitten ins Herz, was mich wie eine von einer unsichtbaren Hand bewegte Marionette in die Höhe riss.

An meinem Ohr hörte ich Dereks Fluchen. »Freya!«

Doch er trieb unser Pferd weiter voran. »Sie reagiert auf das Portal«, rief Luan hinter uns. »Die Magie in ihr wird dadurch wieder gestärkt und versucht sich gegen das Mittel in ihr zu wehren.«

Noch mehr Schmerzen. Das zumindest fasste ich in meinem pochenden Schädel als einzig klaren Gedanken. Aber die Magie in mir wurde stärker? *Noch stärker?*

Meine Finger waren mittlerweile derart glitschig, dass es mich immer mehr Willenskraft kostete, den Sattel nicht loszulassen, sondern mich an dem Leder festzukrallen.

»Halt dein Pferd, Derek.« Im Augenwinkel sah ich Luan sein Tier abwenden. Mit Aylin. Das dritte Pferd mussten die beiden in Vingard zurückgelassen haben. »Ich werde ihn ablenken. Sieh du zu, dass du Freya durch das Portal bekommst. Kannst du es noch öffnen?«

»Sicher«, bestätigte Derek und packte mich noch fester, als wüsste er ganz genau, was ich tun würde.

Denn in meinem Kopf blieb nur ein Gedanke hängen: Aylin. Luan verriet mich schon wieder. Er würde nicht meine kleine Schwester mitnehmen, um diesen Fremden von mir abzulenken. Eher würde ich mich selbst opfern. Und plötzlich waren meine Gedanken vollkommen klar.

Ich atmete tief durch, richtete mich auf und brüllte: »Neeeein!« Doch so sehr ich auch um mich schlug und mich aus Dereks Griff befreien wollte, es ging nicht. Wieso ...

Panisch blinzelte ich, rang wie eine Ertrinkende nach Luft und starrte dabei durch von Tränen verklebte Wimpern in Luans geschocktes Gesicht. »Nein, nein. Neeeein!«, schrie ich hysterisch.

Es tanzten keine Sterne wegen der Schmerzen mehr vor meinen Augen, stattdessen brachte ich mein Umfeld erneut zum Leuchten und dieses Mal wusste ich ganz genau, was vor sich ging. Ich verlor das Gleichgewicht und konnte nicht länger den Sattel mit den Fingern umklammern. Auch Derek geriet ins Taumeln und riss mich mit sich ins Nirgendwo.

Beim Aufprall auf dem Waldboden wurde mir die restliche Luft zum Atmen aus der Lunge gepresst und ich japste auf. Der Isandoner war hier.

Sofort rappelte ich mich auf und auch Derek stand direkt wieder mit mir auf den Beinen. Unser Pferd starrte mit weit aufgerissenen Augen und schäumendem Maul in meine Richtung, tänzelte noch einige Schritte auf der Stelle, bevor es lospreschte.

»Ist egal«, hörte ich Luan. »Wir brauchen es ohnehin nicht mehr.«

Raschelndes Laub und dumpfes Hufgetrappel lenkten meine Aufmerksamkeit jedoch augenblicklich wieder von meinen Begleitern fort, sodass ich gerade noch bemerkte, wie der Kämpfer sein schwarzes Pferd auf der Lichtung zum Halten brachte.

»Götter, steht mir bei«, hauchte er und zog seine Kapuze herunter, als er uns gegenüberstand. Dabei entdeckte ich wieder ein Tattoo und betrachtete abermals die Ringe und Lederschnüre an seinen Armen. Mit seinem Blick fokussierte er einzig und allein mich. Luan und Derek beachtete er gar nicht. Als wären meine beiden Gefährten keine wirkliche Bedrohung für ihn. War das möglich? Hatten Luan und Derek deshalb solche Angst gehabt und ihn auch im Wirtshaus entkommen lassen müssen?

Das Kribbeln in mir verstärkte sich und zog sich meinen Rücken hinauf.

Dorthin, wo sich diese hässlichen schwarzen Schlieren befanden. Aber nun schenkte mir dieses Gefühl Sicherheit. Meine verfluchte Gabe schenkte mir die Hoffnung, dass ich nicht verloren war. Dass wir nicht verloren waren.

»Du kannst nicht entkommen, *Skafimädchen*«, zischte der Isandoner, sein Akzent unüberhörbar. »Ich werde dich bis ans Ende der Welt verfolgen, um diesem Land wieder Frieden zu schenken und den Willen der Götter zu erfüllen.«

Ich ballte meine Hände zu Fäusten. »Der Wille der Götter, ach ja?« Ich schluckte, hob jedoch das Kinn in die Höhe.

»Nicht, Freya«, bemerkte Derek und trat näher zu mir.

Ein Grübchen entstand in der Wange des Isandonders und Verachtung flackerte in seinem Blick auf. Aber war es wirklich Verachtung, was darin lag? Beinahe glaubte ich einen Funken Respekt in seinen dunklen Augen zu finden. Oder bildete ich mir auch das ein?

Luan zögerte nicht so lange wie Derek und ich. Er sprang einfach vom Pferd und ließ Aylin allein darauf zurück, um sich direkt auf den Fremden zu stürzen.

Nun hielt auch ich nicht länger inne, sondern überschlug mich nahezu, als ich zu meiner kleinen Schwester rannte. Doch das Pferd trat scheuend einige Schritte vor mir zurück, was mich verzweifelt abbremsen ließ.

»Derek«, rief ich. »Mach was!« Ein Blick in seine Richtung zeigte mir jedoch, dass er sich mehr auf Luan als auf mich konzentrierte und lieber seinem Weggefährten Rückendeckung gab. »Aylin, spring! Du musst vom Pferd herunter.«

Meine kleine Schwester bebte und hatte das Gesicht verzogen. Sie weinte. Ihr Anblick, sie derart verängstigt zu sehen, brach mir das Herz. Und ich konnte nichts tun, weil mich dieses verdammte Tier fürchtete.

Ich schloss die Augen und bemühte mich die Situation um mich herum zu vergessen. Versuchte nicht an Derek, Luan und den Fremden zu denken, sondern mich auf Aylin zu konzentrieren. Und dabei tat ich vorsichtig einen Schritt nach dem anderen ins Ungewisse.

Als ich nicht mehr glaubte, mein Herz würde mit dem nächsten Schlag aus meiner Brust springen, öffnete ich meine Augen und stand zu meiner Verwunderung fast genau vor dem Vierbeiner, der mich jetzt interessiert und nicht mehr annähernd so panisch wie zuvor musterte.

Wie in Zeitlupe hob ich meine Hand, um die Zügel zu erfassen. Dann atmete ich erleichtert auf. »Alles ist gut«, hauchte ich und war mir nicht sicher, ob ich das zu Aylin oder zu dem Pferd sagte, oder um mich selbst davon zu überzeugen. »Alles ist gut.«

»Komm her«, meinte ich zu meiner Schwester und streckte ihr meine zweite Hand entgegen. »Ich hab dich.«

Und als ich die Kleine in meine Arme schloss, durchströmte mich Erleichterung. »Alles gut, beruhig dich, ja? Wir schaffen das.«

Während ich das sagte, hob ich den Blick und sah Luan, der in dem Moment den Isandoner aus dem Sattel beförderte. Die beiden gingen in einem einzigen Knäuel zu Boden.

»Derek«, nutzte ich meine Chance. »Wo ist das Portal?« Wenn die beiden sich schon nicht darum kümmerten ...

»Frey!«, zischte er, als hätte ich das größte Geheimnis verraten.

»Ihr sucht also das Portal«, zischte der Isandoner und drehte sich unter Luan weg, stieß meinen Begleiter von sich, als hätte dieser das Gewicht einer Feder. »Ich hätte es wissen müssen. Ihr bringt sie zu den Irren.«

»Bezeichne. Niemals. Die Heiligen. Als Irre«, presste Luan mit einer solch energischen Stimme hervor, dass mir ein eisiger Schauer den Rücken hinunterlief.

»Ach ja?« Der Fremde wandte sich mir zu. »Haben deine beiden Begleiter dir je erzählt, wohin genau sie dich da bringen?« Sein prüfender Blick lag auf mir und ließ Zweifel in mir aufkommen, so selbstbewusst, wie er das sagte.

»Freya, du musst dir das nicht anhören. Der Idiot hat einfach solche Angst vor Magie. Wenn ich er wäre, würde ich die Heiligen Stätten auch meiden und fürchten.«

»Was ... Wieso würdest du dort nicht hingehen?«, hakte ich nach und hasste mich in dem Moment dafür, dass die Unsicherheit so deutlich in meiner Stimme zu hören war. Wie schaffte dieser Fremde es, mich innerhalb von

Minuten aus der Fassung zu bringen, während Luan und Derek mich schon einen deutlich längeren Weg begleitet hatten?

»Sie sind Monster«, spie der Isandoner die Worte förmlich aus. »Sie waren schon immer blutrünstig und vollkommen übergeschnappt. Aber was diese Irren mit Leuten machen, die nicht so ... so anders sind wie sie ... das willst du nicht wissen.« Er schüttelte den Kopf. »Wenn ich du wäre, würde ich mein Leben nicht riskieren, indem du auch nur einen Fuß auf ihr Land setzt. Egal, was du für eine ... Gabe hast«, sein angewiderter Blick ging mir durch Mark und Bein, »sie werden ihre Spielchen auch mit dir treiben.«

Luan spuckte vor dem Isandoner auf den Boden. »Dass du es wagst!« Auch Derek stand das Entsetzen ins Gesicht geschrieben.

Vielleicht bildete ich es mir nur ein, aber im Hauch einer Sekunde verrutschte die Maske des Isandoners und sein Gesicht färbte sich kreidebleich. Er starrte mich an, als hätte er einen Geist gesehen. Doch genauso schnell fing er sich wieder. »Deshalb bin ich hier. Um euch, um diese Welt vor diesem Geschöpf zu schützen. Vor dieser unberechenbaren Magie. Wieso solltet ihr sie in die Hände der Heiligen Stätten geben, um sie unnötig zu quälen, bevor ihr Schicksal seinen Lauf nimmt? Es wird keinen Unterschied machen.«

Da war es wieder: das Grübchen. Während alles in mir danach schrie, von diesem Ort zu verschwinden. *Geschöpf.*

»Ob sie nun die nächsten Jahrzehnte in ihrem Körper lebt wie in einer Hülle, nicht mehr als sie selbst, verloren in den Weiten dieses Universums und gefesselt von ihrer eigenen Gabe, oder ob ich das Ganze gleich hier beende, kommt doch auf dasselbe hinaus?« Der Isandoner hielt seinen Dolch entschlossen in die Höhe und machte einen Schritt in meine Richtung.

Ich stand meinem Henker nun also tatsächlich persönlich gegenüber.

»Doch!«, widersprach Luan derart heftig, dass mir ganz anders wurde. »Es macht einen Unterschied. Einen gewaltigen Unterschied. Und ob es diesem Mädchen mehr schadet, das entscheidest nicht du. Du hast überhaupt keine Ahnung, wer sie ist, oder auch nur im Ansatz ein Gespür dafür, wie mächtig ihre Gabe ist. Was sie für dieses Land bedeutet.«

»Aber ihr habt das, ja? Ihr seid die allwissenden Lafrander. Ihr habt *natürlich* das Recht, über ihr Leben zu entscheiden, in wessen Hände ihr sie gebt und was dort mit ihr geschieht, was angeblich das Beste für sie ist.« Der Kämpfer überschlug sich nahezu in seinem Vortrag, während mir einfach nur die Stimme wegblieb. Ich wollte so vieles sagen, wollte mich einbringen, widersprechen.

»Nein, aber du hast genauso wenig das Recht, über ihren Tod zu entscheiden, nur weil es keine ersichtliche Lösung und keine Rettung für dieses Land gibt«, mischte Derek sich ein. »Sag mir, was ist so schlimm daran, Magie in dieses Land zurückzubringen?«

Das war es also. Das war es, wofür sie mich brauchten. Mit jedem Wort, das die Männer wechselten, ging ein weiterer Schlag auf meinen Schädel ein, sodass das Brummen nun fast unerträglich wurde.

»Alles«, presste der Isandoner zwischen zusammengebissenen Zähnen hervor. »Magie wäre der Untergang dieser Welt, wie wir sie kennen.«

»Wie wir sie kennen, ja«, hörte ich mich selbst sagen und schlagartig richtete sich die Aufmerksamkeit der Männer auf mich. Panisch suchte ich nach den richtigen Formulierungen. Aber da war nichts als dieses Dröhnen. »Was ist so verkehrt an einer anderen Welt? Anders bedeutet doch nicht zwingend schlechter?«

Die Stille, die sich daraufhin ausbreitete, machte mir Angst. Angst, weil ich die Männer allesamt nicht einschätzen konnte, und wie aus Instinkt schloss ich meine kleine Schwester fester in meine Arme, ohne mich von der Stelle zu rühren.

Das Rauschen, das durch die Blätter ging, war der einzige Laut in der gespenstischen Ruhe. Und da ich diese Stille keinen Moment länger ertrug, erwiderte ich: »Ich werde zu den Heiligen Stätten gehen. Ich werde mich selbst davon überzeugen, wie grausam die Menschen dort wirklich sind, und sollte es so sein, wie du sagst, Isandoner, dann hast du doch am allerwenigsten zu befürchten. Dann werde ich mein Leben ja in jedem Fall lassen und du wirst mit Sicherheit verstehen, dass ich noch ein paar Tage mehr erleben möchte, anstatt es heute durch die Hand eines fremden Mannes zu verlieren.«

Luan und Derek stießen fast zeitgleich geräuschvoll die Luft aus und ihnen war die Erleichterung anzusehen.

Doch dem Fremden schien das gewaltig gegen den Strich zu gehen. »Nein«, sprach er mit solch einem Nachdruck aus, dass seine Kieferknochen hervortraten, als er die Zähne aufeinanderbiss. Nun hielt ihn nichts mehr davon ab, sich auf mich zu stürzen, und ich zog Aylin schon mit mir zurück. Meine kleine Schwester schrie auf. Allerdings hatte ich zum wiederholten Mal Glück. Wenn man es denn als Glück bezeichnen konnte.

Denn wieder ging Luan rechtzeitig dazwischen und hielt den Isandoner auf.

»Komm«, meinte Derek plötzlich neben Aylin und mir, packte mich am Arm und riss mich mit sich. Irritiert folgte ich ihm, behielt Aylin jedoch an der Hand.

»Freya, ich hab Angst«, murmelte sie und brach mir damit das Herz.

Da ich am liebsten selbst sofort im Boden versunken wäre, wusste ich nicht, was ich ihr sagen sollte außer der Wahrheit. »Ich auch, Aylin. Ich auch. Aber wir schaffen das, ja?« Ich drückte ihre kleine Hand in meiner ganz fest. Gleichzeitig wunderte es mich, dass ich jetzt wieder aufrecht stehen konnte, wo ich wenige Minuten zuvor geglaubt hatte gleich ganz abzuschmieren.

Derek durchbrach meinen Gedankenstrom, indem er mit seinen Stiefelspitzen auf dem Waldboden das Laub zur Seite schob. So tat er einige Schritte, stampfte zwischendurch immer wieder auf und blieb schließlich an einer Stelle stehen. Dort bückte er sich und es schien, als würde er auf dem Untergrund etwas freilegen.

Als er sich wieder hinstellte, näherte er sich gezielt einem Baum zu seiner Seite und richtete sich mit dem Rücken zu dessen Stamm aus. Mit gleichmäßigen Schritten lief er in Richtung eines gegenüberliegenden Baumes.

Währenddessen bewegte er seine Lippen, als würde er stumm vor sich hin zählen.

Mit zusammengekniffenen Augen betrachtete ich ihn. War das sein Ernst? Luan ließ er mit diesem Fremden um sein Leben kämpfen und er lief durch die Gegend, um Abstände von Bäumen zu überprüfen?

Er musste meinen Blick gesehen haben. »Was glaubst du, was ich hier mache? Und vor allem, wo hier im Nirgendwo der Durchgang zu den Heiligen Stätten ist?« Nun bildete sich ein schwaches Lächeln auf seinen Lippen, das sogleich erlosch, als er Luan hinter uns bemerkte. »Uns bleibt keine Zeit. Luan kann den Isandoner nicht ewig von uns abhalten.« Panisch drehte er sich um die eigene Achse.

»Es muss hier sein!« Er warf die Hände in die Luft. »Freya, such mit! Fünf Schritte sind es von einem Stamm zum nächsten.«

»Von welchem Stamm denn? Derek, wir stehen hier mitten im Wald, verdammt, wo soll man hier mit Zählen anfangen?« Verzweifelt blinzelte ich und deutete um mich. »Und deine fünf Schritte sind ja mal ganz andere als meine.«

»Komm her. Hier ist eine Steinplatte im Boden eingelassen. In zwei Rinden der Bäume um diese Platte muss eine Kerbe zu finden sein«, rief er mir zu.

Luan stöhnte auf und ich wirbelte erschrocken herum. Dabei sah ich gerade noch, wie der Fremde ihn von den Beinen fegte und Luan fiel.

Panisch stolperte ich einige Schritte rückwärts und fasste Aylin am Arm. »Komm«, wies ich sie an und rannte noch im selben Moment los. Auch wenn mir Dereks Worte ganz und gar nicht logisch erschienen, so ging mir der Anblick dieses Fremden, wie er Luan attackierte, durch Mark und Bein.

Ich schüttelte noch den Kopf über Dereks Anweisung, als ich die Steinplatte entdeckte und das Symbol darauf erkannte. Ein Wappen.

Dann riss ich mich von dem Abbild los. »Du hast Derek gehört«, meinte ich zu Aylin. »An einem dieser Bäume könnte ein Muster sein.« Und noch während ich das sagte und es mir vollkommen unmöglich erschien, eine Kerbe in einer willkürlichen Rinde zu finden, entdeckte ich dasselbe Symbol, das auch auf dem Stein zu meinen Füßen zu sehen war. Mir stockte der Atem.

»Da!« Aylin wies mit dem Finger über ihren Kopf. Auf Bauchhöhe von mir war tatsächlich ein feines Muster in das Holz geschnitzt. Wenn man nicht wusste, dass man hier suchen sollte, war es nahezu unsichtbar.

Vorsichtig streckte ich meine Hand aus und strich mit den Fingerkuppen über die Unebenheiten im Holz. Vier Streifen, die beinahe aussahen, als hätte ein Bär seine Klauen hineingeschlagen und hinuntergezogen. Aber darunter waren noch zwei Symbole zu erkennen. Nur angedeutet, aber als ich sie entdeckte, hielt ich in meiner Bewegung inne. Zwei Flügel.

Und als ich meine Finger in die Kerben gleiten ließ, zuckte ich zusammen. Eine Hitze durchschoss meinen Körper, wie ich es zuvor nicht für möglich gehalten hätte. Als würde mich reine Energie durchfluten. Eine Windböe wirbelte meine Haare zurück und der Stamm vor mir begann zu flimmern. Es sah aus, als würden Glühwürmchen aus der Rinde hervortanzen, und ich tastete rasch nach Aylins Hand, die nur mit offenem Mund dastand und das Schauspiel betrachtete.

Ihre Finger klammerten sich sofort um meine und sie drückte sich an mich. Währenddessen wurden die einzelnen Funken zu einem gleißend hellen Licht, sodass ich mir am liebsten die Augen abgeschirmt hätte.

Doch ein Schrei ließ mich zusammenfahren. Der Fremde. Seine darauffolgenden Worte jagten mir erneut einen Schauer über den Rücken.

»Das magische Portal.«

Luan nutze die Chance, rappelte sich vom Boden auf und rannte in solch einer Geschwindigkeit auf mich zu, dass ich es mit der Angst zu tun bekam. Allerdings zögerte auch der Isandoner nicht länger und nahm seine Beine in die Hand.

»Freya, öffne das Tor. Sofort.« Derek wies mit einer Hand an den Baum hinter sich und erst jetzt verstand ich, was er von mir wollte.

Mein Herz stellte neue Geschwindigkeitsrekorde auf, als ich Aylin mit mir zerrte und zu dem Baum lief, auf den Derek gedeutet hatte. Mit zittrigen Fingern suchte ich den zweiten Stamm ab. Wenn Derek schon alle anderen Bäume geprüft hatte, dann musste es hier sein.

Ich kam mir wie eine Verrückte vor, als ich um den Baumstamm herumlief und mit meiner freien Hand die Rinde abtastete. Verflucht.

»Freya!«, hörte ich Luans mit Panik erfüllte Stimme immer näher bei mir. »Uns bleibt keine Zeit mehr!«

Derek trat neben mich und half mir beim Suchen.

Ein Blick über die Schulter schnürte mir die Kehle zu, aber mit derselben Bewegung berührte ich die bekannten Kerben, die ich auch in der anderen

Rinde entdeckt hatte, und wenn ich geglaubt hatte, der Schlag zuvor wäre hart gewesen, so fegte es mich nun von den Beinen.

Blätter wirbelten um mich herum vom Boden auf und auch aus dem Stamm vor mir tanzten Funken hervor. Und dann wurde ich ins Nichts gezogen, klammerte mich verzweifelt an Aylin fest und schrie auf.

Meine Füße verließen den Boden und die Unendlichkeit griff nach mir, Schwärze umschloss mich und ließ mich fliegen.

»Neeeein!« Luan und Derek schrien beinahe gleichzeitig auf, aber ihre Stimmen verzerrten sich und wurden dumpf, bis sie sich mit dem Rauschen der Blätter und des Windes vermischten und mich mit mir allein zurückließen.

Nur Aylin ließ ich nicht los. Wir würden das schaffen. Die Bäume waren Dunkelheit gewichen. Schwärze zog an mir vorbei und ich glaubte hunderte Meter tief zu fallen, bevor ich wieder etwas Festes unter den Füßen spürte.

Wir hatten es geschafft. Das Portal war durchquert. Das musste passiert sein.

Ich kam erstaunlich sanft auf dem Boden auf. Fast war es, als würde mich etwas wie eine Feder im Wind ergreifen und sachte auf die Steine unter mir niederführen.

Aylin lag neben mir, wie ich blinzelnd feststellte, als ich zur Seite blickte.

»Willkommen in den Heiligen Stätten.«

Ich kam nicht dazu, den Kopf vom Boden zu heben und nachzusehen, wer diese Worte ausgesprochen hatte, weil mich plötzlich noch mehr Gewicht förmlich in den Stein hineindrückte. Doch als das Gewicht sich von mir erhob, breitete sich ein stechender Schmerz in meiner Körpermitte aus. Mir blieb die Luft zum Atmen weg und die Malereien an der Zimmerdecke über mir verschwammen vor meinen Augen, wurden zu Sternen, die immer heller tanzten, je dunkler es um mich herum wurde.

Wie umnebelt griff ich zu der schmerzenden Stelle und erstarrte, als meine Finger den feuchten Stoff berührten und dann auf etwas Festes stießen. Blinzelnd sah ich an mir hinab, aber konnte und wollte es nicht realisieren.

»Bei den Göttern. Was macht der Isandoner hier? Ergreift ihn! Himmel …«, hörte ich Luan aus einiger Entfernung fluchen. »Er hat sie erstochen!«

KAPITEL 14

In den Heiligen Stätten

Ich blinzelte. Da waren feine Linien. Linien, die ein Muster bildeten und mit goldenen Strichen in Kringel und sauber gezogene Kreise übergingen.

»Sie ist wach!«

Vorsichtig drehte ich meinen Kopf zur Seite und schaute in zwei sehr vertraute Augen. Die blonden Haare hingen ihm zerzaust ins Gesicht und ich musste bei seinem Anblick lächeln. Luan.

Als ich über seine Schulter schaute, erkannte ich, dass der Raum, in dem ich mich befand, kaum größer war als Dereks Wohnung. Das Zimmer war schlicht gehalten, sodass ich auf den ersten Blick nur einen Schreibtisch sowie einen schmalen Schrank aus dunklem Holz daneben entdecken konnte. So aufwendig die Decke gestaltet worden war, so rustikal waren die Wände gehalten. Dort guckte ich gegen Felssteine, die in mehr oder weniger gleichmäßige Quadrate geformt und zu einer Mauer aufgestapelt worden waren.

Luans Hand legte sich auf meine und auch einer seiner Mundwinkel hob sich. »Du hast uns vielleicht einen Schrecken eingejagt!«

»Ich euch?«, krächzte ich, aber aus meinem Mund kam kaum ein Wort heraus. Dafür kehrten die Bilder auf einen Schlag in meinen Kopf zurück, als ich neben der Erleichterung auch die Sorge in Luans Blick entdeckte.

Der Blitz, der mich ins Nirgendwo gerissen hatte. Ein Gefühl von Schweben und Fallen. Das Gefühl von dem Gewicht dieses Fremden auf mir, die Zielstrebigkeit in seinen unergründlichen dunklen Augen, wie er mich töten wollte, um jeden Preis. Und wie er es geschafft hatte. *Fast.*

Mit den Bildern kehrte der Schmerz in meine Glieder und vor allem meine Körpermitte zurück. Sofort tastete ich nach der Wunde, die sich dort befinden musste. Aber ... da war nichts.

Ruckartig setzte ich mich auf und schlug die Decke zurück. Riss mein Oberteil nicht annähernd schnell genug hoch.

»Freya!«, schrien Derek und Luan wie aus einem Mund und Luans Arme schlangen sich sofort um meinen Körper. »Du musst dich noch ein wenig ausruhen.«

Ich hatte doch mit eigenen Augen gesehen, gespürt, wie der Isadoner mir das Messer in den Magen gerammt hatte. Blinzelnd betrachtete ich die nahezu unversehrte Stelle unter meiner Brust. Das konnte nicht sein.

»Wie lange liege ich schon hier?«, entfuhr es mir schließlich.

»Du hast die Nacht durchgeschlafen. Also nicht lange. Zumindest nicht lange genug, um nun direkt solche ruckartigen Bewegungen zu machen oder aus dem Bett zu springen.« Luan ließ von mir ab, um neben sich zu greifen und mir eine Tasse unter die Nase zu halten. »Trink das.«

»Was ist das?« Eine grüne Masse, die nach ausgekotztem Gras aussah, schwamm in irgendeiner bräunlichen Flüssigkeit in dem Gefäß, das er mir entgegenstreckte. Ich verzog das Gesicht. »Muss ich das wirklich trinken? Hättest du mir das nicht verabreichen können, solange ich noch nicht bei Bewusstsein war?«

»Keine Chance«, gab Luan grinsend zurück. »Das wirst du jetzt runterwürgen müssen, wenn du möchtest, dass es dir wieder besser geht.«

Als ich zum Bettende blickte und seufzte, rückten Derek und Luan sogleich in den Hintergrund. Ebenso wie ihr seltsames Gebräu.

»Wo ist Aylin? Und ... wo ist dieser Mann aus Isandona?« Unwillkürlich fragte ich mich, wo Balou gerade steckte, und mir wurde schwer ums Herz, wenn ich auch nur daran dachte, dass er uns hatte verlassen müssen.

Die Stimmung im Raum veränderte sich merklich. Derek stand im hinteren Winkel des Zimmers an einem Fenster, das ins Grüne blicken ließ. Ich konnte mir bildlich vorstellen, wie er dort gestanden und hinausgesehen hatte, bis Luan bemerkt hatte, wie ich wach geworden war. Nun strich sich Derek mit einer Hand durch die Haare und suchte nach Luans Blick.

»Um beide musst du dir keine Gedanken machen«, kam Luan ihm schließlich zu Hilfe. »Aylin ist in guten Händen und dürfte gerade beim Frühstück sitzen und was diesen aufständischen Kämpfer angeht, mit dem wurde gemacht, was ihm zusteht.«

»Ich will zu meiner Schwester«, stellte ich klar. »Jetzt.«

»Na schön«, willigte Luan ein, da er vermutlich inzwischen sehr gut wusste, dass ich keine Ruhe geben würde, bis ich sie in den Armen hielt. »Aber vorher trinkst du diese Tasse aus.«

Ein Blick in die Suppe reichte aus, um mir erneut die Galle in den Mund zu treiben. Wieso musste so eine Medizin auch aussehen und stinken wie sonst was?

»Einverstanden«, gab ich mich geschlagen. »Aber versprich mir, dass du mich direkt danach ohne Umwege zu meiner Schwester bringst, ja?«

»Versprochen«, brachte Luan hervor, überreichte mir die Tasse und nickte mir aufmunternd zu. »Es schmeckt auch nur halb so schlimm, wie es riecht.«

Derek lachte auf. »Das hast du mir letztes Mal auch gesagt. Hatte schon seinen Grund, dass sie dich bei uns im Lager nicht zu den Kranken gelassen haben.«

Ich schnaubte. »An eurer Motivationsrede müsst ihr jedenfalls beide noch arbeiten. Ich trinke das nur, weil ich zu Aylin möchte, damit das klar ist.«

»Du solltest es vor allem trinken, weil du viel Blut verloren hast. Der Isandoner hätte dich fast umgebracht. Du wärst an jedem anderen Ort der Welt an dieser Wunde verreckt, wenn du es genau wissen möchtest.« Der Unterton, der in Luans Stimme mitschwang, brachte mich zum Frösteln. Es dauerte einige Herzschläge, bis ich die Bedeutung seiner Worte so ganz nachvollziehen konnte.

Ohne zu zögern, entriss ich ihm die Tasse vollständig, kippte den Inhalt hinunter und erschauderte. »Bah! Was ist da denn drin? Hast du das selbst gebraut und einfach willkürlich einige Kräuter aus dem Garten gepflückt, um mich zu ärgern?«

Nun zog Luan doch einen Mundwinkel in die Höhe, ließ ihn aber sogleich wieder sinken. »Ich wünschte, es wäre so. Das wünschte ich wirklich.«

Ich wandte den Blick von ihm ab und sah an mir hinunter. Erst jetzt fiel mir auf, dass mein Oberteil noch immer einige dunkle Flecken aufwies. Blut. Es war also tatsächlich passiert. Ich hatte das nicht nur geträumt, das Portal hatte es gegeben.

»Du solltest dir noch etwas anderes anziehen, bevor wir zu den Wächtern gehen«, warf Luan ein.

»Wieso heißen sie eigentlich *Wächter?*«, hakte ich stattdessen nach, ohne seinen Worten Beachtung zu schenken.

»Sie sehen sich als Wächter der Magie. Deshalb haben sie so abgelegen vom Festland Zuflucht auf dieser Insel gesucht und hier ihren Orden gegründet.«

Ich musste es ausnutzen, dass Luan mir endlich einmal Antworten lieferte, und fuhr deshalb gleich mit der nächsten Frage fort, die mir auf der Zunge brannte. »Wer hat diese Portale erschaffen? Und woher wusstet ihr so genau, wo ihr nach ihnen suchen müsst?«

»Das ist kein Thema, das wir dir auf dem Weg zum Frühstück erklären werden«, mischte Derek sich ein und bei der Erwähnung vom Essen knurrte mir der Magen.

Hunger hatte ich tatsächlich. Wie lange war es schon wieder her, dass ich etwas gegessen hatte? Dennoch wuchs die Enttäuschung, dass sich dieses Mal Derek weiteren Antworten in den Weg stellte.

»Und Freya, dieser Trank war nicht nur wegen deines hohen Blutverlustes. Er war auch gegen das Mittel, das dir diese Skafijägerin gegeben hat.«

Ich setzte mich aufrechter hin und strich wie aus einem dämlichen Reflex heraus direkt wieder über die Stelle, an der Ley mir die Injektion verabreicht haben musste. In der Tat fand ich noch einen geröteten Fleck an meinem Unterarm vor. Seltsam. Die Einstichstelle des Messers war kaum noch zu sehen, aber das Zeug schien hartnäckigere Spuren hinterlassen zu haben.

»Die Leute vom Orden hier konnten dir helfen. Sie kennen Ley oder besser gesagt kannten sie und ihre Mittel. Ich bin mir sicher, dass es dir bald wieder besser gehen wird, wenn du die Kräuter noch den Rest der Woche nimmst.« Luan stand auf und trat zu Derek.

Ich wollte schon widersprechen und sagen, dass es mir bereits jetzt gut gehe. Allerdings begann sich der gesamte Raum zu drehen, als ich die Beine über die Bettkante schwang und mich ganz aufsetzte. Obwohl die Wände recht schlicht wirkten und nicht annähernd so aufwendig verziert waren wie die Zimmerdecke mit den gemalten Mustern in Gold und Beige, so verschwammen diese wenigen Farben doch vor meinen Augen. Ich krallte meine Hände in den dünnen Stoff unter mir und schloss die Lider.

Luans Hände auf meinem Rücken sorgten dafür, dass ich hochschaute.

»Alles in Ordnung? Lass mich dir helfen, ja?« Allein dass er neben mir stand, ich mich an ihn lehnen konnte und wusste, er würde mich nicht fallen lassen, gab mir Sicherheit und Kraft.

Die Steine waren kühl unter meinen nackten Füßen. Marmor, der glatt über meine rauen Fußsohlen strich und mir erneut eine Gänsehaut bescherte. »Wo sind meine Schuhe und Socken?«

»Hier.« Derek ging am Fuße des Bettes in die Hocke und kam mit meinen Stiefeletten zum Kopfende. »Wir zeigen dir nach dem Frühstück die Waschräume und vielleicht ziehst du dann auch erst die neuen Sachen an, die sie dir zur Verfügung gestellt haben. Aber du solltest zunächst etwas in den Magen bekommen, damit du gestärkter in den Tag starten kannst. Außerdem sind unsere Gastgeber bereits sehr gespannt darauf zu erfahren, wen sie in ihren Hallen aufnehmen durften.« Er zwinkerte, wobei mir beim Gedanken an die fremden Leute eher schlecht wurde.

Mit wem hatten wir es an diesem Ort zu tun – in den Heiligen Stätten? Wie konnte ich diese Menschen einschätzen? Bei uns in Midre hatte ich noch nie von dieser Insel fernab der Hauptstadt gehört.

»Woran denkst du?«, wollte Luan wissen, während ich mich wieder aufs Bett zurücksetzte und die Schuhe überzog.

Erst dabei wurde mir bewusst, wie wenig Kraft ich noch in den Händen hatte und dass jeder Versuch, wirklich etwas festzuhalten, ein Kribbeln in meinen Handflächen auslöste.

»Nichts«, log ich, aber gab mich dann doch geschlagen. »Na schön. Wenn ihr es echt wissen möchtet: daran, dass mich innerhalb von vierundzwanzig Stunden einfach mehr als eine Handvoll Krieger und Jäger umbringen wollte. Ich komme mir langsam vor wie Beute unter all den Raubtieren, die um mich herum lauern. Und als wäre das nicht genug, habe ich kaum die Kraft, mir allein die Schuhe anzuziehen. Aber ich soll mich gegen all diese Gefahren wehren und am besten noch Aylin mit verteidigen. Das denke ich.«

»Du brauchst keine Angst zu haben«, erwiderte Luan und trat abermals dichter zu mir. »Wir sind ja auch noch da, Derek und ich.«

»Ich habe keine Angst«, widersprach ich, obwohl das nicht wirklich die Wahrheit war. Denn, Himmel, allein der Gedanke an all die letzten Ereignisse, an diese Flüssigkeit von Ley in meinem Blut, den Dolch in meinem Magen ... Doch, das machte mir in der Tat Angst. »Ich habe keine Angst«, wiederholte ich. »Ich bin nur geschwächt und hasse es, mich so armselig und unnütz zu fühlen.«

»Dann solltest du jetzt besser nicht länger schmollen, sondern uns zum Orden und zu deiner Schwester folgen, was meinst du?«

»Das klingt nach einem guten Plan.«

***

An beiden Seiten fiel durch spitz zulaufende Fensterbögen Licht in den Gang. Die Umrisse der Ranken und anderen Verzierungen wurden als Schatten auf die hellen Marmorplatten am Boden geworfen und ich betrachtete dieses Schauspiel fasziniert.

»Wieso wird so wenig über den Orden gelehrt und verbreitet?«, wollte ich schließlich wissen. Selbst meine Stimme hallte wie unsere Schritte dumpf von den Wänden wider.

»Weil alles rund um Magie in diesem Land mit Vorsicht erwähnt werden sollte. Gerade jetzt, wo die Lafrander seit dem Jahr der Magiewende an der Macht sind. Besser, es wird dann zu wenig über solch besondere Orte gesprochen und verbreitet als zu viel. Wir sollten hüten, was uns an die goldenen Jahre zuvor erinnert und uns wieder in eine solch prächtige Ära führen könnte«, erklärte Luan und sein Griff um meine Taille wurde kaum merklich fester.

Ich nickte nur, unfähig etwas darauf zu erwidern. Denn bei uns im Dorf war tatsächlich auch nicht viel über Magie und die Zeit vor der jetzigen Herrscherfamilie geredet worden. Man hatte vor allem den Kindern eingeredet, dass es keine Magie mehr gab, und ich hatte das auch geglaubt. Ich hatte meiner Mutter versprechen müssen mit niemandem ein Wort darüber zu verlieren, wenn sie doch einmal etwas aus der Zeit vor der Machtübernahme der Lafrander verraten hatte.

Mutter ...

Mein Hals schnürte sich zu und mein Blickfeld verschwamm. Ich sah all die Hütten wieder vor mir. Mit Dächern aus Schilf, die Wände mit Lehm und Steinen glatt verputzt. Die Stege, die sich zwischen unseren Häusern erstreckt hatten bis zum Meer. Der Duft nach Salz und Fisch ...

»Frey«, flüsterte Luan an mein Ohr und all die Härchen in meinem Nacken richteten sich auf, während ich meine Augen zu Boden senkte und gegen den Kloß in meinem Hals ankämpfte. »Es wird alles gut. Gib dir Zeit.«

Wir waren stehen geblieben und als ich den Kopf anhob, konnte ich ihn bis in den Nacken legen, um das Tor vor uns vollständig zu betrachten. Die braune Tür war mit unzähligen Schnitzereien versehen, die Männer auf Pferden und zu Fuß, stark bewaffnet und im Gefecht zeigten.

Ich kam nicht dazu zu fragen, um was für eine Darstellung es sich dabei handelte, denn Derek ergriff einen der Eisenringe und schlug diesen mit einiger Wucht gegen das Holz. Der dumpfe Klang ließ mich innehalten.

Aylin saß dahinter. Saß mit fremden Leuten beisammen und ich wurde ihnen vorgeführt wie eine Gefangene. Das alles fühlte sich so falsch an.

Doch mir blieb keine Zeit, um länger darüber nachzudenken oder mir den Kopf darüber zu zerbrechen, dass ich mit blutverschmierter Kleidung vor die Runde treten würde. Denn die breiten Torflügel schwangen knarrend auf und was ich zu sehen bekam, raubte mir den Atem.

Die Halle war fast so groß, wie ganz Midre gewesen war, und riesige Säulen reichten bis zur Decke hinauf. Das hier war nicht einfach nur ein Saal. Das war eine Kathedrale, in der gespeist und getrunken wurde. In deren Mitte eine Tafel stand, an der Männer und Frauen in grauen Gewändern saßen, lachten und aßen. Und trotzdem war es nicht einfach eine normale Kathedrale, wie ich sie aus Erzählungen aus der Hauptstadt von den Händlern kannte. Und auch die kleine Kirche aus Midre hatte gar keine Ähnlichkeit mit dem hier.

Als die ersten Blicke mich erreichten, verstummte das Gelächter und einige Köpfe nickten mit großen Augen in meine Richtung. Es gab mir noch mal mehr das Gefühl, dass ich hier nicht hergehörte. Dass das hier keine Leute waren, mit denen ich mich auf Augenhöhe unterhalten konnte und bei denen ich mich wohl oder gar heimisch fühlen würde.

Der Gang vor mir führte direkt zu den Menschen, die mich anstarrten, als wäre ich nicht von dieser Welt. Dahinter ging der Weg weiter auf einen Altar zu. Mitten in der Kathedrale streckte ein alter Ginkgo-Bonsai seine Äste zur Decke empor. Die Blätter glänzten im Licht der Sonnenstrahlen, die durch die bodentiefen Fenster hineinfielen.

Und in einem der Seitenschiffe hörte ich es rauschen. Wasser. Mir klappte der Mund auf. Am Rand der Halle floss ein Fluss und die Wurzeln des Baumes reichten bis dorthin. Gingen zusammen mit Rasen und Steinen in den plätschernden Bach über.

Das konnte nicht möglich sein. Aber auch über mir sah ich auf einmal Äste und Blätter, die sich über höhergelegene Balkone schlängelten.

Umgeben von dieser surrealen Kulisse war Ruhe eingekehrt, und Luans Griff um mich wurde wieder fester. »Es ist alles gut.« Und noch während er das sagte, schüttelte ich den Kopf. Wie sollte denn alles gut sein? Bei jenem Anblick, der sich mir in diesen Heiligen Stätten bot? Es war alles so neu und ungewohnt und vor allem in solch großen Dimensionen …

»Seid gegrüßt«, richtete einer der Männer das Wort an uns und erhob sich vom Tisch. »Wir haben dich schon lange erwartet.«

»Was?«, entfuhr es mir. Der Mann, der aufgestanden war, musste mindestens drei Köpfe größer als ich sein, trug einen bereits grauen Vollbart, aber besaß keine Haare mehr auf dem Kopf. Sein graues Gewand hatte er mit einem Gürtel gebunden und mittig vor seinem Bauch mit einer silberfarbenen Schnalle verknotet, die mich an das Symbol von den Baumstämmen erinnerte.

Plötzlich packte mich Panik. Denn egal, wie lange ich den Blick über die versammelte Runde schweifen ließ, etwas fehlte. Jemand fehlte. »Wo ist Aylin?« Meine Stimme zitterte und klang in der schlagartigen Ruhe der riesigen Halle unheimlich laut.

»Wir haben sie nach dem Frühstück in ihre Gemächer begleitet. Ihr geht es gut«, erklärte der Mann aus dem Orden und verflocht zeitgleich vor der Schnalle seines Gewandes seine Finger miteinander.

»Ich will sie sehen«, fügte ich mit Nachdruck hinzu und meine Beine unter mir wurden zittrig. »Ich möchte sofort zu ihr.«

Was hieß, dass es ihr gutging? Was hatten diese Ordensmitglieder mit ihr gemacht?

»Luan, du hast mir versprochen, ich würde sie hier sehen«, fuhr ich ihn an und riss mich von ihm los, stolperte rückwärts. »Du hast es mir versprochen!«

»Ganz ruhig«, meinte er und hob beschwichtigend die Hände. »Wir sind hier in den Heiligen Stätten und an diesem Ort gilt nicht mehr unser Wort, sondern das des Ordens.«

»Auch nicht unser Wort. Das der Götter«, berichtigte der Mann Luan. Seine tiefe Stimme hallte von allen Seiten zugleich von den Wänden wider und es wunderte mich, dass das Echo trotz Baum und Fluss derart stark war.

»Ich möchte Aylin sehen«, blieb ich unbeirrt bei meiner Meinung, ohne auf Luan oder den Mann des Ordens einzugehen.

»Gut, ich lasse zwei Brüder nach ihr schicken«, gab sich der Wächter geschlagen. »Aber nimm doch so lange bitte bei uns am Tisch Platz.«

Er sprach, als wäre nichts geschehen. Als hätte er die Anspannung in meiner Stimme gar nicht wahrgenommen, was mich nahezu zum Explodieren brachte.

Mit zusammengepressten Lippen trat ich, wenn auch widerwillig, in Richtung der Runde und ließ mich auf einem freien Platz zwischen einer Frau und einem der Männer nieder. Beide hatten wie der Sprecher schon graues Haar und Fältchen um ihre Augen herum deuteten darauf hin, dass auch diese Wächter bereits einige Jahre auf dem Buckel hatten.

Keiner von beiden würdigte mich eines Blickes, als ich mich zu ihnen setzte. Stattdessen starrten sie unglaublich angestrengt auf die Teller vor sich, als gäbe es dort etwas Großartiges zu sehen.

Hatte ich eben noch geglaubt, mein Magen würde sich vor Aufregung und Hunger umdrehen, so hatte ich nun das Gefühl, nicht einen Bissen von dem Essen vor mir hinunterzubekommen. Denn der Haferschleim erinnerte mich an Midre, wo wir auch nichts anderes aufgetischt bekommen hatten. Zugleich nahm mir die Angst um meine Schwester den restlichen Appetit.

»Keine Sorge«, flüsterte mir Luan plötzlich ins Ohr und ich zuckte unwillkürlich zusammen. »Es gibt hier nicht jeden Tag diesen Haferschleim vom Getreide, das sie in den unteren Hallen anbauen.«

»In den unteren Hallen?« Irritiert zog ich die Augenbrauen zusammen.

Belustigung zeichnete sich in seiner Miene ab, was mich die Hände zu Fäusten ballen ließ. »Natürlich. Wir sind hier auf einer Vulkaninsel, die nicht unendlich groß ist, aber durchaus fruchtbar. Und mit etwas Magie und dem Wissen über den richtigen Umgang mit der Natur lässt sich auch in den tiefergelegenen Ebenen ertragreich wirtschaften. Was glaubst du, wie diese Wächter jahrzehntelang unabhängig vom Geschehen auf dem Festland überleben konnten? Sie sind Magier.«

»Ist schon in Ordnung.« Ich deutete auf die Schüssel vor mir. »Ich bin nichts anderes gewohnt. In Midre gab es nicht viel mehr«, zischte ich ihm zu und betete inständig, dass mich keiner aus dem Orden verstand.

Aber für mein Gebet war es wohl zu spät. »Wir haben auch noch andere Speisen und Getränke für euch.« Als ich zum Kopf der Tafel blickte, entdeckte ich den Mann, der sich zuvor erhoben hatte und sich nun wieder auf seinen Platz sinken ließ.

Sofort schoss mir die Röte ins Gesicht. Meine Mutter wäre entsetzt über mein Benehmen gewesen. Wie undankbar ich war, wo ich nach dem langen Weg, der hinter mir lag, vor Hunger fast umkam und nun an etwas Essbarem herummäkelte.

»Tut mir leid, ich wollte nicht unhöflich sein.« Ich nickte dem Gastgeber zu. »Die lange Reise ist mir wohl etwas zu Kopf gestiegen. Ich weiß auch nicht, was mit mir los ist.«

»Kein Grund, beschämt zu sein«, erwiderte der Wächter und lächelte. »Ihr habt einen weiten Weg hinter euch und deine Weggefährten haben mir bereits von einigen – nun ja, lass es mich *unschöne Reiseerfahrungen* nennen – berichtet. Schenkt ihr ein Glas Wein ein.«

Wein? Ich hatte noch nie davon gekostet, da es ein so wertvolles Gut bei uns in Midre gewesen war, das sich die meisten gar nicht hatten leisten können. Auch wenn wir das Glück gehabt hatten, nicht in Armut zu leben wie andere Bauerndörfer, so waren uns solch kostbare Getränke oder Speisen dennoch verwehrt gewesen. Man hatte uns schon früh gelehrt, mit dem glücklich zu sein, was wir hatten, und zu schätzen zu wissen, dass wir nicht hungern mussten.

Nun zu sehen, wie die rote Flüssigkeit in ein Glas vor meinen Augen gefüllt wurde, machte mich sprachlos. Hoffentlich schmeckte mir dieses teure Getränk …

Ein weiterer Mann erhob sich. Er war viel kleiner als der Wächter, der am Ende der Tafel stand, und wirkte auch von seinen Gesichtszügen her wesentlich sanfter. »Bruder, darf ich?«

»Aber natürlich, Mako.« Mit einer einladenden Handbewegung bedeutete der Wächter ihm, dass er sich ebenfalls erheben solle.

Mako nickte mit dem Kopf in seine Richtung, um sich dann uns zuzuwenden. »Sei willkommen in den Heiligen Stätten, auch von meiner Seite. Du hast in der Tat einen langen Weg hinter dir und ich bin ganz neugierig, was du uns darüber erzählen wirst.«

»Ich denke nicht, dass es eine Rolle spielen wird, wie wir hergekommen sind. Vielmehr geht es darum, dass ihr Freya mehr über ihre Gabe lehrt. Sie muss sie endlich zu beherrschen und richtig einzusetzen wissen.« Luan hatte sich zu mir gestellt und verschränkte die Arme vor der Brust. »Erzählt ihr, warum wir sie zu euch bringen mussten und warum nur ihr ihre vollständigen Fähigkeiten entfesseln könnt. Weshalb sie nur hier – abseits des Festlands – sicher ist.«

Es überraschte mich, dass Luan diese Worte aussprach, denn eigentlich waren es Fragen, die mir auf der Zunge brannten, und Antworten, die ich von Derek und ihm hatte bekommen wollen.

»Also schön«, gab sich der erste Wächter geschlagen und seufzte auf. »Zunächst nehmt ihr Platz und wir lassen euch ... mehr zu essen kommen, damit ihr euch stärken könnt, und dann wollen wir euch anvertrauen, was wir vermuten. Lasst mich so viel sagen: Nicht wir können die Fähigkeiten der Skafi enthüllen. Wir können ihr nur sagen, was sie wissen muss, um das selbst zu schaffen.«

Als die Wächter andere Speisen hereinbrachten und ich Brot und Wurst entdeckte, grummelte mein Magen sofort.

»Dürfen wir deinen Rücken sehen?«, fragte Mako dann und auch die anderen Anwesenden begannen sogleich aufgeregt zu tuscheln und zu nicken.

Unsicher schaute ich zu Luan, der mir aufmunternd zunickte. »Zeig ihnen, wer du bist.«

Plötzlich glaubte ich, mein Herz müsste mir aus der Brust springen. Dass all die Blicke auf mir lagen, machte mich nur noch nervöser. Dennoch tat ich, was sie von mir wünschten. Ich drehte mich von ihnen weg und zog mir mein Oberteil über den Kopf, drückte den Stoff gegen meine Brust, traute mich nicht einen Blick über die Schulter zu werfen.

Aber das musste ich auch gar nicht, die Ordensmitglieder sogen hörbar die Luft ein. Als ich dann doch einen Blick über die Schulter wagte, zog sich mein Brustkorb zusammen.

Die Männer waren aufgesprungen und verbeugten sich vor mir.

»Sie verehren Skafi«, flüsterte Luan mir zu und legte mir eine Hand auf die Schulter. »Du bist für sie wie eine Heilige.«

»Was?«, zischte ich. »Aber ich bin keine Heilige. Sag ihnen das! Hättest du mich nicht vorwarnen können?«

Er zog einen Mundwinkel in die Höhe. »Doch, für sie bist du das. Du besitzt die Gabe, das in diese Welt zurückzubringen, was sie vergöttern. Magie.«

Ich zog mein Oberteil hastig wieder über und konnte mich kaum schnell genug auf meinen Platz zurücksetzen. »Bitte erhebt euch. Ihr müsst euch nicht vor mir verbeugen«, warf ich ein und spürte, wie mir die Hitze in den Kopf stieg.

Zu meiner Erleichterung kamen die Wächter meiner Aufforderung unverzüglich nach.

»Sie ist es also wirklich.« Mako räusperte sich, warf jedem in der Runde einen prüfenden Blick zu und begann dann zu reden. Seine Stimme hallte von den hohen Decken wider, jagte mir aber nicht nur deswegen eine Gänsehaut über den Körper.

Mein Mund wurde ganz trocken, als ich gerade noch hervorbrachte: »Was soll das bedeuten?«

KAPITEL 15

Von dem Mädchen, das verschwand

»Seit Anbeginn der Zeit ist das Land Ilandmera in drei Reiche unterteilt. Die drei Königsfamilien von Sacrande, Lafrand und Isandona herrschten in ihren Gebieten, geleitet von dem Thron der Hauptstadt Carsadesh.

Alle paar Jahre wurde der Thron von Carsadesh in die Hände einer dieser drei Familien gegeben. Denn unter den neun Tiersternzeichen ordnete man jeder Herrscherfamilie drei Tiere zu und mit jedem neuen Sternzeichen kam eine neue Familie auf den Thron von Carsadesh. Es stand nie fest, wie lange ein Königspaar an der Macht sein würde, bevor die Sterne sich wandelten. Lediglich die Reihenfolge der Sternzeichen konnte mit Sicherheit vorhergesagt werden. Das änderte sich jedoch bald.

Während Isandona in der Hauptstadt die Macht innehatte, verstarb der letzte König Sacrandes, ohne einen Thronfolger zu hinterlassen. Die Skafi nutzten diese Gelegenheit und stellten sich als dritte Herrscherfamilie zur Verfügung. Bisher hatten sie in denselben Hallen wie die Isandoner gelebt, ohne ein eigenes Reich zu besitzen. Sie wollten die Sternzeichen der Sacrander übernehmen sowie die Herrschaft über das südliche Volk. Der isandonische König willigte ein und somit erhielten die Skafi und Magier eine eigene Königsfamilie, ein Reich und ein Mitspracherecht bei der Regierung von Ilandmera. Dennoch blieben viele der Magier und Skafi in den Hallen von Isandona, wo sie auch zuvor gelebt hatten.

Mit dem anstehenden Machtwechsel übernahmen die Skafi den Thron der Hauptstadt im Jahr des Bären.

Durch ihre Magie, die sie teilen konnten, war es ihnen möglich, den Menschen zu helfen und Frieden und Wohlstand über das Land zu bringen. Zum Unmut der übrigen zwei Reiche hielten sie die Macht aufrecht und gaben auch nach ihrer Amtszeit den Thron nicht wieder frei, als es an der Zeit war, den Thron von Carsadesh in die Hände der Lafrander zu übergeben. Das Volk der Lafrander und Isandoner wagte es nicht, sich gegen die Macht der Skafi zu stellen. Durch die Ausbreitung ihrer Magie waren jene sehr mächtig geworden, weswegen es vorerst zu keinen größeren Aufständen kam.

Das änderte sich allerdings bald. Denn längst waren nicht mehr alle Skafi bereit ihre Magie zu teilen und den Wohlstand im Land zu mehren. Vielmehr wurden sie hochnäsig und eigen, beanspruchten selbst mehr Macht und verlangten, dass alle zukünftigen Herrscher Skafi sein sollten.

Es war die Zeit, in der die Prinzessin des Königspaars das Licht der Welt erblickte. Und zugleich war es die Zeit, in der die Situation im Land eskalierte.

Die Unruhen hatten sich zu Aufständen herangebraut und so geschah es in jener Nacht, in der niemand etwas von der herannahenden Gefahr bemerkte. Eine Gruppe der ausgebildeten Kämpfer aus dem Süden von Lafrand hatte sich auf den Weg gemacht, um das Gleichgewicht im Land wiederherzustellen. Sie wurden geschickt, um ihren Anspruch auf die Krone geltend zu machen.

Die Lafrander stürzten das Königspaar in jener Nacht vom Thron. Kaltblütige Krieger erdolchten Königin Ada und König Danyel im Schlaf. Viel zu spät waren die Pläne der Aufständischen zum Palast durchgedrungen. Nicht einmal die Glocken wurden in jenen unglücksvollen, blutgetränkten Stunden geläutet. So kam es, dass über Nacht eine andere Familie die Herrschaft im Land an sich riss und Thorn den Thron Ilandmeras besetzte.

Keiner wagte es, auch nur ein Wort darüber zu verlieren. Wer noch Skafi war, sah zu in den hintersten Ecken des Landes Unterschlupf zu finden und schnellstmöglich aus Carsadesh zu fliehen. Denn fortan erklärte Thorn, der neue König, Magie im Blut als Sünde, als ein Verbrechen, das mit dem Tod bestraft gehörte. Niemand traute sich ihm zu widersprechen, denn nicht nur der Palast war über Nacht gestürmt worden, die gesamte Hauptstadt wurde von seinen Soldaten nach Widerständlern durchkämmt.

Damit der König auch jeden mit Magie im Blut finden konnte, ließ er einige Magier einfangen und zu sich bringen. Er versprach ihnen sie und ihre Familien am Leben zu lassen, wenn sie ihm einen Gefallen erwiesen: Sie sollten als Skafijäger dienen und als solche all die Magie aufspüren, die sich noch in den entferntesten Winkeln Ilandmeras versteckte. Dort sollten sie all jene töten, die noch Magie in sich trugen. So wurden nicht nur alle Skafi, die entdeckt wurden, öffentlich hingerichtet und rund um die Stadtmauer der Hauptstadt aufgehängt, so wurden auch Menschen, die von den Skafi mit dem Geschenk der Magie belohnt worden waren, fortan als Verräter des Landes betrachtet. Verräter, die vernichtet – ausgelöscht – gehörten.

Nachdem die meisten Magier und Skafi aufgespürt worden waren, brach der König sein Versprechen und hinterging die Skafijäger. Er ließ sie angreifen und umbringen, da er sich auch von ihnen und ihrer Macht bedroht fühlte. Allerdings gelang es ihm nicht, all die Skafijäger und deren Familien auszurotten. Stattdessen schürte er den Hass der Magier auf die Skafi noch mehr. Auf diese Weise machte er die Jäger zu dem, was sie heute sind: Magier, die nichts mehr hassen als die Magie in sich selbst, die Magie, durch die sie ihre Familien und Freunde verloren haben.

Nachdem das Skafi-Königspaar getötet worden war, fand man von der kleinen Prinzessin keine Spur. Nirgendwo wurde erwähnt, was mit ihr geschehen war. Und über die Wochen, Monate, Jahre gerieten die Gerüchte um das Königskind in Vergessenheit. Denn von dieser *möglichen* Gefahr im Land, dem schlagenden Herzen einer Skafi verborgen in Carsadesh, wollte der König Thorn nichts hören. Doch seine Angst blieb, denn die verschollene Prinzessin wurde bis heute nie gefunden.

Die Magie wurde weiterhin gnadenlos ausgerottet und die alte Ordnung, die vor der Herrschaft der Skafi in Ilandmera geherrscht hatte, wurde wiederhergestellt. So wurde Sacrande vorerst herrscherlos und die Macht des Landes wechselte zwischen Isandona und Lafrand.

Ein großer Teil der Bevölkerung fiel in bittere Armut zurück. Gerade die kleinsten Dörfer abseits der Handelsstrecken hatten mit Hunger und Krankheiten zu kämpfen. Gerüchte machten sich breit, dass das alles Schuld der Skafi wäre, die das Land in solch eine erbärmliche Lage gebracht hätten.

Die Menschen kämpften fortan mit der bitteren Realität um ihr Überleben. Die Hoffnung auf bessere Zeiten und eine neue Sternenkonstellation trieb sie an.

Nur die Angst des Königs wuchs mit jedem Jahr ein Stück mehr – denn die kommende Sternenkonstellation stand im Bilde von Sacrande und den Skafi – und so kam es, dass Thorn zwanzig Jahre nach dem Sturz der Königsfamilie Männer ausschickte, um die verschollene Prinzessin aufzuspüren. Zwanzig Jahre, in denen ein Mädchen irgendwo versteckt aufgewachsen sein musste und nun in einem Alter war, in dem ihre Magie zum Vorschein kommen würde, wenn es nur einen Auslöser dafür gäbe.

Die besten Kämpfer des Landes machten sich auf die Suche, brannten Dörfer nieder und trotzdem wurde niemand fündig. Fast niemand.«

Mako stoppte mit seiner Erzählung und ein Lächeln bildete sich auf seinen Lippen, als er seinen Blick in mich bohrte, um dann prüfend zu Derek und Luan zu schauen.

»Wieso hast du uns das erzählt?«, wollte ich wissen und hörte meine Stimme dabei fast gar nicht mehr.

»Weil deine zwei Begleiter fündig geworden sind.«

Die Tür schwang auf und ich entdeckte Aylin zusammen mit zwei Wächtern, die in den Saal eintraten. Wie angewurzelt blieben sie im Eingang stehen und ich wollte Mako um jeden Preis davon abhalten, die nächsten Worte auszusprechen.

»Du bist nicht irgendeine Skafi, Freya. Wenn die Zeitrechnungen stimmen, dann bist du die vor zwanzig Jahren verschollene Prinzessin der Königsfamilie.«

KAPITEL 16

In den Heiligen Stätten

»Das ist unmöglich. Ihr irrt euch. Ganz sicher. Woher wollt ihr das wissen?«, brachte ich stammelnd hervor, während mir ein zweiter Gedanke die Luft abschnürte.

»Deine Eltern mussten ebenfalls beide Feen sein, damit auch du eine Fee werden konntest. Du bist die Prinzessin.«

»Die Königsfamilie hatte nur eine Tochter …«, stotterte ich und suchte nach einem Ausweg. Das konnte nicht wahr sein. »Meine Schwester …«

»Ganz richtig. Aylin ist nicht deine Schwester«, erwiderte Mako gerade noch, bevor ein ohrenbetäubender Schrei erklang.

Ich schaute zum Tor, wo Aylin sich umdrehte und zwischen den Flügeln verschwand. Ihre kleinen Schritte wurden immer leiser und erst damit wurde mir bewusst, wie still es in der Halle geworden war.

Ohne zu zögern, sprang ich auf und rannte los. Ich musste zu Aylin. *Zu meiner Schwester.* Sie war das Einzige, was mir in dem Moment die Kraft gab, nicht zu Boden zu stürzen.

»Warte!«, rief ich und verschluckte mich beinahe. »Aylin, verdammt! Du darfst nicht glauben, was dieser Wächter gesagt hat.«

Sie bog um die Ecke und verschwand aus meinem Sichtfeld. Allein die Schatten von den Mustern der Steinbögen tanzten im Licht der Sonne vor mir auf dem Boden und an den Wänden des verlassenen Ganges.

Dabei hatte ich das Gefühl, mein Herz würde mir aus der Brust gerissen werden. Wieso blieben dieser Schmerz und die Gewissheit, dass ich Aylin soeben verloren hatte? Wir waren doch Schwestern gewesen … waren es immer noch.

Mako musste sich einfach irren. Ich und eine Prinzessin? Niemals.

Im nächsten Gang, der sich vor mir erstreckte, zweigte ein Weg in einen Innenhof ab. Ich hielt inne. Wo hätte ich mich versteckt, wenn ich Aylin wäre?

Plötzlich tanzten einige Glühwürmchen vor mir in der Luft. Im Schatten der Pflanzen und Bäume sah ich die leuchtenden Tiere deutlicher. Und so bekam ich eine Idee, wo sich meine kleine Schwester versteckte. Ich bog ab und fand mich in einem verwilderten Garten wieder, der mich sehr an Midre und die Landschaft dort erinnerte. Denn auch hier durchbrach das Rauschen eines Baches die übrigen Geräusche der Natur.

Tatsächlich saß Aylin am Rand des Baches auf einem Stück Wiese, hatte die Arme um ihre Knie geschlungen und den Kopf darauf abgelegt.

»Geh weg«, murrte sie, als ich mich neben sie setzte. »Ich will dich nicht sehen.«

»Aylin«, hauchte ich. Eine unsichtbare Schnur schlang sich um meinen Hals und zog sich beim Anblick und den Worten meiner Schwester enger. »Bitte.«

Da keine Antwort oder abweisende Reaktion von ihr kam, setzte ich mich neben sie und starrte auf die sprudelnde Wasseroberfläche vor mir. Das gleichmäßige Rauschen beruhigte mich. Schließlich holte ich tief Luft.

»Was dieser Wächter da gerade behauptet hat … das stimmt nicht.«

Ihr Rücken hob und senkte sich daraufhin unter einigen Schluchzern. »Aber warum hat er dann … solch schreckliche Dinge gesagt?« Sie hob den Kopf und schaute mich aus ihren geröteten Augen mit nassen, verklebten Wimpern an. »Warum, Freya?«

Ich schloss die Lider, weil ich ihren Anblick nicht ertrug. Nicht wahrhaben wollte, dass Mako recht haben könnte und was das für meine Vergangenheit und mich bedeutete. Und vor allem, was das in Zukunft mit sich bringen würde.

»Ich habe keine Ahnung. Ich weiß nur, dass du immer meine Schwester sein wirst. Egal, was passiert. Egal, was andere Leute sagen.« Ich rang mir ein Lächeln ab und zwang mich mit aller Kraft nicht auch in Tränen auszubrechen.

»Wirklich?« Hoffnung schimmerte in ihren hellen Augen auf.

»Wirklich.« Ich legte eine Hand auf ihren Arm. »Versprochen.«

Mit einer Hand wischte sie sich die Tränen fort und drehte sich zu mir herum. »Ich habe Angst. Und ich will zu Mutter und Vater. Wann gehen wir wieder nach Hause?«

Der plötzliche Themenwechsel riss mir mit voller Wucht den Boden unter den Füßen weg. »Ich weiß. Und das ist normal. Aber Mama und Papa würden sich jetzt auch für uns wünschen, dass wir unseren Weg gehen, bis wir sie wiedersehen können. Wir sind bereits auf dem Weg zu ihnen. Jeden Tag kommen wir ihnen ein bisschen näher.«

»Nein«, unterbrach sie mich.

Erschrocken stockte ich. »Was?«

»Nein. Wir sind nicht auf dem Weg zu ihnen. Wir sind aus Midre weggelaufen und seitdem sagt mir Luan und du die ganze Zeit, wir würden Mutter und Vater wiedersehen. Aber das tun wir gar nicht, oder?« Eine weitere Träne löste sich aus ihren Wimpern und rollte ihre Wange hinunter.

»Ich …« Ich wollte ihr schon die nächste Lüge auftischen, aber die Sorge, sie dadurch ganz zu verlieren, war größer. Schon so hatte ich das Gefühl, Aylin würde mir durch die Hände gleiten.

Ich schluckte. »Ich habe keine Ahnung. Das ist die Wahrheit. Ich wünschte, ich könnte dir etwas anderes sagen. Aber … ich kann es nicht.« Meine Augen brannten schlagartig doch. »Mutter und Vater sind sicher genau wie wir aus unserem Dorf geflohen. Sie sind gewiss in der Hauptstadt und haben dort Zuflucht gefunden.«

Aylin sagte nichts. Stattdessen rappelte sie sich auf und schlang ihre kleinen Arme um mich, was mir den Rest gab. »Ich vermisse sie so«, hauchte sie dann, den Kopf an meinen Bauch gepresst, das Gesicht im Stoff vergraben.

»Ich auch.« *Ich auch*. Zittrig strich ich ihr mit den Händen über den Rücken, drückte sie an mich und schwor mir sie nie wieder loszulassen. Ich würde auch weiter für sie da sein, sie wie meine Schwester behandeln. So war ich aufgewachsen und daran konnte auch mein Blut nichts ändern.

»Schau mal«, flüsterte ich dann und hob den Kopf von ihrem. »Siehst du die Sterne?« Mit einem Finger deutete ich in Richtung einer dunkleren Ecke des Gartens, in der ein Baum seinen Schatten warf und einiges an Gestrüpp das Licht verschlang. Mitten darin tanzten einige Punkte.

»Sterne«, hauchte Aylin und blinzelte.

»Ja. Mutter und Vater sind immer bei uns. Egal, wohin wir auch gehen und was uns widerfährt. Sie sind immer hier drinnen.« Ich legte meine Hand auf ihren Brustkorb. »Du trägst sie immer bei dir und glaub mir, die zwei wären unglaublich stolz, wenn sie dich jetzt sehen könnten.«

»Meinst du?«, hakte Aylin sichtlich unsicher nach.

»Das meine ich nicht nur, das weiß ich.« Ich lächelte sie an. »Schau dich doch mal an. Wie weit du von Midre entfernt bist und wie tapfer du mich bis hierher begleitet hast.«

Nun zogen sich auch ihre Mundwinkel in die Höhe und das Strahlen kehrte in ihre Augen zurück.

»Da bist du«, rief auf einmal eine tiefe Stimme vom Eingang zum Innenhof her. Als ich mich dorthin drehte, entdeckte ich Luan, der im Torbogen stehen geblieben war.

Seine weißen Haare hingen ihm tief in der Stirn und dennoch konnte ich die Sorgenfalten darauf nur allzu gut erkennen. Die Hände hatte er an seinem schwarzen Gürtel liegen, die Füße schulterbreit aufgestellt, als erwartete er nicht uns, sondern ginge davon aus, sich jeden Moment verteidigen zu müssen.

»Wir müssen reden, Freya«, wandte er sich an mich.

»Das denke ich auch«, gab ich ebenso kühl zurück und die Wärme, die mich eben noch erfüllt hatte, wich augenblicklich wieder Anspannung und Sorge.

»Gut, folge mir«, wies er mich an und verschränkte seine Arme vor der Brust. Wie um seine Aussage zu unterstreichen, nickte er mit dem Kopf in Richtung des Ganges hinter ihm.

»Und was ist mit Aylin?« Ich zog eine Augenbraue in die Höhe, erhob mich und stellte mich ihm in derselben Körperhaltung gegenüber. »Wir können reden, sobald Aylin in sicheren Händen ist.«

»Derek wird hier gleich auftauchen und sie in ihr Zimmer zurückbegleiten. Auch Aylin hat eine anstrengende Zeit hinter sich und es tut ihr sicher gut, sich noch einige Stunden auszuruhen und auf andere Gedanken zu kommen.«

»Dann warten wir, bis Derek bei ihr ist. Ich lasse sie auf keinen Fall mit diesen Menschen an diesem fremden Ort allein. Du kannst doch auch jetzt mit mir reden!«, warf ich ein.

Luan stieß ein Schnauben aus. »Sicher nicht. Du hast eben schon gesehen, was Makos Worte bei Aylin ausgelöst haben. Ich möchte über dich und deine Herkunft reden und das am liebsten unter vier Augen. Das geht sonst niemanden etwas an. Vor allem ist es nicht für Kinderohren bestimmt.«

»Da hat Luan recht«, meldete sich Derek zu Wort, der neben seinem Gefährten im Gang stehen blieb und diesen von oben bis unten musterte.

Ihre Schultern streiften sich, als Derek an ihm vorbeitrat und zu Aylin in den Innenhof lief. Dabei warf er Luan über die Schulter einen letzten Blick zu, den ich zuerst nicht deuten konnte, Luans Reaktion war jedoch Antwort genug für mich.

Der Lafrander versteifte sich sofort, aber in seine Augen trat ein Funkeln, das ich nur selten bei ihm gesehen hatte.

»Dann komm«, meinte er schließlich.

Ich versicherte mich noch, dass Aylin tatsächlich in guten Händen war. »In Ordnung«, stimmte ich dann zu und folgte Luan in den Gang zurück, der mich mehr an ein Kloster erinnerte.

»Tut mir leid«, brachte Luan schließlich hervor und durchbrach damit das Schweigen zwischen uns. »Ich wollte nicht, dass Aylin es gleich mit erfährt. Nicht auf die Weise. Ich wusste generell nicht, dass diese Männer dir sofort alles vor die Füße werfen würden. Ich wollte damit noch warten.«

»Worauf denn?«, beschwerte ich mich und war dabei lauter als beabsichtigt. »Worauf, verdammt nochmal, wolltest du denn warten? Bis ich euch blind in die Hauptstadt hinterhergelaufen wäre? Bis wir vor dem König gestanden hätten und dir eingefallen wäre: Ach, übrigens wollte ich dir schon längst mitgeteilt haben, du bist …« Mir brach die Stimme.

»Du bist die Prinzessin, ja.« Luan blieb mit mir in einem kleineren Saal stehen, der mich von der Größe her ebenfalls an Dereks Wohnung erinnerte. »Ich wollte es dir noch sagen, während wir hier bei den Wächtern sind. Aber ich wollte dir genügend Zeit geben, dich und deine Gabe kennenzulernen. Ich wollte dich nicht gleich mit … so etwas Großem belasten.«

»Danke auch«, spuckte ich aus. »Und dabei wird mir dann einfach mal eben meine Schwester genommen.«

»Aylin. Ist. Nicht. Deine. Schwester.« Luan biss die Zähne so fest aufeinander, dass seine Kieferknochen hervortraten. »In euch fließt nicht dasselbe Blut.«

»Natürlich ist sie meine Schwester! Das wird sie immer sein!«, schrie ich aus. »Was heißt Blut schon? Ich habe meine leiblichen Eltern nie kennengelernt. Was soll ich mit meinem Blut anfangen?«

Luan fuhr sich mit beiden Händen durch seine zerzausten Haare und drehte eine verzweifelte Runde im Raum, um dann wieder vor mir zum Stehen zu kommen. »Blut ist alles. Vergiss nie, wer du bist und wo du herkommst. Aber vergiss auch nie, zu wem du gehörst, von was du Teil bist.« Er seufzte. »Ich … Freya, wach auf. Was glaubst du denn, wie ich dich finden konnte?«

Unfähig, etwas zu sagen, starrte ich ihn an.

»Pass auf.« Er trat vor mich und griff nach meinen Händen, schaute mir so tief in die Augen, dass ich mir sicher war, er müsste alles in mir sehen können. Wie verzweifelt ich war, wie hilflos und ausgeliefert ich mir vorkam.

Seine Berührung, die einfache Geste seiner Hände um meine, machte das Chaos in mir perfekt. »Was tust du?«, hauchte ich. Aber Luan musste mir nicht mehr antworten, denn in dem Moment durchflutete mich reine Energie und ich glaubte, ich würde die Kontrolle über mich verlieren. Und während ich alles in mir verlor, fand auch alles an seinen richtigen Platz.

Mein Rücken begann zu kribbeln und ich wusste, was folgen würde. Ich explodierte. Bevor die Kraft in mir an die Oberfläche brach und die Hitze mich zum Kochen brachte.

»*Volare.*«

Mehr sagte Luan nicht. Und meine Welt verschwand im Licht.

Meine Beine gaben unter mir nach und ich sank zu Boden. Panisch klammerte ich mich an seine Hände und betete inständig, dass er mich nicht losließe.

Als das Kribbeln einigermaßen nachgab und ich nicht mehr von meinem eigenen Körper zerrissen wurde, japste ich nach Luft. Was zur Hölle war das gewesen? Was hatte Luan nur mit mir gemacht?

»Du bist wie ich«, stellte ich fest. Wie sonst hätte er die Kräfte, die in mir loderten, verstärken und zum Vorschein bringen können?

Er ging vor mir in die Hocke und erhöhte den Druck um meine Hände, während er mich eindringlich musterte. »Ja, ich bin auch ein Skafi.«

KAPITEL 17

In den Heiligen Stätten

»Ich bin mit meiner Familie untergetaucht, als der Thron gestürzt wurde. Wir haben zu der Zeit in der Hauptstadt gelebt und noch in der Nacht des Überfalls die Mauern verlassen.« Er saß mir im Schneidersitz gegenüber und stützte seine Ellbogen auf seine Knie. »Meine Eltern haben mich in die Hände der Lafrander gegeben, um mich als Krieger ausbilden zu lassen. Es war nicht sonderlich schwierig, meine Herkunft zu fälschen. Die Lafrander glauben vieles, wenn man es ihnen nur gut genug erklärt.«

Ich konnte nicht fassen, was er mir da erzählte. »Was ist mit deiner Familie passiert?«

»Keine Ahnung. Ich habe sie zuletzt gesehen, als ich meine Position als Kampflehrling angefangen habe. Da muss ich fünf oder sechs gewesen sein.« Er zuckte mit den Schultern, schaute mich jedoch nicht an, sondern knetete angestrengt seine Hände in seinem Schoß. »Vielleicht wurden sie bei den Skafi-Jagden gefasst. Oder leben noch heute irgendwo im Süden von Lafrand. Ist vielleicht auch besser, dass ich das nie herausgefunden habe.«

»Wieso hast du nie versucht sie aufzuspüren, wie du es bei mir versucht hast?«

»Manchmal ist es besser, nicht in der Vergangenheit zu wühlen.« Seine Kieferknochen traten hervor. »Ich wollte sie nicht in Gefahr bringen. Keinen von uns, wo es uns gelungen ist, in dieser verhängnisvollen Nacht zu fliehen.

Es ist für uns alle gut so. Was hättest du gesagt, wenn plötzlich in deinem Dorf ein Junge aufgetaucht wäre, den du nie gesehen hast? Der plötzlich vorgibt der Sohn deiner Nachbarn zu sein, die womöglich jahrelang behauptet haben keine Kinder zu besitzen?« Er schüttelte den Kopf. »Ich wollte keine unnötigen Fragen aufwerfen oder durcheinanderbringen, was meine Eltern mir ermöglicht haben. Ohne sie wären wir jetzt alle nicht mehr am Leben.«

Ich legte meine Hand auf Luans. »Wieso Lafrand? Wo der König dieses Reiches die Jagd auf euch – auf uns – eröffnet hat? Wo er es war, der ...« Ich schluckte. Dabei hatte ich sie nie gekannt. Es sollte mich nicht treffen. Es hatte mich nie getroffen. Das alles waren nur Geschichten ...

»Wo würdest du denn am wenigsten mit einer Fee rechnen?«, stellte er die Gegenfrage.

Klar, im Gebiet des Feindes. Wer würde schon freiwillig in die Höhle des Löwen vordringen, um dort seinen Kopf hinzuhalten?

»Und während der Ausbildung habe ich ja Derek kennengelernt. Den Teil der Geschichte danach kennst du bereits«, fuhr Luan fort. »Als der König nach dir hat suchen lassen, musste ich das einfach ausnutzen. Ich war mir so sicher, dass wir dich finden würden, aber dass Thorn dich niemals in die Hände bekommen darf. Als ich direkt vor dir stand ... Es war nicht nur dein Auftreten.«

»Was meinst du?«, hakte ich nach und zog die Augenbrauen zusammen.

»Skafi können Magie spüren. Ich konnte sie in dir spüren, als ich dir gegenüberstand. Ich musste sie nur aktivieren.« Ein Lächeln bildete sich auf seinen Lippen. »Es war nicht nur das Chaos, das dich unter Druck gesetzt hat, das die Verwandlung ausgelöst hat. Es war ein Wort in der Alten Sprache und du bist ... du bist zu dem geworden, was du tatsächlich schon immer warst.« Er stieß ein Lachen aus. »Es grenzt an ein Wunder, dass so nicht im Lager der Lafrander auch meine Identität aufgeflogen ist.«

Wieso war es mir nicht früher aufgefallen? Warum hatte ich nichts gemerkt? Oder ... war das dieses Kribbeln, das ich seit unserer ersten Begegnung in mir spürte, wenn ich in seiner Nähe war? Unwillkürlich nahm ich meine Hand von seinen. Schlagartig schämte ich mich für die Berührung.

Und was hatte es mit der Alten Sprache auf sich? Ich hatte in Midre kein Wort gehört, das er ausgesprochen hatte – keines, das die Verwandlung hätte hervorrufen können. Doch ich kam nicht dazu, ihm diese Frage zu stellen.

»Skafi sind nicht nur irgendwelche Menschen mit Magie im Blut. Wir sind Feen. Wir sind in der Lage, unsere Magie mit Menschen zu teilen oder vielmehr die Magie, die in ihnen schlummert, zum Leben zu erwecken – sie zu Magiern zu machen. Und dieses Geschenk, das wir ihnen gemacht haben, damit in Ilandmera mehr Menschen in Wohlstand leben konnten, haben leider viele gegen uns verwendet, als die Lage im Land gekippt ist. Sie wurden von Thorn vor die Wahl gestellt: ihr eigenes Leben bewahren, wenn sie uns verrieten, oder auch getötet werden. Aber diese Geschichte kennst du ja bereits.«

Ein Schatten legte sich über sein Gesicht und ich glaubte, die Luft im Raum würde sich merklich abkühlen. Er lachte auf und Bitterkeit schwang darin mit. »Und letztendlich schaufelten sie sich ihr eigenes Grab. Der König hat sie nur verwendet, um die übrigen Menschen mit Magie im Blut aufzuspüren, um danach auch die Skafijäger hinzurichten, die er zu fassen bekommen hat. In Vingard leben wohl die letzten Skafijäger dieses Landes und wenn der König das wüsste, dann hätte er Vingard vermutlich längst dem Erdboden gleichgemacht.«

»Aber wieso? Was hat die Magier dazu gebracht, die Seite zu wechseln und ihre eigenen Leute zu verraten?«

»Wie gesagt: der König der Lafrander und die Angst vor dem Tod. Und deshalb meinte ich zu dir, dass du nie vergessen darfst, zu wem du gehörst. Dass du dir sicher sein musst, wer du bist und auf welcher Seite du stehst.« Nun war er es, der aufblickte und seine Hände abermals um meine legte. »Freya, du musst mir versprechen, dass du nicht wirst wie Ley oder die übrigen Vingarder. Du musst standhaft bleiben, egal was der König dir verspricht. Du musst auf deinen Anspruch auf den Thron bestehen. Nur so hat das Land eine Chance – so haben wir eine Chance –, dass Magie eines Tages nicht mehr verboten und mit dem Tod bestraft wird. Hörst du?

Thorn will dich umbringen. Seine Angst vor dem Übernatürlichen ist zu groß. Seine Angst wird ihn immer zum Morden treiben und so war es auch die Angst der Skafijäger, die sie auf die andere Seite getrieben hat. Letztendlich haben sie sich dadurch selbst verraten. Aber wir werden dich zu Thorn begleiten, sobald du dich bereit dafür fühlst. Denn dir steht der Thron zu. Wir können die Magie wieder nach Ilandmera zurückbringen und die Todesstrafe darauf abschaffen.« Sein Handdruck wurde erneut fester. »Wir hatten großes Glück, dass wir es durch das magische Portal zu den Wächtern geschafft haben. Sie werden uns bei unseren Zielen helfen, sie können dir helfen.«

»Sie sind auch Skafi?«

»Nein.« Luan schüttelte den Kopf. »Sie sind nur Magier, die sich im Angesicht der Götter verpflichtet haben Magie mit ihrem Leben zu schützen und Skafi zu dienen. Sie vergöttern dich.«

»Aber wieso? Wieso bin ausgerechnet ich eine Skafi?«

»Sieh es als Zeichen, als Geschenk. Vielleicht wollten es die Götter so? Dass ausgerechnet die Tochter des gestürzten und brutal ermordeten Königspaares zur Rächerin all jener wird, denen Unrecht getan wurde.« Er zuckte mit den Schultern.

»Aber es waren nicht nur die Königsmörder, die Unrecht getan haben«, warf ich ein. »So wie es in den Legenden erzählt wird, haben sie – das Königspaar – den Thron nicht wieder freigegeben. Ihnen hat der Thron schon längst nicht mehr zugestanden.«

»Vielleicht war das so. Vielleicht aber auch nicht. Nach der offiziellen Legende ist es zu Aufständen im Volk gekommen und den Bürgern ist es schlecht ergangen. Aber meinst du nicht, dass es genau so eine Geschichte geben muss, um einen neuen Herrscher zu akzeptieren? Ich denke, dass deine Eltern faire Herrscher waren und sie stets im Sinne des Volkes und des allgemeinen Wohls handeln wollten. Du darfst nicht vergessen: Sie hatten noch nie zuvor solch eine Macht inne.«

Der Schatten, der über seinem Gesicht lag, wurde noch dunkler. »Vielmehr glaube ich, dass Thorn schon vor dem Sturz deiner Eltern für Aufstände und hochnäsige Magier gesorgt hat, die das Land innerhalb weniger Monate nach diesem Entscheid ins Chaos und in Armut gestürzt haben, die das Misstrauen und die Angst unter dem Volk haben wachsen lassen. Ich denke, so ist es passiert, dass Ilandmera gespalten und die Magie zu etwas Schlimmem, Furchterregendem wurde. Die Leute sehen nur, was sie sehen möchten, und deine Eltern haben zu spät die Augen geöffnet, um sie dann für immer zu verschließen.«

KAPITEL 18

In den Heiligen Stätten

»Luan? Hattest du auch ein Seelentier?« Ich betrachtete ihn von der Seite und sah seine Kieferknochen schlagartig hervortreten.

»Ja, eine Krähe«, sagte er und Bitterkeit schwang in seiner Stimme mit. »Unsere Wege mussten sich trennen, als ich mich den Lafrandern angeschlossen habe. Irgendwann ist der Kontakt zwischen uns abgebrochen. Er muss gestorben sein.« Er holte tief Luft und schüttelte den Kopf. »Derek wird uns schon erwarten.« Luan erhob sich und streckte mir eine Hand entgegen, damit ich ebenfalls auf die Füße kam.

»Derek?« Verwundert sah ich ihn an. »Was habt ihr nun schon wieder ausgeheckt?«

»Wir haben dir versprochen das stetig wachsende Mal auf deinem Rücken zu verschönern. Nirgendwo sonst wirst du eine fähigere Künstlerin finden, die dich für andere Augen menschlicher wirken lässt, als in diesen Hallen. Sie wird deine Gabe vor den falschen Augen gut zu verstecken wissen, vertrau mir.«

So folgte ich Luan durch die Gänge mit den unterschiedlichsten Steinverzierungen in den Wänden von Ranken und Mustern, durch die vereinzeltes Licht hereinfiel. Lauschte meinen Schritten, die von den Wänden widerhallten, und fragte mich, wie es kam, dass den Orden auf der Insel noch niemand vom Festland wirklich erwähnt oder davon berichtet hatte, hier herübergesegelt zu sein.

»Luan?«

»Hm?«, kam es von ihm zurück und er warf mir einen Schulterblick mit hochgezogener Augenbraue zu, was mein Herz sofort ins Stolpern brachte.

Dennoch riss ich mich zusammen und versuchte die Frage möglichst selbstsicher zu stellen. »Wieso weiß kaum einer in Ilandmera, dass die Wächter der Alten Sprache überhaupt existieren? Wieso werden diese Geschichten nicht weitergetragen und wieso segelt keiner zur Insel, um sich selbst von den Märchen zu überzeugen?«

»Was denkst du denn?« Er musterte mich eindringlich. »Auf dieser Insel ist nichts normal. Es ist ein kleines Paradies am Rande von Ilandmera. Abseits der Normalität, ein Rückzugsort für Skafi und vor allem für Magier. Es kursieren zwar vereinzelte Gerüchte über diesen Ort, aber die Lage dieser Heiligen Stätten muss auf ewig ein Geheimnis bleiben. Damit auch weiter hilfe- und schutzsuchende Skafi und Magier hierherkommen und Frieden finden können.«

»Aber, ich meine, wie ist es euch gelungen, diesen Ort vor fremden und ungewollten Blicken zu schützen? Die Insel ... nun ja ... ist nicht gerade klein und unauffällig.« Ich blieb stehen und sah zu ihm auf. »Also? Habt ihr irgendeine Magie daraufgelegt, damit sie unentdeckt bleibt?«

Luan lachte auf. »Irgendeine Magie?« Auch er verharrte neben mir im Gang und seine eben noch erleichterte Miene versteifte sich augenblicklich. Sein Blick wurde ernst. »So kann man das natürlich auch nennen. Aber nein. Alles hat seinen Preis. Und dafür, dass die Ordensmitglieder hier so geschützt und friedlich leben können, bezahlen sie. Einen hohen Preis. Damit nur Menschen mit Magie im Blut die magischen Portale finden können, um an diesen Ort zu gelangen.«

Mir lief ein kalter Schauer den Rücken hinunter. »Was meinst du damit?«

»Das geht uns nichts an, Freya.« Wie um seine Worte deutlicher zum Ausdruck zu bringen, legte er eine Hand auf meine Schulter. »Wir mischen uns in nichts ein, was uns nichts angeht, ja? Die Mitglieder des Ordens leben hier schon lange nach ihren eigenen Regeln und Bräuchen und es ist ein Geschenk für uns, dass wir eine Zeit lang ihre Gäste sein dürfen. Wir hinterfragen nichts, verstanden?«

»Was?« Ich kniff die Augenbrauen zusammen. »Aber Luan ...«

»Nein. Du solltest dich damit zufriedengeben. Der Orden lebt versteckt mithilfe der Götter, aber nichts ist umsonst.« Als er seine Hand von meiner Schulter nahm, fühlte ich noch immer ihr Gewicht auf mir. »Vielleicht wird Mako dir bei einer der Trainingsstunden mehr verraten. Aber dränge ihn nicht, ja? Du wirst alles, was für dich wichtig ist, noch früh genug erfahren. Alles hat seine Zeit und nun gilt es, zunächst dein Mal anschaulicher machen.«

Seine Haare warfen Schatten in sein Gesicht, was ihn noch finsterer dreinblicken ließ, als er es ohnehin schon tat.

Obwohl mich seine Antwort alles andere als zufrieden stimmte, gab ich mich für den Moment geschlagen. Ich nickte und folgte ihm dann zu einem Raum, der sich auf der anderen Seite des Innenhofs befand.

Derek schlug gerade ein weißes Tuch aus und breitete es über einem erhöhten Steinpodest aus, das beinahe mittig im Zimmer lag. Zu beiden Seiten fiel Sonnenlicht ins Innere und tauchte den kleinen Raum in goldfarbenes Licht.

»Da seid ihr ja«, stellte er fest, sobald er aufsah. In seinen Augen meinte ich einen prüfenden Blick zu erkennen. Als wollte er so von Luan erfahren, was wir zwei gemacht hatten und was er mir verraten hatte.

Doch Luan ging nicht darauf ein, wandte die Augen von Derek ab und mir zu. »Dann starten wir mal, oder? Wurde ja auch Zeit, dass wir dich ein bisschen aufhübschen.«

»Hey!«, beschwerte ich mich. »Was soll das denn heißen? Also, charmant bist du ja nicht gerade.«

»Nein, das war er noch nie«, stimmte mir Derek zu und zwinkerte.

»Moment mal«, Luan stützte seine Hände in die Hüften und schaute zwischen Derek und mir hin und her. »Vom Nettsein ist auch noch keiner am Leben geblieben – nicht in diesem Land. Ich bin eben Krieger und kein Mann der schönen Worte.«

Ich verdrehte die Augen, als mir ein ganz anderer Gedanke kam. »Wo ist Aylin?«

»Ich habe sie von einem der Wächter auf ihr Zimmer bringen lassen«, erwiderte Derek und seine unbekümmerte Art, meine Schwester aus den Augen zu lassen, kostete mich einiges an Nerven.

»Das sagst du so leicht. Wir sind am Ende dieser verfluchten Welt, so weit von Zuhause weg, wie es nur irgendwie möglich ist. Aylin und ich haben … haben alles verloren. Außer uns.« Ich ballte die Hände zu Fäusten und presste meine Fingernägel in meine Handinnenflächen.

»Nein, Freya. So darfst du das nicht sehen. Natürlich habt ihr eure Heimat verlassen. Ihr seid beide in für euch unbekannter Umgebung, in den Händen fremder Menschen. Aber zum ersten Mal wurde dir wirklich gesagt, wer du bist. Und damit wurde dir zum ersten Mal die Möglichkeit gegeben, dich überhaupt zu finden.« Luan trat näher zu mir. »Manchmal muss man wohl erst das Gefühl haben, dass einem alles aus den Händen gleitet, bevor man wieder weiß, woran man sich festhalten kann – an einem selbst. Du wirst dich hier finden, Freya. Du warst noch nie so nah an deiner Bestimmung wie jetzt und du hast an diesem Ort so viele Menschen, die mit dir fühlen, die so sind wie du.« Er holte tief Luft. »Und ihr habt euch, Aylin und du. Und damit habt ihr das nahezu Wichtigste behalten.«

»Nahezu?« Ich biss mir auf die Unterlippe.

»Ihr seid am Leben. Das ist zunächst alles, was von größter Bedeutung ist – für uns alle. Dass du lebst.«

Wie von selbst hatten sich meine Fäuste wieder geöffnet. Stattdessen konnte ich die beiden nur anstarren. Schließlich seufzte ich und lief zu einem der Fensterbögen, um frische Luft zu schnappen.

Mir stockte der Atem, kaum dass ich an die Fensteröffnung herangetreten war. Denn davor fiel der Boden schlagartig einige hundert Meter in die Tiefe und verlor sich im Meer.

Am Fuße der Felsen konnte ich weiße Schaumkronen erkennen und selbst von hier oben war das leise Rauschen der Brandung zu hören. Erst jetzt wurde mir bewusst, wie salzig die Luft schmeckte, und durch eine Windböe kitzelten mich einige kleinere Haare, die aus meinem Zopf herausgerutscht waren.

Es war fast wie in Midre. Die Küste vor der Haustür, das Meer, der sanfte

Wind, der so schnell zum Sturm werden konnte. Das Gefühl von Unendlichkeit, wenn man bis zum Horizont blicken konnte und der Himmel dort das Meer küsste.

»Nicht weinen«, flüsterte Luan, der plötzlich neben mir stand und einen Arm um mich legte. »Es wird alles gut. Du bist nicht allein.«

Tatsächlich hatte sich eine Träne aus meinen Wimpern gelöst. Doch ich spürte sie erst, als sie meine heiße Wange hinunterrollte und in die Tiefe tropfte. Die Klippe hinunter und vielleicht sogar bis ins Meer hinein.

Obwohl die Sonne schien, stand Nebel über dem Wasser, sodass ich nicht bis ganz in die Ferne schauen konnte, sondern meine Sicht getrübt wurde und nun durch die Tränen weiter verschwamm.

Ein Husten erklang vom Eingang her und als ich mich dorthin drehte, erkannte ich eine junge Frau, die kurze braune Haare hatte. Ansonsten unterschied sich auch ihre Kleidung nicht von der der anderen Ordensmitglieder: der geknotete Umhang und die Stiefel in Beige.

Sie krempelte sich die Ärmel hoch und blieb vor mir stehen, um mich von oben bis unten zu mustern. »Ich bin Enya. Bereit dafür, dass ich dich ein bisschen verziere? Haben Luan und Derek dir schon verraten, dass ich dir eines meiner Kunstwerke auf den Rücken zaubern darf?«

»Keine Ahnung«, gab ich wahrheitsgetreu zurück. »Ich … bekomme ein Tattoo? Was für ein Motiv stichst du mir? Also was machst du aus diesen riesigen Schlieren?«, wollte ich von Enya wissen. »Und wie?«

Erneut lachte sie auf. »Pass auf, siehst du das?« Sie hielt eine Feder in die Höhe. »Damit werde ich dir das Motiv auf den Rücken zeichnen.«

»Und dann?« Irritiert blinzelte ich. »Mit einer Feder und Tinte?«

Sie nickte. »Der Rest ist *Magie*.« Das letzte Wort hauchte sie nur noch und die nächste Windböe, die durch das Zimmer strich, brachte die Luft zum Knistern. »Was genau ich dir draufmale, bleibt ein Geheimnis. Vertrau mir einfach.«

Mit ihren zerzausten Haaren und ihrer irgendwie offenen, kriegerischen Art passte sie so gar nicht an diesen kalten, nördlich gelegenen Ort. Vielmehr hätte ich sie für eine Kardenerin oder die Tochter eines Händlers aus der Hauptstadt gehalten.

»Woher kommst du?«, fragte ich sie deswegen, obgleich mir ein Kribbeln durch den Magen ging, als ich die Frage aussprach.

Enya wandte sich von mir ab und tauchte den Federkiel in ein kleines durchsichtiges Gefäß, in dem ich eine dunkle Flüssigkeit erkennen konnte. »Ich bin hier aufgewachsen. Meine Mutter war eine Frau, die in Carsadesh groß geworden ist, bevor sie mit mir schwanger wurde und Thorn an die Macht kam. Ich bin in den Heiligen Stätten geboren.«

Dann hatte ich mit meinem Verdacht recht behalten. Ihre gebräunte Haut, die dunklen Augen, all das erinnerte mich an die Erzählungen meiner Mutter – Ziehmutter.

»Ich hatte nur das Glück, dass ich mit der Magie im Blut auf die Welt gekommen bin und sie auch direkt verwenden konnte. Es brauchte keine Skafi, um meine Fähigkeiten zu aktivieren.« Ich hörte sie lächeln, obwohl sie aus meinem Blickfeld verschwand. »Und jetzt keine Fragen mehr. Ich muss mich konzentrieren. Du möchtest doch nicht, dass ich deinen Rücken verunstalte.«

Gänsehaut jagte über meinen gesamten Körper, als Enya den Federkiel auf meiner Haut absetzte.

Und während ich auf dem Stein lag, gingen mir Luans Worte durch den Kopf. Was, wenn er recht hatte? Was, wenn ich mich auf der Reise gar nicht verloren hatte? Wenn alles, was ich bisher gekannt und aufgegeben oder zerstört hatte, gar kein Verlust, sondern ein viel größerer Gewinn für mich war? Wenn es der erste Schritt in die Richtung zu mir selbst war? Nicht weil ich meine Heimat und meine Familie verloren hatte. Sondern weil es mir die Augen dafür geöffnet hatte, klar zu sehen. Die Gabe zu erkennen. Mich zu erkennen?

***

»Enya, du hast wirklich tolle Arbeit geleistet.«

»Immer doch«, gab die zurück und grinste frech.

»Genau so habe ich es mir vorgestellt.« Luan drehte sich zu Derek um, der in dem Moment nachdenklich nickte und dann mit einem »Ja« zustimmte.

»Darf ich es sehen? Habt ihr irgendetwas, damit ich mir das Motiv ansehen kann?« Mit jedem Wort schlug mein Herz lauter in meiner Brust.

»Klar.« Und als Enya mir einen Spiegel hinter den Rücken hielt, ich einen Blick über die Schulter warf und das Motiv aus schwarzen Federstrichen erkannte, klappte mir der Mund auf. Es war wirklich wunderschön geworden, aber ich verstand es nicht.

»Ein Baum?«, hakte ich irritiert nach. »Wieso habt ihr denn einen Baum gewählt?«

Derek und Luan tauschten abermals einen dieser viel- und zugleich nichtssagenden Blicke aus.

»Weil du diejenige bist, die die Magie tief im Boden des Landes verankert, und zugleich diejenige sein wirst, die sie wieder ganz Ilandmera zurückbringt. Nur tiefe Wurzeln, die deiner Familie, geben so viel Halt, dass du hoch hinauswachsen kannst.«

»Aber ich renne jetzt mit einem verdammten Baum auf dem Rücken herum.« Ich verschränkte die Hände auf der Brust. »Auch wenn es eine einmalig schöne Zeichnung ist, Enya.«

»Besser als mit zwei Schlieren, die aussehen, als hätte ein Monster mit zwei riesigen Klauen seine Wut an dir ausgelassen«, stellte Luan klar. »Dadurch, dass es sich um ein magisches Tattoo handelt, wird es sich so lange deinen Schlieren anpassen, bis deine Verwandlung vollständig abgeschlossen ist. Dann hört auch das Tattoo auf sich zu verändern.«

»Wir bringen jedoch keine angenehmen Nachrichten mit«, bemerkte Luan und verzog sein Gesicht.

»Was?« Enya wirbelte zu den Männern herum und wandte sich von mir ab.

Während sie das sagte, griff ich nach meinem Oberteil und zog es mir über. Wobei mein Rücken sich anfühlte, als würden bei Berührung mit dem Stoff kleine Stromstöße davon ausgehen.

»Nun, einige Mitglieder des Ordens haben seit unserer Ankunft das Festland im Auge behalten, indem sie eine Handvoll Vögel in Dörfer mit Spitzeln haben fliegen lassen.« Er holte tief Luft. »Die Lafrander durchforsten bereits die Küsten ganz im Norden und befragen die Bevölkerung nach auffälligen Begegnungen.«

»Aber was ist so schlimm daran?« Ich verstand seine Sorge nur halbwegs.

Woher sollten die Lafrander wissen, dass sie sich auf der richtigen Fährte befanden?

Ich drehte mich zu Luan und Derek herum und bemerkte, wie Luan aufgeregt seine Hände knetete. »Freya, sie wissen, wie Derek und ich aussehen, und suchen nach uns. Die Truppen, die sie nach Midre geschickt haben, haben all die ... die Menschen und toten Kameraden gesehen. Sie werden ahnen, was passiert ist.«

»Luan hat recht. Der König wird nun nicht nur wissen, dass du am Leben bist und dass seine Befürchtungen womöglich der Wahrheit entsprechen. Er wird alles daransetzen, dich aufzuspüren.« Derek trat sichtlich nervös von einem Bein aufs andere. »Sie werden die Ereignisse in Karden mitbekommen haben und ... ihnen wird klar sein, dass Luan und ich dich begleiten. Wir wurden inzwischen auch von genügend Leuten zusammen gesehen.«

»Aber woher sollten sie wissen, dass ihr hier im Norden von Ilandmera Zuflucht gesucht habt? Niemand weiß, wo die Insel liegt«, warf Enya ein.

»Noch ist es kein Problem, aber sobald wir diese Insel und damit euren Schutz verlassen, werden die Männer wie hungrige Tiere über uns herfallen.«

KAPITEL 19

In den Heiligen Stätten

»Wir werden uns darum kümmern. Morgen beginnt dann das Training für Freya.« Mako nickte zustimmend.

Training. In Midre hatte ich oft mit meinem Vater mit Dolchen geübt. Ihm war es wichtig gewesen, dass ich auch als Mädchen mit einer Waffe umzugehen wusste, und da er selbst einmal unter den Lafrandern gedient hatte, bevor er meine Mutter kennengelernt hatte, konnte ich doch einige Grundtechniken. Es reichte aus, um mich gegen einfache Männer zu verteidigen.

Anders als bei der ersten Zusammenkunft in dieser Kathedrale nahm nun auch Enya an dieser Runde teil und warf Aylin und mir regelmäßig einen aufmerksamen Blick zu.

Meine kleine Schwester schaufelte sich direkt neben mir das Essen so schnell in den Mund, dass mir schon vom Anblick schlecht wurde. »Aylin«, sagte ich deshalb warnend. »Iss langsam. Das Essen läuft uns nicht weg.«

»Aber es schmeckt so gut«, gab sie mit vollem Mund zurück und strahlte mich an. Wie um ihre Aussage zu unterstreichen, nahm sie sich noch ein Stück von den eingelegten Fleischbällchen, die vor uns auf einer Platte lagen.

Doch Aylin schien die Einzige in dieser Runde zu sein, die sich sorgenfrei den Magen füllen konnte. Über den übrigen Gesichtern lagen tiefe Schatten und Falten zierten die Stirnen.

»Gut, dann halten wir das so fest«, meinte der Mann, mit dem wir am Morgen gesprochen hatten, und nickte einzelnen Magiern neben und gegenüber von mir zu. »Freya«, wandte er sich dann an mich und mein Herz setzte aus. »Ruh dich aus. Ich schicke gleich morgen früh jemanden zu dir, der dir die ersten Grundlagen beibringt.«

Ich bekam kein Wort mehr aus mir heraus. Und während Mako und der Vorsitzende mit Luan und Derek in einem ganz anderen Thema versanken, heiß diskutierten, was jetzt am besten zu tun sei und wie so ein Ablenkungsmanöver aussehen könnte, versuchte ich irgendwie auch so eine Begeisterung für die Fleischbällchen und den Reis aufzubringen wie Aylin.

»Ich bin müde«, murmelte meine Schwester auf einmal und stupste mich an. »Können wir schlafen gehen?«

»Natürlich«, entgegnete ich und wartete eine Pause im Gespräch ab, um Luan anzutippen. Dabei fiel mir auf, dass er seine Hand schon wieder auf die von Derek gelegt hatte. Ich schüttelte den Kopf und riss mich von dem Anblick los. »Luan?«

»Hm?« Er wandte sich sofort von den Männern ab und schenkte mir seine volle Aufmerksamkeit, dabei riss er die Hand förmlich von Derek los, als wollte er nicht, dass ich etwas bemerkte. Sein warmer, fürsorglicher Blick gab mir sofort Sicherheit und ich vergaß, wo wir uns befanden, dass nur fremde Menschen um uns herum waren, und verdrängte, was ich gesehen hatte.

»Ich bringe Aylin rasch auf ihr Zimmer.«

»Ach so, klar. Soll ich mitkommen?«, bot er an.

Ich starrte in meine Hände, die ich in den Schoß gelegt hatte. Als ich wieder aufsah, spiegelte sich das Licht der Kronleuchter in Luans Augen und ich glaubte den Anflug eines Lächelns auf seinen Lippen zu erkennen. »Das wäre toll«, gab ich deshalb zu.

***

Wir gingen schweigend die Gänge entlang und kamen immer wieder an Treppen vorbei, die tiefer hinunter in die Felsen führten. Beim Anblick der sich auftuenden dunklen Gänge war ich heilfroh, dass Aylins Zimmer fast direkt neben meinem war und dass auch Derek und Luan in demselben Gang untergebracht worden waren.

»Wie tief geht es hier hinunter?«, rutschte es mir schließlich heraus.

»Mindestens fünf Ebenen«, schätzte Luan. »Allerdings vergrößern sie das Höhlen- und Gangsystem immer noch, soweit ich weiß.«

»Aber warum? Sie leben doch in einem recht kleinen Kreis und haben auch in den höheren Ebenen schon alles, was zum Überleben nötig ist. Also zumindest dachte ich das, von dem, was ich bisher gesehen habe«, antwortete ich. »Sie hatten ausreichend Verpflegung für uns alle.«

»Ja, da hast du recht. Die unteren Ebenen haben sie meines Wissens nach für Kriegssituationen angelegt und falls sie doch einmal längere Zeit von der Oberfläche verschwinden müssen.« Von der Seite spürte ich seine Augen auf mir ruhen, aber ich traute mich nicht mich zu ihm zu drehen.

Aylins Hand klammerte sich augenblicklich fester an meine, als eine Lampe vor uns im Gang flackerte und schließlich erlosch.

Auch Luan wurde langsamer, wenn ich mir das nicht einbildete. Dennoch ging er weiter in den Schatten, der nun vor uns lag, während mich der Drang überkam, neben Aylins Hand auch seine zu nehmen. Weil ich mich das nicht traute, ging ich einfach dichter neben ihm, sodass sich unsere Schultern bei jedem Schritt berührten und mich mit jeder Berührung Wärme durchfloss.

Als die zweite Lampe am Ende des Ganges ausging und wir fast komplett im Dunkeln standen, wurde mir anders und ich suchte doch nach Luans Hand. Aylin presste sich sofort an mich und schlang ihre kleinen Arme um mich.

Ich fand Luans Finger, die er behutsam mit meinen verknotete. »Alles gut«, hauchte er kaum hörbar in die Dunkelheit. Und dann war es so still, dass ich nur noch das Blut in meinen Adern rauschen hörte.

In der Ferne ertönte ein leiser, beständiger Ton, der fast klang, als würde Wasser von der Decke tropfen. Allerdings stellten sich all meine Nackenhärchen auf, als ein Windzug hinzukam, der durch den Tunnel strich. Es kam mir vor, als würde im Wind eine leise Drohung geflüstert werden.

»Alles wird gut«, hauchte ich in Aylins Haare, traute mich kaum, ein Wort auszusprechen, weil alles viel zu laut klang und von den Wänden tausendfach wiedergegeben wurde.

»Kommt«, meinte Luan und führte uns in die Finsternis. Einen Fuß vor den anderen trat ich ins Ungewisse und die Kälte kroch mit der Schwärze in jeden Winkel meines Körpers, brachte mich zum Zittern. »Sicher war das nur der Wind, der die Fackeln ausgeblasen hat.«

Der Wind. Allein die Vorstellung, dass selbst in den Gängen das raue Klima der Küste zu spüren war, brachte das Kribbeln in meinem Magen wieder zum Vorschein. Auch mein Rücken glühte noch immer, weshalb ich den Temperaturabfall umso deutlicher wahrnahm.

»Magie«, hauchte Luan, als hätte er meine Gedanken einmal mehr lesen können. »Alles an dieser Insel ist magisch. Deshalb ist es den Magiern möglich, so weit unter der Erde zu überleben, wenn sie das einmal nicht mehr in den höheren Ebenen können.«

Ich wollte es einfach nicht wahrhaben und war mir nicht sicher, ob es mir eher Angst machte oder mich faszinierte, dass auch eine Art Magie durch meine Adern floss.

»Na dann«, sagte Luan unerwartet und ich zuckte zusammen. Wir waren in dem Gang angekommen, in dem unsere Zimmer lagen.

Er ließ meine Hand los und trat von mir weg, wodurch mein Puls gleich wieder in die Höhe schnellte. Allerdings musste ich nichts sagen, denn einen Wimpernschlag später leuchtete ein Licht vor mir auf.

»Soll ich noch kurz bleiben?«, hakte Luan nach.

»Kommt drauf an, was das eben war und was für eine Erklärung du dafür hast«, gab ich zurück.

Aylin ließ meine Hand nur zögerlich los und ihre Kulleraugen zeigten mir, dass die plötzliche Dunkelheit auch sie verunsichert hatte.

»Was meinst du, Aylin?«, wollte ich von ihr wissen und ging vor ihr in die Hocke.

Meine kleine Schwester biss sich auf die Unterlippe und senkte das Kinn auf die Brust, ohne den Blick von mir abzuwenden. Schließlich schüttelte sie den Kopf, wobei ihre blonde Mähne wackelte. »Du bleibst ja bei mir, oder?«

»Du hast sie gehört. Ich verbringe heute Nacht bei ihr. Richte das am besten auch oben in der Runde aus. Nicht, dass ich morgen früh im falschen Zimmer gesucht werde.«

Luan stieß ein kurzes Lachen aus. »Mache ich.«

Ich wandte mich schon ab und Aylin verschwand durch die Holztür ins Zimmer, als Luan mich am Arm packte. »Freya?«

»Ja?«

»Versprich mir, egal was du hörst oder siehst, verlass dieses Zimmer nicht allein, ja? Ich schicke sonst später noch Derek, um nach euch zu sehen, und lasse über Nacht auch wen vor eurer Tür Wache stehen.«

»Was?«, rutschte es mir heraus und ich zog die Tür hinter mir heran, damit Aylin nicht mithören konnte. »Warum? Und bitte, was war das eben?«

»Darum geht es ja.« Er drehte sich flüchtig in Richtung der erloschenen Fackeln im Gang um. »Ich habe keine Ahnung, was das war. Vergiss nicht, nach dir wird gesucht. Dieser … Fremde war gewiss nicht der Letzte und Einzige, der dein Leben am liebsten auf der Stelle beendet hätte. Und nachdem Thorns Soldaten bereits an der Küste gesichtet wurden …«

Dass er mir das so deutlich ins Gesicht sagte, machte die Sache nicht gerade besser. Frustriert stieß ich die Luft aus, nickte dann aber. »In Ordnung. Danke.«

Noch während Luan den Gang zurücklief, war mir klar, dass ich nicht tatenlos in dem Zimmer sitzen bleiben würde. Sobald Aylin schlief, würde ich abtauchen können. Ich musste wissen, was das eben gewesen war.

Wieso Fackeln ausgingen und was wirklich in den unteren Höhlen lag. Was für ein Geheimnis der Orden auf dieser Insel verborgen hielt.

KAPITEL 20

In den Heiligen Stätten

Je tiefer mich die Ebenen führten, umso mulmiger wurde mir. Mit jedem Schritt im Dunkeln legte sich die feuchte Luft mehr wie eine zweite Haut auf meine. Die Sorge um meine kleine Schwester blieb und ich versuchte mir immer und immer wieder einzureden, dass ohnehin bald einer der Wächter nach ihr schauen würde.

An einer Kreuzung blieb ich stehen und lauschte. Und da war es wieder. Das gleichmäßige Platschen, als würde Wasser von einer Decke tropfen. Mit einer Hand stützte ich mich neben mir ab und erschauderte, als ich mit den Fingern den rauen, feuchten Stein berührte.

Wohin sollte ich gehen? Zweifelnd starrte ich die beiden dunklen Öffnungen vor mir im Felsen an. Als hätten zwei Riesen ihre Münder aufgerissen und warteten nur darauf, mich zu verschlingen. Rechts oder links? Rechts oder links?

Ich trat von einem Bein auf das andere, als aus dem rechten Tunnel ein Windstoß herauswehte und mir meine Strähnen aus dem Gesicht blies. Rechts.

Je weiter ich ging, desto mehr schmatzten auch die Sohlen meiner Stiefel auf dem Boden. Was zur Hölle war hier unten?

Mit einer Hand weiterhin an der Wand neben mir abgestützt, die andere vor mir ausgestreckt, um mir mit einer Fackel den Weg zu erhellen, ging ich voran. Am Ende erkannte ich nach ein paar weiteren Schritten schlagartig wieder Licht. Fackeln, die zu beiden Seiten angebracht waren, als würde am Ende des Tunnels ein Raum auf mich warten.

Sofort verstärkte sich das mulmige Kribbeln. Was, wenn genau das passierte, wovor Luan mich gewarnt hatte, und am Ende des Ganges ein Mörder auf mich wartete? Doch noch während ich das dachte, musste ich insgeheim über mich selbst den Kopf schütteln. Wie realistisch war diese Idee schon? In diesem Höhlensystem konnte sich unmöglich jemand aufhalten, der nicht zum Orden gehörte. Oder? Wie hätte jemand unbemerkt hierher gelangen sollen?

Das Flüstern des Windes an den rauen Felsen kam mir unverhältnismäßig laut vor in den ruhigen Gängen. Bis mir bewusst wurde, dass es dieses Mal gar nicht der Wind war, der säuselte. Erst konnte ich es nicht genau verstehen, aber als ich nur noch fünf Schritte von der nächsten Öffnung entfernt stand, war ich mir sicher.

Da sang jemand. Eine tiefe Stimme hallte von den Wänden wider, erfüllte die Höhle jedoch mit ihrem warmen Klang und jagte mir eine Gänsehaut über den Körper.

Vielleicht konnte ich erkennen, wer da war, wenn ich näher herankam? Die Flamme in meiner zitternden Hand tanzte, wurde immer schwerer. Warum war mir das Gewicht des Holzscheits nicht vorher aufgefallen? Der Schatten, den das Licht warf …

Dennoch trat ich mit vorsichtigen Schritten näher. Verfluchte meine Sohlen und den nassen Boden, als ein lautes Klacken mich zum Stehen brachte und ich erschrocken die Luft anhielt. Ich hatte einen Stein gegen die Wand getreten. Wobei es sich der Lautstärke nach zu urteilen nicht wie ein Kiesel anhörte, sondern wie ein halber Felsen. Und das Klacken hörte ich immer und immer wieder, bis auch das Echo verstummt war.

Der Gesang erstarb fast zeitgleich mit dem letzten Steinschlag.

»Wer ist da?«

Das Blut gefror mir in den Adern und ich wagte es nicht, mich auch nur einen Millimeter von der Stelle zu bewegen.

»Wer ist da?«, erklang die tiefe Stimme erneut, dieses Mal deutlich sicherer. »Ist das auch einer eurer makabren Scherze? So geht ihr ehrenhaftes Volk also mit Gefangenen um? Wir sollen euch nicht fürchten, nicht missachten und ihr …?«

Nein. Zitternd stieß ich die angehaltene Luft aus und presste meine Finger so fest um den Stab in meinen Händen, dass die Haut darum weiß wurde.

Das konnte nicht sein. Und obwohl alles in mir schrie, dass ich wegrennen sollte, wollte ich meine Vermutung doch bestätigt sehen. Ich konnte nicht so kurz vor meinem Ziel umdrehen.

Angeblich hatten sie das mit dem Isandoner gemacht, was ihm zustand. Ich hörte Luans Worte noch immer ganz deutlich in meinem Kopf, hörte ihn die Warnung aussprechen, dass ich nicht mein Zimmer verlassen sollte. Deswegen? Weil sie nicht wollten, dass ich diesen Mann hier unten fand, der mehrfach versucht hatte mir mein Leben zu nehmen?

»Zeigt euch!«, schrie er nun aus voller Kehle, bis seine Stimme abbrach, sich in der Unendlichkeit der Gänge und Dunkelheit verlor.

Ich sollte es nicht tun. Aber ich tat es. Ich trat aus dem Schatten heraus und in das Licht der Fackeln, die auch in dieser Höhle angebracht waren. Nach oben hin war der Felsen sogar geöffnet und schwache Mondstrahlen fielen vor mir auf den Boden.

»Du?«, kam es vom anderen Ende des Raumes.

Tatsächlich. Da waren diese dunklen Augen, die mich so feindselig angestarrt hatten und in denen ich nun neben der blanken Wut und dem starken Willen, mich töten zu wollen, noch etwas anderes fand: Angst.

»Dasselbe könnte ich dich fragen«, gab ich zurück und stellte mich aufrechter hin. »Du lebst?«

»Sieht ganz so aus, was?« Er schnaubte und lehnte sich an die Felswand zurück. Die Beine hatte er angezogen, die Arme darum geschlungen. Seine Haare waren so kurz, dass sie gerade so seine Kopfhaut bedeckten.

»Ich … hatte keine Ahnung, was sie mit dir gemacht haben«, gestand ich, weil ich nicht wusste, was ich sonst sagen oder tun sollte. »Ehrlich gesagt habe ich gedacht …«

»Dass ich tot bin. Ja, danke.« Er schnaubte und als er seine Hände in die Luft warf, rasselte es. An seinen Handgelenken waren Eisenketten befestigt.

»Ich war nicht diejenige, die einfach irgendjemanden umbringen wollte, nur weil es mir aufgetragen wurde«, gab ich in ebenso pampigem Tonfall zurück und verschränkte die Arme vor der Brust.

»Du hast ja keine Ahnung«, flüsterte der Fremde kaum hörbar.

»Ach nein? Dann kläre mich doch auf.« Ich schüttelte den Kopf und trat einige Schritte dichter in seine Richtung, um ihn besser betrachten zu können. Und bei jedem Schritt, den ich tat, glaubte ich, meine Knie müssten unter mir nachgeben, so weich, wie sie waren.

Der Isandoner lachte auf. »Wieso sollte ich?«

»Wieso nicht? Denkst du nicht, dass es nur fair wäre, wo du mir ein Messer in den Bauch gerammt hast, dass du mir auch eine Erklärung schuldig bist, warum du das getan hast?«

»Ich bin dir gar nichts schuldig. Die Götter werden dich zu sich holen. Hier ist kein Platz für Wesen wie dich – nicht in Ilandmera.« Seine Hände ballten sich zu Fäusten. »Ihr habt hier genug Unheil angerichtet und genügend Menschenleben zerstört. Geht dorthin zurück, wo ihr hergekommen seid.«

Mit jedem seiner Worte begann das Blut in meinen Adern lauter zu rauschen und ich glaubte die Kontrolle über mich zu verlieren. »Wo wir hergekommen sind?« Nun war ich es, die auflachte. »Ilandmera ist genauso meine Heimat wie deine. Ich bin hier aufgewachsen, wir Feen gehören zu diesem Land wie ihr Menschen.«

»Nein, ihr habt die Ordnung in Ilandmera vernichtet. Das Land, das einmal war, gibt es so nicht mehr, auch wenn der König alles dafür tut, diese Ordnung wiederherzustellen.«

»Ihr seid solche Idioten. Was bildest du dir eigentlich ein?«, schrie ich. Ich konnte mich nicht länger zurückhalten. »Mir solche Sachen an den Kopf zu werfen? Mir zu sagen, dass ich nicht Teil von Ilandmera wäre? Mir mein Leben nehmen zu wollen, weil es dir nicht passt, dass ich magische Fähigkeiten habe. Glaubst du, ich konnte mir das aussuchen? Dass ich eines Morgens wach geworden bin und mir dachte: Ach Mensch, so ein paar Flügel und ein bisschen Magie im Blut wären auch nicht schlecht, und – *zack* – die Götter haben meinen Wunsch erhört und mir einfachem Mädchen aus Midre diese Gabe geschenkt?«

Ich holte tief Luft. »Diese Gabe, die ein verdammter Fluch ist. Die ich nie wollte. Ich habe meine Familie verloren, alles, was mir wichtig war, und dann nehmen sich Leute wie du auch noch das verfluchte Recht, mir zu sagen, wer ich sei oder dass ich nicht zu leben hätte. Dass ich für den Untergang des Landes verantwortlich sei.« Meine Sicht verschwamm und ich musste mich an der Wand neben mir abstützen, um nicht das Gleichgewicht zu verlieren. »Ich bin gerade etwas über zwanzig Jahre alt und du glaubst, ich könnte in dieser verfluchten Welt mit meiner nichtsnutzigen Gabe irgendetwas bewirken? Bisher wurde ich nur vertrieben, gejagt und beinahe getötet.«

Meine Beine knickten unter mir weg und ich stürzte zu Boden. Meine Hände brannten genauso wie meine Knie. Spitze Steine bohrten sich in meine Haut und machten mir den Schmerz deutlich, der tief in mir wie ein Sturm tobte. Mein Brustkorb hob und senkte sich viel zu schnell. Luft. Atmen. Ich musste ruhig bleiben. Atmen.

»Ich hatte keine Wahl«, flüsterte der Fremde und seine Stimme hallte laut in meinem leeren Kopf wider.

Ich konnte nicht aufschauen, konnte ihn keines Blickes würdigen. Seine Stimme klang viel zu gelassen, zu erstaunt. Deshalb zuckte ich nur mit den Schultern. »Aber warum?«, erwiderte ich kraftlos und meine Stimme brach mit dem letzten Wort weg.

»Das kann ich dir nicht sagen.«

Nun sah ich doch auf und traf auf seine dunklen Augen. Ein Schauer ging durch mich hindurch. »Wer bist du?«, hauchte ich.

Kurz erfüllte Stille den Raum und breitete sich zwischen uns aus wie eine unsichtbare Wand. »Kian.«

Überrascht setzte ich mich auf und lehnte mich an die Wand gegenüber von ihm, winkelte ebenfalls meine Beine an und musterte ihn. Kian. »Ich bin Freya, aber das weißt du ja schon.«

»Vielleicht.« Ich konnte das Schmunzeln im Halbdunkeln nur vermuten, dennoch war es ansteckend und auch ich zog einen Mundwinkel in die Höhe.

»Wie lange bist du mir eigentlich schon gefolgt?«

»Wann ist es dir aufgefallen, dass ich dir gefolgt bin?«, stellte Kian die Gegenfrage.

»In Karden, als ich vom Markt gekommen bin«, überlegte ich laut. »Und dann erst wieder, als wir die Stadt verlassen hatten.«

»Da hatte ich ja fast noch Glück. Das war kurz nachdem die vermeintlichen Lafrander in eure Hütte gestürmt und nicht wieder aufgetaucht sind?«

»Was?« Ich schluckte und musste mich bemühen, dass mir nicht der Mund aufklappte. »Was hast du denn bitte nicht mitbekommen? Woher wusstest du so genau, wo du nach mir suchen musstest? Und warum hast du mich in Karden nicht umgebracht?«

»Na ja, ich habe von den Suchaktionen der Lafrander gehört. Die Händler erzählen viel, wenn der Tag lang ist. Die Lafrander halten sich immer für besonders schlau und wenn du mich fragst, haben sie bis jetzt gedacht, dass niemand von ihren Plänen und Suchaktionen erfahren hat.« Kian schaute auf den Boden vor ihm. »Ist eben die Frage, wie lange ihnen die Bevölkerung diese vermeintlichen Brände und Überfälle abkauft. In Karden war ich mir noch nicht einhundertprozentig sicher, ob du wirklich die Person bist, die ich suche. Ich wollte nicht willkürlich Menschen umbringen, wir sind keine Mörder.«

»Wie großzügig«, stieß ich lachend aus und verdrehte die Augen. »Aber wieso dachten die Lafrander und auch du, dass ihr mich in Sacrande findet? Wieso nicht in Lafrand oder in einer der größeren Städte? Dort hätte ich doch auch bestens untertauchen können«, entgegnete ich. Ich hatte so viele Fragen an meine Eltern – Zieheltern. Fragen, die ich ihnen nicht mehr stellen konnte und womöglich auch sonst keinem Einwohner Midres mehr. Meinetwegen. Der Kloß in meinem Hals wuchs erneut.

»Die Lafrander haben ihr eigenes Land von Anfang an unglaublich gut durchkämmt. Nach Sacrande haben sie sich lange Zeit nicht vorgetraut, weil die Konflikte zwischen den Menschen der beiden Reiche schon immer groß waren. Ich denke, man war einfach froh, dass einige Jahre keine größeren Konflikte zwischen ihnen entstanden sind, und hat deshalb erst so spät mit der Suche in Sacrande begonnen.« Kian zuckte mit den Schultern. »Wieso sollten Feen in Isandona Schutz suchen? In keinem anderen Reich wird Magie noch mehr verabscheut.«

»Aber warum? Was habt ihr denn gegen Magie?«, hakte ich nach.

»Ich habe geahnt, dass sich unter den Lafrandern in der Armee einige Krieger befinden, die die Gabe besitzen, Magie aufzuspüren. So gezielt, wie sie letztendlich vorgehen konnten, musste zumindest eine Person unter ihnen vorgeben jemand anderes zu sein. Und wenn diese Krieger eine Fährte in Sacrande gefunden hatten und sicher waren, dass die Prinzessin um die zwanzig Jahre alt und eine Skafi sein muss, dann ... dann ist die Suche um einiges leichter.« Mit seinen letzten Worten hob er wieder den Blick und musterte mich eindringlich. »Nur ein einziges Dorf wurde so schnell, innerhalb von Minuten, dem Erdboden gleichgemacht, mit nur wenigen Überlebenden, die blieben, aber mit niemandem darüber sprachen, was passiert war. Das hat sich herumgesprochen. Schon bei eurer Ankunft in Karden wussten genügend Leute von den Vorkommnissen im Süden des Landes. Ihr hättet nie die Mauern der Stadt durchqueren dürfen.«

Es wollte einfach nicht in meinen Kopf. »Aber wer sollte so schnell von den Ereignissen mitbekommen haben? Und wir mussten Derek einsammeln.«

»Musstet ihr das? Ich glaube, du kennst deine Begleiter weniger, als gut für dich ist. Und das Land hat überall Augen und Ohren, das solltest auch du schon früher mitbekommen haben.« Ein geheimnisvolles Lächeln entstand auf seinen Lippen.

»Was soll das heißen, dass wir gar nicht nach Karden gemusst hätten?« Unwillkürlich setzte ich mich aufrechter hin. »Und es wurden noch mehr Dörfer dem Erdboden gleichgemacht. Es war nicht ... nicht nur meine Heimat.« Sofort spürte ich wieder das Brennen in meinen Augen.

»Das kann ich dir nicht sagen. Es ist besser, wenn du das selbst herausfindest. Und wie gesagt, kaum ein anderes Dorf wurde derart zügig und vollständig vernichtet. Aus den übrigen Orten kennt man mehr Überlebende, soweit ich weiß.« In das Funkeln in seinen Augen trat abermals dieser Ausdruck, der mir deutlich machte, wofür er mich hielt: dass ich für ihn kein menschliches Wesen war und es vielleicht auch nie werden würde.

»Ich traue niemandem. An deiner Stelle würde ich das auch nicht tun.« Dann atmete er hörbar ein und brachte seine Ketten wieder zum Rasseln. »Und du fragst mich, warum wir Magie so verabscheuen? Während du wie ein Inferno nahezu jeden, der dir vertraut war, umgebracht hast? Du bist ein Monster.«

»Nein.« Ich ballte die Hände zu Fäusten und erhob mich. »Nicht ich bin das Monster. Die Magie in meinem Blut ist es. Weil mir niemand gesagt hat, was in mir wütet. Wer ich bin oder was für Kräfte von mir zehren. Weil ich nie gelernt habe sie zu beherrschen. Ich bin kein Monster.«

Ein Knall zerriss die Luft. Erschrocken fuhr ich zusammen und starrte in die Richtung, aus der das Geräusch gekommen war. Doch durch den Widerhall konnte ich es erst orten, als dumpfe Schritte auf dem Boden erklangen. Schritte aus dem Tunnel, durch den ich hergekommen war.

Panik schnürte mir die Kehle zu und auch Kians Haltung wurde augenblicklich anders.

Noch bevor ich realisieren konnte, was hier vor sich ging, tauchte ein Schatten an der gegenüberliegenden Felswand auf. Ein Schatten, der beinahe doppelt so groß war wie ich und der an keine menschliche Kreatur erinnerte.

Als ich mich unsicher zum Tunnel wandte, war es bereits zu spät, um die Flucht zu ergreifen. Ich warf meine Fackel in die Finsternis, um mich selbst im tiefen Schwarz einer Nische im Felsen hinter mir zu verstecken. Als das Feuer auf den feuchten Boden traf, erlosch die Flamme erstaunlich schnell und der Geruch von Rauch erfüllte die Höhle.

Keine Sekunde zu spät. Der Schatten richtete sich im Schein einer der Wandfackeln auf und trat zu Kian und mir in den Raum. Das darauffolgende Röcheln und Schnaufen erinnerte mich mehr an ein Tier als an einen Menschen, was gar nicht so weit hergeholt war, wie ich feststellte, als ich meinen Blick an dem Geschöpf hinaufgleiten ließ.

Im fahlen Licht der tanzenden Flammen erkannte ich eine geriffelte graue Haut, die beinahe wie der Fels dahinter wirkte. Ich musste den Kopf in den Nacken legen, um das Wesen vollständig erkennen zu können, und erstarrte. Ein Steinriese.

Am liebsten wäre ich gleich eins mit der Wand hinter mir geworden und drückte mich so eng gegen den Stein, wie es nur ging. Ich stöhnte auf und biss sogleich in den Lederschoner an meinem Unterarm, um das Brennen meines Rückens ertragen zu können und mich durch das Ziehen und Stechen nicht zu verraten. Himmel, konnte ein Tattoo wehtun. Als würde ich mit dem rohen Fleisch an der Wand lehnen ...

Der Riese vernahm meinen Laut sofort und drehte sich in meine Richtung. Nun schnürte mir meine Angst die Kehle zu. Was, wenn das Wesen mich mit sich nahm? Wenn er mich zerriss oder auffraß? Kian würde es nur recht sein, wenn das Monster mich jetzt vernichtete.

Der Tunnel, durch den ich gekommen war, lag keine fünf Meter von mir entfernt. Aber Riesen waren trotz ihrer Größe schnell, wenn ich den Erzählungen meiner Zieheltern und den Märchen vertrauen konnte. Und das musste ich. Mir blieb nichts anderes, als daran festzuhalten.

Fünf Meter und ich musste mich darauf verlassen, dass ich wusste, wie ich hergekommen war. Denn Licht blieb mir keines und Riesen konnten auch im Dunkeln sehen. Wie zur Hölle sollte ich es schaffen?

Das Geschöpf wandte sich von mir ab und ergriff zu meinem Entsetzen Kian. Mit einem ohrenbetäubenden Knacken sprang die Kette auseinander, die ihn zuvor noch gefesselt hatte. Doch ein Husten aus der Ferne ließ den Riesen seine Meinung ändern und so legte er Kian wie eine Spielzeugfigur achtlos zurück auf den Boden, um sich der anderen Ecke des Raumes zu widmen. Durch die Finsternis war mir diese zuvor noch gar nicht aufgefallen. Ich hatte nur auf Kian geachtet ...

Dabei verschwand das Geschöpf in der Dunkelheit, wo ich dasselbe Rasseln wie von Kians Ketten hörte. Ketten, die zerrissen, als wären sie gar nichts.

Ein eisiger Schauer lief mir den Rücken hinunter. Jetzt oder nie. Das

Wesen war abgelenkt. Aber ich konnte nur wie gebannt auf den Riesen starren, wie er mit einem Menschen in der Hand wieder in den Schein der Fackeln trat. Mit einem Mann, der kaum mehr als einer zu erkennen war und mehr tot als lebendig aus den Fingern des Ungeheuers baumelte. Die Kleidung des Mannes verriet, dass er einer der Wächter sein musste. Aber warum war er hier unten gefesselt wie ein Gefangener?

Dasselbe Schicksal wie ihn würde in Kürze Kian ereilen. Es hätte mir egal sein sollen, aber das war es nicht. Allein beim Gedanken daran, wie der Riese den Isandoner ebenfalls so packte und zerquetschte, trieb es mir die Galle in den Mund und mir wurde schlecht.

Und dann konnte ich mich nicht länger zurückhalten, löste mich aus dem Vorsprung im Felsen und rannte los. Verfluchte den nassen Boden einmal mehr, dass er so deutlich verriet, wo ich entlanglief und dass in der Höhle noch jemand gewesen war.

Aber ich konnte nicht länger stillsitzen, konnte nicht mitansehen, wie das Geschöpf einen anderen Menschen vor meinen Augen verschlang. Die Kälte und Finsternis legten sich um mich und nahmen mich gefangen, jagten meinen Puls noch weiter in die Höhe.

Bei Kian angekommen fiel mir wieder ein, dass seine Ketten bereits zerrissen waren. »Was machst du denn?«, zischte er und sprang auf. Dabei war sein panischer Blick hinter mich gerichtet und als ich über die Schulter blickte, wusste ich auch warum. Mein unüberlegtes Handeln hatte die Aufmerksamkeit des Riesen auf uns gelenkt.

»Ich will dir nur helfen!«, erwiderte ich und ärgerte mich zugleich, wie undankbar der Isandoner reagierte. Hasste er mich wirklich so sehr, dass es ihm derart abwegig erschien, dass ich ihn retten wollte?

Ein Brüllen erklang hinter mir und mir gefror das Blut in den Adern. Ich wirbelte herum und kehrte Kian den Rücken zu. Im Gegensatz zu dem ausgewachsenen Riesen schien er mir das kleinere Übel.

Allerdings blieb mir auch keine Zeit, um mir weiter den Kopf über Kian zu zerbrechen. Ich konnte nur zusehen, wie der Steinriese den Mann aus seiner Hand fallen ließ, als wäre er ein nasser Mehlsack. Das Knacken, das erklang, als der Körper vor mir den Boden erreichte, zog mir den Brustkorb zusammen.

Renn, schrie alles in mir, aber ich schien wie festgewachsen, konnte mich nicht von der Stelle rühren, als hätte meine Angst unsichtbare Fäden um mich gesponnen.

»Ich hoffe, du hast auch einen Plan, wie du deine Idee umsetzen willst«, bemerkte Kian zu allem Überfluss.

Ich kam zu keiner Antwort, denn der Riese stieß gerade ein weiteres Brüllen aus, das von den Wänden widerhallte, als seine Hand vorschnellte.

Ich schrie auf, war zu langsam, um zur Seite zu springen, konnte nur zusehen, wie die Hand aus Stein auf mich zuschoss. Der Schmerz zerriss mich förmlich. Mein Magen krampfte sich zusammen und ich öffnete den Mund, um meine Lunge mit Luft zu füllen. Aber es gelang mir nicht. Ich konnte nicht mehr atmen. Kraftlos gaben meine Beine unter mir nach.

Doch neben dem unbändigen Brennen erfasste mich ein Kribbeln, das sich gleichmäßig durch meinen ganzen Körper ausbreitete und mich mit Wärme flutete, während ich stürzte. Und als meine Knie den Boden berührten, ging eine Welle durch mich hindurch, die mich wieder aufrichtete.

Wie von selbst hoben mich unsichtbare Hände hinauf. Mein Rücken stand in Flammen. Aber da war nichts. Nichts Greifbares, jedoch etwas, das mir Kraft verlieh und die Schmerzen in den Hintergrund rücken ließ.

Der Riese wirkte genauso erstaunt wie ich, dass ich abermals aufrecht stand. Ich nutzte den Moment. In einem meiner Stiefel musste noch ein Dolch stecken.

Meine Fingerspitzen berührten den Holzgriff keine Sekunde zu spät. Denn der Steinriese holte mit dem zweiten Arm aus. Dieses Mal ging ich rechtzeitig in Deckung und fragte mich unwillkürlich, woher ich die Kraft und das Geschick dazu nahm. Sämtliche meiner Rippen hätten durch den ersten Schlag brechen müssen …

Der Riese drehte sich zu mir herum, ich holte aus und rammte meinen Dolch in das Bein des Geschöpfs. Zumindest versuchte ich es, allerdings erklang lediglich ein helles Klirren und ein Ziehen schoss meinen Arm hinauf, sodass ich kurz Sterne vor meinen Lidern tanzen sah. In diesem Moment verfluchte ich das Wesen, das einfach aus Felsbrocken zu bestehen schien. Wie sollte ich eine Chance gegen den Riesen haben?

»Freya!«, schrie Kian hinter mir.

Als ich mich zu ihm herumdrehte, sah ich ihn an die Wand gepresst stehen, den Dolch mit zittrigen Fingern umschlossen, sein Gesicht bleich.

Aus dem Augenwinkel bemerkte ich, wie die Fäuste des Riesen auf mich niedergingen. Instinktiv duckte ich mich, riss die Arme in die Höhe und wollte die großen Hände des Geschöpfes abwehren.

Es ging eine solche Wucht durch meinen Körper, dass grelles Licht vor meinen Augen aufblitzte. Ich schrie, ohne meine Stimme zu hören. Und dann war ich gedanklich wieder in Midre. Sah all die Menschen und wie sich schwarze Schlieren aus ihren Körpern bildeten. Wie diese Schlieren in mir zusammenflossen und mich dann zum Explodieren brachten, sodass schwarze Rußflocken durch die Luft schwebten.

So schnell die Kräfte mich durchströmt hatten, so schnell verließen sie meinen Körper wieder und ich fiel in mich zusammen, stürzte ins Nichts.

Erst als meine Hände den Boden berührten, konnte ich die Augen aufreißen und mein Schrei brach ab. Mein Blut rauschte laut durch meine Adern, brachte meinen Schädel zum Dröhnen. Meine Haare hingen mir zerzaust ins Gesicht, klebten mir an der schweißgetränkten Stirn und am Rücken. Wo das Tattoo war, kam es mir vor, als wäre dort nur rohe Haut übriggeblieben.

Ich stieß geräuschvoll die Luft aus, starrte auf meine Hände, die ich gegen den kühlen, feuchten Stein drückte, und konnte – wollte – nicht begreifen, was geschehen war.

Als ich den Blick hob, lagen um mich verstreut in der Höhle Felsbrocken in unterschiedlichen Größen. Der Steinriese … Ich hatte ihn zerstört. Die in mir tobenden Kräfte hatten mir einmal mehr mein Leben gerettet – und das von Kian.

Der Isandoner stand mit offenem Mund wenige Schritte neben mir und sein Brustkorb hob und senkte sich ebenso schnell und ungleichmäßig wie meiner.

Zittrig richtete ich mich auf, drehte mich um die eigene Achse und als ich einen Überblick über das Trümmerfeld erhielt, das ich geschaffen hatte, verschlug es mir endgültig die Sprache. Wozu war ich noch fähig, wenn ich einen Steinriesen innerhalb von Sekunden zerstören konnte?

»Das kann nicht sein«, hauchte ich mehr zu mir selbst als zu Kian. »Ich … ich muss hier weg.«

Noch bevor ich die Worte ganz ausgesprochen hatte, stolperte ich in die Richtung, aus der ich gekommen war, und ließ den Isandoner zurück. Rannte los, bloß weg von dem Krieger, der nicht länger ein Gefangener war.

Mit jedem Schritt, den ich mich von dem Chaos entfernte, glaubte ich wieder mehr Luft zu bekommen. Denn mit der Dunkelheit, die mich umhüllte, verschwand auch der Anblick dessen, was meine Kräfte angerichtet hatten. Und doch bekam ich die Bilder nicht aus meinen Gedanken – Midre nicht und auch nicht den zerstörten Steinriesen.

Bei den Göttern … warum war ich meiner Neugierde gefolgt? Wie weit war ich nur gelaufen? Schon bald fragte ich mich, ob ich überhaupt noch in die richtige Richtung ging. Unzählige Fragen schossen mir durch den Kopf, während mein Atem abermals kürzer wurde und die feuchte Luft mir die Lungen zusammenzog. Hustend und stolpernd, eine Hand am rauen Stein, stürzte ich durch die Schwärze und meine Augen wollten sich einfach nicht an die Dunkelheit gewöhnen. Doch …

In der Ferne erkannte ich eine erste Fackel, die mir zeigte, dass ich mich auf dem richtigen Rückweg befinden musste. Dass ich in die höheren Ebenen zurückkam. Dass dort ein Aufgang lag. Daran klammerte ich mich, versuchte schneller zu laufen.

Weitere Schweißperlen liefen mir in den brennenden Rücken.

Nur nicht stehen bleiben. Als ich den Blick jedoch zu der Treppe richtete, erkannte ich, dass es sich um gar keine Stufen handelte. Was bedeutete, dass ich gar nicht den Weg zurückgelaufen war, den ich hergenommen hatte, oder?

Und je näher die Fackel kam, desto deutlicher formte sich das Bild vor meinen Augen. Die Fackel beleuchtete das Ende eines Ganges vor mir. Da war nur noch eine Wand!

Benommen blinzelte ich, tastete mit einer Hand vor mir auf dem rauen Stein nach etwas, woran ich mich festhalten konnte. Wieso drehte sich der Raum? Die Decke schien näher zu kommen, mich zu zerdrücken und unmittelbar in den verschwommenen Schlieren vor meinen Augen tauchte ein Schatten auf.

Aber da war noch mehr. Das Tropfen war wieder da. Lauter. Klang fast so präsent wie das Pfeifen an meinem Ohr. Allerdings konnte ich jetzt erkennen, dass das kein Wasser war. Es war etwas anderes, das den Boden und die Wände vor meinen Augen zierte.

Wieder blinzelte ich. Versuchte mir das zu erklären, was ich sah. Klarer zu erkennen, während mein Schädel explodierte. Die dunkle Flüssigkeit war überall. Über mir, neben mir, vor mir. Mein Magen zog sich zusammen, bevor mein Kopf es begreifen konnte. Da war Blut.

KAPITEL 21

In den Heiligen Stätten

»Guten Morgen«, begrüßte mich Luan. »Gut geschlafen?«

Geschlafen? Sofort sah ich wieder den Riesen vor mir. Das Blut. Panisch setzte ich mich auf und wurde sofort von meinem dröhnenden Kopf daran erinnert, dass ich etwas mehr zu spüren bekommen hatte.

»Was ist passiert?«, wollte ich wissen und legte eine Hand an die Stirn.

»Du hast schlecht geträumt und musst geschlafwandelt sein. Ich habe dich auf dem Gang vor unseren Zimmern wieder eingesammelt«, erklärte Luan und setzte sich neben mich auf die Bettkante.

»Was?« Das konnte nicht sein. Vielleicht wäre es besser gewesen, wenn ich mir das alles nur eingebildet hätte, aber das glaubte ich nicht. Das war nicht möglich. Dafür hatte es sich viel zu echt angefühlt.

»Na ja, du bist ziemlich hastig durch die Gegend gelaufen und dann mit Schwung gegen die Zimmertür. Sah schmerzhaft aus«, fügte Luan hinzu und kratzte sich am Hinterkopf, bevor er den Blick abwandte.

Er schaute mich nicht ein einziges Mal richtig an. Verärgert verzog ich das Gesicht. Aber Widerspruch war vermutlich zwecklos. Aus Luan würde ich wohl nicht mehr herausbekommen.

Wie von selbst schlich sich Kians Bemerkung in meine Gedanken. Dass ich Luan und Derek vielleicht gar nicht richtig einschätzen konnte. Denn klar hatte er recht. Ich kannte die beiden kaum oder hatte zumindest nicht viel über ihre Herkunft oder ihren Antrieb, mir zu helfen, mich zu schützen und an diesen Ort zu bringen, erfahren.

»Du siehst aus, als würdest du noch immer die halbe Welt zerdenken«, kommentierte Luan meinen Gesichtsausdruck, woraufhin ich ihm die Zunge herausstreckte.

»Witzig«, entgegnete ich. »Du kommst dir auch nicht vor, als wäre ein Steinriese auf dich gefallen.«

Bei meinen letzten Worten zuckte er kaum merklich zusammen. Schließlich stand er auf. Das Lächeln, das auf seinem Mund auftauchte, hatte noch nie gezwungener gewirkt. »Du sagst Sachen. Wovon hast du denn bitte heute Nacht geträumt?«

»Sag du mir, war es ein Traum oder sind Sachen davon vielleicht wirklich passiert? Ich für meinen Teil kann mich nämlich nicht erinnern, wie ich in mein Zimmer gekommen bin, wo ich doch angeblich gegen Aylins Tür gelaufen bin.« Ich verschränkte die Arme vor der Brust, was mich aufstöhnen ließ. Als ich den Saum des Oberteils anhob, konnte ich einige blaue Flecken erkennen. »Und ich hatte noch nie so viele ... Erinnerungen an eine Nacht, in der ich vermeintlich schlafgewandelt bin. Ich schlafwandle nämlich nicht.«

»Heute Nacht anscheinend schon«, sagte Luan so schnell, dass ich mir spätestens jetzt sicher war, dass er nicht die Wahrheit sagte.

»Warum lügst du mich an? Ich weiß, was ich gesehen habe«, warf ich ihm vor. »Ich habe dir so oft vertraut. Willst du dieses Vertrauen wirklich auf die Probe stellen?«

»Hör mir zu«, zischte Luan und saß plötzlich so dicht vor mir, dass ich seinen Atem spüren konnte. Sein eindringlicher Blick brachte mich zum Schweigen. »Es hat seine Gründe, warum ich dir eine Lüge aufzwinge. Ich weiß, was du gesehen hast und dass du dich erinnern kannst. Aber ich habe dich gewarnt und du solltest mir, verdammt nochmal, versprechen keinen Fuß vor Aylins Tür zu setzen. Ich habe dir auch vertraut, Freya!« Er seufzte. »Versprich mir zumindest jetzt, dass du kein Sterbenswörtchen über die letzte Nacht verlierst und niemanden darauf ansprichst. Besser, du behältst für dich, was du gar nicht hättest mitbekommen dürfen. Das war nicht für deine Augen bestimmt.«

Ich fröstelte. »Warum nicht? Wieso verschweigt ihr mir …« Aber dann stockte ich. Vielleicht wusste Luan gar nicht alles von dem, was ich mitbekommen hatte. Und vielleicht war das gut so. »In Ordnung. Dann sprechen wir jetzt einfach nicht mehr darüber?«

Sein Nicken war Antwort genug für mich. Doch er fügte hinzu: »Sei froh, dass dich dein Ausflug nicht das Leben gekostet hat. In den Tiefen lauern noch ganz andere Geschöpfe.«

Obwohl die Sonne in den Raum schien, wurde mir nicht mehr warm. Allein der Gedanke, dass dort im Dunkeln *noch ganz andere Geschöpfe* ihr Unwesen trieben, bereitete mir Bauchschmerzen. Ich traute mich jedoch nicht weiter nachzufragen und war mir auch nicht sicher, ob ich mehr darüber erfahren wollte. Dennoch stand für mich fest, dass ich das nicht auf mir sitzenlassen würde. Ich ließ mir nicht vorschreiben, wo ich mich aufzuhalten hatte und wo nicht. Ich würde der Sache später noch auf den Grund gehen.

»Mako erwartet dich schon im Innenhof.« Mit diesen Worten erhob sich Luan erneut und verschwand aus meinem Zimmer. Die Stille, die folgte, als er die Tür hinter sich ins Schloss zog, ließ das Dröhnen meines Kopfes unerträglich werden. Wie sollte ich so einen Trainingstag überstehen, ohne mir die vergangene Nacht anmerken zu lassen?

***

Als ich in den Innenhof trat, entdeckte ich Mako auf einem der Steine am Wasser. Er hatte sich im Schneidersitz darauf niedergelassen und die Augen geschlossen. Lauschte dem Sprudeln und dem Gezwitscher der Vögel.

»Da bist du ja«, stellte er fest, ohne die Augen zu öffnen. »Du bist zu spät.«

»Ich hatte –«

»Du brauchst dich nicht zu rechtfertigen.« Mit einer flüssigen Bewegung erhob er sich, richtete seinen Umhang und zog den Gürtel fester. »Da du … etwas geschwächt bist, würde ich heute gern einige Dinge mit dir besprechen. Aylin ist mit Luan im großen Saal und damit in Sicherheit, bevor du nach ihr fragst.« Eine Handvoll Schritte von mir entfernt blieb er stehen. Doch während er weitersprach, war es, als würde er durch mich hindurchschauen. Als wäre ich gar nicht da. »Es ist wichtig, dass du weißt, woher deine Kräfte kommen und wie du sie einsetzen kannst, ohne dich selbst zu schwächen.«

Er hob seine rechte Hand, schloss die Augen, atmete durch. Das Rauschen des Wassers verklang, obwohl sich der Fluss auch weiter durch den Innenhof zog. Die Bäume wiegten sich im Wind, den ich bisher deutlich auf meiner Haut hatte spüren können. Nun empfand ich nichts mehr davon.

»Was ...?«, setzte ich an. Doch Mako brachte mich mit seiner anderen Hand zum Schweigen.

»Was denkst du denn, was ich gemacht habe?«, stellte er direkt die Gegenfrage.

Ich zuckte mit den Schultern. »Du hast der Umgebung ihre Geräusche genommen.«

»Nein. So etwas kann ich nicht. Auch Magier und Feen können nur begrenzt in die Gegebenheiten der Natur eingreifen und solch *entscheidende* Dinge kann ich nicht beeinflussen. Das liegt nicht in meiner Gewalt.« Im nächsten Moment senkte er seine Hand wieder. Machte eine Bewegung mit den Fingern, als würde er einen unsichtbaren Ball einfangen und zu Boden gleiten lassen, und sofort konnte ich die Umgebung wieder klarer wahrnehmen.

Eine Windböe strich mir durch die geöffneten Haare. »Du hast nicht nur die Geräusche verstummen lassen ...«, stellte ich laut fest.

»Richtig. Aber so darfst du das nicht sehen. Magie muss man spüren, du musst sie mit dem Herzen betrachten, fühlen, wie sie durch deine Adern fließt.« Er griff nach meiner Hand. »Pass auf. Ich mache das noch mal. Schließ die Augen.«

Meine Haut begann unter seinen Fingern zu kribbeln. Als hätte ich in Brennnesseln hineingefasst. Und dieses Mal ging es wie eine Welle durch meinen Körper hindurch. Wie eine Wärmebarriere, die sich vom Boden langsam hinauf aufbaute.

Erschrocken riss ich die Augen auf und starrte in seinen ausdruckslosen Blick. »Du musst es fühlen. Jetzt weißt du, was ich gemacht habe, oder?«

»Du hast der Natur nichts genommen, sondern um uns herum eine unsichtbare Barriere gezogen«, brachte ich stockend hervor. Abermals kam es mir vor, als würde ich die Umgebung wie durch eine Glasscheibe hindurch betrachten. Allerdings wusste ich jetzt auch, was geschehen war, weil ich es gespürt hatte. Die Magie.

Ein zufriedenes Lächeln entstand auf Makos Lippen. »Ja. Ich bin nur ein Magier. Ich kann der Natur nichts nehmen. Ich kann nur mit dem arbeiten, was ich in mir spüre und was mir von einem Skafi geschenkt wurde.«

»Wie meinst du das, wenn du sagst, es wurde dir von einem Skafi geschenkt?«, hakte ich nach. »Konnte der Skafi dann tatsächlich in die Natur eingreifen?«

Mako baute die Wand um uns herum wieder ab, ließ mich los und damit hörten auch das Kribbeln und die Wärme auf. Dennoch konnte ich in jedem Winkel meines Körpers spüren, dass da fremde Magie durch mich hindurchgeflossen war.

»Nein«, erklärte er. »Auch einem Skafi ist es nur begrenzt möglich, in die Natur einzugreifen. Ihr könnt wesentlich mehr aus ihr nutzen, aber sieh es immer als ein Geben und Nehmen. Wenn du dir aus der Natur etwas nimmst, wie hier die Geräusche oder das Empfinden, dann wirst du ihr im Gegenzug auch eine Menge deiner Kraft geben müssen. Das fordert eine sehr hohe Basis an eigener Kraft und Können. Solch enorme Eingriffe wird kaum ein Skafi im Laufe seines Lebens erreichen.«

»Aber dir wurde Magie von einem geschenkt.«

»So sagt man das, ja. Tatsächlich ist es deine Aufgabe, Magie, die in Menschen schlummert, aufzuspüren und zu entfachen. Nur du besitzt die Fähigkeit, diese Magie ans Licht zu bringen und aus einfachen Menschen Magier zu machen.« Wieder tauchte da dieses unscheinbare Lächeln auf und ich glaubte in seinen Augen den Funken von Hoffnung zu erkennen. »Und es gibt mehr Menschen, denen Magie durch die Adern fließt, als du denkst. Es liegt nur an dir, sie zu finden und ihnen ihre Bestimmung zu zeigen.«

»An mir?« Irritiert starrte ich ihn an. »Wie soll ich denn erkennen, ob in einem Menschen Magie schlummert?«

»Luan hat dich doch auch gefunden.« Mako nickte mir zu. »Es ist gar nicht so schwer, wenn du weißt, wie es geht. Denn in den meisten Fällen reicht ein Wort der Alten Sprache aus, um Magie in jemandem zu entfesseln.«

»Der Alten Sprache?« Allmählich kam ich mir doof vor immer seine Worte nachzuplappern. Aber es wollte nicht so recht in meinen Kopf, was noch alles hinter der Gabe steckte und dass in jedem Magier und jeder Fee eine andere Art von Magie schlummerte. Auch Luan hatte schon von der Alten Sprache gesprochen, aber Mako gab mir endlich eine Antwort.

»Ganz genau«, stimmte er zu. »Es ist eine Sprache, die kaum noch jemand fließend spricht, aber einige Bücher aus der alten Zeit sind noch vollständig in ihr verfasst. Ich nehme dich später noch mit in die Halle der Vergangenheit. Dort findest du all die Werke, in denen du mehr über die Sprache lernen kannst, aber eben auch über die Hintergründe.«

»Die Hintergründe der Gabe?« Ich ließ mich auf den Boden sinken. So viele Informationen und mein Kopf brummte noch vom vergangenen Abend. Wie sollte ich mir das je alles merken können? Und vor allem in dieser kurzen Zeit, wenn wir schon bald wieder aufbrechen mussten, sollte es wahr sein, was Luan gesagt hatte.

»Auch zu deiner Gabe. Aber genauso zu der Geschichte dieses Landes. Den Sagen und Legenden um das Land, die Zeiten und Regenten in Ilandmera. Du wirst dort auf all deine Fragen eine Antwort finden.« Mako setzte sich zu mir ins Gras. »Es ist ganz normal, dass das zunächst einmal überfordernd scheint. Aber du wirst es schneller lernen, als du glaubst.«

»Wie beruhigend. Aktuell habe ich das Gefühl, einfach gar nichts zu wissen und bisher hinter dem Mond gelebt zu haben.« Ich seufzte und stützte meinen Kopf in die Hände. »Was gibt es denn für unterschiedliche Fähigkeiten und wie zur Hölle soll ich herausfinden, welche meine ist? Bisher habe ich einfach nur alles in Schutt und Asche gelegt, Menschen ermordet und bin vor Männern geflüchtet, die ich noch nie zuvor gesehen habe.«

Mako lachte auf. »Die meisten Skafi und Magier können ganz unterschiedliche Stärken haben, Gebiete, die sie besonders gut kontrollieren können. Bei einigen ist es Fruchtbarkeit, weshalb in den Jahren der Skafi-Herrschaft auch die abgelegeneren und ärmeren Gebiete gut mit Lebensmitteln versorgt werden konnten. Die Ernten waren ertragreicher und schneller. Bei dir ist es in der Tat ein bisschen besonders – aber damit bist du nicht allein. Skafi sind immer etwas Einzigartiges und obwohl sich ihre Kräfte ähneln, haben sie alle etwas, was sie voneinander unterscheidet.«

»Und was soll das sein?« Ich kam mir einfach nur verloren vor. Verloren mit der Gabe, ohne eine Heimat, in die ich zurückkehren konnte. Ohne ein wirkliches Ziel, das ich anstreben konnte. Vielmehr schien ich als Marionette hin- und hergeschoben zu werden, musste mir von anderen sagen lassen, wer ich war und was ich zu tun hatte.

Mako unterbrach meine Gedanken, die wie ein Sturm in meinem Inneren tobten. »Du kannst Magie schenken, beherrschst die Kraft des Lebens, indem du deiner Umwelt die Energie entziehst, die deine Kräfte brauchen, um sich zu entfalten. Aber eben jene Energie, die dein Umfeld dir gibt und die du aus dir selbst ziehen kannst, kannst du auch verschenken, kontrollieren, und wenn du sie nicht kontrollieren kannst, ist sie todbringend – für andere und für dich.«

Das Rauschen der Blätter über uns jagte mir eine Gänsehaut über den Körper. Vor meinen Augen tauchten wieder die Bilder von unserem Marktplatz auf und es kostete mich alle Kraft, diese Emotionen nicht an die Oberfläche dringen zu lassen. Ich hatte den Menschen in Midre ihre Lebensenergie entzogen, indem ich mich verwandelt hatte. So hatte ich sie umgebracht. Genau wie die Soldaten in Karden. Jetzt ergab es alles einen Sinn, stellte ich mit rasendem Herzen fest.

Selbst wenn Mako etwas davon mitbekam, so ließ er es sich nicht anmerken. »Wichtig ist für dich, dass du möglichst viel der Kraft aus dir selbst nehmen kannst, ohne dich dabei zu schwächen. Und zugleich musst du lernen deiner Umwelt nicht zu viel, sondern gerade genügend Kraft für deine Vorhaben zu entziehen.« Er schaute mich eindringlich an. »Dir wurde die Gabe nicht geschenkt, um sie zu missbrauchen. Du sollst sie im Einklang mit der Natur verwenden, mit den Lebewesen und Geschöpfen um dich herum. Und da Kraft und Energie stark von deinem eigenen Empfinden gesteuert werden, musst du lernen dich selbst und deine Gefühle besser im Griff zu haben.«

»Wie soll ich das jemals schaffen?«, stöhnte ich und schluckte mehrfach, um den Kloß aus dem Hals zu bekommen.

»Du musst die Gabe kennenlernen, sie im Einklang mit dir wissen. Denn du bist die Magie und wenn du das gelernt hast, wirst du sie kontrollieren können. Du musst dir nur zwei wesentliche Fragen beantworten: wer du bist und wohin du möchtest. Finde dich selbst und du wirst die Gabe in dir beherrschen.«

***

»Willkommen in der Bibliothek der Heiligen Stätten.« Mako trat mit einer einladenden Handbewegung zur Seite und gab den Blick auf abertausende Bücher frei. Mit diesem Anblick verstand ich endlich, woher die Insel ihren Namen erhalten hatte. Dieser Ort war tatsächlich heilig und beherbergte einen Schatz mit ungeahntem Wert.

Mir klappte der Mund auf, als ich den Kopf in den Nacken legte. An der Decke hing ein gigantischer Globus, um den die Himmelskörper rotierten.

»Komm, ich habe schon einige Bücher für dich bereitgelegt. Du kannst dich gleich noch in Ruhe umsehen. Ich möchte dir nur rasch einen Überblick über die wichtigste Lektüre für dich geben.« Mako lief an mir vorbei und wies mich mit einem Nicken an ihm zu folgen.

Unsere Schritte hallten auf dem Marmorboden wider und ich kam gar nicht aus dem Staunen heraus. Zu beiden Seiten befanden sich Regale, die bis unter die Decke mit in Leder gebundenen Ausgaben von Büchern befüllt waren. Die Decke selbst wies eine aufwendige Zeichnung auf, die Sonne. Deren goldenen Strahlen zogen sich über die weißen Stuckelemente und Malereien, die Legenden aus ganz Ilandmera zeigten.

Die Kuppel des Saales war kreisförmig und in ihrer Mitte stand ein kleiner runder Tisch aus dunklem Holz, auf dem sich einige Bücher stapelten.

»Das sind die Geschichten und Aufzeichnungen, die in nächster Zeit für dich von Bedeutung sein könnten.«

Ich traute mich kaum die alten Bücher in die Hand zu nehmen, doch Mako zuckte nicht einmal mit der Wimper, als er eines der Werke vom Stapel nahm und mir entgegenstreckte. »Am besten suchst du dir einen ruhigen Ort in der Bibliothek und verbringst die Stunden bis zur nächsten Zusammenkunft mit ein bisschen Lektüre. Sieh dich hier ruhig um. Du kannst eigentlich alles anfassen und anschauen, solange du nichts zerstörst oder verschwinden lässt.«

Obwohl mir unzählige Fragen auf der Zunge brannten, brachte ich lediglich ein Nicken zustande.

Mit einer halben Verbeugung verließ Mako die Bibliothek und das Tor fiel mit einem dumpfen Geräusch ins Schloss, das von allen Wänden widerklang.

Alle Härchen an meinem Körper richteten sich augenblicklich auf. So viele alte Bücher und ich dürfte jedes einzelne von ihnen anfassen und lesen, wenn ich nur die Zeit dazu hätte.

Fasziniert beobachtete ich abermals das Spiel der Planeten über meinem Kopf. Dieser Ort war wirklich magisch, wie sich das Licht in vereinzelten Fenstern in der Kuppel brach und in Schlieren ins Innere fiel.

Ein Knallen ließ mich zusammenzucken und aufhorchen. Ich war nicht allein. Sofort schnürte sich meine Kehle zu und in mir breitete sich der Drang aus, die Bücher zu schnappen und doch gleich wieder auf mein Zimmer zu verschwinden. Dennoch trieb mich auch dieses Mal die Neugierde in die Richtung, aus der ich den Laut gehört hatte.

Bestimmt war einer der Wächter auch gerade bei einer Recherche und hatte dabei versehentlich ein Buch aus einem Regal gerissen. Oder aber es war wieder einmal ein Monster …

Den letzten Gedanken schob ich jedoch hastig beiseite und konzentrierte mich stattdessen darauf, nach weiteren Lauten zu horchen, die mir verrieten, wohin ich zu laufen hatte.

Ich musste nicht lange suchen, denn als ich das erste Regal umrundete, traute ich meinen Augen kaum. Das konnte nicht sein. Dann hatte ich mir all die Berührungen also tatsächlich gar nicht eingebildet?

Luan stand mit dem Rücken an eines der Regale gelehnt und es war Derek, der ihn dagegendrückte, eine Hand um seinen Rücken geschlungen, die andere in Luans fast weißen Haaren vergraben. Vor den beiden lagen einige der Bücher willkürlich auf dem Boden verteilt, als hätten sie diese aus Versehen aus dem Regal befördert. Die Leidenschaft, die beide in diesen Kuss legten, ließ mir die Hitze ins Gesicht steigen.

Hastig wandte ich mich ab und stürzte hinter das Regal zurück. Zu spät. Ich presste mich gegen die Wand und wünschte, ich könnte eins mit den Büchern werden.

»Freya?« Luans Kopf tauchte neben mir aus dem Gang auf.

»Ja«, brachte ich krächzend hervor, da ich nicht wusste, was ich sonst sagen sollte.

»Wir können das erklären!«, beeilte sich Derek zu sagen, wobei seine Stimme noch ganz rau klang.

Dabei wusste ich gar nicht, ob ich eine Erklärung dafür wollte. War nicht das, was ich gesehen hatte, Erklärung genug? Warum wir nach Karden gemusst hatten und warum Luan Derek hatte *einsammeln* wollen? Diese kleinen, vermeintlich unscheinbaren Berührungen zwischen den beiden. Diese Spannung, die ich von Anfang an zwischen ihnen in der Luft gespürt hatte?

»Ihr müsst das nicht erklären«, stotterte ich und schaute unsicher zwischen ihnen hin und her. »Ich ... Wir sehen uns beim Abendessen.«

KAPITEL 22

In den Heiligen Stätten

War es eben noch mein Ziel gewesen, schnellstmöglich mit den Büchern unter dem Arm in mein Zimmer zu verschwinden und dann nach Aylin zu sehen – mich irgendwie abzulenken –, so wusste ich mit der ins Schloss fallenden Tür, dass ich das niemals hinbekommen würde. Wie sollte ich den Kopf freibekommen, nach allem, was ich gestern Nacht erlebt hatte, was mir Mako heute im Innenhof erzählt hatte, oder nachdem ich nun mit Sicherheit wusste, dass da mehr war zwischen Luan und Derek als nur Freundschaft.

Frustriert nahm ich den Stapel mit Büchern vom Schreibtisch und wollte sie auf dem Boden ausbreiten, als das oberste Exemplar ins Rutschen geriet und hinunterfiel. Aufgeschlagen blieb es vor meinen Füßen auf dem Holz liegen und von den Seiten starrte mir ein Wesen entgegen, das mir das Blut in den Adern gefrieren ließ.

Ein Steinriese.

Sofort spürte ich wieder diese Erschütterung, die Energie, die durch meinen Körper geflossen war, und sah vor allem das Blut. Wie der ganze Raum vor meinen Augen damit verschmiert gewesen war. Das war nicht nur einfach irgendeine Höhle gewesen. Das war eine verdammte Folterkammer.

Zugleich tauchte damit wieder die Frage in meinem Kopf auf, wie es möglich war, dass ich aus der Situation hatte entkommen können. Wie hatte Luan mich gefunden?

Und schlagartig kam ich mir so feige vor. Wie ich einfach weggelaufen war und Kian zurückgelassen hatte.

Wenn Luan mir schon verbot darüber zu reden, was in der letzten Nacht geschehen war, dann würde ich zumindest mir selbst Klarheit darüber verschaffen, was genau auf dieser Insel passierte und was es mit dem Riesen und dem Blut auf sich hatte.

So schnell ich konnte, schnappte ich mir eine Jacke, prüfte, ob noch Dolche in den Armschonern waren und ob ich auch noch ein Messer im Stiefel befestigt hatte. Dann lief ich los. Nach Aylin musste ich dann später sehen. Aber dieses Gefühl der Unwissenheit zerriss mich in dem Moment beinahe. Das Wissen, dass dort unten ein Mann saß, der mich nur töten wollte, weil seine Herkunft es ihm vorschrieb. Und dass dort ein Raum lag, dessen Wände mit Blut gezeichnet waren.

Immer schneller lief ich die Gänge entlang, rannte schließlich. Und mit jedem dieser Schritte wurde mein Atem flacher.

Dieses Mal hörte ich nicht das helle Tropfen von den Wänden widerhallen. Einzig und allein meine zunächst dumpfen und letztendlich platschenden Schritte waren zu vernehmen.

Wo war die Abzweigung gewesen? Wie tief war ich gelaufen? Auf dem Rückweg war ich so verzweifelt und panisch gewesen, dass ich die Abzweigungen nicht mehr gezählt hatte.

Keuchend blieb ich stehen und lauschte. Meine Finger strichen wieder über den feuchten Stein zu meiner Seite.

»Kian?«, fragte ich unschlüssig und die Finsternis schien nicht nur das Licht, sondern auch meine Stimme zu verschlingen. Ich war so tief unter der Erde, wie hoch war die Wahrscheinlichkeit, neben einem Steinriesen einem der Wächter in die Arme zu laufen?

Wenn er nichts sagte, nicht sang, würde ich ihn dann überhaupt wiederfinden? Die unzähligen Gänge, die in immerzu neue Wege abzweigten, waren wie ein unterirdisches Labyrinth und parallel blieb die Angst, dass mich eine falsche Abzweigung zur Begegnung mit einem weiteren solchen Monster führen könnte.

»Kian?«, wiederholte ich dieses Mal lauter. Als ich noch einmal seinen Namen sagen wollte, stockte mir jedoch der Atem. Ein Blick den nächsten Tunnel entlang genügte, damit ich wusste, wo ich mich befand. Wie angewurzelt blieb ich stehen und starrte in das Grau.

Denn im Licht der letzten Fackel, die in dem Gang angebracht war, konnte ich eine Steinwand erkennen. Die Wand, die mich in eine Sackgasse geführt hatte, an der meine Erinnerungen aufhörten. Diese rot gefärbten Wände ...

Wie von selbst trugen mich meine Beine in die Richtung, in der ich gestürzt war. Ich wollte Antworten. Wollte wissen, was dort geschehen war, was ich gesehen hatte und was Luan mir verschwiegen hatte.

Das konnte nicht sein. Geräuschvoll stieß ich den Atem aus und schüttelte den Kopf. Nein, nein, nein. Ich wusste doch, was ich gesehen hatte.

Anders als am Vorabend war der Raum nahezu leer. In der Mitte stand ein Steinsockel, der aussah wie eine Liege. Ansonsten war nichts im Inneren zu erkennen.

Aber da waren Instrumente gewesen. Zangen, Seile ... Wie in einer Schmiede, alles aus Metall. Und die Wände waren rot gewesen. Blutrot. Daher war doch das Tropfen gekommen, das ich heute nicht mehr hörte.

War es wirklich möglich, dass ich mir das alles eingebildet hatte? Aber Luan hatte sich doch selbst verraten, indem er mich angewiesen hatte nicht weiter nachzubohren ... Ich fuhr mir mit der freien Hand durch die Haare und stützte mich dann am Eingang zu der Höhle im Steinbogen ab.

Ich wusste, was ich gesehen hatte. Ich schloss die Hand fester um die Fackel und richtete mich auf. Orden hin oder her. Ich wollte nicht wissen, was sie hier im Dunkeln verborgen anstellten. Allein der Gedanke jagte mir eisige Schauer über den Rücken. Luan hatte irgendwie recht.

Selbst wenn wir hier vor den Lafrandern sicher waren: Ich musste von dieser Insel weg. Ganz egal, ob die Wächter genau wie ich Magie in ihrem Blut besaßen und mir womöglich zeigen konnten, wie ich die Gabe beherrschte. Ich konnte nicht in den Heiligen Stätten bleiben und so tun, als wüsste ich nichts von dem hier unten in der Finsternis.

Alles hat seinen Preis.

Galle stieg mir in den Hals und es kostete mich alle Kraft, nicht zu würgen. Da hörte ich in der Ferne etwas. Eine Stimme, durch die ich mich sofort wieder aufrichtete.

Mit pochendem Schädel lief ich los, zögerte keine Sekunde länger und folgte dem Klang der Worte, die durch die Gänge hallten. »Kian?«, fragte ich immer wieder und es war mir Antwort genug, dass die Stimme nicht abbrach, sondern lauter wurde.

Als ich atemlos in die Halle stolperte, konnte ich mein Glück kaum fassen. Ich hatte wieder hergefunden. »Kian«, keuchte ich. Er hatte sich am anderen Ende der Halle mit dem Rücken an die Wand gesetzt und die Knie angewinkelt.

Ich riss die Augen auf. »Du blutest«, stellte ich fest, als er das Kinn hob. »Was ist passiert?«

Erst da wurde mir bewusst, wie dicht ich vor ihm hockte. Auch er schien zu bemerken, dass meine Sorge schlagartig meine Ängste in den Hintergrund gerückt hatte.

Ein amüsiertes Lächeln erschien auf seinen verkrusteten Lippen, als könnte er meinen Gedanken lesen. »Keine Sorge, ich werde dir schon nicht gleich wieder ein Messer an die Kehle halten.«

»Das sagst du so einfach«, erwiderte ich und rückte von ihm ab. Mit verschränkten Armen betrachtete ich ihn.

Ein tiefes Lachen erklang aus seiner Kehle. »Du hast mir mein Leben gerettet und bist nun zurückgekommen, um nach mir zu schauen. Ich werde dich nicht umbringen.«

»Warum bist du an diesem Ort geblieben?«, konterte ich. Denn warum saß er hier, obwohl er mit den gelösten Ketten an den Händen hätte verschwinden können?

»Was denkst du denn?« Er machte eine kunstvolle Pause. »Ich denke, ich bin dir jetzt etwas schuldig. Das Blut ist noch von dem Riesen. Mach dir keine Sorgen.«

Er räusperte sich. »Aber du solltest trotzdem noch etwas wissen. Die Männer, sie waren noch einmal hier und wissen, dass du mich gefunden hast und auch … dass du mich befreit hast. Zumindest haben sie ihre Vermutungen laut miteinander ausgetauscht und waren nah an dem dran, was tatsächlich passiert ist. Sie denken, dass ich entkommen bin und auf der Insel herumlaufe. Der Riese hatte wohl nicht den Auftrag, mich zu fressen – zumindest haben sie diese Alternative nicht in Betracht gezogen. Ich habe mich hier versteckt gehalten, während sie sich ausgetauscht haben.«

»Was?« Hatte ich bisher geglaubt, nur Luan hätte von dem Ausflug gewusst, wurde mir nun schlagartig klar, dass die Mitglieder des Ordens nur so getan hatten, als ob sie nichts mitbekommen hätten. Was mir irgendwie logisch erschien, wenn ich darüber nachdachte, was für ein Chaos ich hier unten hinterlassen hatte. Der Steinriese konnte sich schlecht selbst in abertausende Felsbrocken aufgelöst haben. Allerdings stellte ich mir dann noch eine ganz andere Frage: Spielten wir uns gegenseitig etwas vor?

»Ich habe das Gefühl, dass mir dieser Orden etwas verheimlicht. Dass sie andere Pläne mit mir haben, als es meine zwei Begleiter bisher vermutet haben«, sprach ich meine Zweifel laut aus.

»Wie kommst du darauf?«, hakte Kian direkt nach und setzte sich aufrechter hin.

»Na ja, sie haben mir auch nicht wirklich viel verraten, was den letzten Abend anging. Wenn sie mitbekommen haben, dass ich hier unten war und weiß, dass du am Leben bist, wieso reden sie dann nicht mit mir darüber? Das ergibt doch keinen Sinn. Stattdessen wird mir befohlen die letzte Nacht zu vergessen.« Mein Blick fiel abermals auf das Blut an seiner Lippe. »Das sieht wirklich schlimm aus.« Ich beugte mich wieder näher zu ihm, um mir die Wunden in seinem Gesicht genauer anzusehen.

»Das ist halb so wild, aber von Riesen werde ich wohl in nächster Zeit eher Abstand halten.« Da war es wieder. Dieses Funkeln in seinen Augen und die angehobenen Mundwinkel. »Sie werden mich hinrichten wie diesen anderen Mann auch, wenn sie mich jetzt in die Hände bekommen«, sprach Kian aus, was auch ich mir schon gedacht hatte.

»Du bist nicht länger ihr Gefangener. Wieso sollten sie dich in die Hände bekommen?«

Er warf einen Blick auf die am Boden zerstreuten Teile der Ketten. »Ich werde diesen Ort nicht einfach so verlassen.«

Obwohl ich ihn kaum kannte, obwohl er versucht hatte mich zu töten, zog sich mein Magen bei dem Gedanken, dass er hingerichtet werden könnte, zusammen. Irgendetwas in mir verband mich mit diesem Fremden, ich wusste nur noch nicht, was das war und ob es mich mein Leben kosten würde.

»Aber warum? Du musst doch nur von hier verschwinden, um am Leben zu bleiben. Wieso riskierst du es, gefasst zu werden?«, warf ich ein, woraufhin er direkt zu lachen begann.

»Ich habe es schon gesagt, ich bin dir etwas schuldig, und Isandoner lassen so etwas nicht einfach auf sich beruhen. Lass mich dir helfen von der Insel zu entkommen, vor den Wächtern abzuhauen. Bis ich meine Schuld beglichen habe, bleibe ich hier.«

Ich schnaubte. »Ich werde nicht mit dir gehen. Lass dir was anderes einfallen, wie du deine Schuld begleichen kannst.«

Seine schwarzen Pupillen bohrten sich wie eine stille Drohung in meine. »Bist du sicher, dass du hierbleiben möchtest, wo dir niemand die Wahrheit sagt?«

»Und wieso sollte ich dir auf einmal trauen? Einem Fremden, dem bis letzte Nacht alles daran gelegen hat, mich zu töten? Wer sagt mir, dass du mich nicht nur von hier wegbringen möchtest, um mich in der Pampa verschwinden zu lassen?« Ich schüttelte den Kopf und reckte ihm das Kinn noch ein bisschen höher entgegen, sodass uns kaum mehr eine Handbreit trennte. »Für wie naiv hältst du mich eigentlich?«

Er schmunzelte und beugte sich tiefer zu mir herunter, sodass ich befürchtete, er würde meinen Herzschlag hören. »Genau deswegen. Weil ich dich nicht für naiv halte. Denk darüber nach. Du hast es schon erfasst, ich werde nicht ohne dich diese Insel verlassen. Dafür bin ich nicht durch ganz Ilandmera gereist. Und der Orden hier ist nicht das, was er vorgibt zu sein, das hast du selbst bemerkt. Nicht jeder, der sagt, kein Feind von dir zu sein, ist dein Freund.«

Was, wenn der andere Gefangene gar kein wirklicher Gefangener gewesen war, sondern … Ich konnte den Gedanken nicht beenden, aber der graue Umhang ließ nahezu keinen Zweifel. Was hatte der Mann verbrochen, um von seinen eigenen Brüdern an das Wesen in den Tiefen der Höhlen übergeben worden zu sein?

»Ich muss los. Sonst werden sie misstrauisch, wenn ich nicht rechtzeitig zum Essen zurück bin«, meinte ich, um mich von meinen eigenen Gedankenstrudeln zu befreien.

»Kommst du wieder?«, fragte Kian sofort und sein Blick sprach Bände.

»Vielleicht.«

»Und hast du Essen gesagt?« Ein schelmisches Grinsen zeichnete sich auf seinen Lippen ab. »Meinst du, es fällt auf, wenn du da was verschwinden lässt und mir später mitbringst? Ich könnte einen Bären verspeisen.«

»Mal sehen«, erwiderte ich und zwinkerte. Ich wandte mich zum Gehen, verharrte jedoch im Durchgang, der in die Tunnel zurückführte. »In einem haben die Leute aber recht, wenn sie über euch Isandoner reden«, begann ich.

»Ach ja?« Kian warf mir einen Blick über die Schulter zu und zog die Augenbrauen in die Höhe.

»Ja«, bestätigte ich. »Ihr seid viel zu sehr von euch selbst überzeugt.«

Er lachte. »Möglich. Aber wir werden ja sehen, wer von uns beiden recht behält.«

KAPITEL 23

In den Heiligen Stätten

Mit bebendem Herzen und Beinen, die sich anfühlten, als könnten sie mich keinen weiteren Meter aufrecht halten, stolperte ich auf die Tore zum Saal zu, wo das Abendessen auf mich wartete.

Doch meine Gedanken drehten sich um Kian, der im Dunkeln saß.

»Ja! Und dann haben sie dort einfach alles niedergebrannt«, hörte ich jemanden rufen.

Die Tore standen weit offen, sodass ich Luan und Derek schon von weitem neben den Mitgliedern des Ordens erkennen konnte. Sie sprachen über die Lafrander. Über die Entwicklung im Land.

»Dennoch. Wir dürfen nicht vergessen, was passiert, wenn das Volk von ihr erfährt, wenn sie mitbekommen, dass die Tochter des Königs überlebt hat und der jetzige König es nicht mehr unter Kontrolle hat. Dass sich die Magie im Land wieder ausbreiten kann. Ihr dürft sie nicht auf das Festland oder gar in die Hauptstadt mitnehmen. Thorn wird sie töten – unsere letzte Hoffnung.« Ich verharrte in der Tür zur Kathedrale und lauschte den Worten genauso gebannt, wie es auch die übrigen Mitglieder taten. Niemand bemerkte mich. »Sie werden die Magie nie wieder Fuß fassen lassen und die Menschen, Magier und Feen, die uns schon damals verraten haben, werden auch noch ihren Preis zahlen.«

Ein Schauer lief mir den Rücken hinunter. Einen Preis zahlen? Ihr Leben?

Würden wir die Widerständler tatsächlich ebenso hartherzig vorführen, wie sie uns an den jetzigen König verraten hatten, als es vor so vielen Jahren um ihr Leben gegangen war?

»Freya.« Luan erhob sich. Sogleich drehten sich auch die übrigen Köpfe der Runde in meine Richtung. »Wir haben dich schon vermisst.«

»Ich habe … mich mit meiner Gabe beschäftigt«, erwiderte ich und merkte, wie das Kribbeln in meinem Rücken sich sogleich wieder verstärkte. Es waren wieder keine Flügel zu sehen gewesen …

Doch jetzt, wo Luan und Derek mich musterten und ich auch die Blicke der anderen wie Messerstiche auf mir spürte, nahm ich die in mir brodelnde Magie wieder deutlicher wahr.

»Gut, dann hast du sicher Hunger«, meinte Luan und wies mit seiner Hand neben sich. »Komm, setz dich.«

Ich folgte seiner Aufforderung und sobald ich bei ihm angekommen war, wichen die Aufregung und das Chaos in meinem Kopf der Wärme, die von ihm ausging. Wenigstens eine vertraute Person an meiner Seite zu wissen, während ich mir unsicher war, wem aus dieser Runde ich sonst trauen konnte, tat unglaublich gut.

»Danke«, flüsterte ich ihm zu und ein Lächeln entstand auf seinen Lippen.

»Aber klar doch.« Seine Hand legte sich auf meinen Rücken und strich sanft darüber. »Es ist wirklich viel auf einmal. Mach dir wegen der Lage im Land keine Gedanken. Derek und ich haben das im Blick. Es ist für dich zunächst wichtiger, mit dir selbst ins Reine zu kommen und dich nicht von deinem Umfeld unter Druck setzen zu lassen.«

Die Sorge in seinem Blick ließ mein Herz aufgehen. »Ist schon in Ordnung. Ich werde das schaffen.« Ich wusste nicht, ob ich das sagte, um ihn zu beruhigen oder um mir selbst Mut zu machen. Denn aktuell zweifelte ich an kaum etwas mehr. Wie sollte ich diese Macht in mir in den Griff bekommen, wenn die Welt um mich herum im Chaos versank?

»Das sagt sich so leicht«, erwiderte ich. »Aber du hast recht, mir ist schon fast schlecht vor Hunger.« Und das entsprach der Wahrheit, auch wenn die ganze Aufregung mir spürbar auf den Magen schlug.

»… aber an der Zeit wäre es jetzt langsam schon dafür. Sie ist schon so lange hier«, drangen in dem Moment einige Gesprächsfetzen von der anderen Seite des Tisches zu mir.

Als ich aufsah und in die Augen des vorsitzenden Wächters blickte, wurde mir noch schlechter. Dieses Funkeln erinnerte mich sehr an das, was ich bei Kian entdeckt hatte, kurz bevor er mich hatte umbringen wollen. Aber der Vergleich war an der Stelle wohl unpassend. Zumindest redete ich mir das ein.

Als ich zum Trinken griff, verschluckte ich mich beinahe. »Habt ihr Aylin gar nicht Bescheid gegeben, dass es Essen gibt?« Da hatte ich doch tatsächlich durch den ganzen Trubel jegliche Gedanken an meine Schwester verdrängt.

»Aylin darf heute auf ihrem Zimmer essen. Sie wollte nicht raus und mit uns essen. Also habe ich ihr aufs Zimmer bringen lassen, was sie wollte«, erwiderte Luan. »Mach dir nicht so viele Sorgen um sie. Auch wenn sie noch sehr jung ist, ist sie tougher und pfiffiger, als ihr zunächst zugetraut wird, das weißt du doch am besten.« Er musterte mich. »Meinst du nicht? Und hier wird ihr niemand ein Haar krümmen.«

Doch. Was, wenn ich Kian nicht vertrauen konnte? War ich so naiv, den Worten eines Mörders Gewicht zu geben und darauf zu hoffen, dass Aylin in ihrem Raum gut aufgehoben war? Nein.

Also sprang ich auf, nickte in die Runde und wollte zur Tür laufen. Aber Luan hielt mich am Arm zurück. »Was machst du?«

»Ich gehe zu meiner *Schwester.* Und ich werde mit ihr zusammen auf dem Zimmer essen. Ist mir egal, für wie tough du sie hältst, aber sie ist sieben und hat verdammt nochmal jemanden bei sich zu haben, mit dem sie reden kann. Sie sollte nicht allein auf ihrem Zimmer sitzen.« Mit jedem Wort, das ich Luan an den Kopf warf, wuchs mein schlechtes Gewissen. Denn ich war schließlich nicht besser gewesen. Nur weil Aylin geschlafen hatte, hätte ich sie nicht allein lassen dürfen. Auch heute tagsüber … Ich hätte mich mit den Büchern zu ihr setzen sollen.

Ich griff nach einem Tuch, das auf dem Tisch lag, und schnappte mir die erstbesten Sachen, die ich finden konnte, um sie mitzunehmen. Luan beobachtete mich mit halboffenem Mund, sichtlich sprachlos.

»Vielen Dank«, meinte ich in die Runde, nickte möglichst höflich. Dabei wollte ich bloß schnell von der seltsamen Stimmung der Ordensmitglieder weg. Irgendetwas ging hier vor sich, Kian hatte recht. Nur was?

Gerade als ich mich zum Tor wandte, um mit dem Essen zu verschwinden, schwang dieses auf und Aylin kam hereingestürmt. »Freya!«, rief sie aufgeregt und rannte in meine Arme. »Ich war eben wieder im Innenhof und da sind ganz viele Sterne! Das musst du dir ansehen.«

Ihr Strahlen steckte mich an und nahm all den Druck und die Sorge, die wie Säcke auf meinen Schultern lasteten, von mir, sodass ich schlagartig das Gefühl hatte, wieder frei atmen zu können.

»Warst du allein?«, hakte ich nach und ging vor ihr in die Hocke, um ihr ins Gesicht sehen zu können.

»Nein.« Sie schüttelte mit geröteten Wangen den Kopf, wobei ihre roten Locken wippten. »Der Mann, der mit dir gesprochen hat, war mit mir dort.«

Sofort schoss mir die Hitze in die Wangen. Kian? »Wer? Wie sah der Mann aus, Aylin?«, fragte ich nach und glaubte, der Raum um mich herum würde sich zu drehen beginnen.

»Na ja, der, der mit dem du auch dort warst«, sprach sie weiter, aber starrte dabei auf ihre Schuhspitzen.

Ich erhob mich mit zittrigen Beinen und schaute in Richtung des Tors, durch das in dem Moment Mako auftauchte. »Hey, Freya«, grüßte er mich und nickte mir zur Begrüßung zu. »Ich war eben noch mit deiner Schwester im Garten. Abends sammeln sich dort die Glühwürmchen über dem Wasser. Das ist immer ein ganz tolles Schauspiel und ich dachte, ich zeige es ihr, wo sie schon das erste Mal von den Wesen so begeistert war.« Er musste meinen skeptischen Blick gesehen haben, da er hastig hinzufügte: »Ich hoffe, das war in Ordnung?«

»Ja. Ja, natürlich«, beeilte ich mich zu sagen und hoffte inständig, dass er meine Aufregung einzig auf meine Sorge um Aylin schob.

»Magst du sie auch sehen? Es sind wirklich viele«, meinte er zu mir und das Leuchten in seinen Augen glich dem meiner Schwester. »Wir können gern danach noch zusammen essen. Das haben wir zwei noch nicht geschafft.« Er wies auf Aylin, die kicherte.

»Ich habe solch einen Hunger. Aber Freya, das musst du dir wirklich ansehen. Komm!« Sie zerrte aufgeregt an meinem Arm und zog mich schon in Richtung des Tors. Da rettete mich auch mein hilfesuchender Blick zu Derek und Luan nicht mehr.

***

Der Anblick des Innenhofs raubte mir den Atem und schlagartig wünschte ich mir allein zu sein. Aylin sollte meine aufkeimenden Zweifel nicht sehen.

»Besser, ihr zwei geht jetzt doch erst einmal was essen«, wandte ich mich an Aylin und meine Stimme brach weg. Mako schien den Wink mit dem Zaunpfahl zu verstehen, denn er legte eine Hand auf den Rücken meiner Schwester.

Auch wenn Aylin schmollte, nickte sie. »Ich habe wirklich Hunger. Kommst du später noch zu mir?«

»Ja, versprochen.«

Und als die zwei mich zurückließen, brach die Stille wie ein Wasserfall über meinem Kopf zusammen, riss mir die Beine vom Boden und ließ mich ins Gras stürzen. Mit den Händen stützte ich mich in den feuchten Halmen ab, die Haare fielen in mein Gesicht, verbargen meine Tränen, die auf den Boden tropften, und das Einzige, was ich hörte, war das unregelmäßige Schlagen meines Herzens zum gleichmäßigen Rauschen des Wassers.

Ich wusste nicht, wie lange ich so dasaß, aber als ich mich aufrichtete und meine Beine im Schneidersitz verknotete, entdeckte ich einen Schatten, der keine zwei Meter neben mir saß.

»Hey«, brachte er mit tiefer Stimme hervor und warf mir einen Blick über seine Schulter zu. »Ich wollte dich nicht stören.«

»Du?!« Ich glaubte meinen Augen nicht trauen zu können. Das war nicht irgendjemand, der da im Schatten hockte, den der Baum hinter uns warf. Das war Kian.

»Sieht ganz so aus, oder? Ich denke, an der Begrüßung müssen wir noch arbeiten«, erwiderte er.

»Was machst du hier?« Ich ging gar nicht auf seine Worte ein. Dagegen wuchs meine Aufregung ins Unermessliche.

»Na ja, ich fürchte, dasselbe wie du: frische Luft schnappen und den Kopf freibekommen. Es sind keine leichten Zeiten, wie du auch schon feststellen musstest.«

»Frische Luft schnappen?! Was, wenn dich hier oben jemand sieht? Wenn sie merken, dass du noch hier bist?«

Er zuckte mit den Schultern. »Soll ich weiter in der Finsternis unter der Erde hocken, wenn ich mich auch nach möglichen Fluchtgelegenheiten umsehen kann? Du solltest dankbar sein. Wenn du die Insel mit mir verlässt, wirst du dir wünschen, dass du es schon früher getan hättest.«

Ich schnaubte. »Träum weiter. Ich werde nirgendwo mit dir hingehen.« Möglichst unauffällig versuchte ich die Reste der Tränen von meinen Wangen zu wischen, während ich mich auf einen weiteren Kommentar seinerseits gefasst machte. Aber der kam nicht.

»Es ist die Magie«, hauchte Kian, sodass ich Mühe hatte, ihn zu verstehen. Irritiert verzog ich das Gesicht, musste jedoch gar nicht lange auf seine Erklärung warten. »Die kleinen Wesen werden von ihr angezogen – von dir.«

»Was?«, entfuhr es mir. »Du lügst.«

»Sehe ich so aus?«, kam es prompt von ihm zurück und er verschränkte beleidigt die Arme vor der Brust. »Das ist nun mal so.«

»Woher weißt du das? Und willst du zufälligerweise gleich noch etwas loswerden, was ich wissen sollte?«

Er senkte den Kopf und stieß die Luft aus. Dabei tauchte dieses Lächeln bei ihm auf, das ich trotz der Dunkelheit unverkennbar in den Zügen seines Gesichts ausmachen konnte. »Du würdest mir ohnehin nicht glauben.« Dennoch fuhr er fort. »Ich habe herausgefunden, was in jener Nacht dort unten in den Gängen passiert ist. Die Wächter werden sich selbst auslöschen. Sie bringen sich nacheinander um, damit der Schutzschild der Insel erhalten bleibt. Ihre Magie geht in den Schutz dieser Insel über, wenn sie sterben.« Sein Blick traf meinen und was ich in seinen Augen fand, raubte mir den Atem. Dennoch wollten seine Worte nicht in meinen Kopf.

Ich rückte näher zu ihm, um ihn besser betrachten zu können. »Kian. Bitte lüg mich nicht an. Du brauchst nur einen Grund, um mich von hier fortzubekommen. Warum? Kannst du mich hier nicht töten, weil du einen Eid oder so was abgelegt hast, der dich daran hindert, und sobald ich einen Fuß von dieser Insel gesetzt habe, habe ich das nächste Messer in mir stecken?«

»Nein, weil ich ... mich schuldig fühle. Du hast mich befreit, du hast mein Leben gerettet. Dann ist es nur fair, wenn ich dir jetzt auch helfe, oder?« Er seufzte. »Und dieser Orden ... dreht durch. Die Mitglieder sind verrückt. Solch einen Tod hat niemand verdient.«

»Wie großzügig von dir, dass du mich zumindest würdevoll abstechen möchtest.« Ich stieß ein Schnauben aus. »Warum sollte ich dir glauben?«

»Weil ich gesehen habe, was sie mit einem ihrer Mitglieder gemacht haben, das sie in jener Nacht aus der Zelle geholt haben, und weil ich das niemandem wünsche. Ich glaube nicht, dass deine Gabe dich schützt, im Gegenteil.« Er holte tief Luft. »Ich fürchte, sie werden dich diese Insel nie wieder verlassen lassen.«

»Das ergibt doch keinen Sinn«, erwiderte ich, während sich mein Magen zusammenzog. Denn die Gespräche am Tisch waren auch schon in die Richtung gegangen ...

»Ich weiß, was ich gesehen habe. In den tieferen Ebenen habe ich Aufzeichnungen gefunden. Pläne, Rituale, in denen genau geschrieben steht, dass dieser Orden in regelmäßigen Abständen seine eigenen Mitglieder tötet.« Er räusperte sich. »Was glaubst du, was sich dieser Orden davon verspricht, die Kräfte einer Skafi ihren Göttern zu schenken, um die Insel zu stärken und sie damit vor Eindringlingen zu schützen? Sie bräuchten womöglich nie wieder ein Ordensmitglied zu opfern, um die Insel vor Menschen vom Festland zu verbergen.«

Ich war sprachlos. Konnte und wollte nicht verstehen, was Kian mir da offenbarte. Dass die Wächter diese blutrünstigen Rituale durchführten, um hier in Frieden leben zu können.

»Ich glaube dir kein Wort«, entgegnete ich. Und obwohl ich das sagte, war mein Misstrauen dem Orden gegenüber mit jedem von Kians Worten gewachsen.

Was, wenn sie mich wirklich aus dem Weg räumen wollten? Wenn meine

Gabe mich nicht vor ihnen schützte, so wie Luan gesagt hatte, sondern meinen Untergang auf dieser Insel bedeutete?

Ich sprang auf, um zurück in die Hallen zu laufen, als mir das Essen wieder in den Kopf kam. »Ach, Kian?« Ich lief zurück und streckte ihm das befüllte Stoffbündel entgegen.

»Was ist das?«, wollte er mit zusammengezogenen Augenbrauen wissen.

»Der Proviant, den ich dir versprochen habe.«

KAPITEL 24

In den Heiligen Stätten

»Guten Morgen«, begrüßten mich direkt zwei Wächter auf dem Gang, als ich meine Zimmertür öffnete. »Heute wurde ein besonderer Ort für dein Training gewählt. Wenn du uns bitte folgen mögest.«

»Vor dem Frühstück?«, brachte ich nur hervor, traute mich jedoch nicht zu widersprechen. »Was steht denn auf dem Plan?« Auch Aylin warf mir einen skeptischen Blick zu und griff sogleich nach meiner Hand.

»Das dürfen wir nicht verraten«, erwiderte einer der Männer und auch die Frau neben ihm nickte nur zustimmend. Sonderlich gesprächig waren die beiden auch nicht, als sie Aylin und mich durch die Gänge der Heiligen Stätte führten und schließlich einen Turm hinaufbrachten.

Die Wendeltreppe schien kein Ende nehmen zu wollen, sodass ich schwer atmend die letzten Stufen erklomm. Oben angekommen, liefen mir Schweißperlen über den Rücken. Noch immer hatte ich das Gefühl, das Tattoo würde auf Feuchtigkeit besonders reagieren und fühlte sich dann an wie rohe Haut. Auch jetzt brannte die Stelle.

»Sind wir endlich da?«, maulte Aylin.

Aber ich sagte nichts. Dafür war ich viel zu sprachlos, als ich freie Sicht auf den Raum unter der Turmkuppel hatte. Das Dach war nur aufgesetzt, sodass durch die im Kreis eingesetzten Fenster frische, nach Salz riechende Windböen unter die Kuppel wirbelten.

Auch das Rauschen der Wellen vom Meer wurde durch den Wind mit hinaufgetragen und erinnerte mich daran, was für Klippen rund um die Insel lagen, wie ich sie auch schon von meinem Zimmerfenster aus hatte sehen können.

Aber das war nicht das, was mir Bauchschmerzen bereitete, denn in der runden Fläche saß eine große Gruppe des Ordens versammelt und mit dem Auftreten von Aylin und mir war ihr Tuscheln verstummt, sodass sich neben dem Säuseln des Windes Stille ausbreitete.

»Ich habe Angst«, murmelte Aylin und drückte sich an mich. Abermals hätte ich ihr am liebsten zugestimmt, denn auch mein Magen kribbelte und ob es Aufregung oder wegen des fehlenden Frühstücks war, konnte ich in dem Moment nicht mit Sicherheit sagen.

»Bitte nehmt dort Platz«, wies uns die Wächterin an und deutete auf zwei Stühle, die kaum weiter hätten auseinanderstehen können, aber die einzig freien Plätze in der Runde waren, die verblieben.

»Das soll ein Witz sein, oder?«, hakte ich nach und suchte vergeblich nach Luan und Derek. Wo waren die beiden nur? »Ich werde meine Schwester nicht ans andere Ende des Raumes setzen, bevor mir nicht jemand verrät, was hier vor sich geht.«

»Freya«, hob einer der Wächter beschwichtigend die Stimme. »Wir sind mit keinen bösen Absichten zusammengekommen. Bitte nimm einfach dort vorne Platz und wir werden dir erklären, was dich heute erwartet.«

Obwohl es mir gewaltig gegen den Strich ging, gab ich mich geschlagen. Mir würde schon etwas einfallen, um im Notfall ganz schnell wieder bei Aylin sein zu können. Und was sollte schon geschehen?

»In Ordnung«, stimmte ich widerwillig zu und ging vor Aylin in die Knie. Auch wenn ich unwillkürlich an Kians Warnung denken musste. Aber ich durfte mich jetzt nicht durch seine Worte verunsichern lassen. »Hör zu, ich bin in deiner Nähe, ja? Sollte was sein oder solltest du dich unwohl fühlen, ich bin sofort bei dir, versprochen.«

»Aber … ich mag nicht, dass du weggehst«, widersprach meine kleine Schwester. »Freya, ich möchte bei dir bleiben. Das hier macht mir Angst.«

»Aylin«, seufzte ich. »Es geht jetzt leider nicht anders. Ich würde auch gern bei dir bleiben.« In meinem Hinterkopf flüsterte eine gehässige Stimme, weswegen es nicht anders ging. Denn wieso wehrte ich mich nicht?

Eine zweite Stimme hielt mich jedoch davon zurück und wiederholte immer und immer wieder Luans Worte, dass dieser Orden nicht unser Feind, sondern mit uns verbündet sei. Dass diese Männer alles dafür tun würden, um mich zu unterstützen, dass sie mich vergöttern würden. Nur hatte ich bisher von Letzterem nicht allzu viel gemerkt. Doch was, wenn eben diese Veranstaltung für sie so eine Art Ritual war, die mir nichts tat, aber ihnen die Welt bedeutete?

Ich erhob mich und übergab Aylin an die Hand der Wächterin. Während Aylins unglückliches Gesicht mir wegen des schlechten Gewissens die Kehle zuschnürte, folgte ich dem anderen Mann in die Mitte der Runde, wo ein Steinkreis errichtet worden war, in dessen Mitte ein Muster auf den sandigen Boden geritzt worden war. Das Muster, das ich auch beim magischen Portal hatte suchen sollen ...

Ich wollte mich auf den freien Stuhl setzen, doch der Wächter führte mich daran vorbei und wies auf den Stein, der in der Mitte der Fläche lag.

Irritiert sah ich ihn an. »Was? Was soll das?«

Allerdings erhielt ich keine Antwort mehr darauf. Mehrere der Männer, die bisher ungerührt in der ersten Reihe gesessen hatten, sprangen gleichzeitig auf und umstellten mich. Und dann fassten und fesselten sie mich wie ein wild gewordenes Tier, führten die Schnüre nach rechts und links zu den Säulen zweier Fenster und hielten mich so gefangen in der Mitte der Runde. »Was soll das?«, wiederholte ich, schrie ich nun. »Was macht ihr denn?«

»Wir finden, dass es an der Zeit ist, dass du lernst dich voll und ganz auf deine Magie und deine Bestimmung zu konzentrieren«, erklärte einer der Männer und baute sich vor mir auf. »Wir denken, dass du bereit bist für unsere Zeremonie.«

»Was?«, wiederholte ich. »Und dafür müsst ihr mich so behandeln? Fesseln wie eine Gefangene? Was soll das für eine Zeremonie sein?« Und so sehr ich mich bemühte dieses aufgeregte Kribbeln in mir heraufzubeschwören, das stets auftauchte, wenn sich meine Gabe bemerkbar machte, es gelang mir nicht.

»Wir sprechen im Angesicht der Götter. Hört uns, Ihr Heiligen«, erhob einer der Wächter seine Stimme. »Erhört uns, erfüllt uns mit Eurer Magie.«

Aylins schriller Schrei jagte mir eine Gänsehaut über den ganzen Körper. Doch ich war so fixiert, dass ich mich nicht zu ihr umwenden konnte. Panik erfasste mich, schnürte mir die Kehle zu. Worauf hatte ich mich da nur eingelassen? Ich musste zu ihr. Wie hatte ich meine kleine Schwester an diesem Ort auch nur eine Minute aus den Augen lassen können?

»Wir beten zu Euch.« Die Stimme des Mannes hallte von der Kuppel über unseren Köpfen wider und erfüllte damit den ganzen Raum im Turm.

Als ich meinen Kopf in den Nacken legte, an die Decke sah, erkannte ich feine Linien – eine Sonne, in deren Mitte einige Augen in unterschiedlichen Farben gezeichnet wurden. Der Blick der Götter, der sich auf mich richtete. Eilig schaute ich weg.

»Wir danken Euch für die Skafi, die uns erreicht hat. Wir haben sie aufgenommen, ihre Aufgabe erkannt. Aber prüfet sie und ihren Willen.« Der Mann trat dichter vor mich, senkte seine Arme, die er rechts und links von sich ausgestreckt hatte. »Gebet ihr die Kraft, die ihr zusteht. Zeiget ihr den Weg ins Licht. Nehmet, was überflüssig ist, schenket, was benötigt wird.«

Das Weinen meiner Schwester wurde lauter und mir brach das Herz in lauter kleine Stücke. Wie hatte ich diesen Männern nur je trauen können? Und wo war Enya? Hatte ich nicht einmal in ihr eine Verbündete gefunden? Wie hatte ich so blind sein und denken können, dieser Orden bestünde aus Gleichgesinnten, nur weil sie ebenfalls Magie in sich trugen? Ich hatte mich getäuscht. Sie waren ganz anders als ich.

Mein Blickfeld verschwamm vor meinen Augen. Dennoch erkannte ich mehr als deutlich, dass hinter den vorsitzenden Wächter ein zweiter Mann getreten war, der mit einer Fackel und … einer handgroßen Nadel näherkam.

Mir wurde schlecht. Was hatten sie vor? »Lasst mich sofort frei«, wiederholte ich, aber es kam nur noch ein hilfloses Krächzen aus mir heraus.

»Freya, schwöre mir im Angesicht der Götter, dass du Ilandmera hüten und zu einem besseren Ort machen wirst. Dass du dich der Magie verpflichtest. Schwöre es bei deinen Fähigkeiten. Schwöre es bei deinem Leben!«

Doch ich bekam nichts mehr aus mir heraus. Meine Kehle war wie zugeschnürt, meine Zunge klebte an meinem Gaumen. Was sollte ich nur tun?

»Schön, dann wirst du eben ohne deinen Schwur vor die Götter treten«, kommentierte der Wächter meine nicht getane Aussage und Bitterkeit schwang in seiner Stimme mit. »Deine Starrköpfigkeit wird dir dein Leben rauben.«

Was? Mein Leben? Und plötzlich war dieses Kribbeln in mir wieder da. Es durchflutete mich wie das Blut, das durch meine Adern rauschte.

Mit jedem Schritt, den sich der zweite Wächter mit der Nadel näherte, hatte ich das Gefühl, meine Gabe würde mir mehr Kraft entziehen, würde mir die letzte Luft zum Atmen nehmen.

»Das ... könnt ihr nicht ... machen«, hauchte ich, woraufhin mich nur der mitfühlende Blick des Wächters traf.

»Alles hat seinen Preis«, gab er zurück, verschränkte die Arme vor der Brust und machte Platz für den Bruder.

Mit einem Lächeln, das mir abermals die Galle in den Mund steigen ließ, beugte sich der ältere Herr mit der Nadel über mich. »Bete!«

Die Seile zerrten an meinen Armen und Beinen, sodass ich kaum mit den Füßen auf den Boden kam. Das Drahtseil stach in meine Haut, brachte meine Handgelenke zum Brennen. Der Druck in alle Richtungen gab mir das Gefühl, in der Luft zerrissen zu werden und das vor allen Augen dieses Ordens. Niemand kam mir zur Hilfe. Wie verloren konnte man sich fühlen?

Ich schloss meine Augen, als wäre es möglich, mich allein durch meine Vorstellungskraft an einen anderen Ort zu versetzen. Als gäbe es so ein Entkommen aus der Situation.

Du bist nicht allein.

Hitze keimte in mir auf, während sich eine Träne aus meinen Wimpern löste. Mein Körper erbebte und die Gabe raubte mir die letzte Energie, die ich noch in mir geglaubt hatte. Warum konnte ich sie nicht beherrschen?

Ich riss die Augen auf. Wieso tat niemand was? Und weshalb zögerten sie die Zeremonie so hinaus? Doch was ich dann erblickte, ließ mir die Kinnlade hinunterfallen.

Der Zug, der auf meinen Armen und Beinen gelastet hatte, war verschwunden, meine Füße berührten mühelos den Boden. Was …?

Hatte eben noch der Wächter mit der erhobenen Nadel vor mir gestanden, so konnte ich gerade noch erkennen, wie dieser vor mir auf die Knie sank und sich um ihn herum eine rote Lache ausbreitete. Als ich den Blick abwandte und schluckte, sah ich in zwei dunkle Augen und mein Herz blieb stehen.

»Jetzt schau nicht so. Uns bleibt nicht viel Zeit«, erwiderte Kian und packte mich. Mit wenigen Handgriffen entfernte er die Überreste der Seile von mir, stellte sich schützend vor mich und hob ein Schwert in die Höhe.

Himmel. Woher hatte dieser Kerl denn jetzt ein Schwert organisiert? Allerdings blieb mir in der Tat keine Zeit, um mir darüber den Kopf zu zerbrechen, denn allmählich lösten sich die umliegenden Ordensmitglieder aus ihrer Schockstarre. Wandten ihre Blicke von dem verlorenen Mitglied ab und richteten ihre Wut auf Kian.

»Was macht er hier?«, sprach der erste Wächter aus, was auch mir bei seinem Anblick durch den Kopf gegangen war.

Als Antwort richtete Kian sein Schwert auf ihn. »Besser, ihr lasst uns einfach ziehen, wenn euch etwas an eurem Leben liegt. Ich habe nicht vor hier irgendjemand Weiterem ein Haar zu krümmen. Zwingt mich also nicht dazu.«

»Du hast uns gar nichts zu sagen, Mörder!« Der Wächter spuckte Kian vor die Füße. »Geh meinetwegen dorthin zurück, wo du hergekommen bist. Aber die Skafi bleibt bei uns.«

Sie redeten über mich, als wäre ich ihr Besitz. Hatte Luan nicht gesagt, sie würden mich selbst vergöttern? Sie würden mir niemals etwas antun, weil sie mich als heilig betrachteten?

Während mein Geduldsfaden nahezu riss, stand Kian einfach nur da und starrte die Wächter an, als wäre nicht er der Gefangene, sondern sie. »Ich werde mit ihr gehen.«

»Dann werdet ihr die Insel nicht lebend verlassen«, konterte der Mann, zog seinen Dolch und stürzte sich auf Kian.

Ich stolperte erschrocken rückwärts, kam jedoch nicht weit, weil ich gegen ein Ordensmitglied stieß. Sofort wirbelte ich herum. Dabei glaubte ich, meine Beine müssten unter mir wegknicken, weil sie so sehr zitterten.

»Ich muss zu Aylin, wo ist meine Schwester?« Immer und immer wieder gab ich panisch diesen Satz von mir.

Während ich verzweifelt überlegte, was ich tun sollte, und um mich blickte, packte mich plötzlich jemand und riss mich mit sich. »Komm«, meinte Kian und blieb erst wieder stehen, als wir nicht mehr von Menschen umringt standen.

Mit dem Rücken lehnte ich mich gegen das hochgezogene steinerne Turmgeländer und umfasste den rauen und zugleich kühlen Stein. Kian ergriff jedoch eine meiner Hände und half mir auf das Geländer hinauf.

»Kian?«, hakte ich mit zittriger Stimme nach. »Ich muss zu Aylin!«, schob ich flehend hinterher.

Wie auf mein Wort kreischte ein kleines Mädchen auf und endlich fand ich sie. Am anderen Ende des runden Raumes stand sie in den Armen von Enya. Diese hatte Aylin, die sichtlich verzweifelt um sich schlug, trat und wie am Spieß schrie, jedoch fest im Griff.

»Es geht nicht. Ich kann nicht euch beide retten«, flüsterte Kian und in seinen Augen funkelte ehrliche Betroffenheit. »Bete einfach, dass deine Begleiter tatsächlich so treu sind, wie du bisher dachtest. Dann werden sie sich um deine Schwester kümmern.«

Ich schluckte, wollte mich von ihm losreißen, zu Aylin laufen. Wollte Kian widersprechen und ihm jegliche Schimpfwörter an den Kopf werfen, aber in meinem Kopf tobte ein Sturm. Nichts von dem Chaos ließ sich greifen und zu einem Satz formulieren. Zudem war Kians Griff um meinen Arm so fest, dass mir gar nichts anderes übrig blieb, als stehen zu bleiben.

»Ergreift sie!«, schrie einer der Wächter. »Sie dürfen nicht entkommen.«

»Freya«, Kians Blick wurde eindringlicher. »Du kannst Aylin nicht helfen, indem du dich in dieses Gemetzel zurückstürzt. Diese Männer werden euch beiden das Leben nehmen. Wenn du mit mir kommst, werden sie Aylin am Leben lassen.«

»Aber wieso?« Ich verstand es nicht. Nichts wollte einen Sinn ergeben.

»Sie haben sonst kein Druckmittel gegen dich. Sie brauchen Aylin«, erklärte er, schloss auch eine zweite Hand um meine.

»Und jetzt?«

Wie von selbst musste ich an der Außenmauer des Turms hinunterschauen, wodurch mir direkt schwindelig wurde. Es ging bestimmt fünfzig Meter in die Tiefe und dort unten, im Nebel, schlugen die Wellen wie gefräßige Raubtiere in den Felsen. Als warteten sie nur darauf, uns in ihren Schlund zu ziehen.

»Hoffe ich, dass du mittlerweile mit deiner Gabe warm geworden bist.« Ohne meine Antwort abzuwarten, riss er mich mit sich.

»Bist du verrückt geworden?!«

Kurz bevor Kian mich mit zur Kante zerrte, stolperten Luan und Derek die letzten Stufen der Treppe herauf.

Unsere Blicke trafen sich. Luans Miene sagte alles, brannte sich in mich, als wollte er mir sagen: *Du bist verloren, wenn du das tust.* Aber es war zu spät. Er war nicht dagewesen, um mich zu retten. Und so stürzte ich mit Kian in die Tiefe.

KAPITEL 25

Am Meer der Ewigen Seelen

»Verdammt, Freya. Wo sind deine Flügel? Ich dachte, als Skafi ... Ihr habt doch Flügel ...«, setzte Kian an, doch ich unterbrach ihn.

»Dass ich fliegen kann?« Ich musste mich zusammenreißen, nicht hysterisch aufzulachen. »Hast du denn schon ein einziges Mal Flügel an mir gesehen?« Panisch klammerte ich mich an ihn, als würde mein Leben davon abhängen. Denn irgendwie stimmte Letzteres wohl.

»Oh, Mist«, stieß Kian hervor.

»Bitte sag mir, dass du einen Plan B hast.«

Doch Kian kam zu keiner Antwort mehr, stattdessen schlugen wir ungebremst auf der Wasseroberfläche auf. Ein Blitz durchfuhr mich, die Wucht des Wassers zerriss mich beinahe. Bis uns nur noch das kühle Nass umgab.

Das Salzwasser war überall. Hektisch strampelte ich mit Armen und Beinen und versuchte an die Oberfläche zu gelangen, aber der Sog riss mich immer wieder weg. Ich schnappte nach Luft, wobei eine Welle über meinen Kopf hinwegging und ich jede Menge des Wassers einatmete.

Hustend rang ich nach Luft, sah mich nach Kian um. Dabei ergoss sich der nächste Schwall über mir. Mein rechtes Bein brannte wie Feuer und machte es mir schwer, mich überhaupt an der Oberfläche zu halten.

»Ich hab dich«, sagte da jemand neben mir und ein kräftiger Arm schlang sich um meine Taille. Tatsächlich gab er mir damit den nötigen Halt, um über

Wasser zu bleiben und zu Atem zu kommen. So zog er mich mit sich, bis ich schließlich etwas unter den Füßen spürte. Boden.

Erleichtert atmete ich auf. Aber meinen einen Fuß konnte ich einfach nicht auf dem Stein abstellen, um mich hochzudrücken. So knickte ich weg und stürzte zurück ins Wasser. Sofort griff Kian mit seiner freien Hand nach mir. Er stand mittlerweile bis zur Hüfte außerhalb des Wassers und nutzte das, um mich ebenfalls hinauszuziehen.

»Alles in Ordnung?«, hakte er sichtlich besorgt nach.

»Keine Ahnung.« Ich klammerte mich noch immer an ihm fest, konnte ihn nicht loslassen. Die Schmerzen krochen mein Bein hinauf, als würde sich eine Schlingpflanze daran hinaufwinden und das Blut darin abquetschen. »Dein Plan hat zumindest nicht so ganz funktioniert«, stellte ich fest und schnaubte. »Dachtest du echt, ich könnte fliegen?«

Die Farbe stieg ihm ins Gesicht. »Vielleicht.« Beschämt wandte er den Blick ab, um sich dann doch zu rechtfertigen: »Wer hätte denn damit rechnen können, dass eine Fee nicht fliegen kann?«

»Kian, ich hatte noch nie Flügel. Selbst als meine Gabe in den Höhlen zum Vorschein gekommen ist.« Ich seufzte. »Ich konnte mich nicht einmal allein aus diesen Seilen da oben befreien.« Ich deutete hinauf, legte den Kopf in den Nacken, um an der Wand hinaufzusehen, die bis in den Himmel zu reichen schien. Wie hatten wir diesen Sturz nur überleben können?

»Ja, keine Ahnung!«, rief Kian aus und warf die Hände in die Luft. Kaum dass seine stützenden Arme nicht mehr da waren, fiel ich unsanft auf die dunklen Steine.

»Bei den Göttern, Freya!« Mit aufgerissenen Augen ging Kian neben mir in die Hocke und zum ersten Mal betrachteten wir beide mein Bein.

»Das sieht ja furchtbar aus«, stellte er fest. »Du musst es dir an einem der Felsriffe aufgeschrammt haben.«

Die Hose war zerrissen und der Stoff an der Wade war dunkel verfärbt. »Das sieht bestimmt schlimmer aus, als es ist«, murmelte ich, als würde es das irgendwie besser machen.

Kian verzog das Gesicht.

»Jetzt schau nicht so«, gab ich zurück und verschränkte die Arme vor der Brust. »Ich muss da wieder rauf.«

»Was?« Schlagartig änderte sich sein Gesichtsausdruck. »Kommt gar nicht infrage. Ich habe dich nicht von den Irren dort oben befreit, damit du gleich wieder zu ihnen zurückläufst.«

»Sie haben Aylin. Ich habe keine Wahl, ich muss sie dort rausholen.« Flehend sah ich ihn an. »Was genau war der Plan der Wächter? Wollten sie echt mein Leben rauben?« Mir wurde übel bei dem Gedanken daran, wie der Wächter mit der Nadel in der Hand vor mir gestanden hatte.

»Sie brauchten deine Magie, um die Insel zu schützen und zu stärken. Deshalb habe ich dich gewarnt, weil sie sich womöglich besonders starke Kräfte durch dich erhofft haben, damit sie nie wieder einen Mann ihres Ordens opfern müssen.« Kian zuckte mit den Schultern.

»Was für ein Unsinn«, entfuhr es mir. Aber ich riss mich zusammen und schaute zu Kian auf. »Danke.«

»Bedanke dich nicht zu früh bei mir.«

»Bringst du mich jetzt doch um?«, scherzte ich. »Gib zu, du wolltest mich nur von den Wächtern befreien, damit es nicht sie sind, die mein Leben beenden, sondern damit du das machen kannst.«

»Red keinen Schwachsinn. Natürlich nicht.«

Und plötzlich schien es mir, als könnte ich in dem Schwarz seiner Augen noch etwas ganz anderes erkennen. »Du hast andere Pläne mit mir.«

»Zumindest habe ich nicht vor zuzusehen, wie diese Wächter ihre seltsamen Rituale an dir erproben.« Er erhob sich.

»Ich muss zurück. Ohne Aylin folge ich dir nirgendwohin«, hielt ich an meinem Vorhaben fest. »Entweder du gehst mit mir zurück und sorgst dafür, dass wir gemeinsam die Insel verlassen, oder unsere Wege trennen sich hier.«

»Und dein Bein? Was willst du ohne mich machen? Du kannst kaum aufrecht stehen«, bezweifelte Kian.

Frustriert biss ich mir auf die Unterlippe. Am liebsten hätte ich das abgestritten, aber Kian hatte recht. Mein Bein kribbelte, als wäre es taub, und als eine Brise der salzigen Luft durch meine nassen Haare wehte, überkam mich unglaubliches Heimweh. Wenn meine Mutter nur hier wäre. Sie wüsste genau, was zu tun wäre, wie mein Bein zu verarzten wäre. Mit der nächsten Böe klammerte ich meine Arme um meinen Oberkörper und kauerte mich zusammen.

Eine Träne löste sich aus meinen Wimpern und ich wiegte mich vor und zurück. Ich schämte mich, aber die Sehnsucht nach meiner Heimat schnürte mir den Brustkorb zusammen, nahm mir die Luft zum Atmen.

»Hey.« Kian ging wieder vor mir in die Knie. »Tut mir leid. Das war nicht so gemeint. Aber wie willst du denn dort hinauf und deine Schwester retten? Ich kann nicht euch beide heil dort herausholen. Du hast gehört, was sie mit mir machen werden, wenn ich nur einen Fuß zurück auf ihr Land setze.«

Und dann schloss er seine Arme um mich und diese einfache Geste ließ mein Herz aussetzen, damit es danach wieder in den richtigen Takt stolperte. Seine Arme schenkten mir Wärme und Geborgenheit. Er roch genau wie ich nach dem Salz der Wellen und als ich die Augen schloss, war ich wieder da, wo ich herkam. Wo ich aufgewachsen war. Auf den Stegen von Midre. Rannte durch das Schilf, das sich im Wind wiegte, hörte die Möwen am Himmel kreischen. Da war ich frei gewesen. Da war ich *ich* gewesen.

»Kennst du die Legende von Midre?«, fragte ich in das Rauschen der Wogen hinein. »Von dem Mädchen aus den Wellen?«

Kian ließ mich los, um mir in die Augen sehen zu können. Darin lag eine Tiefe, die mich zu verschlingen drohte, wenn ich mich nur fallen ließe.

Eilig wischte ich mir die Tränen fort und strich mir meine klebrigen Haare aus dem Gesicht, während Kian nachdenklich den Kopf schüttelte. »Ich denke nicht. Was für eine Legende meinst du?«

»Die Sage von dem Mädchen, das es schaffte, den Gott des Meeres und des Windes für sich zu gewinnen und ewigen Reichtum für seine Bescheidenheit zu erhalten.« Bei dem Gedanken, wie Mutter Aylin und mir die Geschichte hunderte Male erzählt hatte, musste ich lächeln.

»Erzähl sie mir«, bat Kian und ein Schauer ging beim Klang seiner dunklen Stimme durch mich hindurch. »Mädchen aus Midre«, hauchte er und beugte sich zu mir, um dann einen Mundwinkel in die Höhe zu ziehen.

Ich wandte den Blick ab. Was machte er nur? Eben hatte er mir noch ein Messer in die Brust rammen wollen und nun? Flirtete er etwa mit mir? Das musste so ein seltsamer Reflex sein, weil auch er eben um sein Leben hatte bangen müssen …

»Wenn du magst«, erwiderte ich dennoch. Ich wollte anfangen zu erzählen, aber meine Zähne schlugen aufeinander und auch am restlichen Körper begann ich zu zittern. Mit den durchnässten Klamotten war es doch kälter als gedacht.

»Ja, ich mag sie hören. Aber vielleicht sollten wir die Märchenstunden auf ein anderes Mal verschieben und auch in Anbetracht der Nähe zu denen«, Kian warf einen Blick nach oben, »zusehen, dass wir von hier verschwinden.«

»Und Aylin?«, hakte ich nach. Bei dem Gedanken, meine Schwester hier zurückzulassen, wurde mir flau. Noch nie waren Aylin und ich weiter als zwei Zimmer voneinander entfernt gewesen.

»Ihr werdet wieder zueinanderfinden, ganz sicher.« Die Zuversicht in seinem Blick schenkte mir Hoffnung, obgleich er mir noch fremder war als Luan und Derek. Aber etwas in seinem Tonfall und in seinem Blick ließ mich darauf vertrauen, dass er recht hatte. Und eine leise Stimme in meinem Inneren bestätigte das. Es gab vermutlich wirklich kaum eine Möglichkeit, wieder zu den Wächtern zu gelangen und Aylin dort herauszuholen. Ich musste auf Luan und Derek hoffen, dass sie mit Aylin gemeinsam einen Weg zu mir finden würden.

»Und jetzt verrate ich dir, dass an all den Geschichten etwas Wahres dran ist.«

Irritiert legte ich den Kopf schief. »Was meinst du?«

Kaum dass ich die Frage beendet hatte, tauchte wieder das mysteriöse Lächeln auf seinen Lippen auf. »In welchem Meer liegt die Insel der Heiligen Stätten? Also was erzählen Eltern ihren Kindern, welches Meer im Norden des Landes liegt?«

»Ich … Keine Ahnung«, musste ich gestehen und überlegte fieberhaft, worauf er hinauswollte.

»Siehst du die Berggipfel dort hinten?« Er deutete mit der ausgestreckten

Hand in den Osten, wo ich tatsächlich aus dem Meer einige Berge hinausragen sah. »Das gehört schon zu Isandona. Und wenn du dort hinübersiehst«, sein Finger deutete Richtung Süden, »dann müsstest du das restliche Festland von Ilandmera erkennen.«

Das tat ich wirklich. Dennoch war es mir schleierhaft, was er mir damit sagen wollte. Allerdings musste ich gar nicht nachfragen, denn er fuhr direkt fort.

»Diese Insel und damit den Norden Ilandmeras umschließt ein Teil des Meeres, in dem viele Seeleute ihr Leben lassen mussten. Die Strömungen sind hier unberechenbar, ändern sich oft und das Wasser scheint an jeder Stelle unterschiedlich tief. Deshalb heißt die See hier auch Meer der Ewigen Seelen. Und das wird unser Weg fort von hier.«

KAPITEL 26

Am Meer der Ewigen Seelen

Kian stützte mich und half mir so auf die Beine. Doch der Anblick von den Mauern der Heiligen Stätten, die hoch oben in den Felsen lagen, löste ein Gefühl von Verlust in mir aus. Wieder etwas, das ich hinter mir lassen musste. Wieder ein Moment, in dem ich nicht zurückblicken durfte, sondern nur nach vorne sehen musste.

Wie sollte ich so jetzt noch mehr über meine Gabe lernen? Ohne die Bücher der Wächter? Ohne das Wissen anderer Magier? Doch tief in mir flüsterte eine leise Stimme: *Und was ist, wenn du das alles gar nicht brauchst? Wenn sich eine ganz andere Möglichkeit ergibt?*

Aber was, wenn nicht?

»Wir müssen versuchen möglichst weit ins Wasser zu kommen, ohne dass uns die Strömung zurück an die Felsen spült. Mit etwas Glück genügt das, damit sie auf uns aufmerksam werden.« Kian machte kleine Schritte, was mir selbst schwerfiel, ohne das Gesicht zu verziehen. Denn jeder Schritt bedeutete eine neue unebene Stelle auf dem Untergrund.

»Du willst wirklich wieder da rein?« Ich blieb wie angewurzelt stehen. Den Sturz in die Tiefe und die plötzliche Kälte der Wellen, die sich über unseren Köpfen geschlossen hatten, spürte ich noch immer. Die Wucht des Aufpralls, mit dem ich geglaubt hatte, alle Rippen wären mir gebrochen worden. Und noch immer brannte meine Lunge von dem Salzwasser, ebenso wie mein

Rücken mit dem Tattoo. Ich kam mir vor wie ein lebendiges Wrack. Und dafür hasste ich mich. »Also schön«, sagte ich deshalb, ballte die Hände zu Fäusten und riss mich zusammen. »Wenn unsere Abmachung noch steht, dass du mich nicht gleich umbringst, um mich los zu sein.«

Kian blieb wie angewurzelt stehen. Ich dachte erst, er würde meinetwegen innehalten, bis ich etwas neben dem Rauschen vernahm, das mir den Puls in die Höhe schießen ließ.

»Du hörst das auch?«, fragte er nach und zog mich instinktiv dichter an sich. Ich brachte nur ein Nicken zustande. »Wir hätten schneller von hier verschwinden müssen.«

Ich konnte nichts sagen, einfach nur an das Kliff hinter uns starren und die dunkle Felswand nach etwas Ungewöhnlichem absuchen.

Und plötzlich nahm ich eine Bewegung am Rande meines Blickfelds wahr. Auch Kian schien das zu bemerken, denn sein Griff verstärkte sich um meine Hüfte, während er mit der freien Hand nach einem Dolch tastete, den er im Gürtel stecken hatte. »Wenn ich dir sage, dass du springen sollst, dann springst du zurück ins Wasser, ja? Zögere nicht, die Fluten werden dich nicht umbringen.«

Ich wollte nachhaken, was er nun schon wieder damit meinte. Aber dazu kam ich gar nicht mehr, denn die Bewegungen wurden zu Personen und kaum dass ich Gesichter vor mir erkennen konnte, zog Kian mich hinter sich.

»Freya, hab keine Angst, dir wird nichts passieren.« Luan. Neben ihm stand Derek und er hielt Aylin an der Hand! Sie waren wirklich gekommen. Und dachten, ich wäre nicht freiwillig mit Kian mitgegangen ... Doch der Anblick meiner kleinen Schwester ließ mich vorerst alles vergessen.

»Aylin«, hauchte ich und kam mir vor, als würde mir jemand ein riesiges Gewicht von den Schultern nehmen. Ohne zu zögern, ging ich in die Knie, ignorierte das Ziehen in der Wade und breitete die Arme aus, um meine kleine Schwester darin einzuschließen und mein Gesicht in ihren Haaren zu vergraben.

Ihr zarter Körper bebte. Ich konnte mein Glück kaum fassen, dass Aylin wieder bei mir war. Erleichtert atmete ich auf.

Die Männer schienen sich jedoch weniger darum zu kümmern. »Ich war nicht derjenige, der sie ihrem Schicksal überlassen hat in den Händen dieser blutrünstigen Sekte«, gab Kian scharf zurück. »Sie hätten Freya umgebracht.«

»Das hätten sie niemals. Sie ist eine Gottheit für sie«, widersprach nun auch Derek und baute sich neben Luan auf.

»Ach ja?«, mischte ich mich ein und versuchte mich aufzurichten, fiel jedoch direkt wieder auf den rauen Stein unter mir nieder. Ich stöhnte auf. »Das nennen sie Gottheit? Mich von Aylin trennen und mir die Augen ausstechen?« Ich schüttelte den Kopf, erhob mich, ließ Aylins Hand jedoch nicht los. »Wo zur Hölle wart ihr? Ich hätte euch gebraucht!«

Luan und Derek wechselten einen vielsagenden Blick. »Wir waren in der Bibliothek.«

Und seid übereinander hergefallen, wie zu dem Zeitpunkt, zu dem ich euch schon einmal überrascht habe. Ich sprach meine Gedanken nicht aus, aber Wut baute sich in mir auf.

»Und bevor du fragst, wie wir Aylin da herausbekommen haben und abhauen konnten: Wir sollten hier besser zügig verschwinden und die Insel verlassen. Jetzt werdet nicht nur ihr von einer Gruppe Magier gejagt.« Luan kratzte sich am Hinterkopf, wie ich mitbekam, als ich aufsah.

»Ich möchte trotzdem eine kurze Erklärung, wie ihr das jetzt geschafft habt, da einfach derart schnell zu verschwinden und hier aufzukreuzen«, blieb ich hartnäckig.

Luan seufzte. »Schön. Um es wirklich knapp zusammenzufassen: Wir haben da oben ein paar Wächter einen Kopf kürzer gemacht, als alle wegen des Verlusts ihrer Heiligen in Aufruhr waren, Aylin mitgenommen und dann nach einem humaneren Weg hinunter zu dieser Bucht gesucht, als uns den Turm hinunterzustürzen. Von den Mauern führen tatsächlich Treppen hinunter zu den Buchten. Deshalb sollten wir uns ranhalten. Die Wächter werden bald hier aufkreuzen und nicht ungerächt lassen, was wir angestellt haben.«

Derek nickte. »Auf geht's. Das zweite magische Portal, das uns in den Hafen von Inesa führt, liegt am anderen Ende der Insel in einer Höhle unterhalb des Meeresspiegels.«

»Ausgeschlossen, dass wir es bis dorthin schaffen«, meldete sich Kian zu Wort. »Die Wächter werden uns dort erwarten. Sie werden es als einzigen Ausweg von diesem Ort sehen.«

»Sag bloß, du hast einen besseren Vorschlag?«, gab Derek beinahe schnippisch zurück. »Du glaubst doch nicht ernsthaft, dass wir dir vertrauen werden?«

»Was bleibt euch anderes übrig?«, konterte Kian. »Ich habe Freya von dort oben befreit. Sie aus den Händen dieser ... Vergesst es. Aber an eurer Stelle würde ich nicht allzu lange mit mir diskutieren. Ihr habt selbst gemerkt, wie schnell ihr hier unten wart.«

Die Muskeln an Luans Arm traten hervor, als er die Hände zu Fäusten ballte. »Du hast nur Angst, weil du selbst keine Magie besitzt und das Portal womöglich nicht ein weiteres Mal zufällig unbeschadet durchqueren kannst.«

»Macht, was immer ihr für richtig haltet, aber ich werde meinen Weg zum Festland nehmen. Freya kann selbst entscheiden, ob sie sich eurem Vorhaben anschließt oder mir folgt«, entgegnete Kian. »Ich für meinen Teil werde nicht mit euch hier stehen und mich rechtfertigen für meine Ansichten. Denkt doch, was ihr wollt. Ich rette lieber meinen Allerwertesten, anstatt mich umbringen zu lassen. Dafür bin ich nicht hier heruntergesprungen. Also?« Er wandte sich an mich und mir rutschte das Herz in die Hose. Dann meinte er das ernst. Ich sollte mich für eine Seite entscheiden.

»Freya, wir kommen ganz sicher bis zum Portal. Das ist der definitiv sicherere Weg nach Inesa. Der Weg über das Meer ist ein Selbstmordkommando.« Luan machte einen Schritt auf mich zu. »Wir haben dich bis hierher gebracht. Wir werden dich bis ans Ziel begleiten.« Luan stockte. »Ist dein Bein verletzt? Ich könnte es heilen, wenn du magst?«

»Noch ein Skafi«, stellte Kian fest und verdrehte die Augen. »Das hat uns ja gerade noch gefehlt.«

»An welches Ziel denn?«, gab ich rasch zurück und ignorierte Kian. »Und soll mich das beruhigen, dass ihr mich bis hierher gebracht habt? Ihr hättet mich einfach abstechen lassen. Wo wart ihr, als ich euch gebraucht habe?« Ich schluckte. »Aber ja, es wäre vielleicht ganz hilfreich, wenn ich wieder alleine laufen könnte.«

Während Luan sich zu mir kniete und seine Hände auf mein Bein legte, sprach er weiter. »Es tut uns leid. Bitte gib uns die Chance, das wiedergutzumachen. Wie sollen wir das beweisen, wenn du uns gar nicht die Möglichkeit dafür gibst?« Hitze durchströmte mich von meinem Bein aus. Fast fühlte es sich an wie das Stechen des Tattoos von Enya.

»Ich habe euch mehrfach die Gelegenheit dazu gegeben und ihr werdet diese noch *einmal* bekommen«, erwiderte ich. Aber etwas tief in mir ließ mich zu Kian tendieren. Er kam von hier. Wer, wenn nicht er, sollte dieses Meer und seine Gefahren besser abschätzen können? Würde er sein eigenes Leben aufs Spiel setzen, um meines beenden zu können? Wohl kaum. Vielleicht hatte er mich nur gerettet und am Leben gelassen, um selbst von der Insel entkommen zu können. Aber jetzt brauchten wir ihn, um zum Festland zurückzugelangen. Dort konnten Luan und Derek mich noch immer davon überzeugen, dass es ein Fehler war, ihm zu vertrauen.

»Wir gehen mit Kian. Wir überqueren das Meer der Ewigen Seelen.«

Ich hatte meine Entscheidung noch nicht zu Ende ausgesprochen, da warf Luan schon die Hände in die Höhe. »War ja klar. Das wird uns alle noch das Leben kosten.«

Ein Sirren zerriss die Luft und Kian sprang schneller vor Aylin und mich, als ich gucken konnte. In seinen Händen hielt er einen Pfeil. »Wir müssen weg. Sofort. Kommt!«

Mit einer flüchtigen Bewegung hob er mich hoch. Erschrocken sog ich die Luft ein, klammerte mich jedoch an ihn – aus Angst, er könnte mich fallen lassen. Luan kommentierte die Handlung mit einem Schnauben.

»Sag nicht, wir hätten dich nicht gewarnt«, warf Derek ein und beugte sich zu Aylin, um Kian mit meiner Schwester im Arm zu folgen.

»Was hast du vor?«, erkundigte ich mich bei Kian.

»Wirst du sehen. Wie gesagt, die verlorenen Seelen sind nicht deine Feinde. Ich habe dir nicht die ganze Wahrheit gesagt: In diesem Meer sind nämlich nicht nur irgendwelche Seefahrer zugrunde gegangen, das waren Skafi und

Feen. Wesen, die auf der verzweifelten Suche nach Zuflucht waren und dabei ums Leben gekommen sind.« Sein Blick traf mich. »Sie sind wie du. Sie werden dein Leben retten.«

Die Nähe zu Kian wurde mir erst jetzt wirklich bewusst, als sein warmer Atem über meine kühle Haut strich und ich die Wärme seines Körpers an mir spürte. Mein Zittern wurde weniger, während die Aufregung in mir wuchs, mit jedem Schritt, den er in das dunkle Nass vor uns tat.

Ein weiteres Sirren zerriss die Luft. »Beeilt euch!«, rief Derek und rannte an Kian und mir vorbei, um sich mit meiner Schwester in die Wellen zu stürzen.

»Derek hat recht. Sie sind da!«, schrie Luan und deutete hinter uns. Und ein Blick über meine Schulter genügte, um die ersten Wächter auf die Klippen stolpern zu sehen. Mit Dolchen und Pfeil und Bogen bewaffnet.

Nun zögerte auch Kian nicht länger, rannte los. Als mich die ersten Wellen des kalten Wassers erreichten, hielt ich die Luft an. Es war noch eisiger, als ich es in Erinnerung gehabt hatte, und sogleich setzte das Zittern wieder ein.

»Alles wird gut, vertraue mir«, flüsterte Kian und ließ sich dann mit mir in die Fluten gleiten. Keine Sekunde zu spät.

Als ich unter Wasser die Augen aufriss, erkannte ich nicht einmal die eigene Hand vor Augen. Es war so finster, dass ich glaubte, kein Lichtstrahl würde in die Wellen hineinreichen. Doch vor meinen Augen begann es plötzlich zu glitzern, weiße Schlieren formten sich aus der Finsternis, nahmen Gestalt an, Körper, Gesichter.

Ich brauchte Luft. Musste meine Lunge mit Sauerstoff füllen, aber Kian hielt mich unter der Wasseroberfläche zurück. Panisch versuchte ich ihn anzusehen, mich aus seinem festen Griff loszureißen. Was tat er denn? Ich bekam keine Luft mehr!

Und in dem Moment begriff ich, weshalb Luan und Derek nur widerwillig gefolgt waren. Unter mir wurde es hell. So hell, dass ich blinzeln musste, den Mund zu einem stummen Schrei aufriss und glaubte, ich müsste ersticken. Da waren überall Geister. Und Kians Hände drückten mich ihnen entgegen, direkt in die gierig nach mir ausgestreckten Finger.

Das ekelhafte Gurgeln machte mir nur deutlich, dass meine Lungen sich mit Wasser füllten. Die schwindenden Kräfte aus meinen Armen und Beinen und der unerträgliche Schmerz meiner Wade, der mich zu zerreißen drohte.

Dann berührten mich die ersten weißen Schlieren, umhüllten mich wie in einer zweiten Haut und ich konnte nichts mehr tun, konnte mich nicht wehren. War ihnen schutzlos ausgeliefert. Ich würde sterben. Und das nur, weil ich einem Mörder vertraut hatte.

KAPITEL 27

Isandona – Inesa

»Sie wacht auf«, hörte ich jemanden wie durch Tücher hindurch sagen. Dann stieg mir die Galle in den Mund und ich hievte mich zur Seite. Gerade noch rechtzeitig, um gefühlt das halbe Meer aus mir zu spucken.

Mein Magen zog sich schmerzhaft zusammen, auch als schon nichts mehr aus mir herauskam. Beschämt strich ich mir mit einem Arm über den Mund und sah dann auf.

Meine Umgebung lag in Schlieren vor mir. Ich konnte alles nur verschwommen wahrnehmen, aber ich war mir sicher in den dunklen Schatten zu meinen Seiten Luan, Derek und Kian auszumachen und als sich eine kleine Hand auf meinen Arm legte, erkannte ich auch Aylin.

»Wo sind wir? Was ist passiert?«, wollte ich wissen.

»In Inesa«, antwortete unverkennbar Luan und eine der Silhouetten ging vor mir in die Knie. »Wir haben den Hafen erreicht.«

Also doch keine Falle? Mein Schädel dröhnte und ich fasste mir mit einer Hand an die Schläfe. Sofort kehrten die Bilder der Toten vor mein inneres Auge zurück. »Da … waren Geister.« Es war mehr eine Feststellung als eine Frage.

»Ja«, bestätigte Kian, der auf meiner anderen Seite saß. Wie hatten sie es nur geschafft, alle schon wieder auf den Beinen zu sein?

»Die Seelen der Feen und Magier, die die Überfahrt nicht geschafft haben«, fügte Kian hinzu. »Ich habe doch gesagt, sie werden uns nichts tun, wenn du bei uns bist.«

»Aber ... wie?« Jedes Wort tat mir im Rachen weh und der Geschmack nach Salz wollte nicht aus meinem Mund verschwinden.

»Keine Ahnung. Ich habe keine Geschichten gelesen, in denen steht, wie genau sie das anstellen. Fest steht nur, dass sie einem das Bewusstsein nehmen, bevor sie einen auf die jeweils andere Seite bringen«, erklärte er und zuckte mit den Schultern.

»Was? Woher weißt du das?« Ich schlug beide Hände vor mein Gesicht.

»Das ist Teil alter Sagen«, warf Luan ein. »Während unserer Ausbildung wurden die auch erzählt.«

»Wieso wolltet ihr dann nicht ...?«, begann ich. Das ergab doch keinen Sinn. »Wieso wolltet ihr stattdessen das Portal nehmen?«

»Weil Geister unberechenbar sind. Man weiß nie, wie sie sich entscheiden. Es gibt kaum launischere Wesen. Sie haben nichts mehr zu verlieren, was sie so gefährlich macht.« Luan verzog das Gesicht. »Deshalb wollte ich nichts riskieren. Portale sind wesentlich ungefährlicher.«

Kian kommentierte das mit einem abfälligen Schnauben, sagte aber nichts weiter dazu. »Ja, Geister sind unberechenbar. Aber sie können Menschen nicht töten. Sie haben im Diesseits keinerlei Kräfte mehr – zumindest, wenn es darum geht, Leben zu nehmen.«

»Dafür haben sie andere Möglichkeiten, um Menschen das Leben zur Hölle zu machen, und diese Möglichkeiten sind nicht zu unterschätzen«, mischte sich Derek ein. »Geister sollte man nicht ohne Grund für gewöhnlich meiden.«

»Ist jetzt ja auch egal«, brachte Kian mit zusammengebissenen Zähnen hervor. »Wir sind in Inesa angekommen und alle am Leben. Das ist doch das Einzige, was von Bedeutung ist.«

Auch wenn ich ihm zustimmte, so nahm ich mir vor bei Gelegenheit mehr über Geister in Erfahrung zu bringen.

Aylin drückte sich enger an mich und sofort vergaß ich alles um mich herum. »Wie geht es dir?«

»Ich bin so froh, dass du da bist«, murmelte sie.

»Und ich erst! Bitte verzeih mir, dass ich nicht auf dich gehört habe. Ich hätte dich niemals allein lassen dürfen«, erwiderte ich und legte meine Hände auf ihren Rücken, um ihr darüberzustreichen.

Auch ihre Klamotten klebten an ihrem Körper. Und obwohl es hier nicht viel wärmer war als auf der Insel und der frische Wind über die Küste fegte, fröstelte ich nicht mehr. Die Steine waren erstaunlich warm und breiteten sich vor den ersten Häusern an der Küste aus, so weit das Auge reichte. Aber anders als in den Heiligen Stätten waren die Steine hier rund und weich und nicht scharfkantig.

»Entschuldigung angenommen«, flüsterte Aylin da plötzlich in mein Ohr und ich musste lächeln.

Doch mein Lächeln verschwand, als hinter einem Hügel einige Gestalten auftauchten. Mit zusammengekniffenen Augen erkannte ich, dass es sich um zahlreiche Männer handelte, die in rasender Geschwindigkeit auf uns zukamen. Männer auf Pferden.

Bevor ich etwas sagen konnte, verfinsterte sich auch Kians Gesicht und Luan richtete sich auf. »Scheint so, als wären wir nicht länger allein.«

»Hätte mich auch gewundert, wenn wir hier wie auf dem Präsentierteller hocken und sie keine Wachen schicken, um uns in Empfang zu nehmen«, erwiderte Derek und legte eine Hand an sein Schwert. »Wenn ihr mich fragt, die sehen nicht sehr friedlich gestimmt aus.«

Allerdings war es schon zu spät, um sich weitere Gedanken zu machen, denn die ersten Reiter brachten ihre Pferde vor uns zum Stehen. Wieder andere reihten sich hinter uns auf und bildeten so einen Kreis, aus dem wir nicht fliehen konnten.

»Du Verräter«, murmelte Derek und stellte sich dichter zu Aylin und mir, warf dabei jedoch Kian einen vernichtenden Blick zu.

»Das sind Isandoner«, sprach Luan aus, was Derek auch schon festgestellt hatte.

Kian erhob sich, trat seinen Volksleuten entgegen und deutete eine Verbeugung zur Begrüßung an. »Zu euren Diensten. Mögen Asche und Wind uns zueinander führen.«

»Und der Feind unsere Schwerter singen hören«, beendete sein Gegenüber das Sprichwort der Isandoner. Der Mann sprang von seinem schwarzen Pferd, richtete den dunklen Mantel, den ich auch von Kian kannte, und warf einen Blick zu Luan, Derek, Aylin und mir. Die Art und Weise, wie er seinen Blick an uns hinauf- und hinuntergleiten ließ, verursachte mir Bauchschmerzen.

»Das sind sie also. Die beiden Lafrander, die glaubten die Skafi für sich gewinnen zu können.« In seiner Stimme schwang Verachtung mit, während er die Augenbrauen verzog und zwischen Derek und Luan hin- und herschaute. »Ist euch ja fast gelungen.« Dann wandte er sich Kian zu. »Warum ist sie noch am Leben? Du hattest einen Auftrag von unserem König.«

Kian machte einen Schritt auf den Gefährten zu und seine Kieferknochen traten hervor. »Ich stehe in ihrer Schuld. Sie hat mein Leben gerettet.«

Der fremde Isandoner schien nicht begeistert von Kians Worten, erkannte die Erklärung aber scheinbar an. Denn er wandte sich von Kian ab und mir zu.

Seine schwarzen Stiefel reichten ihm bis zu den Knien. Dort endete das Schwert, das er an seinem Gürtel befestigt hatte und mit einem schwarzen Handschuh umfasst hielt.

»Und du bist die Skafi, die gerade ein halbes Land in Aufruhr versetzt?« Seine Mundwinkel hoben sich, als würde er sich über mich lustig machen. »Entschuldige. Ich habe ... da irgendwie mehr erwartet.«

Das Kribbeln setzte schlagartig wieder ein und ich ballte meine Hände zu Fäusten. Der Schmerz in meinem Bein war vergessen. Dafür tobte ein Sturm in mir. Wie konnte er nur ... Ich wusste nicht, ob ich wütender auf Kian oder auf den Isandoner vor mir sein sollte. Hatten Derek und Luan recht gehabt? Aber wie hätte Kian Kontakt zu seinen Leuten aufnehmen sollen? Der Fremde hatte selbst gesagt, ich hätte Kian gar nicht lebend von der Insel begleiten sollen. Das war nicht sein Plan gewesen.

Ich nahm all die Kraft zusammen, die ich noch in mir hatte, um mich allein aufzurichten. Dabei fiel mir auf, dass die Wunde an meinem Bein vom Sturz ins Meer gar nicht mehr allzu sehr brannte.

»Sprechen kann sie auch nicht, ist ja reizend«, stellte der Isandoner fest und die Männer um uns herum stimmten in sein Lachen mit ein.

»Auf solch herablassende Gespräche lasse ich mich für gewöhnlich gar nicht erst ein. Ich habe es nicht nötig, mit Leuten zu reden, die es meiner Zeit nicht wert sind. Also, entweder Ihr sprecht vernünftig mit mir und sagt mir, was das hier soll, oder ich werde auch weiter meinen Mund halten.« Der Mann schien ebenso überrascht, wie ich es von mir selbst war. Woher kam der plötzliche Mut? Was war nur in mich gefahren?

Das Salzwasser musste meine Sinne vernebelt und mein Kopf noch nicht wieder ganz aufgeklart haben. Denn wann hatte ich mich sonst schon einmal einem fremden Mann gegenüber so aufgeführt? Bei Luan ... um Aylin zu retten.

»Oho«, machte der Isandoner und grinste breit, aber das Lachen verstummte. »Ganz schön große Klappe für so ein kleines Mädchen. Woher kommst du noch gleich?«

Ich kam zu keiner Antwort und hatte auch nicht vor dem Mann mehr über mich zu verraten, als zwingend notwendig war. Kian kam mir zuvor. »Das ist richtig. Ich habe sie und ihre zwei Gefährten in Midre entdeckt. Zumindest einen der zwei Begleiter. Der andere ist erst in Karden dazugestoßen.«

»Ist das so?«, bohrte der breit gebaute Mann nach. »Nach einem Mädchen aus Midre sieht sie gar nicht aus. Und die haben für gewöhnlich auch nicht so viel zu sagen, was?« Wieder lachte die Gruppe um uns herum, was das Kribbeln in mir nur verstärkte.

Dennoch sträubte sich alles in mir weiter reglos dazustehen und den Worten des Mannes zu lauschen.

»Wir hätten es wissen müssen.« Luan spuckte Kian vor die Stiefelspitzen. »Wir hätten dir niemals folgen dürfen. Dafür sind wir nicht so weit gekommen, um nun in die Hände dieser ... dieser Barbaren zu fallen.«

»Seid ruhig«, zischte Kian und wandte sich dann den Isandonern zu. Dabei trat er jedoch dichter an mich heran und legte wieder einen Arm um meine Taille. Wie von selbst nahm er damit den Druck von meinem verletzten Bein.

»Sie werden euch nichts tun, bis sie euch dem isandonischen König noch einmal vorgeführt haben. Dadurch, dass ihr jetzt so nah am Zentrum von Isandona seid, wird es sich der König unseres Volkes nicht nehmen lassen, euch persönlich gegenüberzutreten«, hauchte er in mein Ohr. »Aber versprich mir, dass du dich unter Kontrolle behältst. Deine Gabe darf nicht aus dir herausbrechen – nicht so, wie es in der Höhle passiert ist.«

War das sein Ernst? Wie sollte ich das hinbekommen? Dabei verstärkte sich das ungute Gefühl in meinem Inneren noch weiter. Wie zur Hölle sollte ich diese Gabe unter Kontrolle behalten?

»Habt ihr etwas von den Lafrandern gehört?«, erkundigte sich Kian dann bei den Männern aus seinem Volk. »Wie weit nördlich sind sie schon am Suchen?«

»Weit genug. Es ist nur eine Frage der Zeit, bis sie herausfinden, dass die Skafi nun in unseren Händen ist. Wir sollten uns beeilen, wenn wir Thorns Dank dafür haben wollen, die Skafi aus dem Weg geräumt zu haben. Aber der Befehl unseres Königs war eindeutig: Sobald die Skafi auf unserem Grund auftaucht, möchte er sie erst persönlich gesehen haben.«

»Es reicht!«, schrie Luan und zog sein Schwert. Einige Reiter, die rechts und links von ihm standen, taten es ihm gleich und stellten ihre Pferde in den Weg. »Ihr werdet ihr kein Haar krümmen.«

Das Grinsen des ersten Mannes wurde wieder breiter. »Sehe ich etwa so aus, als würde ich halbe Sachen machen? Und wer hat denn von euch zweien geredet? Ich sprach von der Skafi. Ihr«, er machte eine abwertende Handbewegung in seine und Dereks Richtung, »seid niemand. Zumindest niemand, der von Interesse für uns ist.«

»Doch«, widersprach Kian zu meiner Überraschung. »Sie können uns Auskunft über die weiteren Pläne des Königs geben. Nur sie sind mit den Lafrandern so vertraut.«

»Ich weiß nicht, ob man es noch vertraut nennen kann, nachdem sie ihre eigenen Kameraden verraten haben«, überlegte der Isandoner laut. »Aber schön. Für die beiden finden wir in unseren Verliesen auch noch einen Platz.«

Nun platzte Derek der Kragen. Auch er zog sein Schwert, zögerte jedoch nicht eine Sekunde sich damit in die Menge zu stürzen.

Und dann ging alles ganz schnell. Kian überreichte mich an den Anführer der Reitergruppe, der mich packte, während Kian mir die Arme auf dem Rücken fesselte. Dann wurde ich auf das Pferd geworfen. Der Anführer schwang sich hinter mir in den Sattel, knotete meine Fesseln am Sattelgurt fest und trieb sein Pferd anschließend in die Menge.

Ich war viel zu irritiert, als dass ich Widerstand hätte leisten können. Erst als es schon zu spät war und meine Gliedmaßen wieder brannten, als stünden sie in Flammen, wurde mir bewusst, was passierte.

In dem Chaos, das ausgebrochen war, wurden auch Luan und Derek gefangen genommen und ähnlich wie ich zu Isandonern auf die Pferde gehievt. Kian reichte Aylin an einen schlanken Reiter abseits des Trubels, um sich dann selbst einen Platz auf einem Vierbeiner zu suchen. Unsere Blicke trafen sich und in seinem fand ich seine Mahnung an uns: *Ich hab's doch gesagt. Bleibt ruhig.*

Währenddessen beugte sich der Anführer zu mir hinunter. »Wir Isandoner sind zwar für unsere Wortgewandtheit bekannt. Aber wie du merkst, kann sich das sehr schnell ändern, wenn die falschen Leute mit uns ihre Schwerter kreuzen wollen. Besser, man redet mit uns über das, was wir erfahren wollen, und niemand wird verletzt.«

KAPITEL 28

Isandona – Inesa

Die Menge grölte und teilte sich zu beiden Seiten, um der Reitergruppe Platz zu machen. Die aufgeregten Blicke, die dabei auf uns lagen, schnürten mir die Kehle zu. Als wäre ich ein Tier, musterten sie mich, tuschelten, zeigten mit den Fingern auf mich. Kinder, Frauen und Männer, die sich zu beiden Straßenseiten aufgestellt und dafür ihre Arbeit schlagartig niedergelegt hatten.

Doch der Anführer der Truppe ignorierte sie, lenkte seinen Vierbeiner zielstrebig die gepflasterte Straße hoch, die sich kreisförmig den Hügel hinauf durch in Stein geschlagene Häuser wand. Bis wir vor einem riesigen Komplex hielten und er eine Hand hob. »Ho!«

Die übrigen Kameraden parierten hinter ihm. Dann sprang er vom Pferd und zog auch mich von dem Rücken des Tieres hinunter, das eine Höhe von fast zwei Metern haben musste.

Der Platz, auf dem wir standen, führte direkt auf zwei große Tore zu, die mich an die Wachtore von Karden erinnerten. Generell glich diese Stadt in den Bergen fast der von Karden, aber die bunten Farben fehlten. Hier war alles grau und eintönig. Die Menschen hatten blassere Haut und dunkle Haare.

Und anders als in der südlichen Handelsstadt war hier der Stein der Häuser nicht beige, sondern nahezu schwarz. Ebenso der Boden, der nicht aus Sand, sondern Stein bestand.

Alles wirkte sehr kühl und ausladend und die skeptischen Gesichter der Einwohner machten dieses Gefühl nicht gerade besser. Ich war hier eine Unerwünschte und das ließen sie mich spüren.

Die Kleidung, die ich bei den Wächtern erhalten hatte, war erstaunlich schnell getrocknet und inzwischen spürte ich die feuchten Sachen nur noch leicht am Körper kleben. Dennoch war ich froh um die lange schwarze Hose und das dunkle Oberteil, da ich so nicht noch deutlicher neben den Isandonern hervorstach.

»Ihr wagt es, Magie in unsere Lande zu bringen?«, schrie ein älterer Mann vom anderen Ende des Platzes zu uns herüber. »Ich rieche diesen Abschaum bis hier!«

Doch keiner außer mir schien ihn zu beachten. Ich wollte mich schon nach Aylin und den beiden Jungs umsehen, als ich grob gepackt wurde.

»Hey«, beschwerte ich mich und erkannte zwei der Männer aus der Gruppe, die mich an den Armen hielten.

»Ruhe!«, wies mich einer davon an, während der Anführer vortrat und mit großen Schritten auf die Tore zulief. Die anderen zwei schleiften mich ihm förmlich hinterher, bis die Torflügel aufschwangen und den Blick auf den Innenraum freigaben. Dunkle Hallen, die nur von einzelnen Kronleuchtern und Fackeln zu den Seiten beleuchtet wurden.

Mit Betreten des Palastes überkam mich Erleichterung, während sich auch Aufregung in meinen Gliedern ausbreitete. Denn kaum dass ich aus dem Blickfeld der schimpfenden und tuschelnden Einwohner verschwunden war, näherte ich mich einer neuen ungewissen Umgebung.

»Willkommen in den Hallen von Inesa«, erklang, als wir das Ende der unzähligen Gänge erreicht hatten und das Schritttempo der Isandoner langsamer wurde.

Während mich rechts und links die Männer an den Armen festhielten und mich mehr hinter sich herschleiften, als dass sie mich stützten, konnte ich meinen Blick nicht von dem Thron abwenden, der an der Spitze der Halle vor mir stand.

Zwei kleine Stufen führten auf die Anhöhe hinauf, auf der der Thron stand, der aus dunklem Felsen gehauen worden war. Und davor baute sich ein Mann auf, der mich um mindestens zwei Köpfe überragen musste. Seine Stimme schien noch immer von den Wänden widerzuhallen und die Halle auszufüllen.

Am Fuße der Stufen wurde ich zu Boden gelassen.

Rechts und links neben mir wurden Derek und Luan unsanft abgesetzt. Auch ihnen hatte man nicht die Fesseln gelöst.

Ich spürte nahezu jeden Knochen in mir und Muskeln auch an Stellen, wo ich noch nie welche vermutet hätte. In untypischer Haltung auf einem Pferderücken verschleppt zu werden war doch noch einmal etwas ganz anderes, als aufrecht in einem Sattel zu sitzen. All das vergaß ich jedoch, als die Torflügel der Halle noch einmal aufgeschlagen wurden. Ein weinendes Kind wurde hereingebracht und ohne mich umzusehen, wusste ich, dass es Aylin war.

»Einen weiten Weg habt ihr zurückgelegt«, meinte König Cadoc von Isandona. »Und ein entzückendes kleines Ding hast du da bei dir – deine Schwester?«, wandte er sich an mich.

Ich biss mir auf die Unterlippe. Wieso hatte ich mich durch meine Reaktion auch gleich verraten müssen?

Er grinste und nickte bedächtig. »Habe ich mir schon gedacht. Keine Sorge, wir werden ihr nichts antun, wenn ihr euch kooperativ verhaltet.«

»Was wollt Ihr?«, fragte ich direkt heraus, meine Fingernägel bohrte ich dabei so fest in meine Handflächen, wie ich konnte, um meine Aufregung zu verbergen.

Der König trat die Stufen wie in Zeitlupe herunter, um mich dann wie eine Raubkatze zu umrunden. Jedoch achtete er dabei akribisch auf den Abstand zwischen uns. Er hatte Angst. Wie jeder andere der Isandoner in diesem Saal auch. Ihre Blicke wichen nicht eine Sekunde von mir oder Luan und Derek.

»Deine Schwester, ist sie wie du?«, erkundigte sich der König, als er vor mir stehen blieb und seine Arme hinter dem Rücken verschränkte.

»Nein«, gab ich unvermittelt zurück. »Ich bin die Einzige in dieser Runde mit Magie im Blut, wenn Ihr das meint.« Noch während ich das sagte, spürte ich Luans Blick, der sich in mich brannte. Aber ich ignorierte ihn, in der Hoffnung, dass er das einfach so im Raum stehenließe.

Diese Männer mussten nicht alles wissen, wenn wir noch eine geringe Chance haben wollten, von hier zu entkommen.

»Soso.« In seiner ebenfalls schwarzen Robe unterschied sich der König kaum von seinen Gefolgsleuten. Einzig die Krone auf seinen grauen Haaren machte seine Position in dieser Stadt und in diesem Land deutlich. Dann wandte er mir den Rücken zu, auf dem das Wappen von Isandona gestickt prangte: ein Vergissmeinnicht. Ein Symbol für Gemeinschaft, Familie und Zusammengehörigkeit. Dinge, die die Isandoner ausmachten.

»Führt sie ab! Holt den Rat zusammen, dann entscheiden wir über ihr Schicksal.« Ich öffnete den Mund, um zu widersprechen, als ich Kians Blick begegnete und dieser den Kopf schüttelte. Es war nur eine ganz leichte Geste, aber die genügte, um mich zum Schweigen zu bringen.

Dann wurde ich derart ruppig herumgerissen, dass er aus meinem Sichtfeld verschwand und ich stattdessen Aylin und die beiden Jungs ansehen konnte, die nicht besser behandelt wurden.

Und in diesem Moment schwor ich mir eine Sache: Das würden diese Männer noch bereuen.

***

»Aylin kommt zu mir«, rief ich verzweifelt und warf mich zu dem Mann auf meiner rechten Seite herum. »Bitte! Lasst meine Schwester zu mir. Sie ist noch ein Kind.«

Doch keiner der Männer ging auf meine Worte ein. Panik schnürte mir den Hals zu. Ich riss an den Fesseln, die sich daraufhin nur noch fester in meine ohnehin schon aufgescheuerten Handgelenke gruben. »Bitte!«, flehte ich, trat einem der Männer auf den Fuß, der daraufhin nur fluchte, mich jedoch weiter ignorierte.

Plötzlich tanzten Sterne in meinem Blickfeld auf und ich fiel vornüber. Auf dem Rücken fühlte ich noch immer die Wucht des Ellbogens, der mir dort hineingerammt worden war. Meine Knie begannen sofort zu brennen.

»Seid ihr verrückt geworden? Ich will doch nur meine Schwester sehen!«

Ich richtete mich auf, so gut das mit gefesselten Händen eben ging. Da hockte schon einer der Isandoner vor mir.

»Immer mit der Ruhe, *Skafi*«, fuhr er mich an. »Ich löse dir jetzt die Fesseln und das Kind kommt dann auch zu dir in die Zelle, wenn du keine unüberlegten Sachen machst. Verstanden?«

Sprachlos nickte ich. Hauptsache, diese Bänder von meinen Handgelenken kamen weg und Aylin zu mir. Nichts würde ich ohne meine Schwester an diesem Ort machen.

Kaum dass ein kleiner Schatten zu mir in die Zelle gestoßen wurde, entfernte sich der Mann von mir. Er rannte beinahe aus meiner Zelle hinaus, als würde er mich fürchten.

Mit einem Klacken wurde das Eisenschloss vor meiner Nase eingehängt und damit trennten mich einige Gitterstäbe von der Außenwelt, von meiner Freiheit.

»Ich habe dir gleich gesagt, dass wir diesem Isandoner nicht trauen können!«, schrie unverkennbar Luan und seine Stimme brach sich an den dunklen Felswänden. Daneben hörte ich bloß die verklingenden dumpfen Stiefelschritte der Männer, die uns eingesperrt hatten.

Auch wenn ich Luan nicht sehen konnte, beruhigte es mich, ihn zumindest in hörbarer Reichweite zu wissen. Doch bei seinen Worten und mit der einkehrenden Ruhe in der Dunkelheit wurde mir erst bewusst, in was für einer Lage wir uns befanden. Himmel. Ich schloss die Arme um Aylin und wiegte sie vor und zurück. »Alles wird gut.«

»Freya!« Die Wut, die auch in Dereks Stimme mitschwang, war kaum zu überhören. »Was ist nur in dich gefahren? Wir sind nicht deine Feinde und du führst uns direkt in die Hände von ihnen? Was ist nur los? Wieso hast du diesen Mörder überhaupt befreit?«

Wenn ich das wüsste. Wenn es so einfach gewesen wäre. »Ich habe das getan, was ich für richtig gehalten habe«, erwiderte ich und war selbst überrascht, wie ruhig ich klang. »Ich kann nicht mehr einfach zuhören und nichts tun. Und ich habe ihn nicht freiwillig aus den Fesseln befreit. Es hat ihn fast das Leben gekostet.« Ich atmete tief durch. »Wo wart ihr, als ich euch am meisten gebraucht habe? Wie oft soll ich euch das noch fragen, bevor ich eine vernünftige Antwort erhalte? Kian war da, egal, ob er mir vorher das Leben nehmen wollte. In dem Moment hat er mich gerettet. Als es darauf ankam.«

Schweigen breitete sich im Verlies aus, bevor ich Luans Schnauben vernahm. »Er hat nicht nur einmal versucht dich umzubringen. Und nur weil er es ein einziges Mal nicht probiert hat, vertraust du ihm? In seinen Augen ist noch immer dieser blutrünstige Blick, wenn du ihn nicht ansiehst. Er wartet nur auf den richtigen Augenblick, merkst du das denn nicht?«

Ein Kloß bildete sich in meinem Hals. Und in dem Moment wusste ich nicht, ob ich mich mehr über Luan oder Kian ärgerte oder ob ich einfach ganz allein meinetwegen frustriert war. Weil ich so naiv gewesen war ihm zu vertrauen.

»Ja, vielleicht war das dumm von mir. Aber vielleicht auch nicht. Hättet ihr eine bessere Idee gehabt, um von dieser Insel zu verschwinden? Besser als das Portal? Und ihr wart es doch, die mich überhaupt erst in diese missliche Lage katapultiert habt.« Ich drückte Aylin enger an mich. »Dieser Orden hätte uns nie wieder gehen lassen. Sie ...« Meine Stimme brach weg. »Sie hätten mich umgebracht«

»Sie haben seltsame Bräuche«, fing Luan an. »Das stimmt. Derek und ich waren auch noch nie dort und haben nicht erwartet, dass dieser Orden ... nun ja, so reagiert. Sie wollten uns dazu bewegen, dich wieder einzufangen und zurückzubringen. Aber sie hätten dich doch nicht umgebracht.«

»Als wäre ich ein Tier«, rief ich aus und fluchte. Konnte ich nicht ein einziges Mal als Mensch betrachtet werden? Oder als Skafi nicht gejagt, sondern anerkannt werden?

»So war das nicht gemeint. Der Orden hat einfach Angst, dass die Magie in diesem Lande endgültig ausstirbt. Sie wollten dich auf der Insel festhalten, um einen letzten Funken Magie zu wahren«, erklärte Derek.

»Das macht es ja so viel besser«, entgegnete ich. »So stirbt die Magie doch erst recht aus. Sie haben ja nicht einmal ernsthaft versucht mir meine Gabe näherzubringen. Wie soll ich denn so jemals lernen sie zu beherrschen, geschweige denn Magie weiter zu verbreiten?«

»Du kannst die Gabe nicht erlernen. Du kannst nur den Umgang mit ihr trainieren«, konterte Luan so plötzlich, dass es mir die Sprache verschlug.

»Was?«, hakte ich nach.

»Na ja, sieh die Gabe als etwas an, das dir wie das Sprechen oder Laufen in die Wiege gelegt wurde.«

Ich starrte vor mich in die Dunkelheit, wo ich eine Wand vermutete, und versuchte zu begreifen, was er da gerade gesagt hatte. »Wieso hast du mir die Gabe nicht von Anfang an so erklärt? Wieso sagst du mir das erst jetzt?«

»Hätte es denn etwas geändert?«, mischte sich nun auch Derek ein.

Ja. Aber ich kam nicht dazu, das auszusprechen.

»Haben sie euch eigentlich irgendwelche Waffen abgenommen?«, wollte Derek schlagartig wissen. »Oder hättet ihr euch auch befreien können, wenn ihr gewollt hättet?«

»Diese Idioten wissen leider, dass wir keine Chance haben, diese Festung ungesehen zu verlassen, und dass wir nie allein aus den Tiefen dieses Felsens nach draußen gelangen würden«, meldete sich Luan daraufhin. »Aber du hast recht, ich habe auch all meine Dolche noch dort, wo sie hingehören. Nur das Schwert haben sie mir weggenommen.«

Irgendwo erklang ein Klacken, als würde sich eine Tür öffnen. Aylin drehte sich in meinen Armen zu mir herum und ich spürte ihren fragenden Blick auf mir.

»Haben wir etwa Besuch bekommen?«, scherzte Derek und stieß ein mehr oder weniger belustigtes Lachen aus. Die Anspannung war darin deutlich zu erkennen. »Vielleicht kriegen wir ja was zu essen oder zu trinken?«

Doch nichts dergleichen geschah. Allerdings tauchte ein Schatten vor den Gitterstäben zu meinem Verlies auf und brachte mein Herz damit ins Stolpern. Sofort stand ich auf den Beinen und drängte Aylin hinter mich, bis ich erkannte, wer vor meiner Zelle stand.

Ich wollte ihm schon einen bissigen Kommentar an den Kopf werfen, kam jedoch nicht dazu. Kian legte einen Finger an seine Lippen, um kurz darauf zum Schloss der Zelle zu greifen.

»Freya?«, fragte Luan in die Stille, die sich gespenstisch zwischen uns ausgebreitet hatte. »Was ist los?«

»Nichts«, gab ich etwas zu schnell zurück. Denn machte Kian wirklich gerade das, wonach es aussah? Holte er mich aus diesem Verlies heraus? Panisch überlegte ich, was ich erwidern konnte, um von Kian abzulenken und ihn nicht zu verraten. »Ich habe nur überlegt, was das für ein Geräusch gewesen sein könnte. Klang wie eine Tür, oder?«

Mein Herz schlug mir bei den Worten so heftig gegen die Rippen, dass ich glaubte, jeder müsste es hören können. Aber trotz der Finsternis konnte ich auf Kians Gesicht ein Lächeln erkennen, das meine Vermutung bestätigte und mir ein wenig Ruhe zurückgab.

»Lass Aylin hier. Im Verlies bei den anderen beiden ist sie sicherer«, hauchte Kian so leise, dass ich ihn kaum verstand. »Ich zeige dir einen Ort, der nicht für Kinderaugen ist. Ich kann nicht euch beide beschützen.«

Ich wollte schon widersprechen, aber Aylin drückte meine Hand, sodass ich sie ansah. Mit den Lippen formte sie: »Wenn du mir versprichst, dass du wiederkommst.«

»Das verspreche ich.« Und mit diesen Worten folgte ich Kian, der mir die Gittertür aufhielt, hinaus in den Gang, wohl darauf bedacht, keinen Laut von mir zu geben, der uns verraten konnte.

»Für mich klingt es so, als wäre ...« Luan stockte. »Freya?!«

Am liebsten wäre ich losgelaufen, aber Kian hielt mich zurück und griff nach meiner Hand. Als seine warmen Fingerspitzen meine berührten, ging ein Schauer durch mich hindurch. Was tat ich nur? Wenn Luan und Derek recht behielten und Kian mich nur benutzt hatte, um selbst freizukommen, um zu seinen Leuten zurückzugelangen und mich jetzt aus dem Weg zu räumen ... Vielleicht hatte ich Aylin deshalb nicht mitnehmen sollen? Aber warum hatte er mich dann aus dem Verlies geholt?

»Freya!«, schrie Luan nun lauter. »Verdammt nochmal.« Ein Poltern erklang, als hätte er mit beiden Fäusten gegen die Gitterstäbe geschlagen.

Das Gedankenchaos stoppte, als Kian abrupt vor mir innehielt, um die nächste Tür zu öffnen. Ich musste einige Male blinzeln, da Licht durch den

Spalt ins Dunkel fiel und meine Augen die plötzliche Helligkeit gar nicht mehr gewohnt waren.

»Wohin bringst du mich?«, wollte ich wissen, als wir von Luan und Derek abgetrennt in einem Flur standen.

Kian ließ meine Hand los und stellte sich vor mich. Dabei ruhten seine dunklen Augen auf mir wie die unendliche Tiefe des Ozeans, in dem ich mich verlieren, aber auch finden konnte. Er war mir so fremd und doch sah ich mich in ihm selbst. In seinem Handeln, im Auftrag von anderen, auf der Suche nach der eigenen Bestimmung.

»Ich wollte dir etwas zeigen, mit dem du gewiss mehr anzufangen weißt als irgendwer sonst hier.« Ohne den Blick von mir abzuwenden, fuhr er fort: »Als in diesen Hallen noch Skafi friedlich mit uns zusammengelebt haben, befand sich tief in den Felsen, weit im Norden in unseren Sälen, eine Bibliothek mit all den Aufzeichnungen über die Geschichte und Legenden rund um Feen. Sie haben einfach alles über Ilandmera festgehalten. All das wurde zerstört, aber eine Sache haben sie nicht vernichten können. Und die möchte ich dir zeigen.«

»Aber wieso?« Mehr brachte ich nicht hervor. Zu überrascht war ich von Kians plötzlichem Stimmungswandel. »Was hast du davon? Wieso hast du mich erst befreit, jetzt schon wieder aus einer misslichen Lage geholt und nun das? Warum?«

»Weil du eine Skafi bist und es nicht alle Tage vorkommt, vielleicht nie wieder, dass in diesen Höhlen eine auftaucht.«

»Ich ...«, stotterte ich und wusste nicht recht, was ich sagen sollte.

»Folge mir einfach. Ich zeige dir die alten Hallen erst einmal. Du musst nichts sagen«, meinte Kian und nickte mit dem Kopf in Richtung des Flures, der im Nirgendwo endete.

Zögerlich tat ich, was er sagte.

»Hast du schon viel von Isandona gehört?«, erkundigte er sich und wandte sich mir über seine Schulter hinweg zu.

»Meine Mutter – meine Ziehmutter«, korrigierte ich mich und bemühte mich die schlagartige Enge in meinem Brustkorb zu ignorieren. »Sie hat

Aylin und mir von den Feen, die in Isandona gelebt haben, erzählt. Sie sollen mächtig gewesen sein.«

»Zu mächtig«, warf Kian ein und Bitterkeit schwang in seiner Stimme mit. »Sie haben sich für etwas Besseres gehalten.«

In einer rabenschwarzen Halle blieben wir stehen. Die Decke war teils eingestürzt und Steinbrocken lagen auf dem Boden verteilt. Durch ein Loch konnte ich so den dunklen Nachthimmel erkennen, der wolkenverhangen war.

Ein frischer Wind wehte durch die Halle und brachte einzelnes grünes Gestrüpp, das sich an den Wänden und am Boden gebildet hatte, in Bewegung. Am anderen Ende entdeckte ich unter einer Kuppel einen kleinen Baum, dessen kahle Zweige sich in der Böe wiegten. Wie in den Hallen der Heiligen Stätten …

»Was ist hier passiert?« Ich drehte mich um die eigene Achse und betrachtete die schwarzen Schlieren, die sich über die gesamten Felswände verteilten.

»Es wurde hier alles niedergebrannt. In der Nacht, in der in der Hauptstadt die Lafrander die Macht übernommen haben, da haben die Skafi und Magier hier alles vernichtet.« Kians Augen bohrten sich prüfend in meine, als unsere Blicke sich trafen. »Der Baum ist das Einzige, was dem Feuer standgehalten hat.«

»Magie«, flüsterte ich und betrachtete den Baum genauer. Es war wirklich fast derselbe wie auch auf der Insel der Wächter.

»Ja«, bestätigte Kian meinen Verdacht. »Der Baum – ein Ginkgo – war für die Skafi wie etwas Heiliges. Sie haben ihre Rituale immer darunter abgehalten, im Angesicht ihrer Götter. Cadoc hat es uns erzählt.«

»Was für eine Bedeutung hat dieser Baum?«, hakte ich nach und ging einige Meter auf das zu, was von dem Baum noch stand. Denn auch sein Stamm wies einen großen Riss auf und einige der Zweige waren verkohlt.

»Er steht für ein langes Leben und … für Hoffnung.«

Seine Antwort kam so zögerlich, dass ich mich verwundert zu ihm umdrehte. »Woher weißt du das alles?« Bis auf ein Schulterzucken bekam ich keine Antwort, weshalb ich nachbohrte. »Aber wieso habt ihr dann solche Angst und solch einen Hass auf die Feen entwickelt? Nur wegen ihrer Fähigkeiten?«

Ich deutete mit einer Hand um mich herum und stockte. »Sieh nur«, hauchte ich und glaubte selbst kaum, was ich vor mir erblickte. Kleine leuchtende Punkte, die im Dunkeln unter dem nahezu verdorrten Baum tanzten.

Mit klopfendem Herzen lief ich auf die Glühwürmchen zu. Als ich unter ihnen stand und nur noch meine Hand nach ihnen ausstrecken musste, stockte ich, traute mich kaum zu atmen.

Ich hielt meinen Finger in die Luft, inmitten der tanzenden Punkte, die wie Sterne in der Finsternis schimmerten. Sie waren also wirklich überall, wo Magie war …

Und dann setzte sich einer dieser leuchtenden Punkte auf meine Fingerkuppe und damit durchströmte mich eine wohlige Wärme, als würde das Licht wie Energie in meinen Körper übergehen. Plötzlich war es nicht mehr nur das eine Glühwürmchen, all die anderen tanzten nicht länger, sondern ließen sich der Reihe nach auf meinem ganzen Körper nieder. Ich leuchtete.

Fassungslos rang ich nach Luft. Das leise Rauschen ihrer Flügelschläge drang wie Stimmen in mein Ohr, als würden sie mit mir reden. Als wollten sie mir etwas sagen.

Der Stamm des Ginkgos befand sich direkt neben mir und nun erkannte ich, dass der Baum tatsächlich nicht verloren war. Kaum merklich hatte sich an dem trockenen Holz ein kleines Blatt gebildet. Als wäre es ein Zeichen …

Ich streckte die Hand nach dem zarten Blatt aus, woraufhin die Glühwürmchen aufstoben und einen kleinen Wirbel rund um den Baum bildeten. Meine Haare wehten zurück und die Welle, die mich eben noch durchflutet hatte, übertrug sich nun auf den Ginkgo, der unter dem Licht der kleinen Wesen anfing zu leuchten. Das Schauspiel war so wunderschön, dass sich all meine Nackenhaare aufstellten und ich meinen Blick kaum davon abwenden konnte.

Als ich letztendlich einen kurzen Blick zu Kian wagte, konnte ich auch in seinen Augen das Funkeln erkennen, das ich in meinem Herzen spürte. Ilandmera war nicht verloren. Die Magie würde zurückkehren. Egal, was geschehen war und wie viele unschuldige Feen ihr Leben gelassen hatten. Für sie alle, für die Gerechtigkeit und um das Leben nach Ilandmera zurückzubringen, würde auch die Magie dieses Land wieder erfüllen. Dessen war ich mir in diesem Augenblick sicher.

Nachdem ich wieder zu dem Baum schaute, klappte mir die Kinnlade hinunter. Er war nicht mehr kahl. Kleine Blätter sprossen aus den Zweigen heraus, färbten den Baum in ein sattes Grün, das trotz der Dunkelheit gut zu erkennen war.

Doch meine Freude verschwand, als das Leuchten der Glühwürmchen weniger wurde und sie nacheinander ganz verloschen. Leblos sanken die kleinen Geschöpfe zu Boden.

Mit großen Augen ging ich in die Knie. *Leben für Leben.*

Das Blut rauschte in meinen Adern und in meinem Kopf, mein Rücken brannte.

»Dein Rücken ...«, flüsterte nun auch Kian atemlos.

Irritiert richtete ich mich auf und drehte mich zu ihm herum. »Was soll damit sein?«

»Du ... er ... leuchtet«, stammelte er und lief zu mir. »Dein Rücken leuchtet.«

Das Tattoo. Erst jetzt kam mir wieder in den Sinn, was für ein Motiv Derek und Luan für mich ausgewählt hatten. Einen Baum, das Wappen der Feen. Es war so offensichtlich gewesen ...

»Du kannst nicht nur Magie auf andere Menschen übertragen. Du kannst sie auch mit anderen Lebewesen teilen«, überlegte er laut, aber so leise, dass ich Mühe hatte, ihn zu verstehen. Ich wollte seine Worte nicht wahrhaben. Das konnte nicht möglich sein.

»Es ist genau wie meine Eltern mir immer gesagt haben«, hauchte Kian kaum merklich. »Wenn der Baum wieder blüht, ist es an der Zeit, Isandona den Rücken zu kehren.«

»Was?«, entfuhr es mir. »Was meintest du gerade?«

Kian schüttelte den Kopf. »Nichts. Das ist einfach unglaublich. Was hast du gemacht?«

Es widerstrebte mir, mit ihm über das Tattoo zu sprechen oder darüber, was eben geschehen war. Dennoch wurde mir klar, dass ich das erste Mal bewusst die Energie meiner Umgebung verwendet hatte, wenn auch unbedacht.

»Du glaubst mir sowieso nicht, wenn ich dir sage, ich hätte keine Ahnung«, gab ich zurück. »Was ist mit dir, du bist mir noch eine Antwort schuldig. Wieso wurde all das vernichtet? Hunderttausende der Feen und Magier müssen aus euren Mauern verscheucht oder umgebracht worden sein. Wieso der plötzliche Hass?«

»Das ist eine lange Geschichte«, entgegnete Kian und strich sich über die kurzgeschnittenen Haare.

»Erzähl sie mir«, beharrte ich. »Ich möchte wissen, was wirklich passiert ist.«

Doch er schwieg und sah an mir vorbei. Ich rechnete schon gar nicht mehr mit einer Antwort von ihm, als er sich geschlagen gab. »Also schön.«

Überrascht sah ich ihn an.

»Jetzt schau nicht so. Wenn dich jemand fragt, das hast du nicht von mir, verstanden? Hier redet für gewöhnlich niemand darüber, was in dem Jahr geschehen ist.«

»Das verspreche ich dir.« Unser Blickkontakt besiegelte das Versprechen und ein Schauer lief mir über den Rücken.

Kian nickte. »Wie gesagt, die Feen haben ihre Macht ausgenutzt. All die Jahre zuvor haben wir hier friedlich zusammengelebt, Skafi, Magier und Isandoner. Wir haben uns das Reich und den König geteilt. Bis einer unter ihnen die Idee hatte, dass auch Skafi einmal auf dem Thron der Hauptstadt sitzen sollten. Als der letzte König Sacrandes ohne einen Thronfolger starb, erkannten sie ihre Chance. Cadoc überließ den Skafi die Tierkreiszeichen von Sacrande und somit erstmals einen möglichen Platz auf dem Thron der Hauptstadt. Und diesen konnten die Skafi gleich mit dem Wechsel der Sternzeichen einnehmen.

Die Isandoner haben sich für ihren eigenen Untergang entschieden, den Untergang von ganz Ilandmera. Sie hätten den Thron nie in die Hände der Skafi geben dürfen.«

»Sag so etwas nicht«, unterbrach ich ihn. »Die ersten Jahre der Herrschaft sollen den Menschen Reichtum, Wohlstand und Gesundheit gebracht haben.«

»Die Menschen sind aber von dieser neugewonnen Macht blind geworden.

Sie haben verlernt genau hinzusehen und selbst Entscheidungen zu treffen.« Er seufzte. »Hier in Isandona hat es angefangen. Schon bald stellten sich die Feen hier über die Menschen und glaubten, sie seien etwas Besseres, die Menschen seien ihnen etwas schuldig für ihre geteilte Macht und ihre Fähigkeiten.«

»Wie haben sie euch das spüren lassen?«

»Ich selbst kann mich nicht daran erinnern. Ich war viel zu klein. Meine Erinnerungen sind verschwommene Bilder, gemischt mit Erzählungen von Cadoc und den übrigen Insandonern, dem Gemunkel unserer Ausbilder, die uns zu Kriegern für Cadoc gemacht haben.« Seine Stimme wurde kratziger. »In einer der Nächte, bevor es zum Krieg innerhalb unseres Volkes kam und die Feen und Magier hier alles in Flammen steckten, haben meine Eltern von mir Abschied genommen und mich in die Hände der Garde gegeben, die junge Männer zu Kriegern für den König ausgebildet haben. Aber ich war noch zu klein, um zu verstehen, was dann geschah. Sie haben uns Kinder in die unteren Höhlen gebracht und versteckt vor dem Unheil, das über uns alle hereingebrochen ist. Es war das letzte Mal, dass ...« Er schluckte und blieb stehen. »Ich habe meine Eltern nach dieser Nacht nie wiedergesehen. Ich war gerade einmal fünf Jahre alt, konnte es nicht begreifen. Ich war fortan in der Ausbildung, um einmal dem König persönlich zu dienen. Deshalb wurde ich ausgeschickt, um dich zu töten.«

Die Bilder des brennenden Midres traten mir in den Kopf. Wie unsere kleine Holzhütte vor meinen Augen zusammenstürzte und in Glut und Asche unterging. Wie Aylin mit geröteten Augen in meinen Armen stand. Aber vor allem brannte sich in meinen Kopf das letzte Bild, das ich von meinen Eltern hatte.

»Das tut mir leid.« Meine Lippen bebten, während ich das zu ihm sagte.

»Mir auch. Für dich, meine ich.« Und in seinen schimmernden Augen fand ich mich. Denselben Schmerz, denselben Verlust. Ich hatte nicht nur meine leiblichen Eltern verloren. Auch jene, denen ich vermutlich mein Leben verdankte, die mich aufgezogen hatten wie ihr eigenes Kind, und ich hatte mich nie bei ihnen bedanken können.

»Sie haben jede Skafi, jeden Magier, einfach jeden mit Magie im Blut aus dieser Stadt vertrieben oder getötet. Ich glaube, die Aufstände haben in Isandona beinahe noch vor der Machtübernahme in der Hauptstadt stattgefunden. Als wir Kinder wieder in die höheren Gänge und Hallen gelassen wurden, war hier überall Rauch, Asche und die Glut.« Kian wandte den Blick ab. »Denn die Magier und Skafi waren es, die wahllos Menschenleben genommen haben. Sie haben mir meine Eltern genommen. Nur weil sie Magie besessen haben und meine Eltern nicht. Niemand hat ihnen das Recht dazu gegeben, sich über uns zu stellen und über Leben und Tod zu entscheiden. Die Magie hat hier alles besser gemacht, ja. Aber nur für kurze Zeit, um dann alles noch viel schlimmer zu machen, als es jemals gewesen ist, und nichts als Schutt und Asche zurückzulassen. Wir haben einfach Angst, dass das nun wieder geschieht, wenn die Magie an die Macht zurückkehrt. Ich habe Angst davor. Ich habe Angst vor dir.«

Seine Stimme versagte. Unsicher machte ich einen Schritt auf ihn zu. »Ich ... Tut mir wirklich leid. Auch was in der Höhle in den Heiligen Stätten passiert ist, dass ich dich so überrumpelt habe. Dass ...«

»Nicht«, unterbrach er mich, sah auf und legte seine Hand an meinen Oberarm. »Ich habe aus Angst gehandelt, ja, aber das entschuldigt nicht mein Verhalten. Mir tut es leid. Ich habe dich beschimpft und du hast trotzdem mein Leben gerettet. Versprich mir dennoch eines: Beweis mir, dass du deine Fähigkeiten nicht missbrauchen wirst, um Menschen zu unterdrücken, dieses Land zu zerstören oder jemanden zu verletzen.«

»Ich ... ich würde es dir gern versprechen, aber ich kann sie nicht beherrschen. Sie sind wie ein Sturm in mir, den ich nicht beruhigen kann, und der aufkommt, wenn ich es am wenigsten erwarte.« Beschämt sah ich zu Boden, doch Kian legte eine Hand an mein Kinn, hob es an, um mir in die Augen zu sehen.

Seine Finger strichen so sanft über meinen Arm. Waren wie ein warmer Sommerwind, sodass sich all meine Härchen aufstellten. Ich wollte mich an ihn lehnen, wollte seine Arme um mich spüren. Ich wollte, dass er mich festhielt, während ich fiel. Aber wir standen nur da und ich verlor mich in seinen dunklen Augen. In der Dunkelheit seiner Seele. Ertrank in der Tiefe der Unwissenheit und dem Sturm an Gefühlen, der in mir tobte. Verlor gänzlich den Halt und stand dennoch aufrecht.

»Freya«, hauchte er so leise, dass ich seine Stimme kaum hören konnte, meinen Namen mehr von seinen Lippen ablas als wahrnahm. »Du musst deine Gabe beherrschen lernen.«

»Ich weiß«, gab ich zurück. »Ihr haltet mir das immer wieder vor. Aber wenn ich mich daran erinnere, dann kann ich es nicht.« Verzweifelt warf ich die Hände in die Luft und suchte nach einem Ausweg. »Lenk mich ab. Irgendwie.«

Sichtlich verwirrt schaute Kian mich an. »Was? Was soll ich denn machen, damit du an was ganz anderes denkst?«

»Keine Ahnung, denk dir was aus«, erwiderte ich und trat dichter an ihn. »Dir muss doch irgendetwas einfallen.« Flehend sah ich ihm in die schwarzen Augen. »Bitte, hilf mir.«

Und da war es wieder. Dieses Funkeln, in dem ich mich verlor, und darin lag sein Versprechen. »In Ordnung.«

Seine Finger strichen meinen Arm hinunter, berührten jede einzelne meiner Fingerspitzen. Zugleich lag sein Blick mit einer solchen Schwere auf mir, dass ich glaubte, mein Herz würde von einer unsichtbaren Hand zerdrückt. In seinen Augen fand ich dieselbe Antwort, die ich tief in meinem Inneren spürte.

Genau dann brach das Licht des Monds durch die Öffnung in der Grotte und es war, als würde sich die Höhle mit Sternen füllen, die sich in Kians Augen wiederfanden.

Und plötzlich zog er mich in einer einzigen raschen Bewegung an sich. Ich spürte seine Hände fest auf meinem Rücken liegen, spürte seine Lippen ...

Hitze schoss durch meinen Körper, als hätte ich mich ins Feuer gelegt. Ich fühlte mich so frei, so geborgen. Diese Sehnsucht nach etwas, das ich gar nicht kannte, zerriss mich nahezu. Ich wollte Kian noch näher sein, wollte seine Hände überall spüren, mehr von dem Feuer in mir.

Doch dann brachten mich die Flammen zum Explodieren. Vor meinem inneren Auge wurde die Dunkelheit von einem Blitz geteilt, während ich das Gefühl hatte, es müsste mich umbringen.

Warme, nasse Striemen bildeten sich auf meinen Wangen, ich schmeckte Salz und schlagartig lösten sich Kians Lippen von meinen.

»Freya«, erklang seine atemlose Stimme, als käme sie nicht aus diesem Universum. Seine Hände verkrampften sich, umfassten meine Arme fester, als hätte er Angst, mich zu verlieren.

Und als ich die Augen aufriss, brannte sich sein entsetzter Blick wie das Feuer in mich. Dann sackten meine Beine unter mir weg und ich glaubte ins Nirgendwo zu stürzen.

Aber seine Arme hielten mich fest. Kian ließ mich nicht los, hielt mich auf meinen Beinen und sein überraschter Blick wurde weicher, je länger er mich ansah.

»Sieh nur«, hauchte er atemlos. »Du hast Flügel.«

KAPITEL 29

Isandona – Inesa

Mir stockte der Atem, als ich über meine Schulter blickte. Kian hatte recht. Hinter mir ragten zwei mit schwarzen Federn besetzte Flügel hervor. Zu den Spitzen hin liefen die Federn in ein mattes Grau über. *Ich hatte Flügel.* Meine Flügel waren sichtbar!

»Wow«, flüsterte Kian und nahm seine Arme von meinen Schultern. »Das ist unglaublich. So was habe ich noch nie gesehen.«

Ich wusste nicht, was ich sagen sollte, konnte nur die beiden Flügel anstarren, die auf meinem Rücken prangten, die ein Teil von mir waren. »Ich auch nicht«, flüsterte ich. »Das ist das erste Mal, dass ich sie sehen kann.«

»Das eben.« Kian kratzte sich verlegen am Hinterkopf. »Bitte vergiss das, ja? Das ... Ich weiß auch nicht, was in mich gefahren ist.«

Der Kuss. Allein der Gedanke an seine Lippen, die meine berührt hatten, löste wieder ein Kribbeln in mir aus. Dagegen schnitten seine Worte mir hart ins Fleisch.

»Klar«, erwiderte ich trotzdem möglichst entspannt und hoffte, dass er das Zittern in meiner Stimme nicht allzu deutlich heraushörte.

Dafür, dass da nichts gewesen war, hatte ich zu viel in meinem Körper gespürt, hatte zu heftig darauf reagiert. War das nur meine Gabe gewesen? Wie war es möglich, dass Kian es schaffte, das aus mir hervorzuholen, was all den Weg bis hierher verborgen geblieben war?

Ich spürte, wie sich meine Flügel zurückbildeten, indem ein Kribbeln meinen Körper durchfuhr. Doch Kian ging nicht darauf ein.

Aber bei seinem Anblick und dem Funkeln in seinen Augen wurde mir plötzlich klar, wie wir es schaffen konnten, von hier zu entkommen. Wie wir alle mit unserem Leben davonkommen und in die Hauptstadt gelangen konnten. »Ich muss sie nur überzeugen, dass sie sich nicht vor Magie zu fürchten brauchen. So wie dich.«

Kian stieß ein verzweifeltes Lachen aus. »Wie willst du das schaffen? Du kannst Isandonern nichts vormachen. Dieses Volk hat es geschafft, mich so aufzuziehen, dass ich bereit war, alles dafür zu geben, dich tot zu sehen.«

»Aber irgendetwas hat dich dazu bewegt, dass du mir das Leben gerettet und mir damit die Chance gegeben hast, dich vom Gegenteil zu überzeugen.« Ich trat auf ihn zu, verkleinerte den Abstand wieder, den er zwischen uns gebracht hatte. »Gib mir nun die Chance, auch deinem Volk zu zeigen, was Magie bedeutet – für uns, für sie, für Ilandmera.«

»Sie werden dich dafür töten.«

***

»Ich habe keine Ahnung, was du geplant hast. Aber überleg es dir gut, ja?«, meinte Kian und blieb im Gang vor der Tür, die zu den Verliesen führte, stehen. »Dieses Volk kennt keine Gnade.«

»Die kennen die Lafrander auch nicht«, konterte ich. »Und hast du noch nichts von der Dickköpfigkeit der Sacrander mitbekommen? Der lafrandische König hat alle Hände voll mit unserem kleinen Reich zu tun.«

Nun schmunzelte Kian. »Da hast du natürlich recht. Aber sei wirklich vorsichtig. Unser König hat meines Erachtens schon länger seine Pläne mit dir.«

Ich zuckte mit den Schultern. »Ich passe auf. Aber wenn seine Pläne ohnehin schon feststehen, dann bleibt mir nur eines: sie zu ändern. Ich habe, seit ich in Midre aufgebrochen bin, nichts anderes gemacht, als fremden Menschen hinterherzulaufen und zu gehorchen. Wann, wenn nicht jetzt, ist es an der Zeit, dass ich selbst entscheide, wer was mit mir macht und wohin mein Weg mich weiter führt?« Meine Stimme überschlug sich fast, während mir schwindelig wurde vor Aufregung. »Vielleicht ist Ilandmera genau jetzt bereit für den Umschwung.«

»Weil der Baum wieder Blätter trägt?« Kian waren seine Zweifel deutlich anzusehen. »Freya, ich glaube nicht, dass das allein als Zeichen ausreicht. In der Hauptstadt sitzt ein König auf dem Thron, der nahezu seit deiner Geburt an der Macht ist. Dem die Menschen vertrauen. Glaubst du, Ilandmera ist wirklich so weit für Veränderungen?«

»Wird es jemals dazu bereit sein, wenn niemand diesem Land die Augen öffnet?« Es wunderte mich selbst, woher ich mir dessen plötzlich so sicher war. Aber es war, als hätte diese eine Nacht einen Schalter in mir umgelegt. Als wäre es der Baum mit seinen Knospen gewesen, der meine Fassade zum Bröckeln gebracht hatte. »Was, wenn genau das meine Bestimmung ist? Nicht nur irgendwelchen Menschen ihre Magie zurückzugeben, sondern die Magie, die in mir schlummert, ganz Ilandmera zurückzubringen?«

»So leicht geht das nicht. Das weißt du selbst. Du bist dazu fähig, ganze Dörfer und Städte im Hauch einer Sekunde dem Erdboden gleichzumachen. Bisher machst du das unkontrolliert, aber was geschieht, wenn du deine Kräfte in den Griff bekommst und diese zerstörerische Energie gezielt einsetzen kannst?« Kians Miene versteinerte sich. »Die Menschen, die Könige, sie fürchten dich nicht ohne Grund. Solange du ihnen nicht genügend Beweise liefern kannst, dass Magie mehr Nutzen als Zerstörung mit sich bringt, wird sich in diesem Land nie wieder etwas ändern. Thorn sitzt selbst schon viel zu lange auf dem Thron. Die Mächte in diesem Land haben sich verschoben und gefestigt. Es wird nie wieder werden wie zuvor und das ist vielleicht gar nicht so schlecht. Denn jede Veränderung bringt Licht und Schatten und mit dem jetzigen Schatten haben wir zu leben gelernt. Bitte zerstöre nicht den Frieden, den das Land sich die letzten Jahre aufgebaut hat.«

Die schlagartige Kälte ließ mein Herz zerspringen. Dennoch nickte ich, schluckte den Schmerz hinunter und bemühte mich mir nicht anmerken zu lassen, wie er meine Euphorie im Keim erstickt hatte.

»Das nennst du Frieden?«, brachte ich hervor. »Dass ein Teil des Landes unterdrückt wird und in Angst lebt?«

»Damit die Mehrheit in Sicherheit ist.«

»Ist sie das denn? Ich bin gewiss nicht die einzige Skafi in ganz Ilandmera und wenn es erst genügend von uns gibt, die sich gegen das jetzige Gesetz auflehnen, habt ihr dann nicht viel mehr zu befürchten, wenn ihr Menschen nicht an unserer Seite kämpft?«

»Ich bringe dich jetzt besser zurück.«

KAPITEL 30

In den Hallen von Isandona

»Bist du verrückt geworden?!«, schrie Luan, kaum dass die Tür sich hinter Kian geschlossen hatte. »Du kannst doch nicht einfach mit diesem Isandoner über Nacht verschwinden.«

Hitze schoss mir in den Kopf und zugleich traten mir Tränen der Wut in die Augen. »Ich hatte keine Wahl«, presste ich mit geballten Fäusten hervor. Dabei hallten Kians Worte noch immer in mir nach, während sich die Bilder der Nacht ununterbrochen in meinen Gedanken abspielten.

Ich zog Aylin enger an mich und legte meinen Kopf auf ihren. »Alles wird gut«, hauchte ich mehr zu mir selbst.

»Du hattest was?« Es war kaum zu überhören, wie außer sich Luan war. Es kostete mich alle Mühe, nicht auch noch seinetwegen vor Wut und Enttäuschung zu platzen.

»Was ist denn passiert?«, schaltete sich nun Derek ein. Auch er klang nicht begeistert, aber ernsthaft interessiert, was mir Hoffnung gab.

Obwohl sich alles in mir sträubte Luan und Derek von den Ereignissen der Nacht zu erzählen, sah ich darin die einzige Chance, die uns blieb, um von hier zu verschwinden. Wenn ich schon nicht Kian von meinem Vorhaben hatte überzeugen können, dann eben diese beiden Männer, die mich bereits viel länger begleiteten und die mir womöglich mehr zutrauten.

»Ich habe eine Idee, wie wir hier herauskommen können«, begann ich deshalb, schluckte meine Wut hinunter und setzte mich aufrechter hin. »Kian hat mir gezeigt, dass hier einst die Skafi und Feen gelebt haben und was sie zurückgelassen haben. Die Isandoner fürchten sich vor etwas, vor dem sie eigentlich keine Angst haben sollten. Sie hassen Magie, weil sie glauben, dass dieser Teil des Volkes sie verraten hat. Wenn wir ihnen beweisen können, dass Magie nichts Schlimmes ist, dann –«

Luans Schnauben unterbrach mich und ließ die Wut in mir wieder aufkeimen. »Wie, glaubst du, sollen wir diesem störrischen Volk klarmachen, dass du eine Skafi bist, aber Magie nichts ist, was sie hassen sollten? Das ist so tief in ihnen verankert wie dein Glaube an die Götter.«

»Nein«, gab ich entschlossen zurück. »Kian wollte mich noch vor wenigen Tagen umbringen.«

»O Himmel. Und du glaubst wirklich, dass du ihn innerhalb so kurzer Zeit vom Gegenteil überzeugen konntest?«, erwiderte Luan, doch mit dem nächsten Satz änderte sich seine Stimmlage. »Tut mir leid.«

»Ihr wart es doch, die mich davon überzeugen wolltet, dass ich die Magie in dieses Land zurückbringen muss, und nun seid selbst ihr gegen mich?«

»So darfst du das nicht sehen«, antwortete Derek. »Dieses Land hat schwere und aufreibende Jahre hinter sich. Einen Regierungssturz, von dem es sich nicht wirklich erholt hat, und einen Herrscher, der die Menschen geeint hinter sich versammelt hat, indem er sie gegen das Einzige aufgebracht hat, das ihnen fremd ist: Magie. Es hält sie alle gemeinschaftlich zusammen und ist ihnen in den letzten Jahren derart vertraut geworden, dass du nicht erwarten kannst das Land über Nacht zu einem besseren zu machen. Angst und Hass sind in den Köpfen der Menschen in Verbindung mit Magie inzwischen so verankert, dass es lange dauern wird, ihr Vertrauen in Magie wieder aufzubauen und zu festigen.«

»Derek hat recht, wir brauchen Geduld und dürfen jetzt nichts überstürzen«, stimmte Luan zu. »Du selbst hast in den Heiligen Stätten gemerkt, dass auch Derek und ich uns verschätzt haben. Wir sind von einer anderen Lage ausgegangen. Sag mir, wenn sogar die alten Wächter einem Wandel kritisch gegenüberstehen, obgleich sie selbst Magie beherrschen, wie sollen wir die Menschen davon überzeugen?«

»Es geht nicht darum, die Menschen über Nacht für uns zu gewinnen. Aber irgendwo müssen wir doch anfangen und wenn nicht jetzt und hier, wann dann?«, entgegnete ich. »Ich habe mit Kian gesprochen. Wenn wir nichts tun, werden sie uns hinrichten. Wo ist also der Unterschied?«

»Da hast du natürlich recht«, gab Luan zähneknirschend zu. »Wobei das auch nichts Neues ist, dass uns ein halbes Land tot sehen möchte.« Er fluchte, bevor er sich wieder an mich wandte. »Also, was ist dein Plan, Prinzesschen?«

Ich atmete tief durch und versuchte seinen Kosenamen einfach zu ignorieren. »Ihr habt mir nie verraten, was für eine tiefgehende Bedeutung der Baum auf meinem Rücken hat. Ich kann als Skafi nicht nur Magie in Menschen übertragen?«

»Wie kommst du darauf? Ja, wir Skafi können an alle Lebewesen einen Teil unserer Kraft übertragen. Erinnere dich daran, was ich dir verraten habe. Wir sind anfangs immer nur so stark oder schwach wie unsere Umgebung und so gilt es, unsere eigenen Kräfte zu stärken, um unabhängiger zu werden.«

»Es steht eine Art Ahnenbaum in einer der Hallen, in der einst Skafi und Magier gelebt haben. Ich ...« Ich stockte, plötzlich klang das alles so seltsam. »Ich habe ihn wieder zum Blühen gebracht.«

Schweigen breitete sich im Verlies aus, bevor Luan das Wort ergriff. »Was? Das ist ... nicht möglich.«

»Doch, es ist genau so, wie es in der Legende steht«, bemerkte Derek. »Wenn der Baum wieder erblüht, ist das Land bereit für den Wandel. Freya ist die Prinzessin, die Anspruch auf den Thron hat. Wer, wenn nicht sie, kann den Wandel vollbringen? Das ist wirklich ein Zeichen, dass jetzt der Moment gekommen ist.« Derek klang ebenso aufgeregt, wie auch ich es gewesen war, als ich Kian mit der Begeisterung hatte anstecken wollen. Dass es nun ausgerechnet Derek war, der hinter mir stand, überraschte mich. Vor allem aber seine nächsten Worte. »Wir müssen jetzt mit dem Plan beginnen. Wir haben lange genug gezögert. Der perfekte Moment wird nicht kommen, Freya wird nie bereit für das sein, was auf sie zukommt. Es ist an uns, ihr den Rücken zu stärken und sie bestmöglich in dem zu unterstützen, was noch auf uns zukommt.«

»Ja, Unterstützung wird sie jetzt mehr denn je brauchen. Denn der schwerste Teil unserer Reise liegt noch vor uns«, überlegte Luan laut. »Wir müssen in die Hauptstadt, nach Carsadesh.«

»Und deshalb müssen wir hier lebendig herauskommen«, erinnerte ich die beiden daran, dass wir uns auf das Hier und Jetzt konzentrieren mussten. »Früher oder später werden sie uns aus dem Verlies holen. Ihr habt selbst gesagt, reden ist die Stärke der Isandoner, aber ich habe einen Dickschädel. Ich bin mitten in Sacrande groß geworden und wir wissen uns zu wehren. Lasst mich mit dem König der Isandoner verhandeln.«

»Er wird sich nicht darauf einlassen, wenn er bereits so sicher vorhat uns zu töten«, warf Derek ein.

»Das werden wir ja sehen«, erwiderte ich. »Luan, auch du bist noch eine Überraschung für ihn. Denn offiziell haben wir nur eine Skafi unter uns – mich.«

Ich musste lächeln, es rutschte mir jedoch gleich wieder von den Lippen, als ein Klacken ankündigte, dass wir Besuch bekommen hatten. Es erinnerte mich daran, dass irgendwo dort draußen in den Hallen auch Kian wartete.

»Der König will euch sehen«, sagte ein Schatten. Doch mir rutschte das Herz in die Hose, als ich im schwachen Lichtschein erkannte, wer es war, der mich aus der Zelle holte.

»Kian«, hauchte ich.

»Sei still«, zischte er, als hätte er Angst, einer seiner Kameraden könnte uns hören.

Als ein zweiter Mann Aylin aus der Zelle zerrte und meine Schwester zu quietschen begann, packte mich Panik. »Wehe, ihr tut ihr etwas.«

Kian ging nicht darauf ein. Stattdessen zog er die Schnüre um meine Handgelenke fest. Mit zusammengebissenen Zähnen versuchte ich das erneute Brennen an der bereits wundgescheuerten Haut zu ignorieren und folgte Kian den schon bekannten Weg hinauf in die helleren Hallen.

Mit regelmäßigen Blicken über die Schulter versicherte ich mich, dass Aylin nichts zustieß und sie nicht ebenso wie ein Tier durch die Gänge gezerrt wurde wie ich.

»Kann uns bitte mal einer verraten, was hier vor sich geht?«, beschwerte sich auch Luan lautstark hinter mir. »Eine Erklärung für diese Situation wäre mehr als angebracht, oder etwas zu essen. Gastfreundschaft sieht anders aus.«

»Klappe jetzt!«, schrie einer der Männer zurück und ich hörte, wie Luan ins Stolpern geriet.

Mit jedem Meter, den wir uns der Halle des Königs näherten, wuchs auch die Anspannung in mir. Was, wenn keine Zeit für Erklärungen blieb? Wenn ich gar nicht die Chance bekam, den Mund zu öffnen? Mein Gedankenchaos wuchs mit jeder Minute mehr.

Doch mein Kopf war schlagartig wie leergefegt, als wir vor den Toren zum Saal angekommen waren und zwei Wachen die riesigen Flügeltüren aufschwangen. Sofort drangen laute Rufe und Stimmengewirr zu mir, was auch mein wummerndes Herz übertönte.

Mit so vielen Zuschauern hatte ich nicht gerechnet. Dagegen dröhnte die Stimme des Königs durch den ganzen Saal zu uns herüber, als sich unsere Blicke trafen. Er erhob sich von seinem Thron und stieß ein gellendes Lachen aus. »Willkommen zu deiner Hinrichtung, *Skafi*!«

Meine Hände waren kalt vor Angst, dennoch reckte ich mein Kinn in die Höhe. »Das hättet Ihr wohl gern, *König von Isandona*«, schrie ich gegen die grölende Masse an.

»Das ist der Wille des Königs und niemand wagt es, sich mir zu widersetzen«, entgegnete Cadoc, zog seinen Mantel zurecht und richtete demonstrativ seine Krone.

»Und was ist, wenn ich mich Euch widersetze?«, konterte ich und hätte zu gern meine Arme vor der Brust verschränkt. Doch Kians Druck an meiner Schulter erinnerte mich nur zu genau daran, dass das nicht möglich war.

»Was machst du denn?«, zischte er mir zu und schloss seine Finger fester um mich.

Alle Gesichter wandten sich dem König zu, der jedoch nur in schallendes Gelächter ausbrach, in das die Anwesenden einstimmten. »Du gefällst mir. Mit dir können wir noch Spaß haben, bevor wir das Land von dir befreien.«

»Wenn Ihr meint«, erwiderte ich und Kian brachte mich mit sicherem Abstand vor dem König zum Stehen. Doch ich konnte zu meiner Verwunderung nichts und niemanden sehen, der die Hinrichtung durchführen sollte. Dann wohl außerhalb dieser feinen Hallen ... »Mein Wille ist es, mit Euch zu reden.«

»In einem Land, in dem Magie verboten ist und du getötet gehörst, da hast du keinen Willen mehr«, erwiderte Cadoc. Doch in seinem Blick konnte ich deutlich sehen, was er von meinem Auftreten hielt. »Du bist eine Gefangene und damit mein Eigentum.«

»Ich gehöre niemandem. Skafi sind frei und kein Volk sollte das besser wissen als Ihr, nicht wahr?« Zufrieden zwang ich mir ein Lächeln auf die Lippen, auch wenn ich mir kaum etwas mehr wünschte, als auf der Stelle im Erdboden zu verschwinden. »Ich verlange, dass Ihr meine Fesseln löst und auch die meiner Begleiter. Lasst uns in die Hauptstadt reiten.«

»In die Hauptstadt!«, rief der König und abermals stimmten alle in sein Lachen ein, was ein ungutes Kribbeln in mir hervorrief. Die blonde Schönheit, die einige Meter neben ihm auf einem flacheren Thron saß, musste seine Frau sein. Denn auch ihr Haupt zierte eine Krone. Sie sah noch jung aus und war mir bisher gar nicht aufgefallen.

Doch die Reaktion des Königs ließ Wut in mir aufkochen und lenkte meine Aufmerksamkeit wieder auf den ursprünglichen Plan. Ich ballte meine Hände zu Fäusten. Und als seine Augen wieder auf meine trafen, konnte ich ganz deutlich die Angst darin erkennen.

»Ja, wenn Ihr mich nicht freiwillig gehen lasst, so fordere ich einen fairen Kampf. Lasst Euren besten Krieger gegen mich antreten. Wenn ich gewinne, lasst Ihr uns ziehen. Wenn er gewinnt, zahle ich mit meinem Leben.« Meine Stimme zitterte, worüber ich mich ärgerte. »Ein Zweikampf für die Freiheit.«

Ich fürchtete schon, dass er sich nicht darauf einlassen würde, aber dafür spielte er zu gern. Dafür liebte er die Feste zu sehr. Und das gewann seiner Angst gegenüber die Überhand. »Also schön. Dann lasst uns einen Wettkampf daraus machen. Lakesch wird gegen dich antreten, aber es wird keinerlei Magie im Wettbewerb geduldet.«

»Einverstanden«, willigte ich ein, obwohl mir klar war, dass ich gar keine andere Wahl hatte, wenn ich uns alle aus dieser Lage befreien wollte.

Doch als die Menge grölte und applaudierend zur Seite trat und damit die Sicht auf den Kämpfer freigab, gegen den ich antreten musste, wurde mir übel.

Denn ja, meine Gabe würde mich schützen. Aber in dem Moment wünschte ich mir mit Kian und Luan trainiert zu haben. Der Mann, der mir gegenübertrat, war mindestens zwei Köpfe größer und gefühlt doppelt so breit gebaut wie ich.

Ich schluckte. Worauf hatte ich mich da nur eingelassen? Den Umgang mit Dolchen hatte ich zwar gelernt, aber nicht gegen solche Männer. Und wie sollte es mir gelingen, all die Anwesenden von mir zu überzeugen und ihnen mit diesem Kampf zu zeigen, was meine Absichten waren, wenn ich keine Magie einsetzen durfte?

»Bringt die übrigen Gefangenen außer Reichweite«, befahl der König. »Und dann bindet ihr die Fesseln los.«

Überrascht sah ich zu ihm auf. Klar ließ er mich frei, wie sonst sollte ich kämpfen? Dennoch hatte ich nicht damit gerechnet. Der König musste sehr überzeugt von seinen Leuten sein ...

»Keine falschen Spielchen, Skafi«, warnte er und sein eindringlicher Blick traf mich. »Du kannst nicht entkommen, meine Leute finden dich und werden dich jagen, bis du aufgibst. In diesem Land ist jetzt schon kein sicherer Ort mehr für dich. Die Reiche kennen dein Gesicht.«

Gerade Letzteres war, was mir Bauchschmerzen bereitete, denn was blieb mir anderes übrig, als zu versuchen die Menschen auf meine Seite zu bekommen?

Ich nickte zustimmend, während Kian meine Fesseln löste. Dabei beugte er sich so nah an mein Ohr, dass sein Atem meinen Hals strich und sich meine Nackenhaare aufstellten. Ein Schauer jagte mir den Rücken hinunter.

»Das linke Bein«, hauchte Kian und seine Lippen strichen über mein Ohr. Er sagte es so leise, dass ich glaubte mir seine Worte eingebildet zu haben, bis er hinterherschob: »Pass auf dich auf.« Dann wandte er sich von mir ab und lief zu den Zuschauern, die rechts und links zu beiden Seiten von mir standen. In ihren Augen, in jedem einzelnen Gesicht konnte ich erkennen, was ich lange Zeit in Kians Augen hatte schimmern sehen: diese Entschlossenheit, mich tot sehen zu wollen.

Doch Kians unerwarteter Zuspruch machte mir Hoffnung und Mut. Auch wenn mich der Anblick des Kriegers Lakesch verunsicherte und mir vor Augen führte, wie schwach und unerfahren ich doch war. Wieso hatte ich nicht verlangt, dass Luan gegen ihn kämpfte? Luan, der seine Kräfte besser beherrschte und womöglich so einsetzen konnte, dass nicht der König und erst recht keiner der Einwohner mitbekommen hätte, weshalb er gegen den Krieger im Vorteil war.

Aber nun war es zu spät und müßig, darüber nachzudenken. Jetzt musste ich das Beste aus meiner Lage machen.

Am Rand suchte ich nach Aylin sowie Luan und Derek. Luan und Derek schauten mich an, als hätte ich den Verstand verloren. Aber Aylins Anblick zerriss mir einmal mehr das Herz. Wie sie mit ihrer bleichen, schmutzigen Haut und vor dem Körper verschränkten Fingern dastand, unruhig hin und her wippte und mich mit ihren großen Augen musterte.

»Worauf warten wir dann noch?«, erhob der König die Stimme und Lakesch zückte die Dolche, die bis eben noch an seinem Gürtel gehangen hatten.

Erst jetzt kam mir wieder in den Sinn, dass sie uns gar nicht die Waffen abgenommen hatten und dass auch ich noch meine Dolche am Körper versteckt trug.

Mit einem selbstgefälligen Grinsen und bedachten Schritten näherte sich der Krieger mir. Ohne länger zu zögern, zückte ich einen Dolch und stürzte mich auf ihn. Wenn ich eine Chance hatte, dann durch Überraschungsmomente.

Allerdings war der Mann schneller und geschickter, als ich ihm zunächst zugetraut hatte. Trotz seiner Größe und Breite wich er mir immer wieder gekonnt aus und ging schließlich selbst zum Angriff über. Gleich nach seinem ersten Schlag begann meine Wange zu brennen.

Mein Atem ging stoßweise. Das war wirklich knapp gewesen. Mir bleib jedoch keine Zeit, um darüber nachzudenken oder mir selbst einen Plan auszuarbeiten. *Sein linkes Bein.*

Natürlich. Mit Kians Worten in meinem Kopf fiel mir auf, dass Lakesch sein eines Bein tatsächlich nicht ganz belastete, als hätte er eine Verletzung gehabt, die nicht verheilt war. Sofort ging ich in den Angriff über und versuchte mit allen Mitteln sein verletztes Bein zu treffen. Es würde meine einzige Möglichkeit sein, um die Überhand zu gewinnen. Doch mit den nächsten Schritten parierte er nicht nur meine schwungvollen Hiebe, er nutzte sie auch aus, um mein Gleichgewicht zu zerstören. Er packte meinen Arm und zog mich mitsamt meinem eigenen Schwung zur Seite. Ich strauchelte, dann fiel ich.

Panisch robbte ich rückwärts und bemühte mich möglichst schnell wieder auf die Beine zu kommen. Doch kaum dass ich halbwegs aufrecht war, warf er seine Waffe nach mir.

Gerade noch rechtzeitig konnte ich mich ducken, als ein Schrei erklang. Ein Schrei, der so laut in meine Ohren drang, dass mir erst jetzt bewusst wurde, in welch gespannter Stille die Menge uns beobachtete.

Aber der Schrei bedeutete auch, dass die Waffe zwar nicht mich, allerdings jemand anderen in diesem Saal getroffen hatte.

Und während ich noch überlegte mich umzusehen, wen der Dolch getroffen hatte, holte der Krieger ein weiteres Mal aus. Ich stolperte rückwärts.

Es war wie ein Reflex und plötzlich passierte alles nur noch wie in Zeitlupe. Ich konnte den Dolch ganz deutlich auf mich zufliegen sehen, spürte, wie das Kribbeln und die Hitze mich vom Rücken aus ergriffen und meinen ganzen Körper einnahmen. Und dann legten sich meine Flügel wie ein Schutzschild um mich. Der Dolch prallte dumpf von ihnen ab und ging mit einem Klirren zu Boden, das in der schlagartigen Stille gespenstisch laut klang.

Ich holte tief Luft, dann entfaltete ich meine Flügel und richtete mich vor der Menschenmenge auf. »Ich. Bin. Nicht. Eure. Feindin!« Aber ich wusste, dass ich mit dem Einsatz der Magie verloren hatte.

KAPITEL 31

In den Hallen von Isandona

Cadoc erhob sich aus seinem Thron und klatschte langsam in die Hände. »Da hat sie sich doch glatt zu verteidigen gewusst. Aber Mädchen, ich muss dich enttäuschen.«

Währenddessen senkte auch mein Gegner seine Waffen. Der Kampf galt tatsächlich als beendet. Aber was hatte ich auch erwartet? Ich hatte die Regeln gebrochen.

Ich senkte die Flügel und als ich mich zu Cadoc umdrehte, erkannte ich aus dem Augenwinkel, dass der zweite Dolch die Königin erwischt hatte. Erst jetzt fiel mir auf, wie angespannt die Menge um uns herum tuschelte und in Richtung der Frau an der Seite des Königs blickte. Cadoc schien es genauso zu gehen, denn die Freude, die ihm eben noch ins Gesicht geschrieben gestanden hatte, wich einem Anflug von Panik, als seine Augen auf seine Frau trafen.

Ohne zu überlegen, rannte ich vor und kniete mich zu der Königin nieder. »Ist alles in Ordnung?«

»Frey!« Das war Luan. Ich wirbelte zu ihm herum. »Du kannst sie retten. Vertraue auf die Gabe in dir!«

Was? Irritiert blinzelte ich. Wie sollte ich das anstellen? Es hatte doch bereits bei Balou nicht geklappt, wie sollte ich ausgerechnet jetzt schaffen, was mir vor dem Betreten der Heiligen Stätten nicht geglückt war? Doch ich hatte jetzt keine Zeit, darüber nachzudenken. Vielmehr richtete ich meine Aufmerksamkeit wieder auf die Frau vor mir.

Ihre Lider flatterten und der Stoff unter ihren auf dem Bauch verschränkten Händen hatte sich dunkel gefärbt. »Ich brauche meinen Gefährten. Sofort.«

Der König schien sichtlich irritiert. Deshalb machte ich es deutlicher. »Die Königin wird sterben, wenn ihr nicht sofort geholfen wird, und mein Begleiter weiß in dieser Situation besser, was zu tun ist, als ich. Bitte.«

Einer der isandonischen Soldaten trat an die Seite der Frau, sah mich abschätzig an. »Fass sie nicht an! Allein du bist schuld daran, dass sie getroffen wurde. Nichts kann ihr noch helfen.«

»Mit Magie ist vieles möglich. Ich kann es nicht versprechen, aber wenn wir nichts machen, wird sie sicher nicht überleben«, entgegnete ich ihm, woraufhin er sich aufrichtete und an den König wandte. »Wenn Ihr mir Euer Wort gebt, dass Ihr uns in die Hauptstadt ziehen lasst, dann werde ich mein Bestes geben, Eure Frau zu retten.«

Und wenn er in dieses Angebot einwilligte, dann war er mir sein Wort schuldig. Denn Isandoner waren dafür bekannt, ihre Versprechen zu halten. Deshalb hatte auch Kian mir zur Flucht verholfen.

»Sie ist eine verdammte Fee!« Der Mann deutete auf mich, spuckte die Worte förmlich aus.

Ich hatte noch nie jemanden geheilt und konnte nur erahnen, wie das möglich war. Aber die Wächter und auch Luan hatten es selbst gesagt. Skafi besaßen viele Fähigkeiten und unterschiedliche Möglichkeiten, um ihre Magie zu teilen und Menschen zu helfen. Ich musste es versuchen, wenn hier schon niemand an mich glaubte und sie Luan nicht zu mir ließen.

Die gespannten Blicke wanderten zwischen dem Königspaar und mir hin und her. Schließlich seufzte der König. »Also gut. Solltest du ihr Leben retten, so schenke ich dir und deinen Gefährten eures und lasse euch in die Hauptstadt ziehen.«

Erleichtert atmete ich auf, bevor ich wieder vor seiner Frau in die Knie ging. Ich legte meine Hände auf die dunkel gefärbten Stellen ihres Umhangs und sah sie eindringlich an. »Ich werde Euch helfen«, versicherte ich der Königin. »Habt keine Angst.«

Dann schloss ich die Augen und konzentrierte mich auf das vertraute Kribbeln in meinem Rücken. Tat das, was ich schon in der vorherigen Nacht am Baum getan hatte: Ich verließ mich voll und ganz auf meinen Herzschlag und auf das, was ich mir wünschte. Nämlich, dass die Frau gerettet wurde.

Und plötzlich nahm ich all die Menschen um mich herum wie Energie wahr. Energie, die ich sammeln und in mir bündeln konnte. Das Kribbeln und die Wärme strömten durch mich hindurch, kehrten in meine Hände und die Fingerspitzen ein und ließen mir Schweißperlen auf die Stirn treten.

»Was macht sie da?«, schrie jemand, aber es klang dumpf in meinem Hinterkopf. »Jemand muss sie wegbringen. Sie wird sie umbringen.«

Ich versuchte die Worte zu ignorieren. Mich voll und ganz auf mich selbst zu konzentrieren. Auf die schlagenden Herzen der Umgebung. Vielleicht war es das, was ich machen musste. Einigen Menschen einen Teil ihrer Kraft zu rauben, um sie der Königin zu schenken, meine eigenen Kräfte nutzen, um die Energiewellen, die mich durchflossen, auf die Fremde vor mir zu übertragen. *Du musst die Gabe nicht erlernen. Sie schlummert in dir, sie steckt in deinem Blut, sie ist ein Teil von dir.*

Doch die Frau, die so unbeholfen vor mir lag, schlug die Augen nicht wieder auf. Verzweifelt sah ich mich um und traf auf nichts als verachtende Blicke. Aber keiner sprach ein Wort, sodass ich in der gespenstischen Stille mein Herz umso lauter hörte.

»Danke«, hauchte plötzlich jemand neben dem König. Alle Köpfe wandten sich von ihm und mir ab und auch ich konnte nur auf die Königin starren, während sie sich aufsetzte und mich anlächelte, als wäre sie ein Geist.

Noch immer war ihr Mantel dunkel verfärbt, aber ihr Lächeln zeigte mir, dass ich es geschafft hatte. Sie war geheilt. Wie …? Obwohl es mein Ziel gewesen war, fragte ich mich unwillkürlich, wie ich das geschafft hatte. Hilfesuchend sah ich zu Luan, der mich jedoch nur ebenso erstaunt anblickte.

»Kaum zu glauben«, murmelte der König.

Ich nutzte die Überraschung aus, obgleich ich genauso neben der Spur war. »Ja, ich habe die Regeln gebrochen. Ich habe gleich zweimal meine Kräfte eingesetzt«, gab ich zu und blickte in jedes einzelne der anwesenden Gesichter. »Aber habt ihr gesehen, was ich gemacht habe? Ich habe sie genutzt, um mein eigenes Leben zu schützen und um eines eurer Leben zu retten. Es war nie mein Ziel, einen der Anwesenden zu verletzen oder meine Gabe einzusetzen, um jemandem zu schaden, und das wird sich auch in Zukunft nicht ändern.«

Der König baute sich vor mir auf und sein eindringlicher Blick lag auf mir, als würde er so tief in mein Innerstes blicken können und dort die Wahrheit meiner Worte anzweifeln. Aber ich blieb standhaft. »Kannst du das bei deinem Leben schwören?«, hakte er nach und seine dunkle Stimme erfüllte den ganzen Raum.

»Ich schwöre es bei meinem Leben«, wiederholte ich und spürte, wie meine Flügel sich zurückbildeten.

Eine einzelne Feder segelte neben mir auf den dunklen Steinboden und ich hob sie auf. Damit ging ich auf den König zu, verbeugte mich vor ihm und reichte ihm diese. »Ich werde meine Magie niemals gegen die Menschen richten. Ich werde sie nur gebrauchen, um dem Land zu dienen. Nehmt die Feder als Zeichen meines Versprechens, das ich im Angesicht des Volkes von Isandona abgelegt habe.«

Der König nahm mir die Feder ab und nickte nachdenklich, drehte sie zwischen Zeigefinger und Daumen hin und her. »Kian hat mir berichtet, dass er dir sein Leben verdankt, obgleich es sein Auftrag war, dich zu töten. Und nun hast du auch meine Frau gerettet. Wir Isandoner stehen zu unserem Wort.«

Und obwohl mich Erleichterung und Dankbarkeit durchströmten, fühlte ich mich wie eine Verräterin. Denn ich war nicht bereit den Thron von Carsadesh an mich zu nehmen. Wie sollte ich ein ganzes Land regieren, wo ich kaum wusste, wie ich mit der Gabe in mir umgehen sollte? Wie sollte ich so jung drei Königreiche vereinen und dazu bringen, mir zu folgen, mich zu unterstützen in den Plänen, die ich für ein Land schmieden würde?

Doch der König riss mich aus meinen Selbstzweifeln.

»Ich verspreche euch – im Angesicht meines Volkes –, dass ich euch eine Truppe aus meinen besten Männern zur Verfügung stelle, um in die Hauptstadt zu gelangen. Die Krieger sollen euch sicheres Geleit geben, um vor dem König der Lafrander zu sprechen.«

KAPITEL 32

Carsadesh

Schon von Weitem konnte ich die unzähligen Türme von Carsadesh erkennen, die sich gegen den hellen Himmel am Horizont abzeichneten. Die Hauptstadt lag mittig von Ilandmera und wirkte mit der riesigen Festung, die um die Häuser herumgezogen war, noch viel mächtiger und größer, als ich sie mir je vorgestellt hätte.

Der erste Eindruck erinnerte mich beinahe ein bisschen an Karden, aber die Größe der Gebäude war um einiges ansehnlicher, sodass ich schon bald den Kopf in den Nacken legen musste, während wir unsere Pferde auf die nördlichen Tore zulenkten.

»Warst du schon einmal in der Hauptstadt?«, erkundigte sich plötzlich Kian neben mir.

Als ich zur Seite sah und ihn neben mir auf seinem Vierbeiner erblickte, explodierten in meinem Kopf wieder die Gedanken. Ich musste bei Gelegenheit unbedingt mit ihm allein reden. Aber nach dem Aufbruch aus Isandona war alles ganz schnell gegangen und es war keine Zeit geblieben. Nun seine Stimme zu hören hatte ich nicht erwartet. »Nein, ich war noch nie außerhalb von Midre, bevor das alles hier angefangen hat.«

»Siehst du das da vorne?« Er deutete mit ausgestrecktem Finger in Richtung des Stadttores, wo in dem Moment einige schwarze Punkte auftauchten und rasend schnell größer wurden.

»Reiter aus Carsadesh«, stellte auch Luan fest und bremste sein Pferd direkt ab, was ich ihm gleichtat. »Geht in Position. Wir müssen davon ausgehen, dass sie nicht mit friedlichen Absichten kommen«, wies er die Männer aus Isandona an, die uns begleitet hatten.

Derek hielt sein Pferd direkt neben dem von Luan und die beiden wechselten wieder einen dieser Blicke, die ich nicht deuten konnte.

Als die kleine Reitergruppe sich uns näherte, erkannte ich, dass die Pferde die Wappen der Hauptstadt trugen und die Uniform der Soldaten denen der Lafrander ähnelte. Auch das Symbol mit den gekreuzten Schwertern auf ihrer Brust glich dem Wappen Lafrands.

»Was treibt Euch her?«, erhob der vorderste der Reiter seine Stimme, als er einige Meter von uns entfernt auch sein Pferd zum Stehen brachte.

Ehe Luan und Derek etwas sagen konnten, trieb ich mein Pferd ein Stück vor und nickte den Herren zur Begrüßung zu. »Ich bin Freya und habe einen weiten Weg zurückgelegt, um mit Eurem König ins Gespräch zu treten. Wir kommen in Frieden.«

Mein Herz schlug mir bis zum Hals und ich glaubte kein weiteres Wort aus mir herauszubekommen. Mit beiden Händen hielt ich die Zügel umklammert, sodass meine Fingerknöchel weiß hervortraten. Hinter mir saß Aylin auf dem Pferd und presste sich mit ihren schmalen Armen an mich.

»Der König erwartet Euch bereits.« Der Mann nickte mir zu, dann betrachtete er Luan und Derek, um daraufhin zu ergänzen: »Aber wir können nur Euch allein den Zutritt zum Palast gewähren, die Männer bleiben draußen.«

Das war der Moment, in dem Luan sein Pferd direkt neben meines lenkte. »Ausgeschlossen. Freya wird Euren Palast nur in Begleitung von mir und meinem Verbündeten betreten. Ihr habt sie gehört: Wir kommen in Frieden.«

»Folgt uns zu den Toren. Dort werdet Ihr Euch von denen«, der Lafrander deutete hinter mich, »trennen müssen. Wir werden einen Boten ausschicken und abklären, ob wir auch Euch neben der Skafi in Empfang nehmen können.«

Neben der Skafi. Mir lief ein heißer Schauer den Rücken hinunter. Die angespannte Körperhaltung, die die Soldaten mir gegenüber eingenommen hatten, zeigte mir, wie sie zu mir standen. Wie aufrecht sie in ihren Satteln saßen und mich aufmerksam musterten.

»Schön, dann lasst uns keine Zeit verlieren«, willigte Luan ein und warf mir einen Blick zu, der mir zeigte, was er von den Lafrandern vor uns hielt.

Wenn auch deutlich misstrauisch, nickte der lafrandische Soldat. »Folgt mir.«

Als wir in den Schatten ritten, den die Stadtmauer warf, lief mir der nächste Schauer den Rücken hinunter. Wie hoch konnte so eine Mauer aus Sandstein sein, die eine Stadt umschloss? Dass außerhalb der Stadtmauer weit und breit nicht ein einziges Haus stand, sondern nur Steppe war, so weit das Auge reichte, machte mein Gefühl nicht gerade besser.

Fast vor den Toren angekommen ertönte ein Hornstoß und die Flügel setzten sich in Bewegung. Kaum dass wir im Inneren waren, kam es mir zum wiederholten Mal vor, als würden wir in Karden ankommen. Nur dass alles noch eine Nummer größer war. Die Menschen trugen einfarbige Leinenkleider, wie ich sie auch aus Midre kannte. Bauern, die arbeitende Bevölkerung, die sich keine farbigen Stoffe leisten konnte …

Durch die sandigen Straßen wirbelte Staub auf, sodass ich husten musste. Spätestens damit hatte ich das Gefühl, dass alle Menschen sich zu uns umwandten, uns neugierig musterten. Das rege Treiben auf den Straßen hatte mir das Gefühl gegeben, kaum aufzufallen, doch das änderte sich, je weiter wir ins Innere der Stadtmauern vordrangen.

Die Menschen tuschelten, versperrten uns teils den Weg und flehten um Spenden. Ihr Anblick zerriss mein Herz. Solch eine Armut und Verzweiflung, wie sie in die verdreckten Gesichter geschrieben stand, hatte ich selbst bei uns im Dorf nie erlebt.

Die Stoffe, die die Körper der Menschen zierten, wurden jedoch bald bunter und als wir das nächste Tor zum Stadtkern erreichten, wurde mir klar, dass alles Bisherige nur der ärmere Kreis um Carsadesh herum gewesen war.

Vor der nächsten Mauer wartete ein Soldat, der unserem etwas zuflüsterte, woraufhin dieser nickte.

»Hier müsst Ihr Euch von Euren Begleitern trennen«, forderte der erste

Soldat und wandte sich zu uns um. »Nur Ihr drei«, er deutete mit dem Finger auf Luan, Derek und mich, »dürft mir weiter folgen.«

»Nein«, widersprach ich. »Ich bestehe auf meinen Leibwächter und auf meine kleine Schwester.« Dann warf ich einen Blick zu Kian, der mich mit großen Augen musterte, als könnte er nicht glauben, dass ich ihn noch an meiner Seite haben wollte.

Aber er war es gewesen, der mir in Isandona vor dem entscheidenden Kampf einen Tipp gegeben hatte. Egal, was davor geschehen war, seine Kampfkünste, sein Wissen und seine andere Sicht auf Ilandmera würden womöglich hilfreich sein. Und wollte ich eine Gelegenheit haben, ihn noch einmal allein zu sprechen und zu klären, was zwischen uns stand, wieso er sich plötzlich so merkwürdig und widersprüchlich verhielt, ging das nur, sofern er in meiner Nähe blieb. Wenn er mich bis jetzt nicht umgebracht hatte, dann würde er es vermutlich auch nicht direkt vor Thorn tun.

Sichtlich genervt betrachtete der Lafrander nun auch Kian. »Nur Ihr vier und dieses Gör meinetwegen auch«, gab er sich schließlich geschlagen und ich atmete auf. »Aber das heißt nicht, dass sie Euch in den Palast begleiten.«

Ich nickte bemüht verhalten, obgleich ich innerlich triumphierte. Jede Verstärkung an meiner Seite, jeder Meter, den ich nicht allein durch diese fremden Straßen gehen musste, war ein Gewinn.

»Danke, dass Ihr uns bis hierher gebracht habt«, meinte ich zu den Isandonern, die uns zur Seite gestellt worden waren. »Richtet Eurem König großen Dank von mir aus. Ich werde mich an unser Versprechen halten.«

***

»Deren Glück, dass die uns alle in den Palast gelassen haben«, murmelte Luan, wofür ich ihn am liebsten geschlagen hätte. »Ich traue denen hier noch nicht.«

»Sei still«, zischte ich. Noch nie hatte ich mich während der Reise so sehr über Luan an meiner Seite geärgert, was mich verunsicherte.

Seit wir den Palast betreten hatten, verhielt mein Begleiter sich seltsam, musterte die Umgebung aufmerksam und gab Kommentare von sich, für die ich am liebsten im Boden versunken wäre.

Derek hingegen schien einfach nur genauso nervös wie ich, knetete seine Hände und schaute konzentriert, als wäre er mit den Gedanken bereits mitten in dem bevorstehenden Gespräch.

Und obwohl mich die zum Greifen nahe Begegnung mit dem König der Hauptstadt beinahe in den Wahnsinn trieb, faszinierte mich auch der Palast. Ich konnte es kaum glauben, nun in Carsadesh zu sein.

Die Gänge hier waren deutlich breiter als in Isandona oder den Heiligen Stätten und mit Teppichläufern ausgelegt, sodass ich meine Schritte nur dumpf von den Wänden widerhallen hörte. Zu beiden Seiten waren bodentiefe Öffnungen, die einen atemberaubenden Blick über die Dächer der Stadt ermöglichten.

Vor uns lief der Soldat, der uns auch vor den Stadtmauern in Empfang genommen hatte, hinter uns liefen die übrigen Soldaten der Lafrander, was mir ein mulmiges Kribbeln bescherte. Diese Männer hatten mein Dorf niedergebrannt …

Als uns am Ende des Ganges die Tore zu einem Saal aufgehalten wurden, setzte mein Herz aus. Die Decke musste mindestens zwanzig Meter über uns liegen und war mit aufwendigen Malereien bedeckt.

Zu beiden Seiten ragten Säulen in die Höhe, die mit steinernen Ranken bedeckt waren. Bis zum Altar am Kopf der Halle fühlte sich jeder meiner Schritte an wie auf dem Präsentierteller. Und als ich den König entdeckte, der sich prompt aus seinem Thron erhob, stockte mein Herz.

Der Mann sah noch unglaublich jung aus, dabei musste er gewiss zwanzig Jahre älter sein als ich. Die Krone, die er trug, schimmerte durch die Edelsteine darin im Licht, das hinter ihm und zu beiden Seiten von uns in die Halle fiel.

»Willkommen in Carsadesh. Ich habe dich erwartet«, erhob er eine Stimme. Ich knickste am Fuße der Stufen, die zu ihm hinaufführten, und auch meine Begleiter gingen auf die Knie, während die Soldaten uns Platz machten.

»Ihr habt einen langen Weg hinter euch«, stellte der König fest. »Meine Leute haben mir berichtet, dass du aus Midre kommst. Stimmt das?«

Ich brachte nur ein Nicken zustande, als ich mich erhob.

»Eine reizende kleine Begleitung hast du bei dir«, fuhr er fort und wies auf Aylin, die mit großen Augen den Mann vor uns anstarrte.

Ich fröstelte, da er wie der König der Isandoner klang. Aber im Gegensatz zum König der Nordländer konnte man ihm seine Position und Macht deutlich anmerken. Sein ganzes Auftreten wirkte wesentlich einflussreicher und sorgte dafür, dass ich mich plötzlich vollkommen unbedeutend fühlte.

»Das ist meine Schwester, wie Ihr bestimmt schon mitbekommen habt. Sie hat mich bis hierher begleitet.« Ich stellte mich aufrechter hin und legte einen Arm um Aylin, die schüchtern von einem Bein aufs andere trat.

»Schön, schön«, kommentierte Thorn sie. »Aber darum soll es heute nicht gehen. Deine Reise ist bemerkenswert, aber du hättest nicht herkommen sollen. Mir war klar, dass du früher oder später hier auftauchen und deine Rechte einfordern würdest, dass du herausfinden würdest, wer du bist.«

»Ja, ich habe herausgefunden, wer ich bin, dass ich eine Skafi bin«, stimmte ich zu und hielt dem eindringlichen Blick des Lafranders stand.

»Du weißt, was ich mit Verrätern mache und wie ich zur Magie stehe, oder?«, brachte der König mit einem Lächeln hervor und die Soldaten rechts und links von ihm zogen ihre Schwerter. »Ich dulde nicht, dass Ilandmera mit der Magie zugrunde geht. Magie ist aus diesem Land vertrieben worden und so muss es auch weiterhin sein.« Sein Lächeln wurde breiter. »Du verstehst gewiss, dass ich da keine Ausnahmen machen kann. Ich schätze sehr, dass ihr den weiten Weg auf euch genommen habt, um mir nun gegenüberzutreten. Aber du bist mir im Weg.«

Mein Puls schoss in die Höhe, bevor ich die nächsten Worte aussprach. »Ich ... erhebe keinen Anspruch auf den Thron der Hauptstadt.« Gespenstische Stille folgte auf meine Aussage, als könnte niemand so recht glauben, was ich soeben verkündet hatte. »Ich möchte die Ordnung im Land nicht zerstören. Ja, ich bin die Tochter des Königs, den Ihr um seine Herrschaft beraubt habt, den Ihr vom Thron gestoßen und kaltblütig ermordet habt. Aber ich möchte nicht so eine Herrscherin sein. Der nächste Machtwechsel steht zu dieser Zeit nicht an und somit steht niemandem anderem die Krone dieses Landes zu als Euch.«

Dass ich mich gar nicht dazu bereit fühlte, solch eine Position in Ilandmera einzunehmen, verschwieg ich.

»Bist du verrückt geworden?«, schrie Luan plötzlich in die Stille hinein. »Du kannst doch nicht einfach –«

»Sei still«, fuhr ich ihn an. Dem König zugewandt ergänzte ich: »Doch ich habe etwas, das Ihr mir zusichern müsst, wenn ich Euch den Thron überlasse. Denn so wie Ihr mir keine Wahl lasst, so kann auch ich Euch bei meinem Anliegen keine Freiheiten lassen. Denn Ihr durchkreuzt meine Pläne.«

Seine Augenbrauen wanderten in die Höhe, während er mich belustigt betrachtete, als wäre ich ein störrisches Kind. »Ich bin gespannt.«

»Ihr lasst die Magie in dieses Land zurückkehren. Ihr erlaubt mir die Magie in Ilandmera fortan wieder zu verbreiten.« Ich hob das Kinn und zwang mir ein Lächeln auf die Lippen.

Der König brach in schallendes Gelächter aus. »Du bist witzig. Und was passiert, wenn ich mich nicht darauf einlasse?«

Nun musste ich breiter grinsen und warf Kian einen Blick über die Schulter zu. In seinen Augen tauchte das Funkeln auf, das mir verriet, dass er wusste, was ich vorhatte. Doch zugleich konnte ich ihm Unglaube von den Augen ablesen.

Meine Finger zitterten und der Druck auf meinem Brustkorb brachte mich beinahe zum Explodieren. Dann ließ ich Aylin los und ging einige Schritte von ihr weg. »Tu es«, sprach ich Kians stummen Gedanken aus.

Im nächsten Moment zückte er einen Dolch, den er auf mich warf. Und damit setzte das Kribbeln wieder ein, durchflutete mich, gab mir das Gefühl zu fallen. Aber das tat ich nicht. Ich flog.

Mit der Hitze, die mich zu verbrennen drohte, kam die Schwerelosigkeit und die umliegenden Soldaten stürzten sich auf mich. Der Dolch prallte von mir ab, als würde mich eine unsichtbare Wand umgeben.

Außerhalb der Reichweite der Soldaten konnte ich die ganze Halle unter mir erblicken. Aber vor allem den König, der mich mit offenem Mund anstarrte, während ich meine Flügel entfachte. Ich konnte fliegen. Und in diesem Moment begriff ich, was es hieß, ich zu sein, frei zu sein. Denn ich war eine Skafi. Ich brauchte keinen Thron, um die Magie nach Ilandmera zurückzubringen.

Und ich konnte dem König ansehen, dass ihm genau dasselbe durch den Kopf gehen musste. Mich riss jedoch Geschrei aus meiner Trance und als ich meine Aufmerksamkeit den Soldaten schenkte, zersprang mein Herz in tausend Stücke, als wäre es aus Glas und der lafrandische König hätte einen Stein danach geworfen.

Aylin stand inmitten der Männer, die ihre Schwerter kreuzten, und schrie auf. Tränen rannen über ihr zartes Gesicht und ich konnte nicht zu ihr. Kian war der Einzige zwischen den Männern, der mir einen Blick schenkte und damit mein Entsetzen erkennen musste. Zumindest reagierte er sofort, schaute sich nach meiner Schwester um und kämpfte sich durch das ausbrechende Chaos hindurch.

Dabei erklang ein tiefer Laut, wie durch ein Horn ausgestoßen, und die Flügeltüren zur Halle wurden aufgestoßen. Mir stockte der Atem. Weitere Soldaten stürmten auf unsere kleine Gruppe zu. Wir hatten keine Chance. Was hatte ich nur getan?

Vergeblich suchte ich in dem Durcheinander nach Kian und Aylin. Aber ich konnte zwischen den aufblitzenden Waffen und dunklen Umhängen nichts mehr auseinanderhalten. Bis das Gewirr aus Menschen und Waffen vor meinen Augen verschwamm und ich glaubte zu fallen. Aylin.

Panisch stürzte ich mich in das Chaos und zückte meinen Dolch, wirbelte um die eigene Achse und versuchte Aylin zu finden.

Plötzlich bebte die Luft. Wie ein Erdbeben ging es durch mich hindurch, ließ mich erzittern und auch die Männer um mich herum hielten für einen Wimpernschlag in der Bewegung inne. Als ich den Kopf herumdrehte, entdeckte ich Luan und ... seine Flügel.

»Scheiße«, murmelten rechts und links neben mir einige Soldaten und stolperten von ihm weg.

»Er ist auch ein Skafi«, flüsterte ich. Und obwohl ich das gewusst hatte, raubte mir der Anblick seiner pechschwarzen Flügel den Verstand. Als würden erst die Worte, die ich aussprach, real machen, was ich sah.

Die Krieger, die in seinem unmittelbaren Umfeld gestanden hatten, fielen wie Fliegen zu Boden. Er hatte ihnen die Kraft entzogen … und als mir das bewusst wurde, packte mich Panik. Luan war stärker, als ich es mir je hätte vorstellen können. Vermutlich hätte er uns alle zu Fall bringen können, wenn er gewollt hätte, nicht nur die Krieger zu seinen Seiten. Doch dann hätte es wohl auch mich umgehauen.

Wie hatte ich so blind sein können? Denn während ich ihm dabei zusah, wie er seine Flügel entfaltete, die Augen geschlossen und die Hände vor sich erhoben, wurde mir schwindelig.

An seinen Armen zogen sich schwarze Schlieren hinauf, wuchsen, je höher er seine Hände nahm. Mir klappte die Kinnlade hinunter, während mein Herzschlag das Einzige war, was ich noch vernahm.

Unsere Blicke trafen sich, aber ich konnte nicht in seine normalen Augen sehen. Seine Pupillen waren schwarz wie die Nacht. Da war nichts als Finsternis. Das war nicht der Luan, den ich kannte. Und in dem Moment wurde mir klar, wie sehr ich ihn und seine Pläne unterschätzt hatte. Dass alles eine Lüge gewesen war.

Wo war Aylin? Ich musste zu meiner Schwester.

Ohne länger zu zögern, riss ich mich vom Anblick meines Begleiters los, der schlagartig ein Fremder für mich geworden war. Nur Derek stand noch aufrecht neben ihm und in seinem Gesicht konnte ich etwas erkennen, das mir die letzte Hoffnung raubte. Aber darüber durfte ich jetzt nicht nachdenken.

»Aylin!«, schrie ich panisch und rannte los, drehte mich um die eigene Achse und atmete auf, als ich einen kleinen Lockenschopf am anderen Ende der Halle erkannte.

Kian war nur noch wenige Meter von ihr entfernt, aber nicht der Einzige, dem meine Schwester und ihre Hilflosigkeit aufgefallen waren.

Ich kehrte Luan den Rücken, versuchte zu ignorieren, was hier geschah. Nichts war mehr von Bedeutung, solange ich Aylin nicht beschützen konnte. Wieso hatte ich sie auch nur mit an diesen Ort genommen? Es war alles meine Schuld. Ich war so blind gewesen. So, so blind und dumm.

Heiße Tränen rannen über meine Wangen, schnürten mir den Hals zu. Ich musste für sie da sein. Ich hatte es Mutter und Vater versprochen. Sie war das Letzte, was ich noch hatte. Wir waren alles, was uns in dieser Welt aus Asche und Blut blieb.

In dem Moment kippte einer der Kelche um, in dessen Schale eine Flamme tanzte, und die Glut verteilte sich zu meinen Füßen auf den Boden.

Rauch schlängelte sich durch die Luft, brannte sich in meine Augen und meine Nase, aber als ich hochsah, schrie Kian auf. Aylins Augen trafen meine und das Schimmern in ihrem Blick zerriss mich endgültig. Ihre kleinen Hände legten sich auf ihre Brust und sie verzog den Mund, hustete. Blut.

Nein.

Und dann fiel sie einfach auf die Knie, um schließlich ganz auf den Boden zu kippen. Ein Schrei erklang und erst als Kian sich mir zuwandte, realisierte ich, dass nun ich es war, die schrie.

Ich hatte auf einen Schlag das Gefühl, alle Kräfte würden aus mir weichen und meine Beine könnten mich keine Sekunde länger aufrecht halten. Doch mit letzter Energie schleppte ich mich vorwärts. Ignorierte den Schmerz der Flammen, die sich in meine Kleidung fraßen und meine Haut erreichten.

Vor Aylin ließ ich mich fallen. Meine Knie wurden nass. Da war überall Blut. So viel Blut. Ich musste sie retten, musste meine Energie bündeln, wie ich es auch bei der Königin gemacht hatte.

Ihre großen Augen schauten mich hilfesuchend an, schauten durch mich hindurch, Tränen rannen über ihre Wangen und ihr Körper zitterte.

Ich schlang meine Arme um sie, zog sie an mich. »Aylin, nein. Alle wird gut, alles wird gut«, sagte ich immer und immer wieder. »Ich helfe dir, bleib ruhig, ja? Alles wird gut.« Meine eigenen Tränen tropften von meiner Nasenspitze auf sie hinunter.

»Komme ich jetzt zu den Sternen?«, hauchte sie und ihre Stimme brach. Rote Schlieren zogen sich über ihre Lippen. »Führen sie mich zu Mutter und Vater?«

Mit bebenden Lippen legte ich meine zittrigen Hände auf ihre Brust, in der die Waffe steckte. Der Dolch war viel zu groß. Verzweifelt schloss ich die Augen, beschwor das Kribbeln in mir herauf, aber nichts passierte. Hitze durchfuhr mich, ging durch meine Flügel hindurch bis zu meinem Herzen, aber es erreichte Aylin nicht. »Bitte«, flehte ich und schluchzte. Es musste doch funktionieren.

Ich griff nach dem Dolch in der Brust meiner Schwester. »Wir schaffen das, Liebling. Du wirst mich hier jetzt nicht im Stich lassen.« Und während meine Finger den Griff der Klinge umschlossen, fiel mir das Muster darauf auf. Nein.

Das konnte nicht sein. Das war nicht irgendeine Waffe. Die gehörte Luan. Dieser Verräter.

»Freya!«, rief Kian und zwei Arme schlangen sich um mich.

Schluchzend kniete ich über Aylin. Konnte nicht glauben, dass der Mann, dem wir beide unser Leben anvertraut hatten, der Mann war, der eine Klinge auf meine Schwester geworfen hatte. Auf ein Kind, schutzlos und kaum alt genug, um zu begreifen, was in diesem grausamen Land vor sich ging. Luan war ein Held für meine Schwester gewesen. Wie sie ihn angesehen hatte. Diese Bewunderung in ihren Augen, als er uns in Midre sein Wort gegeben hatte, uns zu beschützen ... War sie denn all die Zeit nur ein Klotz am Bein für ihn gewesen? Wie hatte ich mich so sehr in ihm täuschen können? Dass er mir die letzte Person nahm, die mir nahegestanden, die mich mit meiner Vergangenheit und meinen Zieheltern verbunden hatte. Dass er das mit voller Absicht getan hatte, fühlte sich an, als hätte er den Dolch nicht nur meiner kleinen Schwester, sondern auch mir in die Brust geworfen. Ich war nun ganz allein.

Weitere Tränen tropften von meiner Nasenspitze und in Aylins bleiches Gesicht.

»Freya«, hauchte sie so leise, dass ich sie gar nicht mehr verstand und meinen Namen nur noch von ihren Lippen ablesen konnte. Und als sich ihre Augen schlossen und das Blinzeln aufhörte, entwich mir all meine Kraft.

Ich sank in mich zusammen, spürte, wie die Flügel sich hinter mir auflösten. »Nein!«, brüllte ich, stockte und dann schrie ich es immer, immer wieder.

Wie hatte er mir das antun können? Wie hatte er ein kleines Mädchen töten können, meine Schwester, die ihn wie einen älteren Bruder angesehen hatte? Trauer und Wut überwältigten mich, entrissen mir jeglichen Halt.

Doch Luan stand nur da, hob ganz langsam die Arme und würdigte uns keines Blickes mehr. Als wäre seine Arbeit hiermit getan. Einzig Derek erwiderte meinen Blick, aber ich erkannte den Gefährten mit seinen jetzt kühlen und emotionslosen Augen gar nicht wieder.

Als mir klar wurde, dass er seine Kräfte heraufbeschwor, platzte ich vor Wut und Trauer und Angst. Meine Flügel tauchten wieder auf und als ich herumwirbelte, legten sie sich wie ein Schutzschild um Kian, Aylin und mich. Durch die Wucht der Energiewelle, die Luan entfesselt hatte, knickten meine Beine unter mir weg.

Als würde mein Brustkorb in tausende Teile zerrissen werden, schrie ich auf. Und sobald ich mich traute meine Augen wieder zu öffnen, stockte mein Herz. Ich senkte die Flügel und blickte um mich, konnte nicht fassen, was ich sah.

Überall war Blut. Es war alles rot. Es stand fest, niemand, der bis eben im Palast gewesen war, konnte noch am Leben sein. Sie alle waren tot. Lagen am Boden, als würden sie schlafen. Nur an der Spitze des Saals standen noch zwei Männer aufrecht, wie ich feststellte, als auch ich mich zittrig wieder aufrichtete. Neben mir stand Kian und schien ebenso fassungslos wie ich.

»Eine Krone aus Blut und Federn.« Luans dunkle Stimme erfüllte die Stille im Thronsaal. Mit ausgebreiteten Armen stand er in seinen schwarzen Mantel gehüllt auf den Stufen, die zum Thron hinaufführten, und zu seinen Füßen lag eine Gestalt am Boden. Thorn.

Luan ging vor dem König in die Knie und nahm ihm die Krone vom Kopf. Etwas Dunkles tropfte von den Rändern des schwarzen Geschmeides, das tatsächlich aus ineinandergeschlungenen Federn und Edelsteinen bestand. Es war Blut, das die Ränder der Krone zierte. Der Gedanke, dass Thorn sich mit den Federn toter Skafi geschmückt hatte, trieb mir die Galle in den Mund.

Mit einem selbstgefälligen Grinsen setzte sich Luan das Prachtstück auf den Kopf. »Wenn nicht du die Macht an dich nehmen möchtest, dann muss ich es tun. Uns bleibt keine Wahl. Wir müssen dieses Land wieder zu dem machen, was es einmal war. Die Menschen müssen verstehen, dass Ilandmera nur unter der Macht von Magie wachsen kann. Es ist unsere Bestimmung!«

Meine Beine gaben unter mir nach, aber Kian hielt mich aufrecht. Seine kräftige Arme umklammerten mich erbarmungslos. »Freya, wir müssen hier verschwinden. Uns bleibt keine Zeit mehr. Wenn wir hierbleiben, werden sie uns auch umbringen.«

»Freya!« Ich starrte in Luans Augen, die mich kalt und berechnend musterten. »Komm zu uns. Wir sind so weit gekommen. Es ist an der Zeit, dass wir uns zurückholen, was uns genommen wurde. Wir Skafi gehören auf den Thron in Carsadesh.«

Ich ballte die Hände zu Fäusten. Wie hatte ich diesen Männern je mein Leben anvertrauen können?

»Entscheide dich, auf welcher Seite du kämpfen willst, denn es wird Krieg geben und wir werden nicht die Verlierer sein. Ich kann dir zeigen, wie du deine Kräfte verwendest, wie du besser wirst«, fügte Luan hinzu, während das Blut der Krone ihm ins Gesicht lief und rote Schlieren auf seiner blassen Haut hinterließ.

»Ich muss mich nicht entscheiden«, gab ich zurück und obwohl mir die Angst die Kehle zuschnürte und der Gedanke an Aylin mein Herz zerriss, so wusste ich genau, was ich zu sagen hatte.

Ein Lächeln entstand auf Luans Lippen.

»Ich bin eine Skafi. Meine Bestimmung ist es, die Magie in dieses Land zurückzubringen, den Wohlstand wieder aufleben zu lassen und den Menschen zu zeigen, dass sie sich vor Magie nicht zu fürchten brauchen.« Ich holte tief Luft. Meine Stimme bebte beim Sprechen. »Dafür brauche ich keine Krone auf dem Kopf. Und schon gar nicht eine Krone, die mir nicht zusteht. Ja, meine Eltern saßen auf dem Thron und er wurde ihnen gewaltsam genommen. Aber nur weil sie Herrscher waren, macht es mich noch nicht zu einer guten Königin, oder? Vor wenigen Wochen war ich noch ein Bauernmädchen, das von nichts in diesem Land eine Ahnung hatte. Ein Mädchen, das nicht im Traum geglaubt hätte, einmal mit den wirklich existierenden Legenden in Kontakt zu kommen. Ein Leben lang wurde mir eingebläut, die Magie sei vollständig ausgerottet worden, und dann tauchst du auf. Derjenige, der mir all den Weg über nicht verraten hat, wie ich mit meiner Gabe zurechtkommen kann. Der mir erzählt hat, dass die Wächter mir helfen können. Damit du deine Identität bewahren und mich nun unter deinen Kräften begraben konntest. Du hast mich schwach gehalten, um mich nach deinen Ideen zu formen.«

»Freya.« Kian trat neben mich und wollte nach meinem Arm greifen, doch ich zog ihn weg.

»Nicht.« Tränen traten mir in die Augen, als ich mich wieder an Luan und Derek wandte. »Ihr habt mir gezeigt, was meine Aufgabe ist. Ihr habt mir dieses Land gezeigt, wie ich es noch nie gesehen habe. Aber ihr habt mir auch gezeigt, wofür ich niemals stehen möchte. Ich bin keine Mörderin.«

Heiße Flüsse liefen mir über die Wangen, aber ich konnte den Blick nicht von Luan abwenden. Sein zufriedener Gesichtsausdruck war Bitterkeit gewichen und seine Kieferknochen traten hervor.

»Du wusstest, wie sehr ich meine kleine Schwester liebe …«

»Zur Hölle! Wach auf, Freya!«, schrie Luan. »Sie ist nicht deine Schwester. Sie ist ein Klotz an deinem Bein gewesen, deine Schwäche. Ohne sie kannst du erst werden, was das Schicksal für dich vorgesehen hat.«

»Ach ja?« Ich schluchzte. »Du bist natürlich derjenige, der mein Schicksal erkannt hat und genau weiß, was die Götter mit mir vorhaben. Aber dann hättest du wissen müssen, dass Aylin nie ein Klotz an meinem Bein war. Ich habe sie geliebt. Sie war alles für mich, meine Familie. Aber das ist wohl etwas, was du nicht kennst und womöglich nie erfahren wirst.« Ich schluckte, um den Kloß aus meinem Hals zu lösen. »Ich musste mich nicht entscheiden, weil meine Bestimmung für mich entschieden hat. Ich fühlte mich nicht bereit für die Krone, werde mir nie einfach etwas nehmen, was mir nicht zusteht, und schon gar nicht über Leichen dafür gehen.«

Luan schnaubte. »Wenn das dein letztes Wort ist, wenn du dich gegen uns entscheidest, dann …«

»Ich entscheide mich für Carsadesh und das Volk. Ich entscheide mich für die Magie, nicht für eine Krone aus Blut und Federn.«

»Dann entscheidest du dich für den Krieg. Wir können dich nicht ziehen lassen, wenn du unsere Pläne nicht unterstützt, das ist dir klar?« Luan trat einen Schritt auf mich zu und legte seine Hand an sein Schwert. Auch Derek brachte sich in Position, was meinen Puls in die Höhe schießen ließ.

Ich würde kämpfen. Für Aylin. Ich würde nicht aufhören, bis ich meine Schwester gerächt hatte, bis ich all das Unrecht in diesem Land wieder geradegerückt hatte.

Und zuerst würde der Mann mit seinem Leben zahlen, der das meiner Schwester genommen hatte. Ich glaubte mich keine Sekunde länger zurückhalten zu können, glaubte explodieren zu müssen unter all dem Druck meiner Emotionen.

»Tu es nicht, Freya«, hauchte Kian neben mir. Aber das Blut rauschte so laut durch meine Adern, dass ich ihn kaum verstand. Ich wollte ihn nicht hören.

Luan hatte mir alles genommen. Er war es gewesen, der diese verfluchte Gabe in mir losgetreten hatte und damit dafür gesorgt hatte, dass Midre nun nicht mehr existierte. Luan hatte mich damit in all das hier hineingezogen und drohte Ilandmera zu zerstören. Das konnte ich nicht zulassen. Und mit Aylin hatte er mir meine letzte Hoffnung genommen.

Ich würde nicht einfach weglaufen.

Das Kribbeln baute sich in mir auf und mir wurde bewusst, dass meine Flügel verschwunden waren. Dass es mir nicht gelingen wollte, sie wieder zu entfalten. Luan hingegen war schneller und zückte sein Schwert und Derek tat es ihm gleich.

In der zweiten Hand hielt Luan plötzlich einen weiteren Dolch, den er dem König abgenommen haben musste. Er holte aus, als Kian vor mich sprang und in einer einzig flüssigen Bewegung die Waffe mit der Klinge seines eigenen Dolches von uns abwendete.

Sprachlos starrte ich ihn an. »Danke«, hauchte ich.

»Danken kannst du mir, wenn wir hier lebend herauskommen. Wir sollten eher zusehen hier wegzukommen, anstatt dass du deine Kräfte unter Beweis stellst oder großartige Reden hältst«, erwiderte er und versuchte mich wegzuzerren.

»Verstehst du es nicht?« Noch während ich das sagte, erklang Luans höhnisches Lachen.

»Vielleicht solltest du diesem Isandoner glauben, du hast ihn doch schon einmal uns vorgezogen.«

»Wieso sollte ich einfach abhauen? Damit du diese Welt ins Chaos stürzt?«, schrie ich ihn an. Allerdings wusste ich sonst nichts mehr zu sagen. Mein Kopf war wie leergefegt. Einzig die Angst und die Wut trieben mich voran.

»Du kannst nicht gegen uns kämpfen. Spar dir deine Kräfte«, meldete sich nun auch Derek zu Wort. »Du wirst nichts gegen uns ausrichten können.«

»Wer sagt das?«

Als Derek nach Luans Hand griff und ihre Finger miteinander verschränkte, machte es den Sturm in mir perfekt.

»Ja«, erwiderte Luan und sein abfälliger Blick traf mich. »Derek ist immun gegen jegliche Form von Magie und damit der stärkste Mann, den ich mir an meiner Seite wünschen könnte.«

Er machte einige Schritte in meine Richtung, bevor er fortfuhr. »Du kannst nicht entkommen, Freya. Ich habe dich einmal gefunden und das werde ich wieder.«

Und ich konnte nur dastehen und die beiden anstarren. Konnte meinen Blick nicht von dem Blut in Luans Gesicht lösen und nur die glänzende Krone auf seinem Kopf betrachten. In dem Moment war ich mir sicher, dass er alles tun würde, um die Magier und Skafi über die Menschen zu erheben und damit die gesamte Ordnung in Ilandmera zu zerstören.

Es gibt immer wieder Momente im Leben, in denen sich alles verändern kann. Ob wir wollen oder nicht. Dann bleibt uns nur eines: unser Schicksal anzunehmen und das Beste daraus zu machen. Das solltest du jetzt tun.

Das hatte Luan mir gesagt, als wir in Midre aufgebrochen waren. Und nun schloss ich die Worte als Bestimmung in mein Herz. Ich hatte die Krone nie gewollt, aber vielleicht war es genau das, was das Schicksal mit mir vorhatte. Luan durfte auf keinen Fall das Land in Schutt und Asche legen. Und doch wusste ich, dass ihn nichts und niemand aufhalten konnte.

ENDE von Band 1

GLOSSAR

Figurenübersicht

Ada: ist die ehemalige Königin der Skafi.

Aylin: ist die kleine Schwester von Freya. Sie hat helle Augen, lockige blonde Haare und ist gerade einmal sieben Jahre alt.

Balou: ist ein kleiner Bär, das Seelentier von Freya.

Cadoc: ist der König von Isandona.

Danyel: ist der ehemalige König der Skafi.

Derek: ist der Freund von Luan. Die beiden haben sich während ihrer Kriegerausbildung bei den Lafrandern kennengelernt. Er ist sechsundzwanzig Jahre alt, hat kurzes rotes Haar, braune Augen, eine tiefe Stimme und einen leichten Bartansatz. Derek überragt Luan um einen knappen Kopf.

Divan: ist bekannt bei durchreisenden Händlern für seine guten Waren und seine Kneipe, den *Knochen Jack*. Er ist auch ein Skafijäger.

Enya: ist eine junge Frau, die zwanzig Jahre alt ist und bei den Wächtern in den Heiligen Stätten lebt. Sie hat kurze, zerzauste braune Haare, gebräunte Haut, dunkle Augen und trägt dieselbe Kleidung wie die Wächter: einen geknoteten Umhang in Grau sowie Stiefel in Beige. Ihre offene, kriegerische Art fasziniert Freya sofort. Enyas Mutter kam aus Carsadesh, ist jedoch auf die Insel der Heiligen Stätten geflohen, als Thorn an die Macht kam. Auch Enya trägt Magie in sich, die jedoch nicht von einem/r Skafi aktiviert werden musste.

Freya: oder auch Frey genannt, ist eine Skafi. Sie ist in Midre aufgewachsen, zwanzig Jahre alt und hat dunkle Augen. Ihre nahezu schwarzen Haare trägt sie oft als geflochtenen Zopf. In ihren Lederarmschonern trägt sie je einen Dolch und auch in ihren Lederstiefeln hält sie welche versteckt. Ihr Vater, der einmal ein lafrandischer Soldat war, hat ihr grundlegende Kampftechniken beigebracht.

Auf ihrer blassen Haut zeichnen sich deutlich die schwarzen Schlieren ab, die durch ihre Verwandlung auf ihren Schulterblättern entstanden sind. Sie hat schwarze, mit Federn besetzte Flügel, die zu den Spitzen hin in ein mattes Grau übergehen.

Kian: ist ein isandonischer Krieger mit einer eindeutigen Aufgabe: Freya zu töten. Er trägt einen dunklen Mantel, der mit Ranken verziert ist, Lederstiefel, die an den Seiten aufwendig geschnürt sind und die Enden einer lockeren Hose verstecken. Seine Augen sind dunkel, ebenso seine Haare, die nur wenige Millimeter lang sind. Unter dem Mantel trägt er ein Schwert versteckt, das an einem Gürtel befestigt ist. Sein Dolch ist nicht nur ein einfach gefertigtes Messer, sondern besitzt einen ausgehöhlten Griff wie bei einer Pfeife. An einem Arm trägt er ein Tattoo, doch Lederschnüre verdecken das genaue Motiv.

Lakesch: ist ein besonders starker Krieger aus Isandona.

Ley: ist eine Skafijägerin, die im Dorf von Vingard lebt.

Luan: ist bei den Lafrandern untergetaucht, um seine wahre Identität zu verbergen und um Freya zu finden. Er ist fünfundzwanzig Jahre alt, hat blaue Augen, blondes, fast weißes Haar und Grübchen beim Lächeln. Zudem ist er über einen Kopf größer als Freya und sein gesamter Körper spiegelt die harte Kampfausbildung der Lafrander wider.

Mako: ist ein Wächter auf der Insel der Heiligen Stätten.

Thorn: ist der König der Lafrander und sitzt aktuell auch auf dem Thron der Hauptstadt. Er hat das Skafi-Königspaar vom Thron in Carsadesh gestürzt und seinen rechtmäßigen Platz eingenommen. Durch ihn ist die Magie in ganz Ilandmera verboten.

***

Die Handlungsorte im Überblick

Das Land

Ilandmera: heißt das Land, das in die drei Königreiche Sacrande, Isandona und Lafrand aufgeteilt ist.

Die Königreiche

Isandona: ist ein Königreich ganz im Norden von Ilandmera und liegt im Gebirge.

Aktuell regierender König: Cadoc

Er überließ den Skafi die Tierkreiszeichen von Sacrande und somit erstmals einen möglichen Platz auf dem Thron der Hauptstadt.

Tierkreiszeichen: Adler, Steinbock, Hase

Wappen: ein Vergissmeinnicht. Ein Symbol für Gemeinschaft, Familie und Zusammengehörigkeit. Dinge, die die Isandoner ausmachen.

Lafrand: ist eines der Königreiche von Ilandmera, das sich auf der östlichen Seite vom Süden bis zur Hauptstadt erstreckt.

Aktuell regierender König: Thorn (zugleich herrschender König in der Hauptstadt Carsadesh)

Tierkreiszeichen: Schlange, Skorpion, Tiger

Wappen: zwei gekreuzte Schwerter, worüber sich aktuell die Krone der Hauptstadt abbildet. Zwischen den gekreuzten Klingen ist die Pranke eines Tigers zu erkennen.

Sacrande: ist eines der Königreiche von Ilandmera, das sich vom südlichen Meer bis ganz zum Meer im Norden des Landes hinaufzieht.

Aktuell regierender König: /

Der letzte König ist vor Freyas Geburt ohne einen Thronfolger gestorben. Die Skafi haben die Herrschaft bis zu ihrem Sturz übernommen. Nun regiert der lafrandische König auch dieses Königreich.

Tierkreiszeichen: Bär, Hirsch, Wildschwein

Wappen: die Blüte von Kardengewächsen sowie zwei Bäume, dahinter ist ein Netz gespannt, das für die ausgeprägte Fischerei des Königreiches steht.

Die Hauptstädte

Carsadesh: ist die Hauptstadt von Ilandmera, liegt mittig zwischen den drei Königreichen Sacrande, Isandona und Lafrand.

Certa: ist die Hauptstadt von Lafrand, liegt im südöstlichen Teil von Ilandmera und wird erst im zweiten Band relevant.

Inesa: ist die Hauptstadt von Isandona, liegt ganz im Norden von Ilandmera im Gebirge.

Karden: ist die Hauptstadt von Sacrande.

Sonstige Orte

Die Insel der Wächter: oder auch die Heiligen Stätten genannt, liegt im Norden von Ilandmera.

Wappen: vier senkrechte Striche nebeneinander, darunter zwei ausgebreitete Flügel.

Midre: ist ein kleines Fischerdorf ganz im Süden von Ilandmera. Hier ist Freya aufgewachsen.

Vingard: ist ein kleines Dorf am Rande vom Wald von Danlior. Hier leben zurückgezogen noch einige Skafijäger, versteckt vor dem König der Hauptstadt.

Wald von Danlior: ist ein Wald mit einer besonderen Legende um einen Riesen. Er wird von Händlern und Lafrandern gemieden.

***

Sonstige Begriffe

Magier: sind Menschen mit Magie im Blut. Sie können zu Magiern gemacht werden, indem Skafi ihre Magie zum Vorschein bringen, sie also aktivieren.

Skafi: sind Feen. Anders als Magier haben sie nicht nur Magie im Blut, sondern besitzen die Gabe, Magie zu teilen. Skafi können die Magie, die im Blut einiger Menschen vorkommt, zum Leben erwecken und somit Menschen zu Magiern machen. Daneben besitzen sie ganz unterschiedlich ausgeprägte Fähigkeiten, können Magie spüren und haben einen besonderen Draht zu Tieren.

Skafijäger: sind Menschen, die von Skafi zu Magiern gemacht wurden, aber ihre Magie gegen Skafi einsetzen. Sie wurden von Thorn genötigt die letzten Magier und Skafi aufzuspüren und zu töten, um selbst am Leben zu bleiben. Doch Thorn verriet die Skafijäger und ließ auch sie anschließend, soweit es ihm möglich war, ausrotten.

Steinriesen: sind etwa doppelt so groß wie Menschen, röcheln und schnaufen viel und haben geriffelte graue Haut, die beinahe wie Felsen wirkt. Trotz ihrer Größe sind Steinriesen schnell und können auch im Dunkeln gut sehen.

DANKSAGUNG

Allen voran gilt mein Dank meiner Familie. Ohne euch und eure stetige Unterstützung wäre ich nicht da, wo ich jetzt bin. Danke meinen Eltern, meinen Großeltern und den anderen Verwandten.

Danke dem Verlagsteam von Impress, allen voran Pia, und ein großes Danke an meine Lektorin Larissa. Deine Kommentare haben bei mir zwar für den einen oder anderen Gedankenknoten gesorgt, aber waren Gold wert für diese Geschichte.

Es ist immer wieder ein unbeschreibliches Gefühl, ein Manuskript zu beenden und es in die Hände von euch Lesern zu geben. Ein großes Danke, dass ihr euch dafür entschieden habt, meinem Buch bei euch ein Zuhause zu schenken.

Auch meinen TestleserInnen möchte ich danken. Ich bin immer wieder zu Tränen gerührt, dass ich euch nachts um zwei die seltsamsten Fragen stellen darf, ihr mir mit Rat und Tat zur Seite steht und den einen oder anderen Nervenkollaps kurz vor jeder neuen Veröffentlichung mit durchsteht. Ihr seid unglaublich, in was für kurzer Zeit ihr mir die besten Rückmeldungen zukommen lasst. Danke Rolf Müller, Pia Ewigmann, Alina Menzel, Victoria Rüde, Hannah Koinig.

Auch an die Mädels, die mich stets unterstützen, die für mich da sind, mir beim Schreiben Gesellschaft leisten und gute Ratschläge geben: Danke Katharina Sommer, Gloria Trutnau, Julia Hausburg.

Danke den Bloggern und Buchhändlern für eure großartige Arbeit. Was wäre die Buchwelt nur ohne euch?

Danke auch an meine Community auf Instagram (*kiras.zeilen*), allen Bloggern und Rezensenten. Eure lieben Worte, die mich täglich erreichen, schenken mir Motivation und Freude beim Umsetzen meiner Träume.

Ich freue mich über jede Nachricht, Verlinkung und Rezension.

DIE MACHT DER GEFÜHLE
TAUCH EIN IN ROMANTISCH-FANTASTISCHE GESCHICHTEN.
IMPRESS
#IMPRESSBOOKS
ALLES VON IMPRESS HIER:
IMPRESSBOOKS.DE

Impress
Die Macht der Gefühle

Wir produzieren nachhaltig
- Klimaneutrales Produkt
- Papiere aus nachhaltigen und kontrollierten Quellen
- Hergestellt in Europa

MIX
Papier aus verantwortungsvollen Quellen
FSC® C083411
FSC www.fsc.org

Impress
Ein Imprint der Carlsen Verlag GmbH
Mai 2022

Lektorat: Larissa Bendl
Umschlagbild: shutterstock.com: © Jingjing Yan / © Steve Collender /
© Ekaterina Kompaniets / © letovsegda / © Chatchai.J / © Artikom jumpamoon / © dısk
Umschlaggestaltung: Vivien Summer
ISBN 978-3-551-30502-2
www.impressbooks.de